SAISIS TA CHANCE, CALYPSO !

10, place des Cinq-Martyrs-du-Lycée-Buffon
75015 Paris – France
www.editionscharleston.fr

ISBN : 978-2-36812-483-3

Maquette : Patrick Leleux PAO

Pour suivre notre actualité, rejoignez-nous sur Facebook (Éditions.Charleston), sur Twitter (@LillyCharleston) et sur Instagram (@LillyCharleston) !

Valérie Lavallé

SAISIS TA CHANCE, CALYPSO !

Roman

CHARLESTON

À ma maman.
Tu te rends comptes, tu lis mon livre !
(Dis, tu me le prêteras, lui aussi ?)

1.

Mercredi 8 novembre. 7 heures.

MON ANNIVERSAIRE ? MOUAIS… Pas de quoi en faire tout un plat. Après tout, ce n'est qu'une date. Cette année, je ne le fête pas. De toute façon, je n'ai pas besoin de cadeaux, je préfère largement aller prendre un verre en petit comité plutôt que de me coltiner une grande fête avec des tas de gens qui ne viennent que pour boire à l'œil !

Je vous rassure, jamais de la vie vous ne m'entendrez prononcer ces mots.

Ah, ça, certainement pas ! Fêter mon anniversaire fait indéniablement partie du top 3 de mes activités favorites (dans cette liste, il y a aussi prendre l'avion pour partir en voyage et les sorties dans les parcs d'attractions, sans ordre de préférence !).

Il est clair que je ne suis pas le genre introverti qui s'excuse de vivre. Je ne suis pas de celles qui frôlent les murs en étant désolées d'abîmer le crépi. Je suis même carrément le contraire : *joyeuse, pleine de vie et toujours prête à faire la fête et à me mettre en avant (ma mère dirait « crâneuse »).*

J'adore célébrer chacune de mes années en plus. Mais vraiment ! Un peu comme les enfants, j'avoue.

Alors, lorsque le sacro-saint jour de mon anniversaire pointe le bout de son nez, je suis toujours d'une humeur incroyablement guillerette. Je vous fais le topo : *je me lève, je me prépare tranquillement et, comme c'est un jour férié, je vois la vie du bon côté ! Pour remercier ma chère maman de m'avoir mise au monde, je vais bruncher avec elle, un moment égoïste rien qu'à nous deux, où nous éclipsons volontairement papa qui lui, 1) n'aime pas le concept de « brunch » car son petit déjeuner est sacré, et 2) ne ferait que de se moquer de nos discussions futiles.*

À 11 heures précises, on trinque à ma naissance, je me sens choyée, aimée, mon taux d'hormones de confiance en moi explose, et c'est à ce moment-là que je déballe mon cadeau, préalablement choisi et approuvé des semaines à l'avance pour contrer toute mauvaise surprise !

Je n'ai pas (encore) la nostalgie des années passées, ni cette épée de Damoclès aka l'horloge biologique qui pourrait me pousser à accélérer les choses en termes de construction de vie stable. Je savoure l'instant et célèbre ma petite personne. On devrait tous faire ça, s'autocélébrer ! D'ailleurs, je suis certaine que le monde irait mieux si chacun s'aimait davantage.

Moi, je suis comme une petite fille, je suis heureuse de grandir. Je sens que je me rapproche chaque année du fameux « *Quand je serai grande, je serai...* ».

Mais tous les ans, mon objectif change.

À l'âge de cinq ans, je voulais être chanteuse, mondialement connue, bien évidemment. C'est seulement après avoir vu le regard effaré de dizaines de parents au spectacle de fin d'année que j'ai compris que ma voix nasillarde ne me promettait pas un bel avenir dans le paysage musical (tout au plus une carrière dans le doublage de dessins animés !). Rêve n° 1 abandonné.

À neuf ans, c'était plutôt « *Quand je serai grande, je serai magicienne* ». C'est certain, on reste dans le milieu du spectacle, mais je n'ai jamais réussi à exécuter un tour sans que mes spectateurs (papa, maman, et le chat) ne s'aperçoivent du subterfuge utilisé pour les tromper. J'avoue que quand la pièce censée apparaître derrière l'oreille de maman tombe juste au moment où je tends la main vers elle, c'est moyen ! Rêve n° 2 évaporé comme par magie.

Puis, à quatorze ans, au seuil de l'adolescence, je me suis mis en tête de devenir écrivain. Je m'étais donc inscrite à l'atelier d'écriture du collège, et j'étais fière de mes premiers vers de poésie (Je m'en souviens encore : *« Quand la lune danse dans les nuages, dans la nuit noire pleine de rage, je sens mon cœur palpiter comme l'ampoule de mon cellier »).*

Bien sûr, mon père, professeur agrégé de français, m'avait aussitôt reprise sur chacune des phrases et avait démoli les accords, les rimes et le sens général du poème. Cela dit, il n'avait pas vraiment tort. Bref, les mots et moi, c'était fini. Rêve n° 3 éteint en un claquement de doigts.

Aujourd'hui, j'en suis à mon cinquante-troisième rêve, et après avoir testé et abandonné tout un tas de projets d'avenir divers et variés, je me dis qu'il vaudrait mieux ne plus rêver et voir ce qui se passe dans la vraie vie, car elle peut réserver de belles surprises.

Tout ça pour dire que dans trois jours, j'aurai vingt-neuf ans et que pour moi c'est un grand moment synonyme de fiesta, amis et cadeaux à gogo !

Le réveil vient juste de sonner mais je sais que j'ai programmé un second réveil quelques minutes plus tard, ce qui me laisse le temps pour penser à ma journée, et à ces prochains jours. Je roule sur moi-même dans mon immense lit d'un mètre soixante. Je l'ai acheté avec mon premier salaire, et je ne regrette absolument pas. Dans mes draps d'un blanc immaculé, avec mes oreillers moelleux et mon matelas à mémoire de forme, je me sens comme à l'hôtel. Un Cinq étoiles ! Je me retourne sur le ventre et enfouis ma tête dans l'oreiller en respirant l'odeur fleurie du linge frais. J'étire mes jambes, le plus possible, puis mes bras, et reste ainsi immobile pendant plusieurs minutes.

Il ne me reste que peu de temps pour tout préparer et ce matin, dès mon réveil, une liste virtuelle s'affiche dans ma tête : *confirmer le nombre d'invités à ma pâtissière préférée, appeler la salle pour demander si je peux y avoir accès la veille pour la déco, finir d'acheter la déco en question, passer à la Poste pour récupérer mon colis (une piñata en forme d'ananas, thème tropical parfait pour réchauffer ce mois de novembre !), réserver le resto pour le brunch, finir ma playlist et appeler les copains les plus motivés (et costauds) pour qu'ils m'aident à installer les tables dans l'après-midi…*

Il y a tellement de choses à faire que ma première pensée est d'embaucher une assistante pour m'aider dans toute cette organisation. Ça se trouve, ça ? Une assistante d'anniversaire ? Note à moi-même : *chercher une stagiaire sur Le Bon Coin.*

L'année dernière, j'ai laissé mon amie Aria s'en occuper, et je dois avouer que c'était une très très mauvaise idée.

Aria est une artiste, une coiffeuse-visagiste qui vient d'ouvrir son propre salon, et j'ai entièrement confiance en elle.

Il n'y a pas plus originale qu'elle. Depuis que je la connais, un peu plus de vingt-huit ans maintenant, elle collectionne les idées saugrenues et les looks atypiques. Petite déjà, elle aimait mélanger les imprimés et s'orner de tout un tas d'accessoires. D'ailleurs, c'est une collectionneuse compulsive de bijoux et de sacs. Je n'en ai jamais vu autant dans une même pièce, sa chambre est pire qu'un magasin ! C'est vrai qu'Aria aime l'accumulation. En primaire, on l'appelait Dame Ginette, comme dans le film *Les Visiteurs,* vous voyez le tableau ?

Heureusement, au fil des ans, elle a réussi à étoffer ses looks, et à créer de véritables univers autour d'elle. En ce moment, ses magnifiques cheveux sont noirs et lisses, d'une brillance éclatante, ornés d'une frange parfaitement droite et légèrement bombée. Un look rétro, un brin pin-up et un maquillage simple : *teint clair et mat, eye-liner noir et rouge à lèvre prune. J'adore ! Son extravagance se voit dans son regard, elle ne cache jamais son jeu. C'est si facile de lire en elle, comme dans un livre ouvert. Quand elle aime, elle aime à 1000 %, et quand elle déteste, elle ne se gêne pas pour le dire. J'aimerais tellement être aussi cash qu'elle, vivre sans filtre, et me moquer du qu'en-dira-t-on.*

Aria se fiche du regard des autres et de mes vannes à propos de ses accoutrements. Elle sait que j'aime l'asticoter, comme le ferait une sœur. Penser à elle me procure une douce chaleur au fond du cœur… Mon Aria, mon pêle-mêle, ma symphonie d'émotions… Nous sommes deux âmes sœurs, côte à côte depuis toujours et pour toujours.

D'ailleurs, deux petites barres alignées sur nos poignets gauches le prouvent. Nous arborons le même tatouage depuis nos dix-huit ans. Nous en rêvions depuis des années, et nous avons sauté le pas un vendredi après-midi après les cours, dans le plus grand secret de nos parents. Ce ne sont pas ceux d'Aria qui posaient soucis (ce sont d'éternels babas cool totalement ouverts et tolérants sur tous les sujets), mais plutôt les miens. Papa m'a toujours dit que le tatouage est une mode qui passerait comme toutes les modes, et que personne ne se souvenait qu'au départ c'était un marquage utilisé pour les rites de passage dans certaines tribus, pour des raisons religieuses ou encore pour identifier les esclaves, les prisonniers ou les animaux ! Bref, je n'ai osé lui montrer le mien qu'il y a trois ans, stressée comme à l'oral du bac, avec tout un discours minutieusement préparé sur la signification de ce symbole. Il m'a écoutée sérieusement, a plissé les yeux pour l'examiner, puis a hoché la tête, c'était accepté. Son approbation m'a soulagée, bien plus que mes résultats du bac ! Ce tatouage est discret mais à chaque fois que je le regarde, j'ai une douce pensée pour Aria. II. Deux barres verticales, comme le chiffre 2 en chiffre romain, et comme mon chiffre fétiche, le 11.

Parce que je suis née un 11 novembre à 11 heures. Oui, le jour de l'armistice. Le onzième jour du onzième mois de l'année, à la onzième heure. Si c'est pas un signe ça !

Quand j'étais petite, j'étais persuadée d'être importante, promise à un destin hors norme. Tous les ans, le jour de mon anniversaire était férié. Pas d'école, et l'église du village sonnait à 11 heures pile, spécialement pour moi, pensais-je. Je sais maintenant que la plupart des églises de France font sonner leurs cloches mais uniquement pour commémorer le cessez-le-feu de la Première Guerre mondiale, pas pour mes beaux yeux, ni ma petite personne.

En tout cas, être née en ce jour si particulier et, qui plus est, être fille unique et couvée par mes parents, tout ceci m'a donné une confiance en moi que m'envient toutes mes copines.

Le jour de mon anniversaire, c'est important, et ma fête d'anniversaire, c'est carrément sacré.

Call me Queen C.

Mais je reviens à ma fête de l'année dernière, pour mes vingt-huit ans. Aria avait décidé de me faire une surprise : *recréer un univers antique en hommage à mon prénom adoré, Calypso.*

Oui, vous avez bien entendu, Calypso ! Comme dans la chanson de France Gall, mais mon prénom ne vient pas de là, ni de la musique antillaise, ni même du navire du commandant Cousteau.

Ce prénom difficile à porter a été choisi en toute conscience par mon cher père, fan de littérature classique, qui l'a toujours trouvé magnifique. Calypso était une nymphe et resplendissait de beauté telle qu'Homère la décrit dans *L'Odyssée*. Personnellement je la vois plutôt comme une nana jalouse et possessive, ayant retenu Ulysse en otage pendant sept ans sur une île déserte, pour l'avoir rien qu'à elle, toute sa vie… Mais chacun perçoit la littérature (et l'amour) comme il le veut.

Bref, Aria, c'est ma plus vieille amie. On se connaît depuis la crèche. C'est ma Yaya à moi – je n'arrivais pas à prononcer son prénom quand j'étais petite… Je l'aime d'amour depuis toutes ces années et je pourrais lui donner ma vie sans hésiter.

Mais tout bien réfléchi, je ne lui confierai plus jamais les rênes pour organiser mon anniversaire ! Parce que sa fête antique a viré au cauchemar après qu'un des drapés de la déco a pris feu, à cause des nombreuses bougies disséminées un peu partout dans la salle. J'avoue que sa reconstitution d'un grand banquet romain dans la salle des fêtes du village de mes parents était magique : *d'immenses colonnes en carton, des draps immaculés flottant dans les airs, et toutes ces bougies blanches de différentes tailles pour créer une ambiance mystérieuse. C'était magnifique, nous étions tous vêtus de toges, et je suis fière de constater que les photos du début de soirée sont devenues une référence sur Pinterest. Je ne peux pas en dire autant de la fin de soirée, lorsque le drap recouvrant la table du buffet a pris feu. Incendie vite maîtrisé mais qui a quand même nécessité l'intervention de quatre pompiers, dont un a fini dans le lit d'Aria. Pas folle, la guêpe. Oui, elle collectionne aussi les mecs.*

Cette année, je l'ai exigé, je m'occupe de tout, de A à Z. Et on va faire plus classique. Déco tropicale, parce que même si je suis née en automne j'adore les voyages et la chaleur de l'été, et grand buffet avec un maximum de spécialités du monde parce que je suis une vraie gourmande. Il y en aura pour tous les goûts !

Gâteau d'anniversaire en forme de plage avec des cocotiers, parce qu'avec l'argent que mes invités (généreux, je l'espère) vont mettre dans la cagnotte, je vais retourner en Thaïlande.

J'y suis allée en juin dernier et j'y ai passé les plus beaux jours de ma vie. Peut-être pas grâce à la Thaïlande ellemême, plutôt grâce à Yann, mais tout ça, c'est une autre histoire, et je préfère ne pas y penser dès le matin…

Bref, à force de rêvasser et de ressasser le passé, je vais finir par être en retard et perdre ma bonne humeur !

Allez, un petit effort Caly, il faut que tu te prépares !

2.

7 h 30.

JE ME HISSE ENFIN HORS DE MON LIT et file sous la douche. Elle sera express, car je suis, comme d'habitude, déjà à la bourre. Je m'habille en vitesse : jean gris délavé, blouse ivoire avec des petits liserés dorés, veste anthracite cintrée et chaussures rouges à talons pour relever la tenue. Simple mais élégant. Il s'avère que je ne suis pas quelqu'un de trop exubérant niveau look, car comme dit ma mère, ma personnalité l'est déjà bien assez ! Je me regarde dans le miroir et examine mon visage : mine fatiguée mais potable, aucune ride à l'horizon, nez ni trop gros, ni trop fin, cernes bientôt effacés par mon nouvel anticernes acheté hier (super cher) sur les conseils d'une collègue, et grands yeux bleus couleur « océan un jour d'orage » (définition de mon papa). Un coup d'œil sur ma coiffure : je laisse mes cheveux châtains mi-longs sécher à l'air libre, de toute façon avec moi les brushings n'ont jamais tenu plus de cinq minutes, leur nature sauvage reprenant vite le dessus. Je sais très bien qu'ils vont onduler légèrement une fois secs et je n'aurai plus qu'à les attacher sur le dessus en demi-queue pour dégager mes yeux juste avant d'arriver au boulot. Il faut que je pense à prendre rendez-vous chez le coiffeur pour vendredi midi. J'en parlerai à mon assistante, quand j'en aurai une, tiens ! Je glousse toute seule en m'imaginant donner des ordres à une fictive « stagiaire anniversaire » et empoigne mon sac à main. Direction le boulot !

Il est 8 h 35 lorsque je claque la porte de mon appartement. Au moment où mes pieds m'entraînent mécaniquement dans la rue, j'ai comme l'impression que cette journée va être interminable.

Je pousse un des premiers longs soupirs de ma journée, et regarde les passants autour de moi. Ils foncent, en marche rapide, tête baissée, dans le tourbillon du quotidien. Ils sont comme aspirés par la routine, happés par leur rythme de travail qu'ils se sont bien souvent eux-mêmes imposé. Ils me donnent carrément le tournis… J'ai envie d'appuyer sur pause, j'ai tellement de choses à faire que j'aimerais même appuyer sur la touche « retour en arrière ». Cette seconde d'arrêt me fait paniquer, je ne dois vraiment pas être en retard aujourd'hui, j'ai énormément de choses à faire avant ce week-end, alors je dois carburer. Sans y penser, je me mets alors moi aussi à me comporter comme ces passants. Marche rapide, tête baissée, mode automate travailleur enclenché !

Il me faut un café, et vite ! Je cours pour attraper le métro et manque de coincer mon sac dans les portes. Hors d'haleine, je m'assois sur une place miraculeusement libre et reprends mes rêveries en attendant ma dose de caféine…

Depuis que j'ai ce nouveau travail, j'ai dû ingurgiter des milliers de cafés. OK, j'exagère, mais des dizaines, ça c'est certain. Devenir aussi rapidement caféino-dépendante est une chose facile quand on est comme moi à la fois amatrice de ce breuvage et qu'une partie importante de mon boulot consiste à m'occuper de personnes stressées et pressées en permanence ! Le café est devenu mon carburant principal et même la base de mon alimentation.

Je suis employée depuis quatre mois chez JML Models, une prestigieuse agence de mannequins qui compte parmi ses recrues des filles connues dans le monde entier. Créée il y a maintenant plus de quarante ans, c'est une des premières agences de la capitale à avoir misé sur la diversité au sein de ses mannequins. Elle couvre tous les physiques, toutes les origines et tous les âges. D'ailleurs, sa devise, c'est « La mode, c'est vous ! », et je suis entièrement d'accord. Bien que la norme des models photos reste à 80 % des jeunes femmes blanches, minces et qui ne sourient jamais, l'agence propose de plus en plus de physiques plus représentatifs de la société d'aujourd'hui. Notre offre « grande taille » et « âge + » fonctionne du tonnerre, et je suis fière de participer à cette évolution.

J'avoue, j'adore vraiment mon travail. C'est ma copine Claire qui m'a dégoté ce job. Elle travaille aussi à l'agence et, lorsqu'un poste s'est libéré, elle me l'a aussitôt proposé.

Je suis bookeuse, personne ne connaît vraiment ce job, aussi stimulant que stressant, aussi épanouissant qu'ingrat, et aussi glamour qu'épuisant... Non, il ne s'agit pas de lire des livres, ni de travailler en librairie ou en bibliothèque. Bookeuse, ça vient de « booker » qui signifie réserver, mais aussi du book qui est le dossier d'un artiste ou d'un mannequin en ce qui me concerne.

Pour résumer, mon rôle, c'est de m'occuper des mannequins et plus particulièrement de tout ce dont elles ne veulent pas s'occuper elles-mêmes. Je suis une sorte d'agent/assistante/esclave/confidente ! Mes missions quotidiennes sont d'être la référente de l'agence pour ce mannequin, de mettre à jour son portfolio, de l'assister lors de ses premiers shootings, de surveiller son image de marque, sa communication, et forcément, de lui trouver des clients, d'organiser son planning, ses rendez-vous, ses castings, ses voyages, ses humeurs, son forfait téléphone, son chien, et j'en passe. Je peux donc être amenée à réserver un vol, navette et hôtel en dernière minute pour un shooting improvisé, accompagner un model à un casting, me rendre chez elle pour la réveiller car elle a raté la sonnerie de son réveil et qu'elle a un essayage vingt minutes plus tard, convaincre une marque qu'elle doit absolument voir ma model pour sa prochaine campagne de pub, l'emmener chez l'esthéticienne parce qu'elle a oublié de s'épiler avant un shooting ou même contrôler les publications sur Instagram d'une nouvelle recrue pour lui faire effacer tout ce qui pourrait être compromettant pour elle quand elle sera devenue une star (les bad buzz sont ma hantise, c'est horrible à gérer !). Bref, c'est un boulot très prenant mais très diversifié, un poste aussi bien commercial et juridique que social, et surtout dans une ambiance de travail géniale !

Pour le moment, je ne m'occupe pas de mannequins ultra connues, je viens juste de terminer ma période d'essai et ma supérieure m'a confié un portefeuille de models avec plusieurs jeunes filles qui commencent à bien « tourner » dans le métier.

J'apprécie vraiment mes nouvelles responsabilités et j'avoue que ça tombait bien, je m'ennuyais dans mon ancienne vie, correcte dans l'ensemble mais bancale.

J'avais un boulot triste (agent de voyages) mais une vie privée épanouie avec un mec parfait.

Yann était beau, drôle, intelligent et très prévenant. Une perle.

Après réflexion, une perle n'est après tout qu'un parasite que l'huître veut à tout prix expulser ! J'aurais dû le voir venir… J'en parle au passé, oui, parce que Yann et moi, nous ne sommes plus ensemble.

La rupture brutale date d'il y a quelques semaines, mais j'ai l'impression que ça fait une éternité.

Il semblerait qu'être épanouie à la fois professionnellement et personnellement est une chose impossible.

Vous en connaissez, vous, des personnes chez qui TOUT va pour le mieux ?

J'observe les gens autour de moi dans le métro, et j'essaye de voir s'ils ont l'air heureux. La plupart d'entre eux sont concentrés sur leur téléphone, d'autres lisent un livre ou écoutent de la musique les yeux mi-clos, d'autres sont, comme moi, encore en train de se réveiller en se motivant pour la journée. Aucun n'a l'air heureux d'aller au travail, aucun ne sourit. Je ne vois que des visages ternes sans émotion. Les gens dans le métro sont comme les clowns tristes de Buffet : *regard mélancolique, traits marqués, moue sombre, couleurs ternes. Une galerie de portraits bien morose qui ne m'enthousiasme guère pour ce début de journée. Désolée, la passion de ma mère pour la peinture a déteint sur moi et je compare souvent la vie quotidienne à des tableaux plus ou moins célèbres.*

Pour en revenir à ma petite personne, il y a quatre mois, j'avais un boulot qui ne m'épanouissait pas du tout, mais un mec adorable.

Aujourd'hui, j'ai un super boulot mais pas de mec adorable.

Et même plus de mec du tout.

Yann est parti, lassé sans doute par mon attitude envers lui. J'avoue, je l'ai totalement mis de côté depuis que j'ai ce job. Mais où est le mal ? Qui ne s'investit pas à 200 % lorsqu'il prend un nouveau poste ? Qui compte ses heures alors qu'il doit faire ses preuves ? Qui se permet de privilégier sa vie personnelle alors que tant de responsabilités sont sur ses épaules ? Qui se voit dire à son boss « Je pars à 18 heures ce soir parce que mon mec veut m'emmener boire un verre » alors qu'un contrat important est en train de se signer ? Désolée, mais pas moi. J'ai préféré choisir, j'ai voulu montrer que j'étais la personne sur qui on peut compter au boulot. Mais je n'étais plus là pour mon couple.

Pendant ces deux premiers mois, j'ai dû prouver à Christine, ma supérieure, que j'étais capable de régler les problèmes au plus vite : *trouver un autre vol quand ma model a raté le sien (ça arrive constamment ; perchées sur leurs échasses, ces demoiselles refusent de courir et savent que leur gentille bookeuse sera toujours là pour leur trouver une solution, et avec champagne à bord qui plus est !), programmer un shooting photo avec un de nos photographes pour mettre un book à jour (comme pour cette nana qui n'a pas trouvé autre chose que de se faire couper les cheveux la veille d'un casting et qui n'a donc aucune photo de son nouveau look), ou encore devoir aller faire du shopping avec une model avant un rendez-vous important pour représenter une marque haut de gamme et qui arrive en jogging H&M…*

Oui, pendant quelques semaines, j'ai préféré faire passer en priorité mon boulot et mes models, délaissant Yann, qui s'est lassé. Il aurait pu attendre un peu, une fois ma période d'essai terminée, j'aurais été moins stressée par le travail. Mais non, il m'a lâchement abandonnée, après tout ce qu'on avait vécu ensemble et malgré tout l'amour que l'on se portait encore…

La rupture fut brève mais extrêmement douloureuse, car de mon côté je n'avais rien vu venir. Tellement naïve.

Il m'attendait un samedi matin, devant chez moi, avec un petit carton contenant les affaires que j'avais laissées chez lui. Et puis d'un ton neutre, avec des phrases bidon et des excuses nazes, il m'a quittée, comme ça, sur le trottoir.

Comme quand on se fait virer d'une boîte et qu'on repart avec ses effets personnels et sa lettre de licenciement dans la poche. J'ai été licenciée de son cœur, virée de ses sentiments, remerciée après seulement trois mois de bons et loyaux services, sans préavis ni prime de départ. Ciao, et à la prochaine. Ou pas. Trop préoccupée par mes agendas à l'agence, j'en avais oublié le planning de ma propre vie… Ça m'a brisé le cœur, car malgré tout, une partie de moi est encore amoureuse de lui. Le pire c'est que ses derniers mots furent : *« Si je fais ça, c'est pour ton bien, tu sais ! »*

Connard !

Une note d'amertume se lit sur mon visage tandis que je me regarde dans la vitre du métro. Moi aussi j'ai l'air d'un clown triste. Je relève la tête et esquisse un sourire. Ah non, rien ni personne ne retirera la bonne humeur de mes yeux. Je ne suis pas la première ni la dernière à être jetée par l'homme parfait. Et puis, tout me mettre sur le dos, c'est injuste !

Je sais très bien que, derrière son soi-disant ras-le-bol, il y avait une autre raison pour qu'il s'éloigne de moi, enfin plutôt une autre paire de seins. Je ne vais pas pleurer, c'est un schéma classique : *le mec s'ennuie dans son couple et rencontre une nana un peu plus intéressante. Il quitte la première et se met avec la nouvelle, jusqu'à ce qu'il en trouve une autre, encore plus intéressante. Un peu comme le jouet de Pâques qui va remplacer le jouet de Noël qui a déjà remplacé le jouet d'anniversaire. Voilà, il m'a laissée pour une autre, mais je ne vais pas m'apitoyer sur mon sort. Son nouveau joujou finira par le lasser et il me regrettera peut-être.*

Moi aussi, j'en ai jeté à la pelle, des hommes, et j'en ai quitté pour un autre, alors gonfle ta poitrine Caly, et concentre-toi sur ton travail. La fin de la semaine risque d'être chargée et impossible de faire des heures sup' vendredi soir, car tu dois préparer la salle pour le lendemain !

Je m'adresse un clin d'œil dans la vitre, j'inspire profondément et je relève le menton pour paraître plus sûre de moi. Girl power meuf !

3.

9 h 04.

Le métro s'arrête enfin à ma station, je me dépêche de sortir pour aller me prendre un énorme cappuccino chez Starbucks. Je songe même à en commander deux, et à demander s'ils n'en font pas en intraveineuse, histoire d'être au maximum de mes capacités jusqu'à ma micro pause déjeuner.

Toujours dans mes pensées, j'en viens à la conclusion que je n'ai pas à me plaindre. J'adore mon job obtenu grâce à Claire. Elle savait que je m'ennuyais à mourir dans mon agence de voyages de luxe, et m'a proposé ce boulot génial, bien payé et qui plus est, dans la même boîte qu'elle ! Avoir une amie parmi ses collègues, c'est le plan parfait : *j'ai une alliée, un soutien en cas de coup dur sur un dossier, une épaule sur laquelle m'appuyer quand j'ai un doute, je fais toutes mes pauses-café en mode papotage/potin/gloussements et ma pause du midi en duo avec elle.*

Claire est géniale, c'est le genre de fille à faire caler les mecs au feu rouge. Littéralement. J'en suis témoin, c'est déjà arrivé et j'étais estomaquée ! Le mec a pilé, ne pouvait plus redémarrer, et elle, elle n'a rien remarqué ! Elle a un sex-appeal de malade et ne s'en rend même pas compte. Avec ses cheveux auburn tombant sur ses frêles épaules, ses yeux émeraude, sa bouche fine, ses pommettes rebondies et ses petites taches de rousseur, elle dégage une aura de divinité grecque ! Quand elle marche, elle est légère, elle virevolte, on croirait presque qu'une douce brise d'été s'amuse à se faufiler dans sa longue chevelure, vous voyez le tableau ? C'est incroyable comme elle attire les regards, on dirait que le temps s'arrête, qu'elle marche au ralenti et qu'une musique céleste inonde nos oreilles. Comme dans une pub pour shampoing bio ! Et elle sent si bon... Si ce n'était pas ma copine, elle m'énerverait par tant de charme.

Une déesse au teint pâle.

Claire, quand j'y pense, c'est un peu mon contraire.

Elle est aussi timide que je suis exubérante, ses cheveux sont aussi beaux et soyeux que les miens sont abîmés et ternes et elle est aussi calme que je suis agitée. Bref, de parfaits Yin et Yang, complémentaires et inséparables depuis cet été.

Je rentre dans le café en vérifiant l'heure. Il me reste encore cinq minutes avant d'être officiellement en retard. Sachant qu'il y a sept personnes devant moi, qui vont chacune mettre une minute à commander et payer (moi comprise), et que la boutique se situe à trois minutes de l'agence... Cela fait donc (rapide calcul mental) onze minutes pour arriver au bureau. Un léger mal de crâne commence à pointer le bout de son nez. Le calcul mental dès le matin, ça ne me réussit pas.

Je prie le dieu du café pour que les personnes devant moi aient une idée précise de ce qu'elles veulent et ne mettent pas trois heures pour se décider entre un *small* ou un *middle*, et si elles prennent le supplément chantilly ou caramel... Les indécis, ça a le don de m'énerver... J'ai envie de leur mettre un bon coup de pied au derrière pour qu'ils prennent enfin une décision une fois pour toutes, c'est quand même pas compliqué de choisir entre un *mocha* et un *café latte* !

Tiens, j'y pense, c'est un des seuls défauts qu'avait Yann. Il n'était jamais certain de ses choix, toujours hésitant, à se demander s'il n'aurait pas dû choisir autre chose, à bloquer sur le choix final d'un film, d'un plat au resto… Je ne supportais pas et finissais toujours par choisir à sa place, ce qu'il me reprochait plus tard bien sûr.

Au bout de dix minutes (adieu ponctualité), j'ai enfin mon cappuccino entre les mains. Le mec devant moi m'a laissé passer, je pense qu'à force de sautiller tout en soufflant de rage, tout le monde avait bien compris que j'étais super méga pressée et en extrême manque de caféine. Je paie à la vitesse de l'éclair et sors en trombe de la boutique. J'ai une soudaine bouffée de chaleur, d'une main, j'ouvre mon manteau. Courir en escarpins en plein mois de novembre, avec un café brûlant à la main, tout en faisant le bilan de son passé amoureux, c'est vraiment difficile et ça donne chaud, croyez-moi.

Continuant à bousculer ceux qui se trouvaient sur mon passage (mode connasse activé), je réfléchis de nouveau à ma situation sentimentale chaotique. Mais pourquoi faut-il que je repense à Yann ce matin ? Peut-être parce qu'on est le 8 novembre, et qu'on aurait fêté nos cinq mois dans quelques jours…

Au fond, je me dis que, pour ne pas souffrir, mieux vaut être seule. Que le bonheur d'être en couple est tellement détruit par la douleur de la séparation qu'il vaut parfois mieux ne jamais avoir connu cet amour. Parce que tout au long de notre vie future, tous les souvenirs liés à cette histoire vont être douloureux.

Je n'ai été en couple avec Yann qu'un peu plus de trois mois, mais je sais que mon cœur gardera à jamais la cicatrice de notre rupture soudaine. Parce qu'il m'a quittée alors que je ne m'y attendais pas. Parce qu'il m'a prise de court. Parce qu'il a réussi à me briser le cœur. Parce qu'il ne m'a pas donné de seconde chance. Parce que c'est la seule fois où monsieur a réussi à prendre une décision sans me demander mon avis. Parce qu'il ne m'a jamais recontactée depuis (moi non plus d'ailleurs, j'ai trop d'amour-propre pour ça). Et enfin parce qu'il m'a rendue encore plus méfiante envers les hommes.

Il y a des gens qu'il ne faudrait jamais rencontrer. Parce que leur présence, même furtive et heureuse dans votre vie, chamboulera tout le reste de votre existence.

Quand un mec naze vous quitte, la douleur finit par passer. Au bout d'un moment, on relativise, parfois même on est soulagée…

Mais quand un mec bien vous quitte, on culpabilise. On passe sa vie à se demander pourquoi, à se dire qu'on aurait pu agir autrement. J'y ai tellement pensé, en m'empiffrant de crèmes glacées devant un tas de comédies romantiques (tellement cliché, je sais). J'aurais dû être plus présente, plus attentive, plus à l'écoute. J'ai été trop égoïste, et trop autoritaire. Mais je suis comme ça, je m'implique toujours à fond dans mon boulot, on ne peut pas me changer. Et aujourd'hui, à deux jours de nos hypothétiques cinq mois d'amour, j'en viens à penser qu'il aurait mieux valu ne jamais le rencontrer.

Je n'aurais pas cette boule au cœur constante, cette sensation d'avoir loupé le train du bonheur, d'être restée sur le quai, abandonnée, et seule.

Je dois sortir la tête du lac sentimental dans lequel il m'a noyée. Ça fait des jours que j'essaie de reprendre le dessus mais j'ai toujours cette haine envers sa lâcheté et l'injustice de la fin de notre histoire…

Vraiment, ce mec, j'aurais aimé ne jamais croiser sa route… Jamais !

Je bois une gorgée de cappuccino tout en souhaitant très fort ne jamais l'avoir rencontré…

4.

9 h 35.

Je suis interrompue dans mes prières par une vive douleur au genou gauche. Un choc soudain, des cris derrière moi, un moment de trou noir, une sensation de chaud sur ma poitrine, de craquement au poignet droit… tout mon corps valse en arrière et lorsque je comprends enfin ce qui m'arrive, je me retrouve allongée par terre sur le trottoir, les quatre fers en l'air, le chemisier taché de cappuccino brûlant et la main droite en vrac. Mon téléphone est éventré, gravement blessé. Super, il ne manquait plus que ça ! Mon manteau, lui, n'a miraculeusement rien.

Je me dépêche de ramasser la batterie de mon téléphone, de la remettre en place et de vérifier qu'il fonctionne, pas facile avec ce poignet douloureux, puis, je regarde autour de moi. J'aperçois une femme affolée sortant d'une Twingo rouge à ma gauche, et un homme accroupi à côté de moi à ma droite.

— Tout va bien, mademoiselle ?

— Oui, je crois, j'ai un peu mal à la main, qu'est-ce qui s'est passé ?

— Une voiture vous est rentrée dedans, vous ne vous souvenez pas ?

— Ah oui, si, si, mon genou s'en souvient... J'étais dans mes pensées, désolée.

Il m'aide à me relever, j'ai l'impression d'avoir quatre-vingt-dix ans tellement mon corps est chamboulé.

La conductrice en pleurs vient s'excuser auprès de moi, je la rassure comme je peux.

— Ne vous en faites pas je suis solide, ce ne sont que des égratignures... Et une petite tâche sur mon chemisier ! Ne pleurez pas, je ne vais pas vous coller un procès. Allez, ça va aller madame.

Me voilà maintenant en train de consoler une chauffarde. Je ne sais pas pourquoi, mais je n'arrive pas à être en colère envers cette pauvre dame. Apparemment, elle est en tort car je traversais sur le passage piéton en toute légalité, mais je m'en veux car j'étais tellement prise dans ma rancœur contre Yann que je n'ai pas pensé à regarder à droite et à gauche avant de traverser (on apprend ça en maternelle pourtant, non ?).

L'homme qui m'a aidée à me relever insiste pour m'emmener à l'hôpital pour vérifier que je n'ai rien de cassé. J'ai envie de refuser mais j'avoue que ses yeux gris et sa barbe de trois jours réussissent facilement à me convaincre. Ça, et aussi le fait que j'ai extrêmement mal au poignet droit et que ma migraine commence à s'amplifier. C'est bien ma veine, j'ai besoin de mes deux mains et de toute ma tête pour travailler, moi ! Et samedi soir, je dois être en pleine forme pour faire la fête jusqu'au bout de la nuit !

L'homme, que je prénomme Adrien dans ma tête, appelle un taxi et tient absolument à m'accompagner. Et comme l'idée de me retrouver seule dans un taxi en direction de l'hôpital ne m'enchante guère, j'accepte.

J'ai vaguement l'impression de l'avoir déjà vu quelque part, mais où ? Il a l'air gentil, un peu hésitant vis-à-vis de moi, comme s'il avait peur de me regarder ou de s'adresser à moi. Soit il est timide, soit je l'intéresse, soit il n'en a totalement rien à faire de moi et ça l'amuse de faire le « bureau buissonnier » !

Je me lance.

— Ça va vous paraître bête mais... On se connaît ? Votre visage me dit quelque chose... Et puis, vous n'avez rien d'autre à faire que d'accompagner une inconnue à l'hôpital un mercredi matin ?

Oups, je me rends compte de ce que je viens de dire. Je parle souvent plus vite que je ne pense. Si ça se trouve, c'est un acteur hyper connu ou un journaliste de la télé, et c'est pour cela que j'ai l'impression de le connaître. Lui demander si on se connaît pourrait me mettre une honte monumentale s'il me répond que oui, il est triple champion du monde de handball ou bien qu'il présente une émission chaque soir sur France 3 !

— Si, bien sûr je dois aller travailler... mais mon boss est quelqu'un d'exceptionnel et de très compréhensif !

— Vous en avez de la chance, je réponds en souriant.

Ce qui me rappelle que moi, je n'ai pas un boss exceptionnel ni compréhensif. J'ai une responsable sympa mais très exigeante, et qui aime la ponctualité, la politesse, et les bonnes raisons en cas d'absence.

Je m'excuse auprès du cher « Adrien » et entreprends de trouver mon téléphone pour prévenir Claire de mon retard. Je saisis mon gros sac à main (une sacoche en cuir qui m'a coûté la moitié de ma paye l'année dernière), je fouille à l'intérieur pour chercher mon portable, mais ne réussis qu'à attraper mon gloss abricot. Ça alors ! J'étais prête à parier que je l'avais prêté à Aria il y a des mois lors de nos dernières vacances ! Elle a dû me le rendre la semaine dernière et je n'ai pas prêté attention à ce qu'elle me disait.

Mon sac est tellement rempli de choses et d'autres que, grâce à lui, je pourrais vivre en autarcie pendant une semaine. J'aurais de quoi manger, boire, me maquiller et m'occuper avec tous mes stylos colorés et mes petits calepins entassés tout au fond. Du coup j'en profite pour attraper mon miroir de poche en forme de tête de chat et je me badigeonne les lèvres de gloss. Quitte à être enfermée dans un taxi avec un bel inconnu, autant mettre toutes les chances de son côté, qui sait ? Et je sais que les hommes sont souvent subjugués par les femmes qui se remettent du rouge à lèvres (C'est Aria qui me l'a prouvé en live après me l'avoir emprunté au bar de notre hôtel en Thaïlande !).

Après cette parenthèse make-up, je trouve enfin mon téléphone, dans la petite poche zippée (allez comprendre pourquoi je l'avais remis là tout à l'heure !), et je recherche Claire dans mes contacts pour le prévenir au plus vite.

Contact inexistant.

Super, j'ai encore dû faire une mauvaise manip après l'avoir appelée hier, et j'ai dû l'effacer par mégarde. La galère. Comment je vais prévenir le boulot ? Bonjour la bonne vieille recherche Internet « JML Models ». Je trouve rapidement le numéro, et le compose sans attendre.

— Oui, bonjour, je suis bien à l'agence JML Models ? C'est Calypso, vous pouvez dire à Claire que je serai en retard ce matin, j'ai eu un petit accident…

— Euh, oui, Calypso comment ? me répond la standardiste.

Je ne comprends pas pourquoi les gens ont toujours besoin de connaître mon nom de famille. Comme si une autre Calypso allait appeler. Comme si mon prénom n'était pas lui-même déjà assez unique. Et puis la standardiste c'est Anna, elle me connaît. Je lui dis bonjour tous les matins, la complimente régulièrement sur ses chaussures et on a déjà pris plusieurs pauses-café ensemble (que je lui offre presque à chaque fois d'ailleurs !).

— Arrête Anna, ce n'est pas le moment de me snober ! La boss va m'assassiner si elle s'aperçoit que je ne suis pas là ce matin ! Préviens Claire et à tout à l'heure… je te paierai un café !

— Euh, d'accord…

— Bye !

Je raccroche tout en me disant que je ne suis pas la seule à passer un début de journée pourri, Anna semble à côté de ses stilettos elle aussi !

— Vous êtes mannequin ? Me demande Adrien, toujours assis près de moi.

Il n'a rien manqué de la conversation.

Je deviens rouge comme un coquelicot et réponds :

— Non, je suis bookeuse, je travaille comme agent de mannequin !

— Ah désolé, vous auriez pu être mannequin à vrai dire.

Je suis maintenant rouge vermillon !

Pour y arriver je devrais me délester de huit kilos et de mon sourire légendaire, alors, non merci ! J'aime trop les pâtisseries pour commencer une carrière dans le mannequinat. Mais merci pour le compliment, c'est gentil, ça me ferait presque oublier que je souffre le martyre ! Je réponds, en lui montrant mon poignet gonflé.

Il sourit, laissant naître au creux de ses joues deux adorables petites fossettes. Pendant qu'il prend doucement mon poignet entre ses deux mains d'un air sérieux, je l'observe. Cheveux bruns, légèrement grisonnants, visage fin, carrure svelte mais plutôt musclée, il est vêtu d'une veste marron en daim et d'un jean foncé. Ses mains sont fines et soignées. Et douces. Il murmure :

— Ça m'a l'air grave, docteur Grey, nous allons certainement être obligés d'envisager une amputation totale !

— Oh non ! Tout mais pas ça !

Nous rions de bon cœur.

Finalement, je suis prête à me faire renverser tous les jours si c'est pour rencontrer un homme adorable comme lui. C'est ce qu'on appelle un mal pour un bien *(enfin, un mâle pour un bien dans mon cas !)*. Comme quoi, le karma…

J'apprends qu'il s'appelle Pierre (et non Adrien !), qu'il a trente-cinq ans et qu'il travaille en tant que graphiste pour une agence de communication. Son agence de com', à vrai dire (d'où le « patron exceptionnel et compréhensif » !). Il n'a pas d'obligation d'horaires et a toujours adoré aider son prochain. Tant mieux pour moi !

Arrivés aux urgences, j'attends pour passer une radio. Pierre insiste pour rester avec moi. « Je déteste regarder un film et éteindre la télé sans savoir la fin ! » OK, ça m'arrange, je déteste la solitude, ça m'ennuie, je préfère être avec quelqu'un que toute seule dans cette salle d'attente sinistre avec des magazines qui datent de mai 1986, et j'avoue que sa compagnie m'enchante, même si je ne le connais pas vraiment. Rapidement, le diagnostic tombe : *entorse ! Ouf, ce n'est pas cassé et l'idée de l'amputation est définitivement abandonnée. Une fois le bandage posé et les recommandations d'usage prescrites (pas de manipulation, pas d'alcool avec les antidouleurs, du repos, et une visite de contrôle dans deux semaines), Pierre propose de me ramener en taxi, mais je décline.*

C'est inscrit dans ma charte du contact avec le sexe opposé, règle n° 2 : *« Ne jamais dire où tu habites avant de savoir où LUI habite » (et donner l'adresse à Aria avant d'y aller). Principe de précaution.*

On a défini cette charte avec Aria il y a plusieurs années, pour éviter les déconvenues et se retrouver fourrées dans je ne sais quelle emmerde sans fin. Pour info :

Règle n° 1 *« Ne jamais donner son numéro de téléphone en premier, mais récupérer le sien »,*

Règle n° 3 *« Toujours avoir des capotes »,*

Règle n° 4 *« Se rendre au premier rdv non épilée et avec une lingerie pourrie pour éviter tout débordement affectif incontrôlé »*

Règle n° 5 : *« Ne jamais dire je t'aime en premier, et surtout pas après avoir bu plus de deux verres de vin ! ».*

Liste signée à dix-huit ans par Aria et moi-même, après avoir juré craché sur la tête de Beyoncé. C'est pour dire !

Je n'ai jamais dérogé à ces règles et ce n'est pas aujourd'hui que je vais commencer.

Pierre me propose gentiment de lui donner des nouvelles, je lui demande alors ses coordonnées et note précieusement son numéro dans mon téléphone (n'ayant pas encore décidé si ce nouveau numéro allait me servir ou pas) et je repars en métro, seule, le poignet enrubanné, les idées pas très claires mais le cœur plus léger.

Si on était dans un téléfilm, je jurerais que l'héroïne (moi-même) filerait le parfait amour avec cet inconnu (Pierre), mais la vie, ce n'est pas un film, alors on fait redescendre son taux d'hormones et on retourne à la réalité !

5.

10 h 43.

JE REGARDE L'HEURE SUR MON TÉLÉPHONE et je me rends compte que mon fond d'écran est encore une photo d'Aria et moi au Nouvel An, déguisées en religieuses ! J'étais persuadée de l'avoir changé depuis le temps mais avec le choc qu'il a reçu ce matin mon portable déconne totalement. Je remets une photo de chatons (ne me jugez pas) et décide de rentrer chez moi illico, le médecin des urgences m'ayant fait un arrêt de travail pour la journée. Je vais aller me changer et me faire un café. Il ne faut pas que j'oublie d'écrire un e-mail à Christine pour lui faire part de mon accident (avec photo du poignet bandé à l'appui) pour qu'elle demande à mes collègues de s'occuper de mes models aujourd'hui. Dommage, j'aurais adoré emmener Kimi, dix-huit ans, à son premier casting cheveux pour L'Oréal.

Pas grave, au lieu de ça, je vais me reposer et m'atteler tranquillement à la préparation de ma fête d'anniversaire. Après tout, ça tombe bien ; j'avais besoin de temps, j'en ai !

Assise dans le métro, je repense à Pierre, et je me dis que vraiment, mon histoire pourrait être un super début de comédie romantique. Bon, il aurait juste fallu que je sois totalement moche, coincée et timide, et que lui soit milliardaire, mais dans l'idée, c'est ça ! Une rencontre fortuite, un destin qui chavire... *Ouhla, Caly, ne t'emballe pas ! T'as juste un numéro, pas une demande en mariage ! Et souviens-toi du dernier mec que tu trouvais parfait, il l'était et c'est toi qui as merdé...*

Allez, pour me remonter le moral, j'envoie un petit texto à Pierre, comme ça, il aura mon numéro : *Merci de m'avoir accompagnée à l'hôpital, c'est sympa d'avoir de la compagnie quand on souffre le martyre !*

Je ne signe pas, me doutant qu'il devinera qui est son interlocutrice. À moins qu'il ne sauve régulièrement des jeunes femmes blessées ! Dans le doute, j'envoie donc un second texto : *Signé Calypso*

Il répond rapidement : *Pas de soucis, j'avais besoin de trouver un prétexte pour ne pas aller bosser ce matin... Si ça se trouve, tout ça était prémédité ! Bon rétablissement !*

Il est vraiment gentil, ce Pierre.

Je reçois dans la foulée un autre message : *Signé Pierre*

Et drôle, qui plus est !

Le sourire aux lèvres, je sors du métro en direction de mon appartement. Qu'est-ce que ça fait du bien de retrouver son quartier et d'en profiter un peu en pleine matinée. J'ai à peine le temps d'y prêter attention la semaine, et le week-end, je suis la plupart du temps à droite à gauche mais jamais vraiment là ! Un petit vent léger s'immisce dans mes cheveux. Il fait étonnamment doux. Je tourne dans ma rue et mon regard se pose sur les boutiques devant lesquelles je passe quotidiennement. Tiens, le magasin de chaussures n'est plus là, c'est désormais une épicerie. Dommage, j'aimais bien y aller pendant les soldes...

Je décide de profiter des rayons de soleil plutôt surprenants pour un mois de novembre pour aller m'asseoir à la terrasse du petit café au coin de ma rue. Le patron, Tom, est sympa, il me fait tout le temps payer mon café long au prix de l'expresso. Je cite : « *Pour garder une femme fidèle, il faut lui donner plus que ce qu'elle demande. » Oui, je sais, la classe. Assise en plein soleil, je suis bien, on ne se croirait presque pas en début d'hiver. D'ailleurs, les passants sont plutôt habillés léger, ils ont dû regarder les prévisions météo, eux ! Comme ma blouse est encore recouverte de café, je dois garder mon manteau fermé. Je préfère avoir chaud que de me montrer tâchée !*

Installée à une petite table face à la rue, je décide d'appeler ma mère, pour lui raconter ma mésaventure.

— Coucou Mamounette, comment ça va ?

— Calypso (c'est une des seules à ne pas m'appeler Caly), pourquoi tu m'appelles dans la matinée, je suis en plein milieu d'une séance de Pilates !

— Tu en fais encore ? Tu ne m'avais pas dit que tu arrêtais parce que ça te faisait mal aux articulations et que la prof est bête comme ses pieds ?

— Non, c'est génial le Pilates, et la prof est parfaite ! Où vas-tu chercher des âneries pareilles ? Tu m'écoutes parfois ou tu travailles pendant que je te raconte ma vie ?

— Je t'écoute maman ! Et cette fois-ci, c'est moi qui vais te raconter ma vie, il m'est arrivé un truc de dingue...

J'attends qu'elle sorte de la salle de Pilates et lui narre en détail ma matinée, avec une précision à la minute près. J'adore raconter, et captiver mon auditoire. Ma mère semble sous le charme de mon récit et s'écrie :

— Oh, ma chérie, quelle frayeur, tu aurais pu te faire très mal. Je t'ai déjà dit de ne pas regarder tes pieds ou ton téléphone quand tu es dans la rue. Ma voisine Monique s'est cassé le pied en trébuchant sur un trottoir l'autre jour, alors qu'elle tentait de composer un numéro de téléphone en marchant. Je lui ai dit que ce n'était vraiment pas prudent... Mais bon, ce n'est pas plus mal cet accident, si ça se trouve, ce Pierre, c'est lui l'homme de ta vie. Même si je reste persuadée que c'est Boris qu'il te fallait. Il avait tout pour lui, il était vraiment adorable ! Quelle tristesse que tu l'aies quitté celui-ci.

Boris, c'est un ex-copain qui s'entendait mieux avec ma mère qu'avec moi ! Elle était folle de lui, l'invitait sans arrêt à la maison et m'avait fait la gueule pendant une semaine lorsque je l'avais largué… C'était il y a huit ans. Elle adorait Yann également, je ne sais pas pourquoi elle me reparle de Boris ce matin, et pas de Yann. Tant mieux, je n'ai pas besoin de ses leçons concernant cette énième histoire ratée.

Les mamans, ça a le don de dire tout haut ce que tu n'as vraiment pas envie d'entendre : *la semaine dernière, lors d'un déjeuner, elle m'a sorti : « Ouhla, t'as une sale mine, je ne t'ai jamais vue les yeux aussi cernés. Et c'est quoi là ? Des rides ! Attention, la prochaine étape, c'est les cheveux blancs, ma fille. » BIM !*

Il y a un mois, pendant une virée shopping : *« C'est pas trop difficile de bosser avec des mannequins alors qu'on n'est pas capable de rentrer ses cuisses dans un 38 ? ». BAM !*

Et la semaine dernière : *« Quelle tristesse que Yann t'ait quittée, il était vraiment celui qu'il te fallait. » BOUM ! Prends ça dans les dents, Caly. Merci maman. Fais-moi penser à t'appeler plus souvent.*

En tout cas, elle avait raison. Yann est l'homme parfait, sur le papier. Il est ingénieur, travaille pour que notre planète utilise moins d'électricité liée aux centrales nucléaires, et tente de développer d'autres systèmes de consommation qui pourraient s'adapter aux particuliers. Un altruiste écolo.

La nostalgie m'envahit.

Comment une douleur psychologique peut devenir plus forte qu'une douleur physique ?

Je change aussitôt de sujet :

— Alors maman, parle-moi de ton boulot. Sur quel projet travailles-tu en ce moment ?

— J'ai une commande. Un tableau fleuri dans les tons bleus pour le loft de clients américains.

— Encore des fleurs bleues ? C'est quoi cette mode !

— Mais c'est la première fois que j'en fais un comme ça ! Tu sais, en général, je préfère peindre des choses moins champêtres mais que veux-tu, le client veut du bleu, et être surpris !

— Oui, et tu vas lui proposer des coquelicots bleus, comme la dernière fois…

— Ah des coquelicots bleus, c'est une bonne idée ! Je vais essayer tiens…

— Mais maman, tu en as déjà fait, souviens-toi…

J'envisage sérieusement d'appeler papa et de lui exposer mes craintes au sujet de ma mère. Avoir un tel trou de mémoire, c'est alarmant. L'Alzheimer, ça peut commencer aussi tôt ? Je regarderai sur Internet une fois rentrée chez moi. Je lâche l'affaire et lui souhaite une bonne journée. J'ai d'autres chats à fouetter.

6.

11 h 14.

Je me dis qu'il est temps de rentrer chez moi et demande la note. Tom me fait payer mon café plein pot. Tiens, aujourd'hui, il m'a accueillie avec un sourire étrange et maintenant il m'ignore, je suis un peu vexée. Il m'en veut encore pour la dernière fois, quand je l'ai gentiment charrié sur son embonpoint ? Il a sans doute passé une matinée pourrie lui aussi… Je préfère ne pas lui demander, j'ai déjà eu assez de problèmes aujourd'hui.

Décidément, cette journée est bizarre.

J'arrive devant mon immeuble et compose machinalement le digicode avec ma main bandée, puis je pousse la porte. Fermée. Je prends mon sac de l'autre main et recompose le code avec ma main gauche, en prenant soin de bien composer la combinaison 2785A avec mon index valide. Toujours rien. Je secoue frénétiquement la poignée dans l'espoir de débloquer cette foutue porte.

J'hallucine ! Ils ont encore changé le digicode sans me prévenir ! Comme je ne vais pas chercher mon courrier tous les jours, et que la plupart du temps, ma boîte est envahie de pubs que je laisse ensuite traîner sur le petit meuble de l'entrée, à tous les coups, la lettre qui annonçait le changement de code est passée inaperçue. Le nouveau code doit m'attendre tranquillement dans mon entrée, et moi je n'attends pas du tout tranquillement devant ma porte d'immeuble. La lose.

Me voilà donc à moitié infirme et à la rue. J'en pouffe de rire et me dis qu'il faut que je partage enfin cette matinée de dingue avec Aria ! Je m'assois sur le banc en face de l'immeuble et j'appelle ma copine qui décroche dans la foulée, son salon de coiffure ne doit pas être bondé en ce mercredi matin…

— Salut Calynette ! (Moment gênant de petit surnom débile… Je ne vais pas relever.)

— Coucou Yaya ! Tu ne devineras jamais la matinée de ouf que je viens de passer…

Je lui raconte brièvement le combo incident-café-renversé-poignet-tordu-rencontre-avec-le-beau-Pierre et mon problème de digicode.

— Eh ben, quelle aventure ! On se voit ce soir pour que tu me racontes tout ça en détail ?

— Comment ça ? Arrête, je suis grave à la bourre ! Il me reste 30 000 trucs à penser je n'aurai jamais le temps de tout préparer… lui dis-je.

Comme je suis en général quelqu'un de prévoyant et d'organisée, elle doit croire que tout est prêt depuis longtemps, mais ces dernières semaines ont tellement été chargées au travail que, le soir venu, je m'écroulais comme une masse sans trop avancer dans mes préparatifs de fête !

— À la bourre pour quoi ?

— Ma fête d'anniversaire !

— Quoi ?

Elle se met à rire. De son rire aigu et saccadé, qu'elle a depuis toujours et qui est le rire le plus franc et communicatif que je connaisse. En général, dès qu'elle commence à rire, je ne peux m'empêcher de la suivre, avec mon caquètement de gorge significatif (et nettement moins glamour qu'elle). Mais là, je n'ai pas envie de rire, parce que je suis *vraiment* à la bourre dans mon organisation et que j'attends un minimum de soutien de sa part, alors la moquerie…

Décidément, c'est ma journée. Elle aussi s'amuse à se foutre de moi.

C'est quoi leur problème ce matin ?

À quelques pas de la porte d'entrée de mon immeuble, j'aperçois Mira, la grand-tante de Claire (grâce à qui j'ai décroché mon appart) qui s'apprête à rentrer chez elle. C'est une occasion de me faufiler chez moi et d'enfin m'écrouler sous un plaid, sur mon canapé. Je coupe Aria dans son concerto de rire et lui criant : *« J'te rappelle. » Je raccroche en courant vers Mira pour lui dire de me tenir la porte.*

— Miraaaaaaaa, attendez-moi !!!

La vieille dame me regarde de ses grands yeux verts, d'un air choqué et suspicieux.

— Oui, je sais Mira, j'ai du café sur mon chemisier, j'ai une sale tête et j'ai pris ma journée pour me remettre d'un léger accident, lui dis-je en lui montrant mon poignet.

Je remarque qu'elle ne porte pas ses lunettes, c'est certainement pour ça que, de loin, elle n'arrive pas à me reconnaître. Je m'approche d'elle en trottinant, soulagée de voir mon périple enfin terminé.

— Mais qui êtes-vous ? me demande-t-elle, méfiante.

— Mira, c'est moi, Calypso, l'amie de Claire… Votre voisine du second !

— Claire ? Je ne connais pas toutes les amies de Claire vous savez… Elle n'est pas ici aujourd'hui, elle travaille.

— Oui Mira, je sais, j'ai juste besoin de rentrer chez moi, et de m'allonger un moment. (Et surtout de me prendre un verre de vin, ou de vodka, parce que là, je sature !)

— Mais vous habitez où ma petite ?

— Juste en face de chez vous, Mira, sur votre palier, au deuxième étage.

J'hallucine, voilà qu'elle aussi, elle perd la mémoire… Je me regarde dans le miroir de l'entrée, et effectivement, j'ai un look inhabituel. Cheveux en bataille, teint livide, poches sous les yeux, mascara qui coule, blouse tachée et mine fatiguée, forcément, elle ne m'a pas reconnue. Je la précède dans l'escalier sans lui demander son consentement. Les vieilles amnésiques, très peu pour moi !

Je monte les marches quatre à quatre pour lui prouver que je sais où j'habite, en cherchant mes clés dans mon sac de la main gauche.

Lorsque j'insère la clé dans la serrure, j'ai un drôle de pressentiment. Quand j'y regarde de plus près, la clé ressemble étrangement à celle de mon ancien appartement. Et ne rentre absolument pas dans la serrure de mon appartement actuel. De ma seule main valide, j'insiste, je force, je triture la porte, je tourne la clé dans tous les sens. Rien à faire. *Incompatibilité « serruresque » totale !*

Mira arrive tranquillement à son tour, par l'ascenseur, et me regarde interloquée.

— Je vous l'avais dit ma p'tite. Ici, c'est madame Fontaine. Vous devez vous tromper d'étage, ou d'immeuble...

Mais qu'est-ce qu'elle raconte ?

Madame Fontaine, c'est l'ancienne locataire ! Elle fabule, ma parole !

Ou alors, c'est une caméra cachée... Une surprise pour mon anniversaire.

Mira a été mise dans la confidence. Les copains ont changé la serrure sans que je m'en aperçoive pour que ce soir, après que Claire a interverti les clés dans mon sac durant la journée, je rentre et découvre tous mes amis réunis pour me faire une surprise en avance !

Je regarde mon trousseau de clés. Il s'agit bien de mon ancien trousseau. Les coquins, comment ont-ils réussi ce coup ?

Je cherche à nouveau dans mon sac, éparpille tout son contenu, mais rien. À part des lunettes de soleil (il est temps de les retirer), une petite bouteille d'eau (j'ai toujours soif), un vieux ticket de ciné (datant du mois d'avril !), mon gloss, mon miroir de poche en forme de tête de chat, mon portefeuille et mon bric-à-brac habituel de petits carnets de notes, friandises, stylos et papiers chiffonnés. Il faudrait que je pense à faire le tri dans mon sac à main de temps en temps…

Aucun autre trousseau de clés. La peur finit quand même par me saisir.

Pourquoi je n'arrive pas à rentrer chez moi ? Pourquoi ai-je encore mes anciennes clés ? Pourquoi Mira ne me reconnaît-elle pas ? Et Tom, tout à l'heure au café, il semblait lui aussi ne pas me connaître et ne m'avoir même jamais vue…

C'est quoi ce bordel ?

Totalement déboussolée, j'appelle ma mère, les larmes aux yeux.

— Maman, dis-moi quel jour on est…

— Je ne sais pas, chérie, on doit être le 8 ou le 9. Attends, je regarde sur mon calendrier… Le 10 !

— De quel mois ?

— Du mois de mai ma chérie, on est le 10 mai, voyons… Qu'est-ce qu'il t'arrive ?!

Trou noir. Panique.

10 MAI.
On est en mai.

Pas en novembre.

J'ai dû louper un épisode, là. Même année, mais six mois plus tôt ?

Je m'assois sur une marche, et j'ouvre les vannes. Me voilà en pleurs devant le paillasson de Mme Fontaine, comprenant à peine qu'il s'agit de l'ancienne propriétaire de mon actuel appartement.

Enfin, futur appartement. Car si, comme maman me l'affirme, nous sommes en mai, ça veut dire que je n'habite pas *encore* ici.

D'ailleurs, je ne connais pas *encore* ma voisine Mira, car je ne connais pas *encore* Claire. Elle n'a pas pu me dire qu'un appartement se libérait dans ce quartier début août, elle n'a d'ailleurs rien pu me dire, car au mois de mai, nous étions encore de totales inconnues elle et moi…

Mais qu'est-ce que je fous là ?

Claire, c'est la cousine éloignée de Yann, et je l'ai rencontrée lors d'une soirée déguisée en juillet dernier, alors que je sortais tout juste avec lui. Entre elle et moi, le courant était tout de suite passé et notre amitié était née. L'été dernier, dans deux mois !

L'idée de ne pas encore connaître Claire me paralyse. J'ai tellement l'habitude de la voir, de la côtoyer, de lui envoyer des messages… C'est pour ça que je n'ai plus son numéro dans mes contacts ? Parce que nous ne sommes *pas encore* en contact ?

Mon monde s'effondre, et je ne comprends plus rien.

Ma tête me fait maintenant plus mal que mon poignet et les larmes ne cessent de couler le long de mes joues blêmes.

Je me regarde dans mon miroir de poche. Je ressemble à un clown, un clown triste et perdu.

7.

Mercredi 10 mai.

Et pas mercredi 8 novembre.

11 h 22.

JE SUIS TOUJOURS ASSISE SUR LE SEUIL de mon futur appartement.

J'essaie de repenser à mon dernier cours de sophrologie (Claire m'y avait traînée car elle avait peur d'y aller seule et depuis, nous nous étions inscrites à des cours de sophro, yoga et Pilates), j'essaie de visualiser un paysage apaisant, familier, dans lequel je me sens bien, pour ainsi mieux contrôler ma respiration et reprendre un rythme corporel plus calme. Manque de chance, le seul paysage apaisant dans lequel j'ai envie d'être, c'est chez moi. Ici. Enfin, chez Mme Fontaine, pas dans mon ancien/actuel appart…

Tout se télescope dans ma tête. Je suis totalement chamboulée.

Au fur et à mesure que mon rythme cardiaque revient à la normale, toutes les incohérences de ce matin deviennent peu à peu limpides…

Mon coup de fil chez JML Models, et la standardiste qui ne me reconnaît pas. Et pour cause, je ne travaille *pas encore* là-bas.

Mon gloss retrouvé au fond de mon sac dans le taxi… Parce qu'en réalité je ne l'ai *pas encore* prêté à Aria.

Les coquelicots bleus que ma mère a déjà peints l'été dernier, ils ne sont *pas encore* commencés.

La réaction hilare d'Aria quand je lui parle de mon anniversaire et du 11 novembre en plein mois de mai.

Mon fond d'écran de téléphone est bien celui que j'avais *encore* au mois de mai.

Tom qui me fait payer le café allongé au prix du café allongé, parce que je ne suis *pas encore* une de ses clientes préférées.

Le digicode qui ne fonctionne pas car au mois de mai, c'en était un autre.

Mon quartier si différent, avec la boutique de chaussures qui n'a *pas encore* remplacé l'épicerie.

Et le soleil étonnant pour un mois de novembre, qui est en réalité un soleil de mai !

Je regarde par la fenêtre du palier, et je me rends compte qu'effectivement, il y a des feuilles aux arbres. Comment ai-je pu rater ça ? J'étais tellement absorbée par mon rythme effréné, par la file d'attente au café, les huit minutes de retard qui allaient me valoir un regard en coin de tout l'open space, que j'en ai oublié de faire attention à ce qui se passait plus haut.

Si ça se trouve, on était déjà en mai quand je me suis réveillée ce matin. Et même hier soir.

Pourtant, je n'ai rien bu hier, et rien mangé de spécial (boulgour tomates séchées, youpi on s'éclate !).

Ma première pensée cartésienne consiste à affirmer que c'est totalement impossible de passer du mercredi 8 novembre au mercredi 10 mai… De reculer le temps de six mois, sans que personne s'en aperçoive. Inconcevable. On n'est pas dans un film de science-fiction !

C'est totalement IM-PO-SSIBLE.

Je prends le problème à l'envers.

Et si j'avais des dons de voyance ? On est bel et bien au mois de mai et cette nuit, j'ai fait un rêve, et j'ai rêvé ces six prochains mois.

J'ai donc rêvé de changer de boulot, de me faire des nouveaux amis, d'avoir une nouvelle vie. J'ai rêvé de Yann. J'ai fabulé, j'ai cru que tout ça était réel, mais non. Rien de tout cela n'est vrai et je ne l'ai jamais vécu.

Ou alors, pire : *je suis carrément en train de rêver en ce moment même. On n'est pas du tout un mercredi matin en mai, mais dans la nuit de mardi à mercredi, en novembre, et je suis en train de faire un rêve de malade. Ce genre de rêve tellement réaliste qu'il te fait hurler de rire dans ton sommeil, dans lequel tu ressens la douleur, et où il t'arrive même de faire pipi en vrai parce que tu te crois aux toilettes, alors que tu es dans ton lit. D'ailleurs, le café chaud renversé, c'est peut-être… Oh merde ! Ça arrive, quand la fatigue est telle que le corps ne fait plus la différence entre le rêve et la réalité. Je regarde ma main, ma douleur est bien réelle, ma blouse est carrément tachée, je ne suis pas en train de dormir, c'est certain. Je me pince. J'ai mal. Je ne suis pas endormie. Et cette migraine va me rendre folle.*

Que s'est-il passé ?

Mon cerveau tourne désormais à plein régime, mon cœur bat la chamade.

Autre solution : *par je ne sais quel hasard, la date a vraiment vrillé. Parfois, il ne faut pas trop chercher comment, ni pourquoi, et accepter les choses.*

Comme quand j'avais cinq ans et que mes deux dents de devant sont tombées pile la veille de la photo de classe. C'est comme ça. Le hasard. Le bad-karma. J'ai accepté le destin et j'ai offert mon plus grand sourire au photographe.

Ou encore quand j'ai reçu par erreur un colis contenant une tonne de fringues à ma taille (que j'ai honteusement portées sans me préoccuper de la pauvre fille qui attendait son colis désespérément), j'ai accepté ce cadeau du destin...

Eh bien ce matin, c'est pareil, je me suis réveillée au mois de mai, et mieux vaut ne pas chercher à comprendre, et accepter ce cadeau divin du destin.

J'ai toujours cru aux phénomènes paranormaux, aux choses inexplicables...

J'ai même déjà appelé les esprits avec Béa et Aria, quand on était au collège. L'expérience ne s'était pas vraiment avérée payante, mais j'ai ressenti comme un vent froid me traverser. Béa la terre à terre me soutient que c'est simplement un courant d'air, tandis qu'Aria, plus fantaisiste, et moi-même, sommes convaincues que nous nous sommes fait traverser le corps par une entité mystérieuse.

Bref, aujourd'hui, il a dû se produire une sorte de clash dans l'échelle du temps, une espèce de portail dans lequel je me suis engouffrée sans m'en rendre compte, simplement parce que je suis sensible au paranormal. J'ai toujours su que j'étais différente.

Cela m'arrive très souvent d'avoir cette impression de déjà-vu, qu'une situation se produise alors que je suis certaine de l'avoir déjà vécue, mais en fait, c'est mon cerveau qui a anticipé l'action, qui se déroule effectivement comme je l'ai imaginée au moment même où elle se produit... C'est un phénomène étrange, où pendant un instant, notre conscience est ouverte et où tout se mélange, le passé, le présent et le futur.

Je me trouve donc aujourd'hui, en décalage temporel de six mois par rapport à ce matin, devant un appartement que je ne vais habiter que dans trois mois. C'est presque plausible.

Quoi que… Quand j'y pense, qu'est-ce qui a déclenché cette matinée de merde ? (Appelons un chat un chat…)

Mais oui ! L'accident avec la Twingo rouge lorsque j'ai traversé cette rue.

Il faut que je me remémore les faits. Je me concentre. J'avais mon cappuccino brûlant à la main, je marchais tête baissée en ruminant à propos de Yann, tout en regardant l'heure qui défilait à toute allure et qui m'annonçait que j'étais une fois de plus en retard… J'avais la tête ailleurs, je pensais à mon amour pour Yann qui me consumait de l'intérieur, et j'ai souhaité de toutes mes forces ne jamais l'avoir rencontré !

Oui, voilà, j'ai fait une espèce de vœu !

Mais non, ça ne peut pas être ça.

J'ai souhaité des dizaines de fois que la graisse de mes fesses aille directement dans mes seins, ou de rester digne après un verre d'alcool fort, et je fais le vœu chaque semaine que ma grille d'Euro-millions soit la bonne, mais mes prières ne se sont jamais exaucées pour autant… Alors pourquoi celle-ci se serait réalisée ? Pourquoi ?

Peut-être parce que c'est une bonne chose, de ne jamais connaître Yann ?

Ou alors pour me donner une chance de rattraper le coup ?

Je me relève, totalement bouleversée et un peu honteuse d'être dans un immeuble qui n'est pas encore le mien, et décide de retourner à mon ancien (actuel) appartement pour confirmer ma thèse. Si mes réflexions sont exactes, j'habite encore mon ancien appart, je travaille encore dans une agence de voyages et je n'ai pas encore rencontré Yann…

La poisse.

Retour à la case départ.

Il me faut un café. Un autre et vite ! Toujours aussi chamboulée et migraineuse, je redescends les marches de mon futur-nouvel appart et reprends le métro en direction de mon ancienne vie.

Dans le reflet de la vitre du wagon, la jeune femme sûre d'elle de ce matin n'est plus. Je me regarde, tentant de réfléchir à mon avenir, enfin, à mon passé-présent.

Qui suis-je vraiment ? Qu'est-ce que je souhaite maintenant ?

Je viens de faire, par je ne sais quel procédé, un retour un arrière.

Comme le flash-back de ma vie.

Ma vie actuelle n'existe pas encore, tout est à construire, ou à reconstruire. Cette fois-ci, j'ai les cartes en main et une vision de ce que pourrait être ma future vie.

Est-ce qu'on joue de la même façon à un jeu de société lorsqu'on connaît les cartes des autres ?

Est-ce qu'on apprécie autant un film en le regardant pour la seconde fois ?

Est-ce que je peux enfin prendre le bon train de la vie sans rester sur le quai ?

Est-ce que je peux réellement contrôler mon existence, et saisir cette seconde chance pour changer mon avenir ?

Est-ce que je dois saisir ma chance, forcer mon destin ou prendre une autre destination ?

J'inspire profondément, refais quelques exercices de respiration et de relaxation, et je remarque que je me sens bien.

Après tout, il faut vraiment que je voie ça comme une chance. La balle est dans mon camp. Mes larmes ont séché et un grand sourire se dessine désormais sur mon visage.

Ma bonne humeur ne part jamais bien loin, et je savoure cette incroyable opportunité qui m'est offerte de pouvoir modifier ma vie, pour changer mon futur.

Une seconde chance.

Qui n'a jamais rêvé de pouvoir revenir en arrière ? De refaire quelque chose, en mieux, ou de ne pas le faire du tout ?

8.

11 h 39.

JE M'IMAGINE DANS UNE SORTE DE JEU VIDÉO. Pixélisée, j'avance dans un monde semé d'embûches que je dois éviter, de problèmes sur lesquels je dois sauter, d'immenses trous noirs à franchir. Mais aujourd'hui ma vie vient de me dire « Game Over ». J'entends même la petite musique « spécial perdant ». *Même joueuse joue encore.*

Mes rêveries sont interrompues par le signal de la porte du métro.

Oups, j'ai failli louper mon arrêt ! Je bondis et sors *in extremis.*

Lorsque j'arrive enfin devant mon ancien chez-moi, la clé s'emboîte parfaitement dans la serrure de mon ancienne porte. J'entre dans mon actuel/ex chez-moi. Ça me fait vraiment bizarre de me retrouver là, six mois avant ce matin.

Je suis encore un peu sous le choc de retrouver mon vieil appartement tel qu'il était au mois de mai. J'observe la pièce principale. Murs blanc cassé, tableaux chinés à la brocante du village de mes parents, moquette gris clair au sol, extrêmement difficile à garder propre mais tellement douillette le soir venu… Mon petit canapé en velours bordeaux, qui n'a pas encore cette vilaine tache à l'accoudoir (tache faite avec Yann lors d'une soirée arrosée), sur lequel reposent mes chers coussins à pois. Ma petite table de salon, sur laquelle j'aime étaler tous les magazines auxquels je suis abonnée. Ma bibliothèque, remplie de livres d'art offerts par ma mère, et de romans classiques offerts par mon père, et ces bibelots ramenés d'ici et là, lors de mes voyages avec Aria. Derrière le canapé, caché par un vieux paravent, mon ancien lit est coincé contre le mur. Je n'ai pas (encore) de chambre séparée et pour le moment, ça me convient. Je prends le temps de regarder dans mes placards, de fouiller ma penderie, d'ouvrir les tiroirs et de me remémorer mon ancien chez-moi, pour mieux me redécouvrir. Tant de choses se sont passées ; qui étais-je à l'époque ?

Ma décoration était presque la même qu'actuellement (enfin, qu'elle ne le sera dans six mois, si je raisonne bien), à la fois moderne mais ancrée dans le passé, un petit appartement plein de charme, d'apparence rangé mais avec un léger esprit « cabinet de curiosités ». Je l'aimais bien, en fait, cet appart.

J'ouvre un bouquin posé sur la table basse et m'aperçois que le marque-page est inséré au milieu. Je l'enlève en souriant. À quoi bon ? Je connais déjà la fin de ce livre…

Je retire mon manteau, puis ma blouse, je mets en route la cafetière et décide de me faire couler un bain. S'il y avait bien un avantage dans cet appart, c'était la baignoire ! Alors, je décide d'en profiter. Et puis, rien de tel qu'un bon bain pour se remettre les idées en place. De toute façon, le docteur m'a dit de me reposer, je ne vais pas le contredire.

Tout en buvant mon café dans mon bain (je pourrais classer cette activité comme étant ma quatrième favorite au monde), je continue à démêler le vrai du faux concernant ma vie au moment M.

Je m'appelle Calypso et j'ai vingt-huit ans. Vrai.

Je suis célibataire. Toujours vrai.

J'ai des parents adorables et je suis fille unique. Vrai.

Mes meilleures amies sont Aria, Béa et Claire. Vrai et Faux. Je ne connais pas encore Claire. Note à moi-même : *Me débrouiller pour rencontrer Claire le plus rapidement possible.*

Je sors d'une rupture brutale. Faux. Ça, c'est une bonne nouvelle ! C'est d'ailleurs pour ça que je ne ressens plus cette boule au cœur. Ce retour vers le passé est au moins positif dans ce sens. Dans ma poitrine bat un cœur en pleine forme, pas encore brisé. Je suis célibataire et sur le point de rencontrer l'amour. Archi positif !

J'adore mon travail. Faux. J'adore le prochain et j'arrive franchement à saturation de l'actuel.

Et merde ! Mon travail ! Je ne les ai même pas appelés pour leur dire que j'avais eu un accident !

En même temps, je n'ai pas reçu non plus de coup de fil.

Est-ce que je les appelle, pour leur expliquer ce qui m'est arrivé ? Oui, quand même, c'est plus prudent.

Dans mon portable, le numéro de mon ancienne collègue Marie est encore enregistré (je dis « encore » car je suis certaine de l'avoir effacé une fois partie de l'agence).

— Marie, Destination Soleil, bonjour !

— Allô, Marie ? C'est Caly !

— Caly ! Mais où es-tu ? Tu es souvent en retard mais là, franchement, tu dépasses les bornes.

Ça me fait bizarre de l'entendre. Sa façon de parler et sa voix sont insupportables. Vivement que je change de boulot. Je lui explique rapidement ma situation (l'accident, pas le passage dans le temps), et elle me rassure aussitôt :

— Tu as de la chance, M. Jacques est absent aujourd'hui, je suis seule à l'agence. Tu évites le remontage de bretelles. Je mets une note au patron, alors. Tu reviens quand ?

— Demain. Ne t'en fais pas. Laisse mes dossiers en attente.

— Même le circuit Canada des Berthier ? Ils voulaient un devis pour aujourd'hui, et ils ont appelé sur ton poste ce matin.

— Ils attendront ! Tu as bien assez à faire pour reprendre mes devis.

— Ça marche ! À demain Caly !

— Bye Marie !

Je raccroche.

Le bain est encore chaud, je vais rester immobile, main droite en l'air pour ne pas mouiller le bandage, et je ne vais plus penser jusqu'à ce qu'il devienne tiède.

C'est vraiment une des choses que j'adore le plus au monde. Sentir mon corps flotter dans de l'eau chaude, me laisser porter, n'utiliser aucun muscle, me relaxer en ne pensant à rien.

OK, ne plus penser, c'est facile à dire, mais pour quelqu'un comme moi, qui réfléchit tout le temps, j'avoue, c'est carrément difficile, voire mission impossible !

J'ai besoin de mettre les choses au clair.

Tout mettre à plat, noter les faits, et me concentrer sur ce que je dois faire, dans un ordre précis. Il me faut un plan d'attaque pour ma vie. Et ce n'est pas en végétant que je vais y voir plus clair.

Je sors du bain et m'emmitoufle dans mon peignoir, bien moins rêche qu'il ne le sera au mois de novembre (note à moi-même : *changer de lessive*).

M'emparant d'un petit carnet couleur arc-en-ciel pailleté perdu au fond de mon sac, et d'un stylo violet à paillettes (qui sent la mûre), je file au salon et commence à mettre par écrit la situation :

MAI :

- Boulot : Conseillère en agence de voyages. Poste ennuyeux et répétitif. Pas du tout épanouissant. Note : 6/10.

- Perso : Célibataire, à la recherche d'un mec bien (ndlr : que je vais rencontrer dans un mois, pendant un voyage en

Thaïlande). Je ne recherche pas de mec à tout prix et je vis ma vie de célibataire avec enthousiasme. Moral affectif : 8/10.
– Dodo : Mini studio dans un quartier plutôt sympa. Mais trop petit. Manque de fenêtre. Mais j'ai une baignoire. Note : 6/10.

Moyenne : 6,7/10.

NOVEMBRE :
– Boulot : Bookeuse dans une super agence de mannequins. Note : 9,5/10.
– Perso : Célibataire, encore amoureuse de mon ancien mec qui m'a quittée brusquement. Moral affectif : 6/10.
– Dodo : Nouvel appart, plus grand (avec une petite chambre à part + une fenêtre dans la salle de bains). Voisins et quartier très sympas. Note : 8/10.

Moyenne : 7,83/10.

CONCLUSION : Remonter ma moyenne de vie et vite !

À FAIRE :
– Rencontrer, reconquérir et garder Yann.
– Redevenir la BFF de Claire.
– Changer de boulot.
– Déménager.

Puis je note en gros, sur la page suivante :

Saisis ta chance !!!

Sympa le programme. De toute façon, ma vie de mai ne me correspond plus, et celle de novembre me laisse un goût amer.

On me donne une chance de recommencer, je ne vais pas me gêner !

J'ai même le droit d'avoir de nouveaux rêves.

9.

12 h 18.

Des gargouillis dans mon ventre me font revenir à la réalité. Mon estomac me fait comprendre que je n'ai pas mangé depuis une éternité (la veille en fait). Je décide donc de regarder ce qu'il y avait dans mon frigo en mai. Non, je dois arrêter de parler au passé. Ce qu'il y a dans mon frigo.

Jambon, blanc de poulet, poivrons, tomates, fromages en tous genres. Tiens, je n'étais pas encore dans ma « vegan transition », je mangeais de tout, en quantité. Bonne nouvelle, j'ai vraiment envie de viande. Je souris en pensant qu'en mai, l'aura de Claire n'avait pas encore influencé ma façon de vivre, de consommer et de manger.

Depuis que je travaille chez JML Models, j'ai adopté, presque malgré moi, le « vegan style ». J'ai commencé à ne plus acheter de viande, je ne consomme plus de lait de vache, je suis passée aux produits non testés sur les animaux et j'essaie de manger davantage de fruits et légumes (bio, bien sûr). Les autres bookeuses de mon agence sont vegan, et la plupart des models, elles, sont quasiment toutes des crudivores vegan. C'est carrément pire que les vegan, car elles ne mangent que des fruits, des légumes et des graines, le moins cuit possible. Des lapins, pour ainsi dire. La première fois qu'elles m'ont vu débarquer à l'agence avec un plat de spaghettis bolognaise pour ma pause du midi, j'ai cru qu'elles allaient faire un infarctus ! J'ai dû laisser la salle de repos avec la fenêtre ouverte en plus du ventilo puissance 3 toute l'après-midi ! Depuis, je fais attention. Je mange des salades, je bois de l'eau. Voilà comment, en quelques semaines, je suis devenue moi-même un lapin, je suis rentrée dans un moule. Comme une tarte… Sans même m'en rendre compte, je me suis automatiquement adaptée au monde dans lequel je vivais. C'est triste comme constat, je me suis fait happer par l'effet de groupe, en oubliant celle que j'étais. Je me rends compte que la Calypso que je suis n'est pas forcément celle que j'ai envie d'être en novembre prochain. J'ajoute sur mon carnet arc-en-ciel :

Continuer à manger de la viande.

Voilà ! On peut dire que c'est une première étape dans ma décision de prendre mon destin par les cornes. Nous sommes en mai, et je suis carnivore. Un bon repas de carnivore va me redonner le moral et me permettre de reprendre des forces pour assurer les prochains mois.

Parce qu'en matière d'avenir, je suis toujours larguée.

Je sais que je dois absolument récupérer ma vie sentimentale et retrouver ma situation professionnelle, mais je dois aussi accepter de recommencer cette période de ma vie qui m'a épuisée moralement et physiquement. J'ai toujours du mal à accepter le fait que, d'un coup, ma vie ait reculé de plusieurs mois, mais je vais devoir faire avec, et continuer à avancer, donc je préfère y voir une chance plutôt qu'une malédiction.

Positive attitude, le retour.

Si l'univers m'a donné cette seconde chance, c'est sans doute parce qu'il croit que je suis capable de faire beaucoup mieux. Ne suis-je pas l'élue ?

Tout en me régalant d'un sandwich improvisé « restes-du-frigo » (ma spécialité), j'essaie de reprendre ma vie en main, du point de vue pratique et chronologique.

Qu'était donc ma vie en mai ?

Quelles étaient mes priorités ?

Mes passions du moment ?

Je m'installe dans mon canapé, dont la fermeté n'a absolument pas changé, et j'allume mon ordi.

Mon premier réflexe est d'aller sur Netflix. Je l'utilisais quotidiennement à l'époque, car je rentrais plus tôt du travail et je n'avais pas de mec avec qui partager mes soirées. *Aie,* le couteau dans la plaie. Dans ma liste de lecture, je me retrouve en plein dans des séries que j'ai finies il y a très longtemps, et pas encore dans mes séries préférées. Super. Je connais déjà la fin de *PLL,* d'*Orphan Black* et comble du désespoir pour une série-addict comme moi, *The OA, Riverdale, Sex Education, Plan Cœur* et *13 Reasons Why* n'étaient même pas encore sortis à l'époque. Je vais donc m'ennuyer à périr les six prochains mois parce que j'aurai déjà tout vu. Je vais devoir me rabattre sur des vieux *Friends* et me refaire toutes les saisons de *Orange Is the New Black* et *How I Met Your Mother.* Et il faudra que je fasse attention à ne rien spoiler pour Marie au boulot, elle est à fond et si je gaffe sur la fin d'une série ou sur le destin d'un personnage, elle va me tuer !

Après cette mise à jour cinématographique, un petit tour sur les réseaux sociaux me donnera un topo précis de ma situation au mois de mai :

Profil : *Caly Pso*

Photo de profil : *Moi, sur un âne.*

Tiens, ça fait longtemps que je ne l'avais pas vue, cette photo ! C'était lors d'un « Travel Tour » avec l'agence, au Maroc. Ce qui était bien dans mon ancien boulot, enfin, mon boulot actuel, c'est que je pouvais voyager à l'œil en allant tester des hôtels avant de les intégrer à notre catalogue. C'est ainsi que, plusieurs fois par an, je faisais de petits séjours à l'étranger, seule ou avec d'autres agents de voyages. Il ne faut pas croire que c'est LE bon plan par excellence. Oui, bien sûr c'est chouette, mais très court et hyper rythmé. On n'est pas là pour le farniente. La plupart du temps, on est sur place trois jours, on reste enfermés dans des hôtels, à visiter les différents types de chambre, prendre des notes, des photos, et assister à des présentations et réunions fades et ennuyeuses… En revanche, lorsqu'il faut essayer des prestations (massages, spas, restaurants, excursions, promenades et visites culturelles), c'est nettement plus sympa. Et ce jour-là, nous étions allés tester les balades à dos de mules au Maroc. Une alternative aux balades en chameau, car les ânes sont plus dociles (contrairement à ce qu'on croit) et moins impressionnants. J'avais quand même réussi à choisir l'âne le plus têtu de l'univers. Il ne voulait pas avancer, et j'ai été obligée de marcher à côté de lui la plupart du trajet en tirant sur sa lanière… Je peux vous assurer que l'expression « Têtue comme une mule » n'est pas exagérée. Bref, la lose mais une bonne partie de rigolade quand même avec l'équipe.

Je continue dans mon exploration en cliquant sur « À Propos ».

Infos : *Agent de Voyages à Destination Soleil. No comment.*

De : *Paris. Ça, ça n'a pas changé.*

Amis : *370. Ah oui, quand même. Je vérifie, connaissant déjà la réponse : Aucune Claire, aucun Yann.*

Pareil pour mes autres collèges de JML, mes copines du cours de Pilates… Personne.

Les savoir inexistants dans ma vie me rend vraiment triste, et même franchement nostalgique.

Mais comment pourrais-je être nostalgie d'une chose que je n'ai pas vécue ?

Comment quelqu'un qui n'existe pas encore dans ma vie pourrait-il déjà me manquer ?

C'est absurde… C'est un peu comme les gens qui disent cette phrase que je déteste : *« Si tu n'existais pas, il faudrait t'inventer ! » Non ! Si tu n'existais pas, personne ne saurait qu'il y a quelqu'un d'aussi génial que toi à inventer. Personne ne penserait à toi, car tu n'existerais pas justement. Tiens, si ça se trouve, là, il y a quelqu'un que tu devrais inventer car il n'existe pas, mais tu ne le fais pas, car tu ne peux pas savoir qu'il faut inventer cette personne tellement géniale qui n'existe pas encore ! Donc laisse tomber cette expression pourrie.*

Si je n'existais pas, tu te fendrais moins la poire, tout simplement. Et je suis prête à parier qu'aujourd'hui Claire ne se marre pas autant qu'en novembre prochain à son boulot !

Je continue mon exploration de réseaux sociaux. Dans mes messages, rien de folichon : *Message groupé des copines. Apéro ce soir, chez Béa.*

Ah, tiens, j'avais oublié. À l'époque (je parle comme une petite vieille qui se souvient de sa jeunesse, mais pour moi, ces six mois me paraissent tellement loin !), nous allions tous les mercredis soir les unes chez les autres. C'était notre soirée à nous, Aria, Béa et moi, les amies d'enfance.

Trois conditions : *que nous soyons uniquement nous trois (donc sans mec ou sans copine rapportée), devant un film sympa mais pas trop intéressant (pour nous laisser le temps de papoter sans être trop prises par l'histoire) et avec de l'alcool. Oui, c'est très cliché, mais papoter entre copines devant une petite comédie légère avec un verre de vin à la main, c'est le must, et c'était devenu essentiel pour nous à l'époque. Je dis à l'époque car les priorités changent vite. Maintenant, je sais que fin novembre Béa aura tout juste accouché, et que nos soirées filles se feront davantage à deux qu'à trois. Béa sera certainement trop occupée ou fatiguée par sa vie de future maman. Et j'imagine qu'une fois qu'elle aura accouché, nous ne la reverrons pas avant plusieurs semaines. Se couper du monde comme ça, je ne comprends pas. Un bébé, c'est simple : on le couche et on le confie à son mec. Comme ça, on peut aller voir ses copines pendant qu'il dort, non ? Fabien peut bien gérer trois heures le temps qu'on papote un peu ? Béa aura bien le droit à un peu de répit (et de vin !) après des mois de privation. Il faudra que je lui en touche un mot le moment venu pour la préparer psychologiquement à continuer à venir une fois qu'elle sera maman.*

Sinon, aucun autre message intéressant ou pouvant m'aider dans mes recherches.

J'aperçois un petit « 1 » qui s'affiche en rouge près de l'icône amis. Une nouvelle demande d'ami : *Kevin Duddule. Ah oui, je me souviens maintenant. Je l'avais croisé lors d'une soirée, il avait insisté pour avoir mon numéro, je lui ai répondu qu'il n'avait qu'à me trouver sur le Net, car des filles avec mon prénom, il n'y en avait pas beaucoup. Cela dit, je ne lui avais donné ni mon prénom, ni mon numéro, ni d'ailleurs aucune information sur ma vie. Il avait fini par me retrouver, en demandant comment je m'appelais au serveur du bar (Ben, qui me connaissait), et en regardant parmi les amies virtuelles de Ben sur Facebook s'il y avait une Calypso. Je le sais car en mai dernier, donc aujourd'hui, j'avais accepté sa demande d'ami et il m'avait raconté comment il avait réussi à me retrouver. Et d'ailleurs, il n'avait pas arrêté de me parler, de vouloir me revoir, jusqu'à limite me harceler sur mon mur, en mode « Alors, on se voit quand ma belle ? ». Quelle horreur. (Note à tous les mâles de la Terre : Arrêtez de nous appeler « ma belle », c'est naze.) Fière de moi et de ce que je m'apprête à faire, je relève le menton, sourire en coin, m'empare de ma souris et clique sur « Supprimer l'invitation ».*

Bon débarras ! Note à moi-même : *changer mon prénom sur Facebook pour être moins identifiable.*

Dans mes photos, rien d'extraordinaire. Des vieilles soirées déjà oubliées, et aucun Yann à l'horizon.

Résultat de ma recherche : *je sais juste que j'ai apéro ce soir. C'est déjà ça, je ne vais pas me priver. Même si le docteur m'a interdit l'alcool, je suis une adulte je fais bien ce que je veux. NA.*

Cette petite recherche m'a quand même permis de comprendre à quel point ma vie n'était pas incroyable à l'époque. Certes, je sortais, mais c'était pour compenser mon ennui au boulot et trouver des choses stimulantes à faire (autre que Netflix) au cours de la semaine.

C'est encore le début de l'après-midi, peut-être qu'Aria est en train de prendre sa pause. Je l'appelle, pour lui confirmer que je viens ce soir, avec un plateau de charcuteries de chez le traiteur italien (j'en ai l'eau à la bouche, ça fait une éternité que je n'ai pas mangé de charcuterie).

— Re-coucou Aria ! Ça va mieux, tu as arrêté de rire comme une grosse baleine ?

— Caly ! Non mais toi, t'as le don pour sortir des trucs hilarants, avoue ! Bon, ça va mieux, tu es moins overbookée ? Tu vas pouvoir venir ce soir ou alors tu dois préparer ton anniversaire six mois à l'avance ?

— Oh, ça va, désolée, j'étais chamboulée par ma matinée… Je suis enfin chez moi, et j'ai pris ma journée. Je crois qu'il faut que je dorme un peu avant notre soirée de filles. Je vais passer chez l'Italien, on va se régaler !

Je décide de ne pas lui parler de cette faille spatiotemporelle car, la connaissant, elle va soit vouloir m'exorciser en me faisant avaler une mixture dégoûtante pour me renvoyer dans le futur, soit vouloir m'ouvrir le cerveau à la recherche de la puce que les extraterrestres m'ont implantée à l'hôpital sans que je m'en rende compte.

— Oui, dors, parce qu'il faut absolument que tu sois en forme pour ce soir, Béa a un truc à nous dire il paraît ! Tu penses qu'elle a enfin réussi à quitter Fabien ?

— Aucune idée ! Allez, je te laisse, à ce soir Yaya !

— Bye, et n'oublie pas la vente privée ! me dit-elle juste avant de raccrocher.

Je ne sais pas de quelle vente privée elle parle, d'ailleurs je ne lui demande pas, sinon elle va encore me trouver louche. Pareil, je me tais à propos de Béa. Je ne *spoilerai* pas son annonce. Totalement à l'opposé de ce que s'imagine Aria, puisqu'elle va certainement nous dire qu'elle est enceinte d'environ trois mois, qu'elle vient seulement de l'apprendre, qu'elle est trop heureuse, qu'elle n'y croyait pas, et blablabli et blablabla.

Je me souviens parfaitement de ce moment. Vêtue d'une longue robe bleu clair, Béa s'était assise sur le côté du canapé et avait inspiré doucement en nous regardant d'un air mystérieux. Sur le coup, elle ressemblait étrangement à Suzanne Manet peinte par son mari dans le tableau *La lecture* (ma mère en avait une reproduction dans sa chambre). Elle nous a annoncé timidement qu'elle ne pourrait plus picoler avec nous, à cause d'un « petit clandestin abdominal » ! On a aussitôt compris, on lui a sauté dessus en hurlant, puis on s'est mises à parler à son nombril et à boire tout le vin à sa place.

C'est ainsi que, depuis ce jour, nos conversations ont totalement changé de sujet, et qu'au lieu de parler de nos projets de vacances, week-ends, voyages ou de nos coups de cœur en matière de mecs (que ce soit des acteurs, des collègues ou des futures conquêtes trop « *graou* » comme dit Aria), nous focalisons nos conversations sur la grossesse, les prénoms qu'on aime et ceux qu'on déteste et la comparaison de sites de fringues pour enfants (à base de « *le mien, il sera habillé avec plein de couleurs* » ou « *je l'habillerai en mini adulte, c'est trop mignon la cravate pour un bébé* »)… RIP soirées nanas, *welcome* soirées gagas !

Je me le jure intérieurement : *ça ne va pas se passer comme ça ! Je vais dès ce soir imposer MES sujets de prédilection dans les conversations et lui fermer son caquet dès qu'elle commencera à parler puériculture.*

Je récupère mon carnet sur la table basse et y note :

Continuer les soirées filles à 3 (avec alcool et saucisson).

Sur cette bonne résolution, je décide de me bouger et d'aller courir. J'en ai pris l'habitude depuis quelques mois. C'est Yann qui m'a initiée, et si au début je n'étais pas convaincue, j'avoue que, depuis, je ne peux plus m'en passer ! Malgré mon entorse au poignet, j'ai besoin de courir, j'ai l'impression d'avoir les jambes qui me démangent.

Je me mets à la recherche de mon sac rose fuchsia spécial running, mais je ne le trouve pas. Mon appart est tout petit, ça ne devrait pourtant pas être difficile de remettre la main dessus. En plus, je me souviens bien, je le mettais toujours dans la salle de bains, sous le petit placard en dessous du lavabo. Mais rien. De toute façon, plus rien ne m'étonne aujourd'hui, et il ne me faut pas plus de temps pour comprendre et me souvenir qu'au mois de mai, mon seul sport de la semaine c'était de courir dans le métro juste avant que la porte ne se referme pour être certaine de me retrouver collée à un beau mec que j'avais aperçu quelques secondes plus tôt. « *Oups, désolée, on est serrés ce matin dites donc !* » Et encore, rien que de courir vingt mètres, j'étais essoufflée...

J'en viens donc à la conclusion qu'aujourd'hui rien ne sert de courir, je vais avoir un point. (De côté). J'ajoute quand même dans mon petit carnet :

Me mettre au running.

L'après-midi se passe donc tranquillement et non sportivement. Je fais un peu de rangement, constatant que j'étais beaucoup moins maniaque avant de déménager, et que le ménage constituait une activité très rare dans mon quotidien. L'effet de bazar était principalement visible à cause de tous les vêtements qui traînaient partout, et des tas de bibelots ramenés de mes excursions, qui prenaient la poussière par-ci par-là...

Nouvelle vie, nouvelle déco : *de ma seule main valide, je débarrasse mon salon du superflu, je trie les papiers qui traînent, je range les vêtements dans mon armoire, je jette les pubs accumulées sur mon petit meuble d'entrée et je remise mes souvenirs de voyage dans une boîte que je place sous le placard du lavabo de la salle de bains (c'est possible vu que je n'ai pour le moment aucune affaire de course à pied !). Une fois mon appartement remis à mon goût du jour (c'est-à-dire aéré et vidé des choses inutiles), je me sens mieux, les idées plus au clair. Pourquoi est-ce que je ne l'ai pas fait avant ? Ça m'aurait permis de trouver un endroit calme et reposant le soir une fois rentrée de l'agence de voyages. Il suffit parfois de trois fois rien pour se sentir bien chez soi, et mieux dans sa tête.*

Je décide de me poser devant un film (déjà vu, mais il va falloir que j'en prenne l'habitude) avec une poche de glace sur mon poignet douloureux. Tout ce dont j'ai envie à présent, c'est de penser à ce soir. Retrouver mes amies, celles à qui je dis tout depuis plus de vingt ans, ça va me faire vraiment du bien. Même si ce sont mes amies telles qu'elles étaient il y a six mois et pas dans le même état d'esprit qu'hier, en novembre prochain. Je n'arrive même plus à me suivre moi-même !

10.

20 h 02.

UN VERRE DE VIN DANS MA MAIN VALIDE, un toast pain/jambon de parme/parmesan dans ma main bandée, je suis arrivée chez Aria depuis à peine deux minutes qu'elle m'a déjà installée sur son fauteuil préféré et donné à boire et à manger. J'ai beau lui dire que l'alcool et les anti-inflammatoires ne font pas bon ménage, elle m'assure que la douleur sera pire si je passe une soirée sans boire. Et elle a plutôt raison sur ce point. Depuis quand suis-je raisonnable ? Et puis l'alcool permet d'oublier, et j'ai des tas de choses à oublier ce soir !

Ça me fait tellement bizarre de revoir l'Aria d'il y a six mois. Elle a drôlement changé de look. Ce soir, elle a les cheveux rouges et mi-longs. Pas encore de frange, ni d'eye-liner noir, ni de rouge à lèvres pourpre. Son style actuel est plutôt grunge : *fard à paupières violet, gloss transparent, et cheveux vermillon tout en volume. New Punk quoi. Rien à voir avec l'Aria de novembre, beaucoup plus rétro et classe. Elle m'étonnera toujours, moi qui ai du mal à changer de coupe de peur du regard des autres, elle ne s'en soucie guère et fonce tête baissée tous les trois ou quatre mois pour nous faire découvrir une nouvelle facette de sa personnalité !*

Béa, elle, est plus calme, plus posée. C'est un peu l'adulte du groupe, notre maman, comme on aime l'appeler (si on savait, à l'époque !). Elle porte depuis des années sa longue tignasse blonde bouclée, toujours attachée en queue-de-cheval pour plus de facilité. Comme lui dit souvent Aria : *« À quoi ça sert d'avoir des cheveux aussi magnifiques si tu ne fais que les attacher, c'est du gâchis ! C'est comme si David Beckham portait constamment un costume d'astronaute… Une perte pour nos yeux ! » Aria me fera toujours rire ! Mais sa remarque se tient, non ?*

Les yeux pétillants, elle se tourne vers moi et me dit :

— Alors, avant de me raconter ta folle journée et de me détailler ta rencontre avec ton beau gosse de sauveur, est-ce que tu as pu réserver cet aprèm ?

Je la regarde avec des yeux ronds, ne sachant vraiment pas de quoi elle parle.

— Réserver ?

— Oui, pour la Thaïlande !

— Quoi ?

— Réserver nos billets, Caly, arrête de me faire marcher ! Tu te souviens, tu devais prendre les billets aujourd'hui sur le site, il y avait la vente privée qui commençait à 15 heures ! Jusque – 38 % sur les séjours, tu m'as dit que c'était THE bon plan du siècle… J'hallucine, ça aussi, tu as oublié !

— Merde ! Non, enfin oui, ça m'est complètement sorti de la tête !

Là, c'est la grosse lose !

Je viens de réaliser que c'était *aujourd'hui* que je devais réserver les billets pour notre voyage en Thaïlande. C'est d'ailleurs ce que j'ai fait, en direct du boulot, il y a six mois. Je m'étais mis un post-it la veille, pour ne pas l'oublier le matin en arrivant à l'agence. Les billets partent en général comme des petits pains, et si je veux qu'on passe un super séjour, je sais que c'est dans cet hôtel qu'on doit aller ! Comme je ne suis pas allée travailler, je n'ai pas vu le post-it, et je n'ai pas réservé. J'aurai dû me mettre un rappel sur le téléphone.

Acte manqué. Vie chamboulée. Quand le battement d'ailes d'un papillon n'a pas lieu au Brésil, il ne peut pas déclencher de tornade au Texas !

Et moi, je la veux ma tornade, car elle s'appelle Yann !

Son sourire s'éteint, mais revient rapidement.

— Pas grave, on trouvera une autre offre, peut-être même en last minute, de toute façon, je n'ai pas encore posé mes vacances !

— Non, mais c'est pas possible ! Il faut qu'on prenne une chambre dans CET hôtel !

Je me suis levée d'un coup, et j'ai hurlé cette phrase dans l'appart, faisant râler Béa.

J'ai conscience de paraître à moitié folle, mais je ne peux pas laisser passer cette occasion de rencontrer Yann. Béa intervient :

— Oh, ça va, tu ne vas pas te la jouer « agent-de-voyage-qui-connaît-tout-mieux-que-tout-le-monde ». Des hôtels sympas et qui ne coûtent pas un bras, ce n'est pas ce qui manque là-bas ! Qu'est-ce que tu peux être chiante parfois... Reste zen Caly, c'est pas la première fois que vous partez en vacances à l'arrache !

— Non, mais vous ne comprenez pas ! Si je ne vais pas dans cet hôtel, jamais je ne rencontrerai l'homme de ma vie !!!

Je crie, au bord des larmes.

Aria hausse les yeux, et Béa continue :

— Toujours dans l'excès, Caly ! Comment tu arrives à être aussi optimiste et à tout le temps croire que tu vas rencontrer l'homme de ta vie. Tu nous as fait le même coup l'année dernière, en Crète. Il fallait ABSOLUMENT qu'on monte dans ce bus de touristes car tu avais pressenti que tu allais rencontrer l'amour, et résultat, on a passé la journée en excursion avec des retraités ! Ah ça, c'est sûr, l'amour, on l'a rencontré ! Ils avaient tous le regard plongé dans nos décolletés et n'ont cessé de répéter que ça fait plaisir de voir de la jeunesse ! Tu m'étonnes !

Forcément, elles ne savent pas, ELLES, que c'est dans cet hôtel que j'ai rencontré Yann, un mois plus tard.

Que c'est en cliquant sur « Réserver » en mai dernier (donc aujourd'hui) que ma vie a basculé.

J'avale d'un trait mon verre de vin, en réalisant que mon oubli de cet après-midi pourrait bien me coûter ma vie entière !

Réflexion rapide mais efficace : *pas d'hôtel, pas de Yann. Pas de Yann, pas de Claire, pas de Claire, pas d'appart, et surtout pas de boulot ! Ma future vie parfaite s'est évaporée avant même d'avoir existé ! C'est une catastrophe, je dois absolument rattraper ma bourde. J'insiste.*

— Tu ne comprends pas, je veux vraiment aller dans cet hôtel. Passe-moi ton ordi Aria, je vais vérifier s'il ne reste pas deux places.

La boule au ventre, je me rends sur le site de ventes privées de séjours *suneverywhere.com* et clique sur l'icône « Vente du Jour ».

Je sélectionne le lieu et les dates du voyage. Première nuitée samedi 10, dernière nuit mardi 20 juin, pour reprendre l'avion le lendemain. Pour deux adultes. Cette fois-ci, Béa ne viendra pas. Elle prétextera ne pas pouvoir venir à cause de son boulot d'assistante dentaire. Mon œil, je sais déjà pourquoi cette année elle passe son tour.

Je coche, je clique. Le site Internet mouline, mouline… Et le résultat s'affiche : *Aucun résultat ne correspond à votre recherche. Essayez de nouveau avec de nouvelles dates.*

Nooon ! Ce n'est pas possible ! Je réfléchis.

Ce matin, j'ai fait le souhait de ne JAMAIS avoir rencontré Yann, c'est donc normal que le destin me pousse dans cette direction. Quelle cruche !

J'explose :

— Et voilà ! Pendant que j'étais chez moi à ne rien faire, plutôt que d'accéder à la vente, une autre personne a cliqué sur les dates et a réservé MA chambre dans MON hôtel là où je suis censée rencontrer MON mec de MA vie ! Si je la retrouve, celle-là, je lui fais bouffer son passeport !

Aria, se lève et vient m'enlacer.

— Eh, calme-toi, Hulk ! Y'a pas mort d'homme, on va bien trouver une chambre. Allez, reprends un verre, Calynette. Et au fait, Béa, t'avais pas un truc méga important à nous dire ?

— Euh, non, laisse tomber, j'ai zappé !

La soirée se poursuit, avec des bavardages de filles, quelques potins, quelques critiques de nos collègues respectives, mais sans annonce de grossesse. Je réfléchis et suppose qu'elle a dû nous l'annoncer plus tard vu la journée que j'avais vécue, mais moi, je sais déjà que si elle ne boit pas de vin ce soir, ce n'est pas parce qu'elle est ballonnée, c'est parce qu'elle est enceinte.

Elle nous le dira sans doute la semaine prochaine, quand j'y repense, ça se passait chez moi, et elle nous a offert à chacune un petit sac jaune contenant un bavoir brodé d'un « *Super Tata* » ! Vais-je réussir à feindre la surprise ? Bien sûr, je suis une super comédienne, tout le monde le sait !

En tout cas ce soir j'ai vraiment du mal à me concentrer sur la conversation, que j'ai déjà entendue il y a six mois, je ne pense qu'à mon stupide oubli de réservation et me demande comment je vais pouvoir rattraper mon destin.

11.

Jeudi 11 mai. 7 h 04.

Ce matin, je me réveille déterminée, avec la certitude que je dois tout faire pour essayer de récupérer mon avenir.

Rencontrer Yann à Paris ? Je sais où il travaille, je peux très bien y aller demain et forcer la rencontre. Il suffit que je trébuche quand on se croise, il me prendra dans ses bras pour ne pas que je tombe et me demandera, avec la bienveillance que je lui connais, d'où vient mon bandage au poignet. Et hop, mission accomplie !

Mouais, possible, mais pas imparable. Notre rencontre était tellement parfaite en Thaïlande, et nos premiers souvenirs ensemble sont là-bas. Je dois à tout prix garder cette magie.

Tout en me préparant, je réfléchis à une stratégie. Je suis agent de voyages, trouver de la place dans un hôtel, je le fais tous les jours, *finger in the nose.* En tant que pro des voyages de luxe, je sais que chaque hôtel garde un faible pourcentage de chambres disponibles, dans le plus grand secret des clients lambda, pour toujours avoir de la place pour des situations exceptionnelles ou des clients VIP. Et en tant qu'agent de voyages, j'ai déjà dû demander qu'on me « dé-lock » une chambre, pour des clients fortunés ayant décidé, trois jours avant leur départ, d'ajouter deux nuits dans un palace. Mission quasi impossible, car il faut vraiment convaincre l'hôtel du bien-fondé de la demande et du bénéfice réel qu'ils en retireront (le plus souvent il s'agit d'encourager nos clients à utiliser tous les extras de l'hôtel afin de faire gonfler leur note !).

Qu'à cela ne tienne, je vais user de mon passe-droit d'agent de voyages pour me dégoter une chambre au Paradisio de Phuket en toute impunité, même si je ne suis ni VIP, ni fortunée. Juste désemparée et à la recherche d'un miracle. Ça va me coûter un bras, mais mon bonheur n'a pas de prix.

J'arrive en avance au travail, chose exceptionnelle. J'ai même eu le temps de passer me prendre un petit café à emporter au coin de mon boulot. Ça m'a fait plaisir de revoir Ricardo, le serveur colombien qui, à force de me voir tous les matins, ne me demandait même plus de payer, il me faisait crédit et je réglais ma note chaque fin de semaine. Ça, c'est valable pour les vrais bons clients ; à peine entrés dans la boutique, la machine se mettait en route sans que je n'aie à ouvrir la bouche. Ses grands yeux noirs me souriaient et il s'exclamait « *Cappuccino-avec-une-touche-de-chocolat !* », avant de me le donner ! Merci Ricardo, à demain !

Opération café : *une minute top chrono. Ça change du Starbucks d'hier, enfin, du Starbucks de dans six mois !*

Ce matin, chose exceptionnelle, c'est moi qui ouvre la boutique, avec ma clé, celle dont j'ai dû me servir deux fois (une fois un matin, parce que Marie était malade et une seconde fois pour fermer la boutique car j'avais dû boucler en urgence un dossier compliqué pour un circuit de groupe et le responsable n'était jamais d'accord avec mes propositions !).

Quelle impression bizarre de revenir sur son ancien lieu de travail, quand j'y pense. En général, on change de poste pour trouver mieux, parce que le job n'est pas adapté ou qu'il ne nous correspond plus. Alors, être obligée d'y retourner, même pour quelques semaines, je le perçois comme une punition divine. Une régression déprimante.

Là-haut, l'univers (car je ne sais pas trop comment appeler l'entité qui m'a fait planer temporellement) a voulu me faire revivre mes derniers moments difficiles au boulot, lorsque je me sentais totalement esclave de personnes qui ne désiraient rien d'autre que prendre du plaisir. Dit comme ça, ça peut paraître bizarre, mais le métier d'agent de voyages, c'est totalement ça, surtout dans une agence haut de gamme dédiée aux séjours luxueux.

Il faut se plier en quatre pour que Monsieur et Madame puissent prendre du bon temps. Se débrouiller pour leur organiser des vacances de rêve, sans aucune fausse note, dans le but de divertir et de reposer ces chères personnes, alors que moi-même, je n'ai pas le temps de me reposer, ni de me divertir, et qu'au final, jamais personne ne me dit merci !

Oui, les gens trouvent ça normal que l'on prévoie un chauffeur privé pour les amener de l'aéroport à l'hôtel, normal que leurs prénoms soient brodés sur les peignoirs qu'ils pourront ensuite rapporter chez eux, normal que les fleurs préférées de Madame s'offrent à leurs yeux lorsqu'ils pénètrent dans leur suite et normal encore que les meilleures places à l'opéra ou au restaurant leur aient été attribuées à eux et à personne d'autre. Non, messieurs-dames, ce n'est pas normal, c'est tout le travail invisible d'un bon agent de voyages, en faire toujours plus, s'assurer que les clients seront satisfaits et vouloir leur faire plaisir afin qu'ils fassent de nouveau appel à nous.

Je me mets en condition psychologique pour refaire tout le boulot que j'ai écumé aux mois de mai et juin…

Mais cette fois-ci, je saurai anticiper les problèmes, aller au-delà des attentes des clients et éviter les boulettes.

C'est quand même ça le positif dans le fait de connaître l'avenir. Il me reste moins de trois mois à tenir. Donc, courage !

Parce que mi-juillet, je sais que je dirai enfin au revoir à Jacques et Marie. Il y aura même un petit pot de départ organisé, où ils inviteront quelques commerçants du quartier, et j'aurai droit à une carte signée de tous (« *Tu vas nous manquer* » du buraliste, « *repasse à l'occasion* » du mec du pressing, toujours aussi marrant, « Tu auras toujours un croissant en rab » de la boulangère, « *Ciao miss Cappuccino* » de Ricardo le barista colombien) ainsi qu'un cadeau censé être drôle : *un pèse-personne et des couverts à salade. Comme, je cite, « Tu vas rejoindre le monde du mannequinat », Marie avait eu la bonne idée de m'acheter ces deux accessoires. Très drôle. Fallait pas. Non vraiment, Marie, fallait pas. Dans certaines boîtes, quand les employés s'en vont, ils ont des cadeaux de départ de malade, avec participation financière du patron. Ici, nada, que dalle, que chi. Travaillant dans une agence de voyages, j'aurais même pensé recevoir un bon pour un week-end en Europe, mais que nenni, Jacques doit penser que je n'aime pas voyager. Ou alors, que je ne le mérite pas. Ou alors, c'est juste un con !*

Il me tarde de ne plus les côtoyer tous les jours, ces deux-là. Aucun remerciement quant à ma dévotion. C'est d'ailleurs pour ça que j'ai viré Marie de mes amis Facebook, qu'elle aille se faire voir avec sa balance ! OK, j'utilise maintenant tous les jours mes couverts à salade, et alors ? Je m'assois à mon bureau. Face à moi, en plein milieu de l'écran, le post-it « Réserver Thaïlande » semble me narguer. Il me rappelle à quel point le vent de la vie peut vite tourner, et qu'un petit clic peut faire basculer tout un destin.

Je jette un œil autour de moi. Tout est conforme à mes souvenirs. Les murs turquoise qui rappellent les tropiques, les deux bureaux perpendiculaires, avec des chaises jaunes pour accueillir les clients, les étagères remplies de brochures de voyages, les posters au mur, les plantes vertes artificielles « *Pour se croire au soleil* », disait Marie, et les tas de papiers traînant sur mon bureau, et qui me valaient régulièrement une réflexion de la part du patron. « Ça montre que je travaille », lui répondais-je, à chaque fois. Forcément, sur le bureau de Marie, rien ne traîne, tout est rangé, soigné, aligné, immaculé. (Forcément, Marie !)

Avant de m'asseoir, j'en profite pour me faufiler vers son bureau, décaler son cadre photo, déplacer son pot à crayons, mélanger ses dossiers et voler un de ses stylos préférés. Na ! C'est pour le coup de la balance !

J'allume enfin mon PC, et m'installe sur mon fauteuil, nettement moins confortable que celui qui m'attend chez JML Models... Allez, plus que quelques semaines à tenir !

Heureusement que j'ai une bonne mémoire et que je me souviens encore du mot de passe de mon ordinateur. Pleine d'espoir, je me rends sur le site de l'hôtel Paradisio, et vérifie qu'aucune chambre n'est disponible aux dates voulues. On ne sait jamais, des désistements, ça arrive tout le temps, peut-être qu'une chambre s'est libérée cette nuit ! Verdict décevant mais attendu : *Aucun résultat. Même réponse que sur le site de vente privée. Dommage, ça m'aurait évité d'appeler.*

Parler anglais dès le matin sans avoir ingurgité au minimum deux cafés n'est pas ce que je préfère. Mais comme à l'agence, nous pouvons appeler gratuitement le monde entier, je vais en profiter. Jacques, mon ancien boss, n'arrive qu'à 9 h 30, j'ai donc une bonne demi-heure devant moi pour me trouver un *fucking* lit dans ce *fucking* hôtel (jurer en anglais, ça ne compte pas).

Il y a 6 heures de décalage horaire avec la Thaïlande au mois de mai, le coup de fil que je passe à 9 heures à Paris arrive donc là-bas à 13 heures. Comme quoi, des décalages dans le temps, il y en a quotidiennement sans que personne n'y trouve à redire. En revanche, des retours en arrière de six mois, personne n'en parle jamais ! (J'ai vérifié sur Google ce matin dans le métro...)

Je me fais couler ma seconde dose de caféine du jour et compose le numéro de l'hôtel, fermement décidée à ne raccrocher qu'après avoir obtenu une chambre, même une toute petite, aux dates voulues.

La chose n'est pas aisée. Je ne peux décemment pas expliquer à une réceptionniste thaïlandaise que ma situation est urgente et qu'il faut absolument que le passé de mon futur ne change pas, que je dois absolument loger dans cet hôtel, et que j'invoque mon droit à la « chambre en rab spéciale VIP ». J'essaie autrement. J'explique que je connais M. Yann Duteuil, et qu'il faut impérativement que je loge dans le même hôtel que lui. Pourquoi ? Me sentant obligée de trouver une raison valable, j'opte pour le médical. Ça peut paraître farfelu, mais c'est la première chose qui m'est venue à l'esprit. Je suis donc une aide-soignante qu'il a engagée pour veiller sur sa santé, car il sort d'une grave maladie. J'ai déjà eu le cas d'un couple d'Américains qui m'avait demandé, à la dernière minute bien sûr, de trouver une place dans tous les hôtels de leur séjour-circuit en Amérique latine pour leur aide-soignante, devenue indispensable pour les soins post-chimio de Madame. Alors oui, c'est bas, très bas, d'utiliser ce subterfuge pour amadouer le personnel, mais pour avoir une chambre au Paradisio, et rencontrer Yann, je suis prête à tout.

Le karma décidant de me laisser galérer pour retrouver l'homme de ma vie, le fait est que la femme au téléphone me demande de lui faxer les documents prouvant que M. Duteuil a médicalement besoin de moi, ainsi que les papiers attestant que je suis bien aide-soignante. Je me souviens qu'effectivement, pour débloquer les chambres des Américains, j'avais dû faire de même dans les sept hôtels du Mexique, d'Argentine et du Brésil, et que cette tâche m'avait pris l'après-midi entière. Je raccroche, tout sourire, en promettant de le faire dans la foulée.

Je résume rapidement dans ma tête : *soit je deviens une fraudeuse, créant de faux papiers (l'attestation de besoin de suivi médical et la fausse déclaration de compétence en tant qu'aide-soignante) puis mettant mon futur amour dans une situation gênante (imaginez qu'il soit contacté par l'hôtel pour qu'il confirme la réservation de son hypothétique aide médicale, la honte !), soit j'abandonne l'idée de rencontrer l'amour de ma vie et de changer notre histoire pour qu'elle dure éternellement.*

Je l'avoue, j'ai déjà fabriqué de fausses cartes d'étudiantes pour moi et mes copines pour pouvoir bénéficier des tarifs réduits au ciné, au musée, dans les fast-foods et même en vacances. C'est très facile, j'ai un super logiciel sur mon ordi et Béa a une plastifieuse. Tous les ans, lors du changement d'année scolaire, je demande aux filles quelle fac virtuelle elles veulent intégrer et je leur fais. Personnellement, après trois ans d'école de communication fictive, j'ai opté pour une école d'arts dramatiques, ça fait vraiment mieux quand quelqu'un me demande « Vous étudiez le cinéma ? », « Oui, je vais être actrice ». J'adore. C'est passible d'emprisonnement, je sais, mais je fais jeune, alors j'en profite. Mais de là à frauder avec des papiers médicaux, je n'oserai jamais. Même pour l'amour de ma vie ?

J'ai envie de pleurer. J'ai envie d'appeler Aria, mais elle ne comprendrait pas. Je ne peux pas tout lui déballer, elle va me prendre pour une folle.

C'est ma meilleure amie, mais il y a des choses qu'il vaut mieux garder pour soi. Une telle situation est inconcevable pour les personnes cartésiennes, et bien qu'Aria soit très farfelue et ouverte à tout, je ne pense pas qu'elle soit mentalement capable d'accepter le fait que je revienne du futur.

C'est dans ces moments-là qu'on se sent vraiment seule. Quand on n'a personne à qui se confier. Je n'ai même pas un chat ou un poisson rouge à qui parler, et dans quelques minutes, Marie va débarquer et m'inonder d'un flot de paroles aussi inintéressantes les unes que les autres et avec sa voix insupportable en plus…

J'ai envie d'appeler Yann. Il me manque encore plus qu'hier. La colère a laissé place au désir. J'ai vraiment besoin d'entendre sa voix, de me dire que tout est encore possible. Qu'il me rassure, qu'il me dise que oui, nos chemins vont se rencontrer, que oui, il va m'aimer, et je lui répondrai que je ferai tout pour ne pas le décevoir et pour ne pas qu'il me quitte. Parce que je suis persuadée qu'on est faits pour être tous les deux. Il faut que je l'entende, rien que quelques secondes. J'ai encore en tête son numéro de téléphone.

Machinalement, je le compose…

— Allô ?

Et merde, il répond. Qu'est-ce que c'est bon d'entendre sa voix… Mais qu'est-ce qui m'a pris ? Ce mec ne me connaît pas, il faut que je trouve un plan pour ne pas me griller, et vite.

— Allô ? répète-t-il.

— Heu…, oui, bonjour, dis-je d'une voix super aiguë et mielleuse, Ici Stéphanie de la société… Bio Car-Wash. Je vous appelle concernant votre véhicule, il est disponible dès maintenant, j'aurais aimé savoir à quelle heure vous passez le rechercher, ou si vous désirez qu'un de nos employés vous le rapporte chez vous.

Je n'ai trouvé que ça comme parade. Sous mes yeux, parmi mes dossiers, se trouve une publicité pour une société de nettoyage de voiture écologique qu'on m'avait donnée dans le métro. Je suis trop gentille pour refuser les tracts et ils atterrissent en général sur mon bureau où ils traînent pendant plusieurs jours. J'ai brodé une histoire autour de ce prospectus, j'espère qu'il va y croire.

— Désolé mais vous faites erreur. Je n'ai pas apporté ma voiture ce matin au nettoyage. Mais le concept m'intéresse, vous pouvez m'en dire plus ?

Pas de chance, j'avais oublié que Yann, en plus d'être ultra poli, et d'avoir une voix magnifique, était très intéressé par tout ce qui concerne l'écologie. Je saisis le dépliant devant moi et commence à le lire, sérieusement, avec toujours cette même voix de crécelle absolument pas naturelle. Je me demande d'ailleurs pourquoi je change ma voix, alors qu'il ne l'a encore jamais entendue, mais c'est trop tard, j'ai commencé comme ça, je dois maintenant rester dans le personnage.

Je me lance.

— Eh bien… Afin de répondre aux contraintes et aux exigences du nettoyage écologique des voitures, toutes nos prestations sont réalisées à la main par du personnel qualifié et formé par nos soins. Nous sommes conscients du fait que l'eau est une énergie de plus en plus rare, alors tous les véhicules sont lavés et nettoyés sans eau. Nous utilisons des produits naturels et biodégradables issus de notre gamme haute qualité, ces produits sont d'ailleurs également vendus dans notre boutique www.biocarwash.fr. Ils sont sans gaz propulseur ni produits toxiques et d'une efficacité redoutable contre la pollution et les déjections d'insectes et d'animaux. Contactez-nous pour plus d'infos.

Zut, la dernière phrase est de trop, j'ai l'air cruche maintenant. Yann enchaîne.

— Très intéressant. Et ça coûte combien tout ça ?

Je me dépêche de tourner le dépliant avec ma main valide, le combiné coincé sur mon épaule…

— Alors, pour votre C4, c'est un forfait B à 60 euros intérieur et extérieur. Nous avons différentes options, en fonction de vos besoins. Polish, shampoing siège, tapis, nettoyage du coffre en profondeur, traitement antibactérien, supplément poils d'animaux… (Je me sens l'âme d'une commerciale, je le sens, je vais le décrocher ce rendez-vous !)

— Mais comment savez-vous que j'ai une C4 ?

Et mince, la boulette ! Je suis censée être Stéphanie de Bio Car-Wash, et Stéphanie de Bio Car-Wash ne connaît pas Yann et encore moins sa voiture.

Rame, Caly, rame, pour rattraper ta connerie…

— Oh, j'ai dit ça au hasard, c'est la voiture que nous voyons le plus actuellement !

— Ah, et bien, vous avez visé dans le mille ! Bon, vous m'avez convaincu ! Je vais faire une réservation, ma voiture en a bien besoin, vous avez de la place pour ce vendredi ?

Yes ! Je savais que je pouvais le convaincre ! J'ai un nouveau client ! J'ai décroché le contrat ! Mais qu'est-ce que je raconte, moi, je ne suis pas là pour lui vendre un lavage de bagnole écologique, je voulais juste entendre sa voix, me rapprocher de lui un instant et me dire que tout était encore possible. Il va falloir que j'improvise encore un peu pour clore cette conversation, je ne vais quand même pas faire semblant de prendre sa réservation, il risque de se rendre vendredi à l'agence de lavage et de se voir refuser l'accès pour sa C4… Ce serait trop triste pour lui. Je dois me dépatouiller de cette entourloupe.

Je reprends ma voix aiguë :

— Désolée, mon logiciel de réservation vient de planter. Je vous invite à nous rappeler cet après-midi.

— D'accord, vous avez un numéro ?

Je lui dicte le numéro de l'agence de lavage inscrit en bas du dépliant.

— À bientôt et… (je lis une dernière fois la brochure avec conviction) « Avec Bio Car-Wash, vous n'aurez plus une tache ! »

Yann rit. Mon cœur fait des bonds dans ma poitrine. Bonheur !

Je raccroche en pouffant de rire et en me disant qu'il faudra que je passe un jour à cette agence pour postuler en tant que téléprospectrice, mes talents de comédienne étant à présent démontrés au monde entier (bon OK, seulement à moi-même !).

Requinquée, ce coup de fil m'a vraiment fait du bien au moral et plus que jamais convaincue que Yann est l'homme qu'il me faut. Il est gentil, avec tout le monde. Il ne raccroche même pas aux nez des gens, et s'énerve vraiment rarement. Un amour !

12.

Jeudi. 9 h 25.

APRÈS AVOIR PESÉ LE POUR ET LE CONTRE, je prends la sage décision de ne pas jouer avec le feu et de ne pas créer ces faux papiers. Jamais je ne pourrais usurper une identité pour me permettre de loger au Paradisio, c'est trop dangereux légalement et je n'ai pas envie de finir entassée dans une prison thaïlandaise au milieu de cent cinquante nanas aussi flippantes que bizarres. J'ai vu toutes les saisons d'*Orange Is the New Black*, je sais comment ça se passe ! La meilleure chose à faire est donc de trouver l'hôtel le plus proche du Paradisio et d'y tenter ma chance. Pour le reste, j'improviserai…

Ma matinée se passe tranquillement. Marie est arrivée sur les coups de 9 heures et me semble toujours aussi étrange. Reprendre un ancien job n'est pas si compliqué, les réflexes reviennent vite. J'ai la chance d'avoir une bonne mémoire, ce qui me permet de me souvenir de certains détails sur les dossiers, et me fait gagner de précieuses minutes.

Quand il n'y a pas de clients à l'agence, nous avons le droit de mettre la radio. Je prends plaisir à réentendre des titres que je n'écoutais plus et avec la musique, tout le monde le sait, le temps passe plus vite. Même si je dois supporter la voix de casserole de Marie qui croit sincèrement qu'elle va être acceptée lors du prochain casting de *The Voice*. Alors là, si ELLE, elle est acceptée à *The Voice*, je postule direct pour *KohLanta* et pour les prochains JO en saut à la perche, ils me prendront, c'est certain !

En trois heures, j'ai donc pu finaliser certains dossiers de départs imminents, préparer des devis pour des voyages d'entreprise et j'ai même pu m'occuper de mon cas personnel, en trouvant un hôtel juste à côté du Paradisio. Une recherche Google a suffi pour dégoter un hôtel spa magnifique, juste à côté de celui de Yann, et face à la mer lui aussi. Les photos sont à tomber, et les commentaires sur les sites spécialisés plutôt positifs. Sur Instagram, le *hashtag* de l'hôtel montre les lieux en temps réel, et la dernière photo prise il y a une heure montre une chambre agréable et très propre. La chance semble enfin me sourire.

Le SunBay Spa est certes un peu plus cher, mais les chambres sont plus spacieuses et la piscine plus grande. Aria va être ravie, elle qui passe son temps à alterner bronzage et baignade. (B&B, comme elle dit ! Mon B&B à moi c'est plutôt Bar et Bouffe, chacune son style !)

J'appelle Aria et lui laisse un message vocal en lui décrivant la résidence hôtelière et les soins proposés par le spa. Je lui parle de la piscine à débordement avec vue sur la mer et des soirées à thème ! Je veux qu'elle soit aussi excitée que moi de partir, qu'elle pose au plus vite ses vacances et surtout qu'elle me fasse très rapidement un virement, car sinon mon compte, lui, va faire la gueule. C'est vrai qu'en mai, avec cet « ancien » boulot actuel, je ne gagne pas autant qu'en novembre avec mon « futur » boulot, alors elle a intérêt à me rembourser fissa si je ne veux pas recevoir encore un appel de ma banquière…

En tout cas, c'est décidé, du 8 au 19 juin, nous partons en Thaïlande ! Dix jours de farniente, de découvertes, de balades incroyables et bien sûr… d'amour ! Mêmes dates, même lieu, ou presque…

Je suis tellement contente ! J'ai réussi à rattraper mon destin *in extremis*, à remettre les choses dans l'ordre et c'est certain, je vais enfin rencontrer Yann, mon chéri d'amour, dans un peu plus d'un mois !

Ce midi, je file à la boulangerie pour me prendre un sandwich poulet crudités. Que c'est bon ! Ça m'avait tellement manqué, le poulet ! Je le déguste rapidement au parc d'à côté, heureuse de retrouver la chaleur d'un mois de mai. Le square est petit, avec son espace de jeux pour les enfants (vide le midi, heureusement) et ses bancs le long des allées. De là où je suis assise, je vois la devanture de l'agence Destination Soleil, et le panneau « fermé » sur la porte. Avant, j'avais pris l'habitude de déjeuner rapidement à l'intérieur, dans la petite salle de repos derrière notre bureau. Mais désormais, je compte bien profiter du beau temps retrouvé pour davantage prendre l'air, profiter de ma pause et moins m'enfermer dans cette salle minuscule avec Marie comme je le faisais il y a six mois (enfin hier, je ne m'y fais décidément pas).

Marie est une fille sympa, mais je me rends compte, maintenant que je ne travaille – bientôt – plus avec elle, qu'elle n'est vraiment pas intéressante. Ses passions dans la vie se limitent à son boulot, ses « créations » de couture et surtout à son chien Nikki, qu'elle gâte et couve comme si c'était son bébé. Certes, à quarante-trois ans (mensonge !), elle vit toujours seule et n'a pas d'enfant. Elle se badigeonne de crèmes antirides, sérums « jeunesse éclatante » et autres potions magiques censées lui redonner la beauté qu'elle n'a jamais eue. Elle ne sort jamais sans s'être maquillée, coiffée, et habillée comme si la reine d'Angleterre allait débarquer au bureau. Et je ne parle pas de son parfum, que je ne supporte à nouveau déjà plus, après seulement une matinée de cohabitation.

Je ne comprends pas cette envie de vouloir à tout prix paraître quelqu'un d'autre. Rien qu'au sujet de son âge, je sais qu'elle ment. Un jour, j'ai dû réserver un extra dans un hôtel lors d'un *Travel tour*, et j'ai vu sa date de naissance dans la liste fournie par le siège. Elle n'a pas quarante-trois mais quarante-huit ans ! Elle se rajeunit volontairement de cinq ans en croyant qu'elle va duper les gens avec ses artifices, et ne se gêne pas pour me rappeler quotidiennement que je devrais trouver quelqu'un, parce que la jeunesse n'est pas éternelle. *Tu m'étonnes...*

Et dire que je l'ai côtoyée tant d'années sans broncher. J'avais beau lui dire que j'avais du boulot et qu'il fallait que je me concentre, dès qu'il n'y avait pas de client à l'agence, elle se mettait à débiter des paroles dans tous les sens, et ce flot ininterrompu m'empêchait de travailler. Et Nikki par-ci, et mes petits ouvrages au crochet par-là ! Je lui disais d'attendre la pause pour me raconter ses histoires, mais elle continuait à déverser ses blablas. Autant parler à une photo, elle m'écouterait davantage !

— Regarde, c'est moi qui ai fait cette écharpe en feutrine.

— Oh, elle est très originale (traduction polie de « *elle est hideuse* »).

— Je t'en ferai une si tu veux !

— Oh c'est gentil mais je ne peux pas, je suis allergique à la laine (traduction polie de « *jamais de la vie je ne porterai cette horreur, plutôt mourir de froid* »).

Je termine tranquillement mon sandwich, en écoutant la musique de ma playlist. Forcément, ce sont des titres qui passaient il y a six mois, et mes titres du moment me manquent. Dommage, je vais devoir attendre que les chanteurs enregistrent leurs tubes...

Mon téléphone se met à sonner. C'est Pierre, l'homme du taxi. Tiens, je l'avais carrément oublié. Je décroche, ravie de parler à quelqu'un de plus intéressant que Marie.

— Salut, je te dérange ?

— Non, je suis en pause déj, je finis mon sandwich. Tu vas bien ?

— Oui, moi ça va, et toi, ton poignet ?

Quand deux personnes qui ne se connaissent pas discutent au téléphone, c'est souvent difficile de trouver quoi se dire. Mais parfois, c'est aussi plus facile de parler ou de se confier à quelqu'un qui n'a aucun *a priori* sur toi, qui ne connaît aucune anecdote gênante sur ton passé et qui n'a qu'une envie, en savoir plus sur la personne que tu es aujourd'hui.

— Toujours douloureux, et avec mon boulot, ça ne m'aide pas, c'est grave la galère de taper mes mails à l'ordi avec une main et un index ! Je n'aurais jamais pensé qu'une entorse au poignet puisse être aussi handicapante !

— Tu en as pour trois semaines d'immobilisation, tu vas devoir être patiente !

— Oui docteur. Mais tu sais, la patience, ce n'est pas trop mon truc, j'ai tendance à toujours être pressée.

— Oui, j'ai bien vu hier matin…

— Voilà, pressée et distraite ! Mais voyons plutôt le bon côté des choses, si je n'étais pas tombée, tu ne m'aurais pas aidée à me relever !

Je glousse doucement… Mais qu'est-ce qui m'arrive ? Je suis en train de flirter au téléphone avec un quasi-inconnu… Ce n'était pas du tout l'idée que j'avais en tête lorsque je lui ai envoyé mon message hier. Pierre est craquant, certes, mais mon cœur bat pour Yann, même si, en réalité, je ne l'ai jamais rencontré. En tout cas pas encore… *Je ne peux pas commencer une relation avec quelqu'un alors que je suis déjà amoureuse de mon prochain mec ?*

— Oui, c'est le destin… Dis-moi Calypso…

— Oui ?

— Ça te dirait d'aller boire un coup un de ces soirs ?

Voilà. J'ai ferré le poisson sans même avoir à jeter de ligne. Enfin, pas intentionnellement. Je veux dire que je ne l'ai pas aguiché, je ne lui ai pas fait de rentre-dedans. Mais il veut me revoir… Ce n'est pas étonnant, cela dit, j'ai bien senti dans le taxi qu'il y avait un petit truc entre nous. Mais pour moi, c'est plus de l'amitié, de la bienveillance, pas une envie particulière de se rapprocher physiquement.

Enfin, je crois. Je dois aussi être handicapée des sentiments en ce moment.

J'accepte, bien sûr, sachant pertinemment qu'en mai dernier, mes soirées n'étaient pas vraiment funs, et que je n'ai pas eu de rencard. Accepter un tel rendez-vous ne pourra pas changer mon avenir.

Mes billets sont réservés, j'ai un mois et une semaine pour profiter de ma vie de célibataire, avant de rencontrer l'amour !

Comme en mai, je ne fais pas encore de sport, je suis disponible tous les soirs de la semaine, sauf le mercredi, bien sûr. Je souris en me disant que si j'avais réellement rencontré Pierre en novembre, je n'aurais eu que le lundi à lui accorder, le mardi et le jeudi étant réservés au Pilates avec Claire, et le vendredi à la course à pied ! Alors banco, on se donne rendez-vous pour le lendemain soir au Chat Noir.

L'air de rien, ce petit coup de fil m'a mise en joie pour le reste de la journée. Les rencontres, les amis, c'est un peu comme les épices de la vie, que l'on saupoudre sur ses soirées afin de les rendre plus joyeuses ! Je me lève pour aller prendre un expresso chez Ricardo. C'est rare que j'y aille le midi, il est d'autant plus ravi de me voir.

— Hey ! Miss Cappuccino-avec-une-touche-de-chocolat ! Vous allez bien ? Qu'est-ce qui s'est passé avec votre main ?

Ses grands yeux noirs me fixent.

— Oh, ça, c'est rien, je me suis juste foulée le poignet en tombant hier ! Et au fait, vous pouvez m'appeler Calypso, c'est mon prénom !

— Aïe ! Si jamais vous avez besoin de soins, je peux vous aider, j'ai mon diplôme d'infirmier !

— Ah, c'est gentil Ricardo, j'y penserai !

Lorsqu'il me tend mon expresso, je lui offre mon plus grand sourire et lui fais un clin d'œil.

— Au revoir Calypso !

— Bye Ricardo !

Non, mais qu'est-ce qui me prend ? Doucement, Caly… OK, je suis célibataire, OK, je n'ai plus qu'un mois et quelques jours pour profiter de ma condition de femme libre avant de rencontrer l'homme de ma vie, celui avec qui je vais rester jusqu'à ma mort, mais ce n'est pas une raison pour aguicher tout le quartier !

Il va falloir calmer mes ardeurs si je ne veux pas passer pour une fille facile auprès de tout le monde… Je sors mon carnet et note :

Arrêter de minauder à tout-va !

13.

Vendredi 12 mai. 19 h 28.

Je dois retrouver Pierre au Chat Noir. C'est un bar sympa près de mon prochain taff dans lequel je vais beaucoup en ce moment. Enfin, dans lequel je vais beaucoup aller en novembre. C'est Carine, une collègue de JML Models, qui m'y a emmenée un soir, et j'ai aimé cette atmosphère feutrée, raffinée, mais pas guindée.

On y rentre par un épais double-rideau en velours noir. La déco est sombre mais pas triste. Murs laqués noirs avec papier peint jacquard, miroirs, portraits de chats noirs (forcément) kitsch, et côté meubles, un mélange de styles moderne et baroque. Des touches d'or placées aux bons endroits, et quelques détails en bois achèvent de donner à ce lieu une atmosphère douillette et cosy. L'endroit possède plusieurs petites alcôves aux ambiances différentes, séparées par de grosses poutres en bois foncé. Il y a la partie bar avec de hauts tabourets en bois et en métal, une partie conviviale pour les soirées à plusieurs avec des bancs recouverts de fausse fourrure noire et de longues tables en bois foncé, et les petits coins plus intimes avec des gros fauteuils en velours et des Chesterfield vintage pour être plus confortablement installés. Je choisis d'aller vers le milieu du bar, là où il y a des petites chaises en velours et des tables en plexi. Ni trop convivial, ni trop intime. Parfait pour nous.

Revoir Pierre dans une circonstance « normale » me fait bizarre. Pour moi, il est et restera toujours « mon sauveur de l'hôpital ». Je n'avais pas imaginé le retrouver pour boire un verre, et j'ai peur de me sentir un peu mal à l'aise. Mais étonnamment, dès que je l'aperçois, mon cœur s'emballe légèrement. Moi qui ai juré à Aria qu'il n'y avait aucune espèce d'attirance ou de jeu de séduction entre nous, je crois que c'est râpé. Il s'approche, il a toujours ces charmants yeux gris, son regard pétillant et cette barbe de trois jours qui lui donne un style décontracté.

C'est bizarre mais j'ai à nouveau cette impression de le connaître. C'est peut-être ça, avoir le feeling avec quelqu'un…

Pour moi, un premier rendez-vous (si je peux appeler ça comme ça, en ce qui nous concerne Pierre et moi), c'est un peu comme un entretien d'embauche. Avant de s'y rendre, on prend le temps de choisir sa tenue, sa façon d'être coiffée. On ne veut pas en montrer trop, ni pas assez. On sourit, mais pas trop, on essaye de paraître détendue, même si, à l'intérieur, le cœur bat à 1000 à l'heure. Chacun veut montrer le meilleur de soi-même, alors on teste l'autre, on se pose des questions à tour de rôle, on se demande s'il n'existe pas « mieux sur le marché », et à la fin, on se questionne intérieurement pour savoir si on veut vraiment « embaucher » la personne pour le poste de « conjoint du moment ». Et au moment de se dire au revoir, on ne sait pas encore si le contrat va devenir une mission ponctuelle en free-lance (*coup d'un soir*), de l'intérim (*sexfriend*), ou alors un CDD *(relation courte),* voire un CDI *(mariage, enfants, et tout le tintouin !).*

Concernant Pierre, je reste quand même prudente quant à la nature de notre relation. Je ne l'ai vu qu'une fois, j'étais à moitié dans les vapes et, de toute façon, je suis déjà amoureuse de Yann.

Dès notre « bonjour », j'ai compris que le courant allait passer entre nous. Il m'a souri (coucou les fossettes !) et j'ai ressenti la même gentillesse que mercredi matin. Rien qu'à sa façon de me dire bonjour déjà, en me prenant par les épaules, et en déposant deux légères bises sur mes joues. Pas des bises appuyées et rapides ni des bises appliquées de côté, comme quand on dit bonjour à quelqu'un rapidement et souvent sans même le voir, mais des bisous doucement posés sur chacune de mes joues, sans trop de pression. Cela me fait penser à des bisous de grands-parents, qui s'appliquent sur la joue avec délicatesse. Trop mignon.

J'aime directement chez lui cette façon de me regarder et de me considérer comme quelqu'un d'important, d'unique. C'est vrai qu'en général, on a tendance à parler vite, à ne pas regarder les gens dans les yeux, à ne pas s'intéresser à la personne en face de soi, à fuir les conversations profondes qui posent de vraies questions sur soi-même ou sur la vie. Quand on va boire un verre dans un bar comme celui-ci, c'est d'ailleurs plus pour être vus que pour avoir une réelle conversation avec quelqu'un.

Mais Pierre a l'air différent, j'ai l'impression de voir débarquer un vieil ami que je n'ai pas vu depuis longtemps. Un ami qui se soucie de moi. Il me prend le poignet pour l'examiner, comme il l'a fait dans le taxi, sa main est toujours aussi douce, et son regard bienveillant. Je savoure ce petit moment tendre entre nous.

Très vite, il réussit à me mettre à l'aise, et en fait, il me fait beaucoup rire. Il faut avouer que je rencontre rarement des hommes aussi pipelettes que lui.

J'ai à peine le temps d'en placer une, il monopolise la conversation, mais d'une manière agréable, pas le genre de monologue ennuyeux sur une passion naze ou un récit de vie banal. Il réussit à capter mon attention et à me donner envie d'en savoir plus sur chacun des sujets qu'il aborde : *son enfance en Champagne, la création de sa société, sa grande famille recomposée et sa passion pour le hockey sur glace.*

Lorsqu'il remarque mon tatouage, je lui explique sa signification, et le rôle d'Aria dans ma vie. À mon tour, je lui parle de mon enfance avec Aria à mes côtés, des bêtises que nous faisions quand nous étions petites, nos délires de jeunesse, et notre décision d'être liées à vie par ces deux barres symboliques sur notre poignet gauche. J'adorerais qu'ils se rencontrent, ils s'entendraient comme larrons en foire ces deux-là !

La serveuse arrive et nous commandons des tapas. Pierre choisit une bière, je choisis volontairement de prendre un cappuccino. Non pas que j'aie foncièrement besoin d'une énième dose de caféine, mais parce que c'est un rituel que je pratique depuis des années lorsque je me rends à un premier rendez-vous avec un homme potentiellement apte à sortir avec moi. Lors de tous mes premiers rendez-vous, j'ai comme une liste personnelle de choses à accomplir qui me permettront de savoir si l'homme qui se trouve en face de moi me correspondra (liste mise au point avec Aria, bien évidemment !). Des petites actions qui testent les qualités que je souhaite voir chez mon futur conjoint. Oui, je sais, c'est tiré par les cheveux, mais après avoir vécu des relations courtes et pourries qui ne m'ont menée nulle part, si ce n'est à mon congélateur et aux pots de glace choco-cookies, je préfère connaître au plus vite la véritable personnalité de mes conquêtes. Et surtout les deux premières qualités que je préfère chez un homme : *le romantisme et la franchise. Ce sont des qualités vraiment importantes pour moi et je les vérifie toujours pour tester mon rendez-vous. Et c'est là que le cappuccino entre en jeu : je m'arrange pour en boire une grosse gorgée, laissant volontairement de la mousse sur mes lèvres. S'il est intéressé, et qu'il veut flirter, il me dira que j'ai de la mousse sur les lèvres, ou mieux, il l'enlèvera (avec la main… ou la bouche). S'il n'est pas intéressé, il me le fera remarquer sur un ton neutre ou, pire, il fera comme s'il n'avait rien vu. Cela m'est déjà arrivé, et c'est très gênant de rester pendant trente minutes avec de la mousse qui picote sur le dessus de la bouche…*

Et je dois dire que Pierre passe l'épreuve haut la main ! Dès que je repose ma tasse, il se met à rigoler. Petits yeux plissés, haussement d'épaules, mains sur la bouche, gloussement d'enfant... J'hallucine ou il se fout totalement de moi ? Je le regarde, interloquée, et les seuls mots qu'il réussit à dire au bout de longues secondes sont « *On dirait ma tante Odette !* ». Sympa ! Bon, au moins, il est franc, spontané, mais pas vraiment romantique ! Mais son rire est contagieux et je me surprends à rire de moi-même en me prenant en selfie avec mon téléphone !

Puis dans un second temps, je teste s'il est bon public, et drôle. C'est la troisième qualité que je recherche chez un homme. Je lui sors deux vannes pourries, l'air de rien, entre deux conversations, pour voir s'il réagit, s'il a le même humour (de CM2) que moi, et si lui aussi me sort des vannes. Bingo, Pierre renchérit sur mes jeux de mots, raconte des blagues (de CE1) à son tour, rit de bon cœur et me dit même que je suis drôle. *Yes* !

Ensuite, une dernière chose que je dois savoir avant de sortir avec un homme (et ça, c'est la mission la plus difficile), c'est de voir ses pieds, ou tout au moins de connaître la forme de ses pieds.

Non pas que je sois une fétichiste du pied (je n'ai rien contre, mais je dois avouer que le pied en lui-même ne m'attire pas du tout), pourtant je suis convaincue que deux personnes compatibles sur le plan sentimental doivent avoir la même forme de pied ! J'en ai répertorié trois, et chacune révèle pas mal de choses sur les gens...

Le pied égyptien est le plus courant, c'est quand le gros orteil est plus long que tous les autres, le pied est ainsi triangulaire, en forme de pyramide bien sûr. Les autres doigts de pied sont de plus en plus petits, et le second orteil ne doit pas dépasser le gros. Ce pied appartient à des personnes plutôt calmes, d'un tempérament doux et ayant l'esprit de famille. Plus de 50 % de la population mondiale a des pieds égyptiens. Ces personnes-là, selon moi, ont une plus forte capacité à trouver l'amour...

Le pied grec (ma catégorie) est plus rare. C'est quand le second orteil est plus grand que tous les autres. En général, cela signifie que la personne a un tempérament créatif, un mental de leader et de l'énergie à revendre. Tout moi, quoi !

Il y a aussi le pied romain, encore plus rare, appelé aussi le pied carré. C'est lorsque les quatre premiers orteils sont alignés. Cela signifie que la personne est joyeuse, extravertie et avide de découvertes.

Et selon mes observations personnelles, les couples les plus heureux ont toujours les pieds assortis.

Ma théorie, fondée sur la compatibilité des personnes en fonction de la forme de leurs pieds, a été vérifiée par moi-même à la suite de nombreux essais en conditions réelles. Sur tous les hommes avec lesquels je suis sortie, les relations qui ont le plus duré et qui ne m'ont pas trop affectée sur le plan moral sont celles que j'ai eues avec un homme aux pieds grecs, comme moi. CQFD. (Et je peux vous assurer que je ne tenterai plus jamais de pieds romains de ma vie !)

Cette théorie des pieds est totalement débile d'après Aria. Car c'est selon elle « une distinction liée au pays d'origine » et que si je pousse plus loin ma réflexion, ma théorie n'autoriserait pas l'amour entre personnes issues de différentes cultures. Quand on en parle, elle me traite systématiquement de folle, et même de « raciste des pieds » ! Je lui réponds à chaque fois que non, dans tous les pays on retrouve toutes les formes de pieds, et que bien sûr, il y a toujours des exceptions à la règle. Il n'empêche que cette théorie me convient et je compte bien la vérifier dès ce soir, même si connaître la forme des pieds de Pierre dans ce bar me paraît difficile voire impossible…

Je m'éclipse au petit coin pour réfléchir à un stratagème pour apercevoir ses pieds, et j'en profite pour me repoudrer le nez dans les toilettes.

Je suis tranquillement en train de me remettre du gloss abricot sur les lèvres quand j'entends un rire que je reconnaîtrais entre mille. Un rire cristallin, subtil, frais. La porte s'ouvre, le temps s'arrête et apparaît la plus jolie des femmes que je *ne* connais *pas encore.* Claire, entourée de son halo de lumière ! Elle resplendit ce soir. Avec sa petite robe blanc immaculé, on la croirait sortie d'une publicité pour de la lessive ! J'ai presque l'impression qu'elle marche au ralenti avec un vent léger qui souffle uniquement dans ses cheveux.

Elle est avec Carine. Forcément, nous allions souvent dans ce bar toutes les trois le vendredi après le boulot, et c'est visiblement déjà leur QG de fin de semaine.

Je commence à m'approcher d'elle, j'ai instinctivement envie de lui sauter dans les bras, de la serrer fort, de lui dire qu'elle m'a manqué durant ces trois jours, que je n'ai pas l'habitude d'être sans nouvelles d'elle, mais je ne peux pas le faire. Elle me prendrait pour une folle. Cette Claire-là n'est pas encore mon amie. Elle ne me connaît pas encore, et d'ailleurs, elle ne tourne même pas le regard vers moi. Tout en riant avec Carine, elle me dépasse délicatement, se recoiffe les cheveux avec les doigts et se remet du parfum à la rose. Je ne l'ai encore jamais senti sur elle, elle a dû en changer après. Puis, elle se lave les mains en parlant de ses projets du week-end. Quant à moi, je suis toujours près de l'entrée, immobile, en train de me sécher les mains (sèches depuis bien longtemps), et totalement subjuguée par mon amie qui ne l'est pas encore.

Elle tourne alors le regard vers moi, et au fond de mon cœur, j'ai envie qu'il lui reste cette petite étincelle, qu'elle se souvienne de moi, que le destin ait épargné notre amitié dans cette faille temporelle. Mais non, juste un petit haussement de sourcils et deux mots : *« Je peux ? » Oui ! Oui, tu peux être mon amie ! Oui, tu peux m'emmener à tes cours de sophrologie, me trouver un job et un appart dans l'immeuble de ta tante ! Oui tu peux. Bon d'accord, elle voulait juste l'accès au sèche-mains. Je réponds « Oui, oui, bien sûr », avant de sortir des toilettes, avec la tête qui tourne. C'était un coup de foudre amical unilatéral. Ce premier contact, bien que furtif pour moi et inexistant pour elle, me conforte dans mon idée de reconquérir*

Yann, afin qu'il me présente à Claire lors de cette fameuse soirée déguisée. Car finalement, j'avoue, ma future amie me manque autant que le futur homme de ma vie.

Lorsque je reviens à notre table, Pierre me trouve livide.

— Ça va ? Tu as vu un fantôme ?

— Non, juste une nana que j'ai connue il y a longtemps, mais elle ne m'a pas reconnue je crois.

Elle sort des toilettes et frôle notre table pour aller se rasseoir dans le coin que nous occupons tout le temps avec les filles. Je la montre à Pierre en pointant mon menton vers elle. À son passage, elle n'oublie pas de faire un léger sourire à Pierre, qui sourit immédiatement à son tour.

— Elle est vraiment belle, me dit-il, lui aussi subjugué par son charme.

— Et elle sent tellement bon… j'ajoute cette phrase en soupirant, d'un air mélancolique, ce qui nous fait immédiatement rire aux éclats !

Je m'exclame, en la regardant :

— Je crois qu'on vient de tomber amoureux, c'est l'effet Claire !

De nouveau, rires. Ah, c'est si bon de plaisanter ensemble, sans se prendre la tête. Pierre est vraiment charmant. Et tout ceci me trouble car je n'arrive pas à savoir si entre nous deux, ça pourrait coller ou si c'est plutôt une sorte de relation fraternelle…

La serveuse passe et je décide de commander un mojito. Classique mais efficace ! Pierre me suit, j'apprécie qu'on soit « cocktailement connectés » !

C'est vrai qu'il y a cette bonne entente et cette attirance physique qui ferait de nous de parfaits amants, mais aussi un certain respect et une hésitation qui me ferait plutôt penser à une relation d'amitié.

Je lui avoue que j'aimerais changer de travail, car celui que je fais aujourd'hui ne me correspond plus. J'aimerais plus de contact, davantage de relations humaines, et évoluer dans un milieu un peu plus glamour que celui des voyages organisés. Je n'en peux plus de ces séminaires à l'étranger à organiser, avec une tonne de paperasse, de photocopies de cartes d'identité et de formulaires à remplir, que la moitié des salariés oublient de me renvoyer à temps. Et que dire de ces voyages de noces de jeunes mariés dégoulinant d'amour que je dois gérer de A à Z, dans des palaces que je n'aurai jamais l'occasion de visiter, des séjours à plusieurs dizaines de milliers d'euros, alors que je sais très bien que d'ici trois ou quatre ans, ils seront sûrement en plein divorce. J'appelle ça jeter l'argent par les hublots !

Mais le pire du pire qui me soit déjà arrivé dans mon boulot, c'est de devoir organiser des voyages au soleil pour deux personnes mariées, mais pas ensemble ! Les voir arriver un peu gênés, regardant autour d'eux dans la rue, me demander de pouvoir payer en liquide, sans laisser de trace bancaire, bref de rester discrète... J'avais tout de suite remarqué que ces deux personnes, bien que portant chacune une alliance, n'habitaient pas ensemble et n'avaient pas le même nom de famille. J'allais donc permettre à ces deux amants de profiter tranquillement l'un de l'autre, dans le dos de leurs pauvres conjoints. J'étais complice de leur infidélité. Mais c'est mon travail, d'aider les gens à voyager, et je ne suis pas apte à juger ou à refuser une prestation, surtout une prestation haut de gamme comme celle-ci qui me rapporte une partie de ma prime de fin de mois !

Pierre me fait part de sa façon de penser concernant le travail. Selon lui, dans une journée de vingt-quatre heures, huit heures sont nécessaires pour dormir, huit heures pour travailler, et huit heures pour vivre. Chaque activité occupe donc un tiers de notre journée, et pour lui, c'est inconcevable de passer un tiers de son temps dans un environnement qui ne nous convient pas. Je n'avais jamais raisonné comme ça, mais dans un sens, il a parfaitement raison. Voyant qu'il a capté toute mon attention, il expire en se grattant la tempe (je trouve ça terriblement sexy), puis il penche la tête en ajoutant :

— Tu vois, le boulot, c'est même la moitié de ton temps d'éveil, si on ne compte pas les 8 heures de sommeil. Tu te lèves, tu te prépares pour aller bosser, donc tu ne vis pas vraiment pour toi ou tes loisirs, puis tu bosses. La pause déjeuner, c'est rarement un loisir, en général, c'est rapide, et tout près de ton travail… Et quand tu quittes ton boulot le soir venu, le temps de rentrer chez toi, avec le transport, il ne te reste plus que trois ou quatre heures par jour pour faire ce que tu as vraiment envie de faire sans compter les tâches ménagères. Tu te rends compte ?

J'acquiesce. Il continue.

— Du coup, j'ai pris le problème à l'envers. Qu'est-ce que j'aime dans la vie ? Qu'est-ce que j'ai envie de faire ? Depuis tout petit, j'adore dessiner. Adolescent, j'ai découvert le graphisme et la 3D, je passais mes soirées à me former tout seul ; à l'époque, il n'existait ni formation, ni tutoriels sur le Net. Mes copains faisaient du sport, de la musique, sortaient en boîte, et moi, je bidouillais sur mon vieil ordinateur. Plus tard, j'ai décidé de passer mon temps à faire ça, créer des designs pour les marques et d'en vivre. Le matin, je ne vais pas « au boulot », je vais m'amuser, créer, dessiner, essayer des trucs nouveaux, présenter un projet. Je ne considère pas ça comme du travail, j'essaie vraiment de prendre du plaisir. Le soir, après ma journée, je suis moins fatigué, je n'ai pas forcément besoin de me changer les idées, et je suis plus zen. Je pense que tout le monde devrait trouver le travail qui lui permet de s'éclater au lieu d'avoir l'impression de se faire exploiter. Ce n'est pas évident, mais je suis sûr que tu trouveras.

Il finit ce monologue le sourire aux lèvres, sourire totalement adorable et communicatif.

— J'en suis certaine aussi !

Je lève mon verre en sa direction pour trinquer.

Oui, forcément, sur ce coup-là, j'ai un temps d'avance. Je sais pertinemment qu'en juillet, Claire me parlera de la place qui se libère chez JML Models, grâce à Amélie qui part pour Los Angeles. Elle aura une promotion de dingue : *la mannequin internationale Olga Kleinsberg va lui proposer d'être son agente attitrée, elle devra la suivre partout et organiser ses shootings photos dans le monde entier. Du coup, une place sera vacante qui devra être prise au plus vite, les autres models ne pouvant pas se débrouiller sans quelqu'un pour gérer leurs vies (pauvres mannequins). Je sais pertinemment qu'après cette nouvelle, je passerai la nuit à refaire mon CV afin qu'il soit le plus attrayant possible (ajoutant au passage quelques petites expériences améliorées, mais ça tout le monde le fait, non ?!), et quelques jours plus tard, j'obtiendrai un entretien que je réussirai haut la main, grâce aux conseils avisés de Claire. C'est quand même euphorisant de connaître l'avenir !*

On continue la soirée à parler comme deux amis de longue date, de nos rêves les plus fous, de nos envies, de nos hontes, et à rire comme de jeunes collégiens, mais ma douleur au poignet se faisant plus virulente en fin de soirée, je décide de rentrer chez moi.

Pierre, gentleman, ne montre pas plus que ça son envie de flirter avec moi, puisqu'il ne me propose pas d'aller boire « un dernier verre » (*mon dieu, que je hais cette expression !*). Il se contente de me souhaiter bonne nuit et me propose de venir visiter son bureau un de ces jours. Dois-je y voir un message, une invitation à un début de relation ? Les hommes sont parfois tellement gauches en matière de flirt. Mais après son « au revoir » en forme de bises sans équivoque sur les joues, je me dis que non, il veut seulement m'inviter à venir voir son bureau et me montrer ce qu'il fait au quotidien. De toute façon, je ne suis pas intéressée, j'ai quelqu'un d'autre dans mon viseur.

Je lui promets que oui, je passerai voir où il travaille, mais intérieurement, je me promets à moi-même que ces prochains jours vont être entièrement dédiés à ma préparation psychologique et physique pour ma deuxième « première rencontre » avec Yann. Parce qu'il faut que je mette toutes les chances de mon côté pour qu'il fasse « tilt », et il ne me reste que quelques jours pour y parvenir.

J'ai un atout majeur dans cette reconquête : *je connais Yann par cœur. Je sais ce qu'il aime, ce qui le fait craquer. Je connais les gestes, attitudes et les mots à avoir pour le faire fondre. Il faut juste que j'arrive au bon endroit, au bon moment.*

14.

Lundi 29 mai. 19 h 23.

TROIS SEMAINES SE SONT ÉCOULÉES depuis mon retour vers mon ancienne vie. Et je peux le confirmer, à l'époque, comme maintenant, je m'ennuyais ferme ! Même si je n'ai pas chômé durant ces dernières semaines. Ces derniers jours sont passés tellement rapidement que j'ai l'impression qu'ils n'ont duré que quelques minutes…

Je suis retournée à l'hôpital faire un contrôle pour mon poignet, qui s'est totalement remis. J'ai pu enfin retirer mon bandage, et mis à part quelques migraines récurrentes, je me porte comme un charme.

Je suis allée au magasin Runcity m'acheter toute une panoplie de *runneuse* : *baskets, leggings, petit top, brassière, bandeau, trousse ventrale (je refuse d'appeler ça « banane ») pour y mettre mes clés et mon téléphone et même une montre connectée, qui calcule distance, fréquence cardiaque et nombre de calories dépensées. À ce prix-là, elle aurait même pu faire grille-pain !*

Me mettre à la course à pied en mai et non en juillet va me servir doublement, même si ça ampute mon budget shopping de moitié.

Déjà, ça va sculpter mon corps, me faire perdre un peu de poids et surtout raffermir mes cuisses pour plaire davantage à Yann en Thaïlande. J'ai déjà perdu un kilo et demi, et je me sens en meilleure forme. Qui plus est, j'aurai moins de mal à suivre son rythme de course lorsque nous serons ensemble et amoureux.

Je me souviens de la première fois où j'ai couru avec lui, en juillet prochain. C'était lamentable. Yann était arrivé, beau comme un dieu dans sa tenue de sport dernier cri, et m'avait annoncé qu'on allait commencer « piano » en courant « un petit 5 kilomètres ». Personnellement, commencer « piano » signifiait courir 500 mètres mais qu'à cela ne tienne, j'acceptais ce défi !

Ma confiance en moi avait été rapidement éraflée car, incapable de parler pendant que je courais, j'étais devenue rouge comme une tomate et j'avais frôlé la crise d'asthme. J'avais dû prétexter une intoxication alimentaire pour m'arrêter et le laisser finir son tour pendant que je décédais sur un banc.

Après cela, il a fallu que je trouve des excuses chaque semaine pour ne pas courir autant que lui. Un jour, je lui ai dit que j'avais un rendez-vous médical et que je n'avais que quinze minutes devant moi, je lui ai aussi dit que je m'étais tordu la cheville à cause d'une nouvelle paire de chaussures (j'ai dû boiter exprès pendant deux jours pour prouver la véracité de mon excuse), et j'ai aussi joué le coup du « *J'ai trop mal au ventre, j'ai mes règles* », avant de lui avouer que mon niveau en course à pied était proche du néant. Étonnamment, il l'a très bien pris. Il a ri en notant que c'était là une belle preuve d'amour que de faire croire qu'on est sportive alors qu'on ne l'est pas du tout. C'est aussi pour ça que je l'aime, Yann, il voit le bien partout, et dans chaque personne.

Ce soir, c'est notre fameuse soirée filles du mercredi, et cette fois c'est chez moi. Aria passe chez le traiteur japonais : *sushis pour nous deux et brochettes pour Béa, qui va devoir dire au revoir aux sushis pendant quelques mois.*

Elle nous a annoncé fin mai qu'elle était enceinte, selon le scénario prévu et déjà vécu auparavant : *le petit sac jaune, les bavoirs « Super Tata », et j'avoue que je n'ai pas vraiment eu besoin de feindre la joie, ma bonne humeur et mon sourire sont aussitôt arrivés sans crier gare. Des annonces comme celles-ci, et des soirées à parler d'avenir, j'en ferais tous les jours, si je le pouvais.*

Pour ce soir, le programme est plus détendu. J'ai prévu qu'on regarde une série sur Netflix, une série que j'ai déjà vue, mais qui nous fera passer un bon moment. On va regarder trois ou quatre épisodes et on verra la suite chez Béa la semaine prochaine.

Aria a enfin posé ses congés, alors, avant que mes copines n'arrivent, je décide de commencer ma mission valises. Qu'est-ce que je vais bien pouvoir emmener ?

Je sais que je me suis déjà posé la même question il y a cinq mois, mais maintenant, la situation a changé. Il y a cinq mois c'était « *Comment s'habille-t-on pour un séjour entre copines au bout du monde ?* », et aujourd'hui c'est « *Comment s'habille-t-on lorsqu'on rencontre l'homme de sa vie au bout du monde ?* ». C'est une façon totalement différente d'envisager ses valises. Non, mais vraiment, rien que pour les sous-vêtements, le contenu change du tout au tout ! Exit les dessous confortables, et bonjour les push-up permettant à mes seins de retrouver un peu de dignité (et à subir moins de gravité !).

En revanche, dilemme concernant mes fringues. Est-ce que je dois remettre les mêmes habits dans ma valise, ne pas changer mes plans vestimentaires (car c'est comme ça qu'il m'a rencontrée en juin dernier et dans ces vêtements qu'il a craqué pour moi) ? Ou maintenant que je connais ses goûts en matière de fille et de fringues, est-ce que je dois m'habiller comme il aime ? Ça serait peut-être mieux de coller directement à ses goûts…

Je sais qu'il aime les filles classes, mais pas trop sophistiquées. Élégantes, mais naturelles. Je décide de prendre ce parti pris, et de troquer mes vieilles robes d'été en lin contre des tenues tout aussi pratiques mais plus chic : *petits hauts en coton, décolleté s'il vous plaît, mini shorts laissant apparaître mes cuisses plus musclées qu'avant (gloire au running), et robes fluides en bas mais bien ajustées à la poitrine pour laisser deviner mes formes sans trop en dire quand même. Je n'oublie pas non plus ma robe longue couleur corail du dernier samedi soir, dans laquelle, je le sais, il va me trouver magnifique et avec laquelle nous ferons notre première photo à deux (cliché qui trônera longtemps sur le mur de mon entrée).*

Je remplis également ma trousse de toilette avec mes achats de la semaine dernière : *crème de jour, crème de nuit (s'il existait des crèmes d'après-midi, je jure que j'en aurais acheté !), contour des yeux, bref, j'ai fait une razzia ! Prendre soin de son visage, c'est important, et je ne m'étais jamais vraiment penchée sur le sujet, me considérant trop jeune pour toutes ces futilités. Mais après avoir vu la salle de bains de Claire, je me dis qu'investir un minimum dans des crèmes hydratantes, ce n'est pas inutile. Merci Claire de prendre soin de ma peau, alors qu'on ne se connaît pas encore !*

Elle me manque beaucoup. Bien sûr, j'ai Aria et Béa, mes amies de toujours. J'appelle aussi ma mère au moins deux fois par semaine, si ce n'est pas trois… Elle continue de me parler de ses tableaux pour sa future exposition, dans la salle des fêtes de sa ville, à l'occasion du week-end de l'art, au mois de juillet. Je lui promets de m'arranger pour venir les voir à cette occasion. Avec Yann, mais ça, je me garde de le lui dire, bien sûr.

15.

Vendredi 9 juin. 18 h 33.

Ma valise est prête. Je compte les heures avant mon départ. Bonheur, H-12.

Depuis quelques jours, je m'habille uniquement avec des vêtements que je n'emporterai pas en Thaïlande, ceux que j'ai rejetés en prévision de ma rencontre avec Yann. Mon look est du coup totalement *out*, mais bon, il n'y a que moi que ça dérange, apparemment. J'ai même des compliments de Marie, qui a trouvé lundi que ce petit gilet orange en crochet m'allait à ravir. Quelle horreur, je n'avais absolument plus rien à me mettre ce matin et j'ai retrouvé cette monstruosité couleur citrouille au fond d'un placard. Ce petit cardigan appartenait à ma mère, elle l'avait oublié lors de son dernier passage à Paris, et je l'avais mis de côté pour le lui rendre.

Faute de mieux, je l'ai enfilé, pas vraiment convaincue… Marie a adoré mon look et l'a pris en photo pour se crocheter le même en prune !

Pierre, lui, a moins apprécié le style. Ce soir, je m'apprête à aller au cinéma avec lui. Il était seul et avait envie de se faire une toile, il m'a donc proposé de l'accompagner. Bien que son choix de film ne soit pas ce qui me plaît le plus (le combo fin-du-monde/Alien, très peu pour moi), j'ai accepté. Je pense que j'ai dit oui pour m'occuper l'esprit au lieu de stresser sur mon futur voyage. Et aussi parce que ça me fait plaisir de revoir mon nouvel ami.

Quand je suis arrivée, toujours vêtue de cet horrible gilet orange il a ricané :

— Punaise Caly, c'est quoi ce truc ?!

— Oh, c'est bon, je n'avais plus rien d'autre à me mettre !

D'un air ébloui, il se passe les mains devant les yeux en disant :

— Et voilà, je suis devenu aveugle, ça ne sert plus à rien d'aller au ciné maintenant.

— Ah très drôle, monsieur le blagueur à deux balles… Non mais t'as vu ta chemise toi ? Elle date de Mathusalem, et pourtant je n'en fais pas un fromage !

— N'importe quoi, je l'ai achetée il y a à peine six jours… Bon OK, six ans en vrai, j'avoue !

Il rit.

— Allez viens, ma petite, en tout cas, tu m'as bien fait rire quand je t'ai vue arriver, il en faut du cran pour oser sortir fringuée comme ça… je te paye le ciné pour la peine !

Pendant que nous faisions la queue, j'en ai bien pris pour mon grade, Pierre était d'une humeur badine et m'a sorti plusieurs blagues pourries les unes à la suite des autres, si bien que j'ai fini par retirer ce fichu gilet et le glisser au fond de mon sac. Vexée moi ? Non, à peine !

Avant la séance, et pour bien mettre au clair notre « non-relation », je commence à lui parler de Yann. Sans jamais prononcer son prénom bien évidemment, n'étant pas censée le connaître.

Je lui explique juste que j'ai des sentiments pour un mec, mais que c'est compliqué. Que tout ira mieux après mes vacances en Thaïlande, et que pour le moment, tout ce dont j'ai besoin c'est d'un ami avec qui parler.

Je lui dis que je l'apprécie vraiment, que c'est un mec en or, et que j'espère qu'il va trouver une fille qui le mérite, et qui ne soit pas trop jalouse de moi ! J'espère que le message est passé.

Il me sourit et me dit qu'il espère aussi que je vais trouver quelqu'un qui me mérite… Et qui me supporte !

Un coup de coude de ma part clôt notre conversation, ce qui tombe bien, le film commence.

Pendant la projection, je le regarde plusieurs fois du coin de l'œil, et je me dis que c'est vraiment bête d'avoir des sentiments pour un autre homme car lui aussi, il est parfait Pierre, dans son genre…

Finalement, le film était cool et la fin inattendue. On s'est promis de se faire un ciné une fois par mois si possible. On adore tous les deux aller au cinéma mais on ne trouve jamais personne pour nous accompagner.

Je rentre chez moi directement après le film, car je me lève à 4 h 30 le lendemain.

Pour me dire au revoir, Pierre m'embrasse sur le front, je trouve ça super mignon et attentionné.

Après ma confession de tout à l'heure, je ne sais pas s'il est déçu ou triste, mais il n'est pas parti sans laisser de trace comme le font la plupart des mecs qui se retrouvent placés dans la case « définitivement ami ».

La nuit s'est passée comme je l'avais prévue : *je n'ai pas réussi à fermer l'œil, trop excitée/angoissée/agitée/inquiète… C'est tout le temps comme ça lorsque je voyage, je n'ai absolument pas confiance en mon réveil et j'imagine toujours qu'il va s'éteindre de lui-même pendant la nuit. Je me réveille donc instinctivement toutes les demi-heures, pour vérifier l'horloge de mon téléphone. Je passe une nuit horrible, exactement comme la dernière fois, sauf qu'en plus, j'ai aussi le stress de la rencontre en tête…*

Faut pas te louper, Caly !

16.

Samedi 10 juin. 5 h 01.

Après une courte sieste nocturne, le jour J de notre voyage en Thaïlande est enfin arrivé !

Je saute de mon lit et, après une douche express, j'enfile les affaires que j'avais préparées la veille, avant le ciné avec Pierre. Je l'appelle ma tenue spécial avion : *jean un peu large me permettant de respirer, bas de contention cachés sous le jean, et top noir en coton pas forcément beau mais ultra confortable (et qui ne fait pas d'auréoles lorsqu'on transpire). Je ne me souvenais plus que le trajet en avion était si fatigant. Partie très (trop) tôt de l'appart, j'avais commandé un taxi puis je suis passée chez Aria et direction Charles-de-Gaulle. Départ à 8 heures du matin, vol de six heures quarante en direction de Dubaï. Puis encore six heures d'avion de Dubaï à Phuket, ce qui fait en tout seize heures de voyage avec l'escale mais, sans compter l'attente à Paris et la sortie de l'aéroport de Phuket... Tout ça pour seulement dix jours sur place, c'est vraiment dommage que nous n'ayons pas pu prendre davantage de vacances... (S'il entendait ça, mon père me dirait « Arrête de te plaindre, à ton âge on ne partait pas en vacances tous les ans au bout du monde ! Tu sais que tu es une privilégiée ? »).*

Pendant l'escale de trois heures à Dubaï, je décide de partir à la recherche de Yann, ou du moins, je tente de le repérer parmi tous les voyageurs qui font le même trajet que nous et qui attendent d'embarquer dans le second avion. Dans mes souvenirs, il me semble qu'il avait pris le même vol que moi à l'aller, mais il était resté trois semaines, lui. Dommage, il ne sera pas dans l'avion du retour. En revanche, il doit être dans les parages, en ce moment même.

N'ayant toujours rien dit à Aria concernant Yann, je prétexte une envie pressante d'aller aux toilettes pour l'abandonner dans le hall d'embarquement et lui confier mon sac. C'est horrible de mentir à sa meilleure amie, mais je me persuade que ce n'est pas un mensonge, juste une omission bénéfique pour notre amitié (et pour sa santé mentale).

Je longe les autres sièges de la salle d'attente, puis fais un tour rapide dans toutes les boutiques de cette partie de l'aéroport. C'est dingue ce monde, les gens n'ont vraiment que ça à faire que de voyager ? Je devrais prendre une photo pour mon père et lui envoyer pour lui prouver que je ne suis pas si privilégiée que ça ! Après plusieurs minutes de recherche, de nombreuses boutiques visitées à la vitesse grand V, et quelques fausses joies en apercevant des grands blonds qui s'avèrent ne pas être Yann, je finis par trouver ce que je recherche.

Je le vois enfin au loin, en grande conversation avec Cédric, son meilleur ami (et futur casse-croûte de Claire). Il se tient devant un kiosque à journaux, il a dû acheter les derniers polars sortis en poche, c'est ce qu'il faisait toujours dès qu'il passait devant une librairie. Je décide de ne pas m'avancer plus pour ne pas me griller. Il faut vraiment que je fasse une bonne première impression, et actuellement, je ne me sens pas au summum de ma sexy attitude avec ma tenue « spécial avion ». Je préfère donc l'observer de loin, avec des palpitations dans le cœur dès que son visage se tourne vers moi. Cachée derrière un poteau à plusieurs mètres de lui, il ne risque pas de m'apercevoir et quand bien même il croiserait mon regard, aucune chance qu'il sache qui je suis, puisque nous ne nous sommes pas encore rencontrés.

Je sais pertinemment que mon attitude est ridicule, mais je reste plusieurs minutes derrière mon poteau tel un agent secret, à le fixer et à observer ses moindres gestes (si élégants et sexy). Enfin, agent pas si secret que ça, puisque Aria finit par griller ma planque en me sautant dessus.

— Hé ! Qu'est-ce que tu fous Caly ?

Après un cri d'effroi qui a fait se retourner une dizaine de personnes (adieu l'anonymat), je trouve une excuse bidon :

— Euh, je crois que j'ai vu la nana de la série policière sur la 2, tu sais, la grande rousse, je ne me souviens plus son nom…

— Et ? Pourquoi tu l'espionnais ?

— Euh, en fait…

Un appel au haut-parleur annonçant le départ imminent de notre vol me sauve de cette situation embarrassante. Tout bien réfléchi, je ne pourrais pas être actrice, l'improvisation, ce n'est pas pour moi !

Tout le monde embarque dans le second avion, et le trajet se passe sans encombre. J'évite toute discussion à propos de mon attitude bizarre avec Aria en simulant une petite sieste ce qui me fait bientôt sombrer dans un profond sommeil. Aria, ayant bien dormi la nuit passée (elle), enchaîne les films sur l'écran intégré au siège de l'avion. Je l'entends glousser de temps à autre, il lui arrive même de pousser quelques cris dignes de son rire si particulier.

Il est donc 6 heures du matin lorsque notre avion atterrit, après de longues heures de vol. Le temps de prendre nos valises (qui comme par hasard, arrivent en dernier sur le tapis roulant) et d'embarquer dans le mini van mis à disposition par l'hôtel, nous arrivons en fin de matinée au SunBay Spa, un magnifique hôtel à la façade gigantesque.

En sortant de la navette, Aria et moi ne pouvons nous empêcher de pousser un « Ouah » d'admiration. J'en ai vu des hôtels, mais celui-ci en jette. L'entrée est majestueuse. L'arrivée des touristes se fait par un long ponton légèrement éclairé par une multitude de petites bougies posées au sol. De part et d'autre de ce ponton, des statues typiquement thaïlandaises envoient des petits jets d'eau dans des bassins où flottent des nénuphars en fleurs. On se croirait au paradis ! Nous avançons tranquillement, et entrons dans l'hôtel. Deux grandes baies vitrées laissent apparaître l'accueil ainsi que tout le personnel. Des hommes et des femmes en costume traditionnel sont alignés des deux côtés pour accueillir les nouveaux visiteurs. Dans leurs mains, des colliers de fleurs à notre attention, c'est à la fois plaisant et tellement kitsch ! Aria, toujours aussi naturelle, remercie l'hôtesse thaïlandaise en lui faisant la bise. Il faudra que je lui parle des coutumes locales.

Je suis tellement heureuse d'être ici ! Et j'avoue que j'ai bien fait de choisir cet hôtel, il est nettement mieux que celui de la dernière fois. Au premier abord, du moins !

Il fait chaud, les autres touristes sont d'aussi bonne humeur que nous malgré le voyage, cette grande semaine de vacances va être super, j'en suis convaincue !

D'autant plus que ma rencontre avec Yann est imminente. Je ne peux pas perdre une seconde. Dans mes souvenirs, c'est encore tout frais, comme si c'était hier, sauf que c'est censé se produire dans quelques dizaines de minutes... Ce moment où nos regards vont se croiser, lorsqu'il me sourira pour la première fois, et que je lui rendrai son sourire, chargé de promesses...

Nous récupérons les clés de notre chambre pour découvrir ce que sera notre petit chez-nous pour les prochains jours. C'est une chambre « luxe » avec balcon. J'espère qu'elle sera conforme aux photos du site, et surtout digne du prix que nous l'avons payée.

Tout en marchant vers notre chambre, j'essaie d'expliquer à Aria qu'il faut ABSOLUMENT que j'aille voir l'hôtel Paradisio, en prétextant une obligation professionnelle urgente de comparer les halls de chaque hôtel. J'ai promis à mon patron de lui envoyer un mail dès mon arrivée pour lui faire part de mon ressenti concernant ces deux hôtels. Elle m'assure que notre résidence est trois fois mieux que le Paradisio, et que j'ai bien fait de réserver ici finalement.

Effectivement, un coup d'œil suffit pour comprendre que la piscine du SunBay est incroyable, avec ses carreaux en camaïeu de bleu et les lumières du patio qui se reflètent au bord de l'eau. Le jardin autour est incroyablement arboré et des chaises longues en teck sont installées de part et d'autre de la grande piscine. Le personnel, quant à lui, a vraiment l'air aux petits soins. Et je suis certaine qu'il sera encore plus aux petits soins avec nous, car Aria a déjà fait copain-copine avec la moitié des Thaïlandais lors de la petite cérémonie d'accueil.

J'ouvre enfin la porte de notre chambre, et je l'avoue, celle-ci est nettement plus confortable que celle que nous avions au Paradisio, dans mon ancienne vie. Pas de regret à avoir, Aria a raison.

Une grande baie vitrée, une chambre spacieuse, claire et joliment décorée et un lit immense qui doit au moins mesurer trois mètres de long (j'exagère). Les murs sont couleur ivoire, les boiseries en bois foncé et les draps d'un blanc immaculé avec sur le dessus des coussins en organza rouges et violets. Sur notre lit, un joli tissu brodé thaïlandais couvre le bas de la couette, et sur la table à l'entrée de notre chambre, un magnifique bouquet de fleurs tropicales finit de donner une touche gaie et colorée à l'ensemble.

Aria se dirige immédiatement vers la petite terrasse privative, avec vue dégagée sur la piscine, qui dispose d'un banc directement taillé dans un immense tronc d'arbre, et d'une petite table pour y prendre le petit déjeuner lorsqu'on le souhaite. De mon côté, je vais rapidement dans la salle de bains. C'est un réflexe professionnel, mais la salle de bains d'un hôtel reflète en général l'état de la chambre. Rien à dire, c'est nickel. Rien ne dépasse, ça sent bon, et tout est en parfait état.

J'en profite pour déballer mes affaires de toilette et pour me changer. L'heure fatidique de la rencontre approche, je dois être vue sous mon plus beau jour, sans pour autant en faire trop !

Allez, hop, un petit coup de mascara, mon gloss abricot, qui me sert aussi à rehausser mes pommettes (un peu de gloss sur le bout des doigts et zou, quelques tapotements légers sur mes joues pour me donner bonne mine) et un coup de brosse pour discipliner mes cheveux. Côté vêtements, bien que la dernière fois, j'étais habillée avec une tunique verte et un short noir, je décide de remettre ce même short (je n'ai pas couru 72 kilomètres depuis un mois pour rien) mais avec un top à bretelles bleu clair, légèrement plus décolleté, qui ira parfaitement avec mes yeux.

Je retourne dans la chambre, Aria s'est déjà mise en maillot de bain. Un magnifique maillot de bain noir orné de têtes de mort argentées. Elle ne va pas passer inaperçue ! Elle a relevé ses longs cheveux rouges en chignon déstructuré et mis un gros bandana noir pour maintenir le tout. Pour parfaire son look, elle porte d'énormes lunettes de soleil avec une monture argentée vraiment extravagante. *Never too much,* cette nana ! Excitée comme une puce, elle est trop pressée de goûter à l'eau de la piscine et de faire quelques longueurs pour se dégourdir les pattes.

— T'es prête, on y va ?

— Euh, tu sais avant de te rejoindre j'aimerais m'absenter quelques minutes, pour faire un saut à l'hôtel d'à côté… Je dois prendre des brochures pour l'agence et vérifier les normes de qualité des installations et de la décoration…

Elle acquiesce. Depuis que nous voyageons ensemble, elle sait très bien que c'est une de mes petites manies :

rentrer dans le hall de tous les hôtels que je croise, pour voir s'il n'est pas mieux que celui dans lequel on est. Ce n'est pas interdit, de rentrer dans un hôtel, alors je ne me gêne pas pour le faire. Chacun ses petits travers.

— Ouais d'accord, t'es vraiment chiante. Bon, moi je file à la piscine, à tout à l'heure !

— Ça marche, garde-moi un transat.

J'évite de lui dire que si je me rends au Paradisio, c'est pour rencontrer l'homme que j'aime déjà, mais je crois qu'elle se doute de quelque chose.

La preuve, avant de fermer la porte, elle me crie : *« Et si tu trouves l'homme de ta vie, demande-lui s'il n'a pas un copain sexy ! »*

— Très drôle, je réponds en gloussant.

17.

Samedi 10 juin. 11 h 10.

PENDANT MON COURT TRAJET entre notre hôtel et le Paradisio, je replonge dans mes souvenirs…

Je me souviens très bien de notre étonnante et brève première rencontre. C'était sympa, mais le courant était électrique. Pas à cause de lui, heureusement.

J'étais donc à l'accueil de l'hôtel, devant le comptoir. J'attendais tranquillement mon tour pour réclamer un peignoir supplémentaire. Pour la petite histoire, ils n'en avaient mis qu'un dans notre chambre, et Aria se l'était automatiquement approprié, me laissant me débrouiller toute seule à la réception pendant qu'elle enfilait son maillot. J'admirais donc la décoration thaïlandaise du hall d'accueil, sans remarquer que la personne devant moi venait juste de partir et que le comptoir était vide.

Au moment où j'ai compris que c'était à mon tour, j'ai à peine eu le temps de commencer à m'avancer qu'un homme sans-gêne est passé devant moi pour demander où était le bureau des excursions, car il souhaitait absolument réserver des sorties pour le jour même. Voyant que je m'étais fait doubler comme une malpropre, j'interrompis la conversation entre l'employée et l'homme impoli pour râler et expliquer que j'étais là avant lui.

— Dites donc, c'était mon tour... J'ai juste besoin d'un peignoir, il n'y en avait qu'un dans ma chambre. Vous pouvez me dire où m'en procurer un ?

L'homme affreusement grossier s'est tourné vers moi en disant :

— Désolé, mademoiselle, je croyais que vous n'étiez là que pour admirer la déco !

Sur un ton condescendant et imbu de sa personne, qui plus est. Cet homme exécrable, c'était en fait Cédric, qui avait fait une fois de plus son goujat pour se faire remarquer (comme d'habitude, je le connais maintenant. En fait, il pense qu'en jouant le macho et en prenant des airs supérieurs, sa virilité plaira aux femmes. Les autres peut-être... Mais moi, certainement pas !). Il s'est excusé en m'invitant à boire un verre avec son ami. C'est à ce moment précis qu'il a désigné de la tête un homme qui se trouvait à quelques mètres de nous. Yann.

Grand, un mètre quatre-vingt-cinq (sa taille précise, je ne l'ai sue qu'après), blond cendré, barbe de trois jours, sourire « dentifrice », c'était (et c'est toujours) une vraie bombe atomique. Ses yeux bleu cyan et ses longs cils recourbés faisaient de lui une véritable gravure de mode. OK, j'exagère peut-être, mais je l'ai immédiatement vu avec les yeux de l'amour. Il portait un T-shirt col V rayé bleu et blanc, un short de bain marine et ses tongs préférées, les grises. Ses cheveux coupés court sur les côtés et légèrement plus longs sur le dessus, travaillés à la main avec une légère touche de gel coiffant, sa mâchoire carrée et son cou épais lui donnaient l'air d'avoir servi de modèle à Ken ! Il a toujours détesté que je le compare à ce jouet en plastique, mais sincèrement, la ressemblance est vraiment frappante ! Yann, c'est Ken, mais en plus viril, plus poilu et surtout plus... vivant !

Oh oui, je me rappellerai toute ma vie de ce moment. Mon cœur a fait un bond et trois tours sur lui-même (performance qui a été suivie par les applaudissements de tous mes organes internes), et tout ce que j'ai réussi à faire, c'est dire « oui » de la tête, le visage légèrement penché, la bouche grande ouverte (la salive à la limite de faire le grand saut) et l'air totalement débile. S'en étaient suivis quelques balbutiements et un premier verre autour de la piscine, avec Aria qui nous avait rejoints. Puis un second verre, un troisième, puis des super souvenirs pour tous les quatre...

Et pourtant cette fois-ci, cela risque d'être différent. Et même de ne pas être du tout.

Primo, parce que je ne me souviens plus de l'heure exacte de notre rencontre. Pourquoi est-ce que je n'ai pas regardé l'heure à ce moment-là ? Je repense à mon air ahuri et j'en conclus que de toute façon j'en aurais été incapable.

Deuxio, parce que je ne suis pas logée dans le même hôtel que lui.

Et puis, en y réfléchissant bien, peut-être que Yann n'a pas pu non plus réserver dans cet hôtel, peut-être qu'une des actions que j'ai faites ces dernières semaines a définitivement changé le présent, et que ni lui ni Cédric ne seront là aujourd'hui précisément dans cet hôtel...

Non, Caly, reste positive bordel, tu l'as vu dans l'avion, il ne doit pas être bien loin... Le stress monte.

Mission rencontre, acte 1, c'est parti.

Lunettes de soleil sur le nez et chapeau sur la tête, j'espère passer incognito dans le hall de l'hôtel et rentrer en toute discrétion. Avec tous les touristes qui grouillent dans tous les sens, occupés à essayer de se repérer, je ne risque pas de me faire démasquer, et cela m'étonnerait qu'un employé me montre du doigt en criant « *un intrus !* », pendant que les agents de sécurité se jettent sur moi pour me mettre dehors par la peau du short ! Non, personne ne fait attention à moi pour le moment. Je dis « pour le moment » car question discrétion, on repassera : *je longe tellement les murs, tel un agent secret, que je trébuche sur une console en teck et fais tomber par terre une petite décoration en bois sculpté. Bien sûr, cet incident provoque un grand bruit sourd vers lequel, forcément, tous les regards se tournent. Crispation, honte, réaction immédiate : je m'excuse, baisse la tête et replace la déco à sa place initiale.*

Rouge pivoine, je cours directement m'asseoir sur un des canapés du hall, avec vue imprenable sur le comptoir d'accueil. Pour l'instant, il est vide. Personne ne fait la queue.

Qu'est-ce que c'est bizarre d'être ici… Et dire que dans quelques minutes, je vais faire la connaissance de l'homme qui tombera amoureux de moi. Et moi de lui…

Je sors de mon sac un petit miroir, vérifie que je n'ai rien entre les dents et que mon mascara n'a pas coulé. RAS. *Perfect girl.*

Lorsque je relève la tête, j'aperçois une jeune femme près du comptoir, visiblement énervée. Elle dit tout haut, avec une voix fluette tout droit sortie d'un dessin animé :

— Pour le prix qu'on paye, c'est quand même dingue de ne pas avoir deux peignoirs ! Vous voyez bien que c'est une chambre double, qu'il y a deux noms sur la réservation, donc qu'il faut mettre deux peignoirs ! Ma copine est partie à la piscine et moi je suis là comme une conne ! Vous allez me le donner quand mon peignoir, hein ?

Oh… Le peignoir ! C'est elle, la nana qui a cliqué à MA place lors de la vente privée, qui a obtenu MA chambre, la 316 et à qui je dois faire manger SON passeport ! Elle a l'air tellement antipathique, et cruche ! Et dire que j'ai permis à cette femme de partir en vacances… J'hallucine sur la façon dont elle parle aux employés de la réception, une vraie mégère avec cet air hautain, comme si tout lui était dû. Quand je suis allée voir la réception pour mon peignoir, la dernière fois, j'étais nettement plus cordiale avec l'hôtesse.

Je retire mes lunettes pour mieux l'observer. Blonde, filiforme, physique agréable bien que lambda, cheveux très longs. C'est totalement le genre de fille qui peut plaire à Yann.

Tiens, le voilà.

Ohhhh, merde, le voilà, le voilà… Avec Cédric bien sûr ! Hyperventilation.

Mon saut dans le passé n'a donc pas changé l'actuel présent, ouf !

Il se dirige vers les tableaux accrochés au grand mur du hall, tandis que Cédric se place derrière la jeune blonde, en lui reluquant le postérieur avec la classe d'une limace obscène. Celle-ci fait volte-face, toujours énervée, et dit à Cédric :

— Première et dernière fois que je viens ici en vacances, c'est n'importe quoi !

Ce à quoi il répond tranquillement :

— Oh, il ne faut pas vous mettre dans des états pareils ! On est en vacances, il faut se détendre. Si vous voulez, venez prendre un verre avec moi et mon ami, il est là-bas…

Il désigne Yann de la tête.

Blondasse tourne le regard vers lui, sourit, et hoche la tête, le visage penché, la bouche ouverte et l'air débile.

Non ! J'hallucine !

C'est MA scène de rencontre. C'est à MOI que Cédric doit offrir un verre. C'est moi qui dois avoir l'air débile au moment du coup de foudre, pas l'autre gueularde !

Non, c'est impossible.

Je viens de revivre ma rencontre avec Yann de la façon la plus horrible qui soit : *en tant que spectatrice passive.*

C'est un cauchemar ! Tout ça pour ça ? Il faut que j'agisse. Je n'ai plus le temps de réfléchir à ma stratégie, je dois faire vite et bien. Je n'aurai pas de deuxième seconde chance.

Cédric en grande conversation avec la réceptionniste, Blondasse sort de son état comateux pour commencer à s'approcher de Yann, certainement pour aller lui mettre le grappin dessus.

Un pas, deux pas…

Mission rencontre, acte 2. Action, réaction.

Ni une, ni deux, je me lève d'un bond de mon canapé et j'avance précipitamment vers Yann, totalement incapable de savoir ce que je vais bien pouvoir lui dire. Je vais devoir trouver quelque chose, improviser, et vite. Avant d'ouvrir la bouche, je prends bien soin de ne pas reprendre la voix de Stéphanie de Bio Car-Wash, je n'ai pas envie qu'il me reconnaisse (On ne sait jamais, Yann a toujours eu une mémoire auditive hors du commun !).

J'arrive devant lui bien avant Blondasse, qui s'arrête, surprise qu'une femme soit avec l'homme sur lequel elle bave depuis à peine quarante-huit secondes.

Je me lance, avec un grand sourire et une assurance feinte :

— Bonjour, excusez-moi... Vous venez d'arriver ?

— Oui, ça se voit tant que ça ? répond-il.

— Un peu j'avoue, moi aussi je viens d'arriver, par le vol de ce matin. Vous pouvez peut-être m'aider et me dire où se fera le pot d'accueil ?

Je le sais déjà. Au ponton de la plage, à 19 heures, comme tous les samedis soir. On boira une espèce de sangria dégueulasse et la directrice de l'hôtel présentera le personnel et les responsables de la semaine. Ensuite, elle lancera la musique pour la première soirée au bord de la plage. Oui, je connais la réponse. Mais il fallait bien lancer la conversation avant la blondasse-voleuse-de-chambre.

— Il me semble qu'elle aura lieu ce soir près de la plage, vers 19 heures, si je ne m'abuse. On s'y verra alors ?

Son sourire. Qu'est-ce qu'il m'a manqué. Et dire que c'est le premier, et qu'il y en aura des milliers d'autres... Jamais je ne pourrai me lasser de le voir ainsi me regarder...

J'évite de lui dire ce que j'ai au fond de ma pensée (*« Épouse-moi ! »*), mais j'ose proposer, avec un aplomb déconcertant :

— Ça ne vous dirait pas qu'on aille prendre un verre ensemble avant ?

Tentant le tout pour le tout, je hausse les épaules et tourne légèrement la tête, avec une moue interrogative. Je sais qu'il adore quand je prends cet air mutin.

Bingo ! Mon petit numéro de charme fonctionne, il rougit et me répond :

— Avec plaisir ! Mais, on se tutoie OK ? Alors tu nous rejoins dans quinze minutes au bar de la piscine, je serai avec un ami, c'est lui, là, au comptoir.

Il désigne Cédric d'un signe de tête.

— Ça marche !

Je lui fais un petit signe de la main et lui dis :

— À tout à l'heure Yann !

Il me regarde avec ses gros yeux et fait sa mimique d'étonnement que j'aime tant.

— Tu sais comment je m'appelle ?

Et merde. *Call me Miss Boulette.* Comment je vais encore rattraper cette bourde… Je me gratte le nez tout en expliquant :

— Euh, j'étais derrière vous tout à l'heure, en sortant de l'ascenseur, j'ai entendu votre ami vous appeler par votre prénom. J'ai l'ouïe fine à vrai dire…

— Ah d'accord…

Il semble convaincu par mon explication.

— Et vous, comment vous appelez-vous ?

— Calypso, et on devait se tutoyer, non ?

— Oh, Calypso, déesse aquatique… C'est un beau prénom.

— Merci… À tout à l'heure.

Je suis toute chamboulée. J'ignorais qu'il savait d'où venait mon prénom. Lors de notre première rencontre, j'avais annoncé mon prénom en présence de Cédric, et ce dernier avait réagi comme 95 % des gens : *il avait aussitôt rigolé en disant que ça ne devait pas être facile à porter tous les jours. Yann, lui, avait seulement souri, sans rien dire. Je préfère donc mille fois mieux cette rencontre, beaucoup plus intime.*

Nos premiers mots resteront gravés à jamais dans mon cœur. Le souvenir de ce moment magique est encore plus beau.

J'ai forcé le destin, et cette blonde rageuse n'a pas pu croiser le regard de Yann. Et toc !

C'est le mien. Tu peux avoir ma chambre et mon peignoir, meuf, mais tu n'auras pas mon mec !

Je repars, l'air naturel, en direction de la piscine de l'hôtel Paradisio, consciente d'être une parfaite intruse, *persona non grata*, parmi les autres vacanciers de l'hôtel. Je remarque qu'ils arborent tous un bracelet vert fluo avec écrit « PARADISIO » au poignet, et que le mien, distribué ce matin par le personnel de l'hôtel SunBay Spa, est jaune fluo et au nom de SunBay évidemment… La lose.

Si quelqu'un du Paradisio s'en rend compte, je peux dire adieu à mon rencard. Si ça se trouve, ils penseront que j'ai été envoyée ici en mission d'espionnage pour la concurrence et ils m'enfermeront dans une pièce sans fenêtre et avec un miroir sans tain pour m'interroger. Et je me connais, j'avouerai tout concernant la mission d'espionnage, même si elle n'a jamais existé. Je suis du genre à ne pas savoir résister à la pression et à tout avouer dès les premières sommations, quitte à mentir et à leur dire ce qu'ils veulent entendre. Je regarde autour de moi ; tout est calme. Personne ne semble s'intéresser à ma petite personne.

J'aperçois alors sur une chaise longue un peignoir qui traîne et m'en empare aussitôt. Dommage pour eux, ils n'avaient qu'à pas le laisser là, et puis ils iront en rechercher un à l'accueil. Je l'enfile pour cacher mon poignet, même si à cette heure-ci, il commence à faire vraiment chaud, et je pars m'installer au bar de la piscine.

Quelques minutes plus tard, Yann et Cédric arrivent, en compagnie de la blondasse. Non mais quelle plaie, celle-là, j'espère qu'elle ne va pas essayer de me chourer mon mec. Cédric annonce :

— Alors, moi c'est Cédric, elle, c'est Maude.

— Avec un *e*, précise-t-elle, toute fière.

J'ai envie de répondre qu'elle a le droit d'arrêter de se la péter. Que je ne vois pas en quoi s'appeler Maude au lieu de Maud est en soi une fierté, mais bon passons… Je dis simplement ;

— Salut « Maude avec un *e* » (j'imite légèrement sa voix, ce qui fait sourire Yann), moi c'est Calypso.

Elle sourit bêtement.

— Nan, en vrai ? Calypso ! Ça doit pas être facile à porter tous les jours, hein !

Phrase banale d'une meuf banale.

— Ça va, je gère.

Je déteste les tics de langage. Et encore plus les personnes qui ajoutent « *tu vois* » ou « *hein* » à la fin de chaque phase. Maude avec un *e* n'arrête pas avec ses « *hein* » par-ci, « *hein* » par-là, à la fin de chaque phrase. Du coup, elle m'insupporte encore plus !

Je me concentre sur Yann, qui m'explique brièvement en quoi consiste son métier. De mon côté, je reste mystérieuse, car je n'ai pas envie que Maude connaisse ma vie, et parce que je préfère cette conversation seule avec Yann. Celui-ci me demande si je viens au cocktail ce soir. Je lui réponds que oui, évidemment, je serai sur la plage à 19 heures. Il faudra juste convaincre Aria de se présenter à la soirée de bienvenue de l'hôtel d'à côté. *Easy*, si je lui dis qu'ils font de meilleurs cocktails, et qu'en plus, c'est gratuit, elle me suivra sans piper mot !

Je m'excuse en prétextant devoir aller déballer mes affaires dans ma chambre. Avant de partir, Yann se lève et pose sa main sur mon épaule. Il me prend à part et me dit dans le creux de l'oreille :

— J'ai été ravi de faire ta connaissance. À ce soir, nymphe des mers...

Je crois que j'ai dû répondre quelque chose comme « *Séssa-a-ce-sour* » tellement son dernier regard m'a transpercée en plein cœur. Je pense que j'ai eu l'air débile, mais tant pis, je me rattraperai ce soir.

En rentrant au SunBay, le souvenir de son parfum encore présent dans mes narines, et un sourire débile sur le visage, je vais directement retrouver Aria près de la piscine, pour récupérer, triomphante, la clé de notre chambre et enfin enfiler mon maillot.

Aria m'aperçoit et fait une drôle de tête. D'un air grave, elle me regarde droit dans les yeux en me disant :

— Calynette, ma chérie, dis-moi pourquoi tu portes le peignoir de l'hôtel d'à côté ? Tu veux te faire remarquer ?

— Ah merde, je ne m'en souvenais plus ! En fait, j'ai été là-bas pour voir un truc concernant la déco du hall et de la piscine, tu sais, pour le boulot… et j'ai dû l'emprunter sans faire gaffe.

— Sans faire gaffe, mais bien sûr.

Elle lève les mains et les yeux au ciel en s'exclamant :

— Ça alors, ma meilleure amie est une cleptomane refoulée !

— Bon, d'accord, j'avoue, je devais cacher mon bracelet jaune. Là-bas, les leurs sont verts, et Yann, un garçon dont je viens de faire la connaissance, m'attendait au bar de la piscine, j'ai été obligée d'improviser.

Tout en roulant en boule l'accessoire volé, je lui raconte ma rencontre, sans lui préciser qu'elle a été volontairement orchestrée par mes soins.

Aria n'en croit pas ses oreilles, et applaudit comme une gamine de cinq ans !

— Non mais j'hallucine ! Je te laisse cinq minutes et tu dégotes un mec ! Doucement, Calynette, les vacances ne font que commencer. À propos, il a un copain, ton mec ?

— Oui, Cédric, et je crois bien que tu vas l'adorer.

Je mens, elle sait que je mens, mais elle poursuit la conversation.

— Alors, on les voit quand ?

— Ce soir, au pot d'accueil du Paradisio. On passera par la plage, elle communique avec le petit chemin là-bas. À 19 heures pétantes. Il faudra mettre un gilet pour dissimuler notre bracelet !

Aria se met à rire.

— Non mais ma Caly, t'es vraiment unique, on ne s'ennuie jamais avec toi ! Se rendre à un pot d'accueil sans être invitée, j'adore l'idée. Tu te rappelles quand on est allées à ce grand mariage, quand on avait dix-huit ans ? On était passé devant le parc, et en apercevant les invités, on crevait d'envie de jeter un coup d'œil à l'intérieur. Je nous revois encore avec nos robes piquées à ta mère, en train de manger de la brioche, une coupe de champagne à la main !

Je souris, me remémorant cette soirée. On avait réussi à s'incruster au vin d'honneur sans que personne ne nous démasque. Chaque invité devait penser qu'on connaissait un des mariés. Aria a même été jusqu'à aller saluer les mariés, sous leur regard interrogateur. J'ai tellement ri ce jour-là que j'en ai fait pipi dans ma culotte. Je lui réponds, en rigolant :

— Eh oui, qu'est-ce que tu crois, on est de vraies usurpatrices d'identité !

18.

Samedi 10 juin. 18 h 12.

APRÈS QUELQUES ALLERS-RETOURS dans la piscine, nous décidons de rentrer à notre chambre pour nous préparer pour notre mission infiltration.

C'est simple en fait, il suffit d'emprunter le petit chemin en lattes de bambous qui mène directement à la plage, et de la longer sur quelques mètres pour se retrouver devant le petit chemin en dalles de bois du Paradisio.

Comme le cocktail a lieu sur la plage, c'est très facile de se mélanger aux autres vacanciers sans se faire remarquer.

Aria a mis une grosse manchette en métal gravé en guise de bracelet, pour cacher son ruban jaune, et moi, j'ai enfilé une veste en lin. D'accord, je crève de chaud, mais pour voir Yann tout en passant inaperçue, je suis prête à tout !

L'hôtel Paradisio est vraiment magnifique, lui aussi. Un style différent du nôtre, mais tout autant de charme. Les employés ont installé sur la plage de grandes tables recouvertes de nappes blanches qui flottent au vent. Sur ces tables, de magnifiques bouquets de fleurs et des verres vides. Plusieurs employés apportent alors de grands saladiers du cocktail maison et comme prévu, la directrice fait son arrivée, sous une musique digne des plus grands films hollywoodiens.

N'ayant que faire de sa présentation de l'hôtel, des employés ou des excursions pouvant se réserver directement à l'accueil, je me dirige vers le rivage pour prendre des photos du magnifique coucher de soleil qui ne va plus tarder.

Je fais également un selfie, dos à la mer, le soleil couchant en plein dans le cadre, et moi, tout sourire. Fière de ce cliché pittoresque, j'envoie la photo à Béa, ma mère et aussi à Pierre, en écrivant : *Dure la vie !*

Quelques minutes plus tard, je reçois un selfie de Pierre, imitant celui que je viens de lui envoyer. Il s'est pris en photo et a récréé en arrière-plan un faux coucher de soleil, réalisé grâce à une grosse orange posée sur ses draps de lits bleus.

En guise de message : *Pareil ici, crâneuse !*

Je réponds : *T'es con !!!*

Puis vient la réponse de ma mère : *Jolie photo. Ton père dit que tu ressembles à Penélope Cruz.*

Je réponds : *Dis à papa d'aller chez l'ophtalmo. Penélope Cruz est brune, et moi je suis châtain. Bisous les parents !*

Dernier message de Béa : *Ma que bella. Tu vas pécho ce soir, c'est sûr ! Tire sur ta robe pour montrer tes boobs.*

La délicatesse de Béa, dans toute sa splendeur. Elle a au moins le mérite de me faire rire. Je lui réponds : *Ma que non, je séduis uniquement avec mon humour, tu le sais bien. ;-)*

J'accompagne ce message avec une photo de mon décolleté en gros plan.

J'ai pendant quelques microsecondes envie de l'envoyer également à Pierre (tout en simulant une mauvaise manip… *oups !*) mais je me reprends. Non, Caly, ne joue pas avec le feu si tu n'as pas d'extincteur à portée de main.

Je lève les yeux au ciel en rangeant mon téléphone dans ma poche de veste et au loin, j'aperçois Yann et Cédric, qui se dirigent vers la plage. Je me rapproche d'Aria, qui écoute attentivement le discours de bienvenue, elle joue à la cliente parfaite, et lui montre nos cibles du menton, l'air de rien.

Aria me glisse à l'oreille :

— C'est lequel, ton mec, le blond ou le brun ?

— Le blond. Et puis d'abord, ce n'est pas mon mec. C'est mon futur mec, enfin j'espère. T'en penses quoi ?

— Typiquement ton genre de mec. Moi je n'aime pas trop. Trop scout-enfant-de-chœur. T'as vérifié ses pieds ? me dit-elle, en se moquant.

— Tout à fait, madame « je-ne-crois-pas-en-ta-théorie-des-pieds », il était en tongs tout à l'heure et il a les pieds grecs, comme moi !

— Bon, bah, c'est parfait, compatibilité pédestre ! Allez viens, allons leur dire bonsoir !

Lorsque je m'approche d'eux, je remarque qu'ils sont suivis par deux nanas. Je reconnais vite ma voleuse de chambre Maude avec un *e*, accompagnée, je suppose, de l'amie avec laquelle elle est partie en vacances.

Non, mais, quelle plaie, pas encore elle ! Hors de question que je me la tape toutes les vacances ! Mais que voulez-vous, on a tous des « potes-glues », des gens qui s'accrochent à nos basques comme de vieux chewing-gums à nos semelles !

Lorsqu'elles arrivent à notre niveau, je devine que l'autre nana est la sœur de Maude. Elles ont les mêmes traits, les mêmes cheveux blonds fins, et bien lisses jusqu'en bas du dos, la même toute petite voix et cette même façon de parler, que je déteste. Bref, désolée meuf, mais sans même te connaître, je ne peux déjà pas te piffrer. Bien sûr, je reste muette comme une carpe et leur offre mon plus grand sourire de faux-cul (j'ai l'habitude d'en faire tous les jours à l'agence, je gère !).

— Ah, salut *Caryspo*, ça va depuis tout à l'heure ? T'es allée à la piscine cet après-midi ? Je ne t'ai pas vue hein. J'ai fait vingt-deux longueurs sans m'arrêter, moi. Tiens, voici ma sœur, Magali, sans *e*, ma grande sœur, hein.

— Je m'appelle Calypso, pas Caryspo. Et salut Magali sans *e*.

Décidément, leurs parents ont un souci avec la lettre *e*. Ça ne m'étonne pas qu'elle n'ait jamais entendu parler de Calypso, mais de là à ne pas se souvenir de mon prénom, et à l'écorcher, qui plus est, c'est le pompon !

Je présente Aria à Cédric, Yann, et rapidement aux deux blondasses. Elle sourit en papillonnant des yeux et en remuant ses cheveux rouges. Cédric semble sous le charme, et Yann… amusé !

Après ces présentations officielles, nous nous dirigeons vers une des tables où l'on sert le fameux cocktail de bienvenue et nous trinquons tous ensemble.

— Aux vacances ! dit Yann,

— Au farniente ! ajoute Cédric.

— À la mer et au soleil ! disent en chœur les deux blondasses en minaudant.

Je lève mon verre en regardant Yann et je dis à mon tour :

— Aux jolis paysages, et aux belles rencontres !

Et Aria ne peut s'empêcher d'ajouter :

— Et aux cuites phénoménales qu'on va se prendre ensemble !

Rire général. Décidément, cette semaine s'annonce géniale, et même mieux que la première fois.

Bon, je l'avais bien dit, le cocktail est dégueulasse, carrément fade et sans alcool ou presque. Ce n'est pas comme ça qu'on risque de prendre des cuites ! Il va encore falloir que je deale avec le personnel pour avoir plus de rhum et moins de glaçons dans nos verres !

Avec Aria, nous décidons de goûter toutes les petites gourmandises salées et sucrées présentes sur le buffet. Les employés passent régulièrement avec des grands plateaux en bois remplis de choses délicieuses mais que je n'ai jamais réussi à identifier. Est-ce du poisson ? De la viande ?

Yann a du mal à choisir parmi toutes ces spécialités, je vois bien qu'il est embêté. Je lui demande ce qu'il a et il me confie qu'il est végétarien depuis quelques années. Cette fois-ci et comme la fois précédente, je choisis de mentir pour lui plaire davantage :

— Oh, moi aussi je suis végétarienne ! Je déteste l'idée de tuer un animal pour le manger. Bon, j'avoue, je mange encore du poisson et des produits de la mer mais plus de viande d'aucun animal terrestre.

Aria me regarde avec de gros yeux. Je sais qu'elle rigole intérieurement, et se remémore le gros burger que nous nous sommes envoyé mercredi dernier, le défi était de faire rentrer le maximum de burger dans notre bouche, photos à l'appui ! Qu'est-ce qu'on a pu rire...

Note à moi-même : *effacer les selfie-burger de mon téléphone, au cas où Yann tombe dessus ! Oui, je mange de la viande, et je déteste les fruits de mer. C'est aussi un mensonge, mais je veux me faire bien voir, que voulez-vous ? Je sais qu'une relation qui commence par un mensonge est vouée à l'échec, mais je peux très bien mener une double vie carnivore/végétarienne. Personne n'est censé contrôler ce qui se passe dans mon estomac (et personne n'ira vérifier !). Quand je suis seule ou avec les copines, je me tape une bonne bavette sauce à l'échalote, et avec Yann, ce sera tartines au caviar d'aubergines et aux poivrons et copeaux de parmesan, accompagnées d'une salade. Basta. Tout le monde sera content, et je n'aurai de problème avec personne, surtout pas avec ma conscience !*

La soirée se poursuit dans une bonne ambiance. Nous nous asseyons sur le sable, et parlons sans nous arrêter, comme des amis de longue date, même si les deux frangines continuent de m'exaspérer alors qu'en vérité elles sont plutôt sympas, nunuches mais sympas (et aucunement dangereuses pour ma future relation avec Yann). Entre anecdotes personnelles et rigolades, nous passons un très bon moment. Être ici à des milliers de kilomètres de ma vie quotidienne me fait un bien fou. Revivre ces premiers moments avec Yann est une bénédiction, jamais je n'aurais pensé avoir cette chance à nouveau. Alors, je savoure !

Vers 22 heures, les clients commencent à regagner l'hôtel. La musique a été mise au bord de la piscine et la petite fête continue désormais là-bas, cependant nous préférons rester encore un peu sur le sable. D'un coup, Aria se lève et nous met au défi d'aller plonger dans l'eau, avec ou sans vêtements.

— Chiche les mecs, on va s'baigner ! Youhouuu !

Elle se met à courir en gloussant, les bras vers le ciel, zigzaguant vers la mer.

Tout le monde se regarde, se met à sourire, et se demande si c'est un vrai challenge ou un défi lancé comme ça, dans le vent. Ils ne connaissent pas ma Yaya. Quand elle envoie une telle phrase, ce n'est pas une provocation, c'est un pur appel à la folie !

Yann me regarde, l'œil malin. On se connaît à peine depuis quelques heures, mais moi, je connais Yann. Je sais qu'il est comme moi et qu'il ne peut pas dire non à un défi.

Il se lève et me toise de haut en bas, avec un air volontairement supérieur, la mine amusée. Il retire ses tongs, puis son T-shirt, dévoilant sa superbe plastique qui m'a tant manqué (ne rougis pas Caly, reste naturelle), avant de courir en short de bain en direction de la mer.

Cédric et Maude avec un *e* font de même. Facile, ils ont un maillot en dessous de leurs vêtements. Quant à Aria, elle ne prend même pas la peine de retirer sa robe, elle a déjà plongé dans l'eau, tout habillée. Magali sans *e* passe son tour et reste assise, prétextant qu'il faut bien quelqu'un pour garder les affaires. Dégonflée !

Ne voulant pas céder ma place à la blondasse avec un *e*, je me vois dans l'obligation de marquer le coup et je retire ma veste et ma robe (je n'ai pas fait des heures de running et de gainage pour rien) pour dévoiler mes dessous. Aussitôt fait, je me mets donc à courir en sous-vêtements en direction des vagues. J'ai bien fait de faire attention lorsque j'ai préparé ma valise, je savais bien que ces sous-vêtements un poil sexy mais pas trop affriolants allaient m'être utiles pendant le séjour. Je me répète quand même intérieurement « *Rentre ton ventre* » pendant mon entrée dans l'eau, que j'exécute doucement, presque au ralenti. J'ai envie d'être aussi ingénue et sexy que la fille de *September Morn* peinte par Paul Chabas. Ma mère adore ce tableau.

Bref, à ce moment précis, je suis consciente que quatre paires d'yeux sont en ce moment même en train de scruter mon corps à la recherche des particularités physiques à envier (pour les mecs) ou à critiquer (pour les nanas). Le regard de Yann en dit long sur sa pensée. J'ai tapé dans le mille avec mon ensemble échancré noir en dentelle. Pour lui retirer toute idée salace de l'esprit, je m'approche de lui en courant et en criant « *Banzaaaaaïïïï* !!! ».

De mes deux mains et de toutes mes forces, je l'éclabousse du mieux que je peux. Il se prend une rafale d'eau salée en pleine figure et réplique à son tour en sautant sur moi et en essayant de me couler.

S'ensuit une bataille géante entre nous cinq, filles contre garçons. De vrais gamins ! Je vois la conne avec un *e* (je ne la supporte déjà plus) s'approcher dangereusement de Cédric et cela me rassure. Elle a lâché l'affaire avec Yann. Aria, elle, ne semble pas pressée de séduire et profite juste de l'instant, un peu en retrait du groupe.

Je sais pourtant que Cédric est son type d'homme, elle me l'a dit l'année dernière lorsqu'elle l'a aperçu pour la première fois au Paradisio. Mais Maude, dans mon ancienne vie, n'était pas là. Aria était seule pour approcher Cédric, la tâche était donc plus facile. Je pense que le fait d'être en concurrence avec une autre femme lui fait peur. Elle a l'air sûre d'elle, quand on la voit comme ça, mais au fond, c'est une vraie timide, qui n'a pas vraiment confiance en ses capacités de séduction. C'est d'ailleurs pour cela qu'elle change sans arrêt de look et qu'elle essaye de se faire remarquer par ses tenues extravagantes. Pour cacher sa timidité et sa réserve.

Au bout de quelques minutes, l'euphorie se calme. L'eau n'est plus très chaude (l'a-t-elle déjà été ?). Cédric, Aria et Maude regagnent doucement la plage en regrettant ne pas avoir emmené de serviette au cocktail de bienvenue (si on avait su !).

Je suis tellement essoufflée par notre bataille aquatique que je n'entends pas Yann s'approcher. Il me regarde intensément et se place en face de moi, pile à ma hauteur. Je me fige, tout comme mon timide sourire. Il s'approche encore, sans rien dire, me remet une mèche de cheveux derrière l'oreille et cale ses deux mains sur mes hanches. La mer agitée nous fait tanguer, mais il me maintient fermement pour que nous gardions notre équilibre. Je frissonne.

Est-ce que c'est maintenant ?

Mon sourire se fait plus franc, un souffle s'échappe de ma bouche, mon cœur s'emballe, le temps s'arrête. Ses yeux bleus brillent de mille feux quand il se penche vers moi pour m'embrasser tendrement.

Et là… C'est un vrai feu d'artifice intérieur !

Lors du contact de ses lèvres sur les miennes, mon âme chavire. Lorsqu'il entrouvre ma bouche avec sa langue, chaque cellule de mon corps se réveille et explose de joie. Et lorsque je lui rends son baiser, mon cœur se met à faire *boum* comme jamais il ne l'a espéré. Tout en continuant de l'embrasser doucement, je prends son visage entre mes mains. Je sens sa barbe naissance sous mes paumes et resserre mon emprise. Son baiser se fait plus fougueux. Mes jambes flagellent, mon esprit s'envole plus haut que le septième ciel. Notre baiser semble durer une éternité et lorsque je rouvre les yeux, je ne vois que son tendre sourire et son regard bleu.

Je peine à y croire. Bordel, il m'a embrassée ! Ce n'était pas censé arriver avant… deux jours ! Notre date d'anniversaire de bisou, c'était le 12 juin, et donc notre chiffre porte-bonheur était le 12, pas le 10 !

Bon, ce n'est pas grave. L'important, c'est que notre attirance se soit concrétisée, même si le planning initial n'a pas été respecté à la lettre !

La fois précédente, nous n'avions pas été nous baigner. J'avais été moins rentre-dedans et Yann n'avait pas osé faire le premier pas, comme ce soir.

Wouhaou ! Je suis au paradis ! Je reste ainsi quelques secondes sans bouger, profitant de l'instant, dans les bras de mon nouvel amoureux, Yann, à l'autre bout du monde, et au milieu de l'océan.

Mais toute bonne chose a une fin. Et je commence à avoir super froid. Nous remontons vers la plage, sous les regards (amusés, heureux et jaloux) de (respectivement) Cédric, Aria et Maude, sans oublier Magali sans *e*, qui n'a pas dû voir ce qui vient de se passer.

Il est temps de rentrer dans nos chambres, la nuit arrive et cette longue journée nous a tous fatigués. Encore mouillée et grelottante, je remets en vitesse ma veste et Yann arrive à côté de moi pour me dire au revoir. Au moment de me quitter, il me prend par les mains et remarque la couleur de mon bracelet. Il me dit alors :

— Pourquoi ton bracelet est jaune ? Montre un peu ton bras, coquine…

Mince. Arme du crime trouvée, auteure démasquée. Je tends la main, un peu gênée, et lui avoue notre supercherie. Je lui raconte, toute penaude, qu'avec Aria, nous résidons en fait dans l'hôtel d'à côté, au SunBay.

— Mais que faisais-tu alors dans le hall du Paradisio ce matin ?

J'espère qu'il ne va pas me prendre pour une cinglée. Essayant de paraître la plus neutre possible et pas du tout une psychopathe-totalement-obsédée-par-lui, je lui confesse :

— J'étais venue là pour admirer la décoration intérieure et comparer ton hôtel au nôtre. Pour tout te dire, je suis agent de voyages spécialisée dans les séjours de luxe au soleil, et j'aime visiter les halls d'hôtel des pays que je visite. J'allais rejoindre Aria quand je t'ai aperçu dans le hall, tu contemplais aussi la déco. J'avoue que j'ai un peu flashé sur toi. Alors j'ai trouvé un prétexte bidon pour te parler, j'avais entendu un touriste évoquer le cocktail de ce soir, donc j'ai improvisé !

Totalement étonné par ce que je viens de lui apprendre, il se met à rire et me dit :

— Non ce n'est pas vrai ! T'es un vrai imposteur alors ! Eh bien, tu as eu drôlement raison de venir me parler ! Pour rien au monde je n'aurais voulu rater une soirée comme celle-ci et surtout ça aurait été vraiment dommage de ne jamais avoir eu l'occasion de t'embrasser…

Je rougis alors qu'il m'attire vers lui pour m'enlacer.

— Ne t'inquiète pas. On va garder le secret et trouver d'autres occasions de se revoir. D'ailleurs, dès demain matin, tout sera réglé. J'ai une idée pour frauder facilement avec les bracelets, tu verras, me dit-il, en me tapotant le nez du bout du doigt.

— J'ai hâte de voir ça ! À demain et bonne nuit Yann.

— Bonne nuit Calypso ! J'ai passé une super soirée…

— Moi aussi…

Je m'éloigne pour dire au revoir à Cédric et aux deux pots de colle, et repars le cœur léger avec mon Aria en direction de notre plage.

Un petit débriefing s'impose. Aria m'a bien vu embrasser Yann dans l'eau et elle veut en savoir plus.

— Petite coquine. Toi quand t'as un objectif, tu ne fais pas les choses à moitié !

— Oh tu sais j'ai pas eu grand-chose à dire. J'ai juste couru en sous-vêtements dans la mer, mon charme naturel a fait le reste !

Nous gloussons comme des ados, et je lui raconte, avec des étoiles plein les yeux, à quel point il embrasse encore mieux que dans mes souvenirs, euh, je veux dire, que dans mes rêves !

19.

Dimanche 11 juin. 9 heures.

Nous sommes réveillées à 9 heures tapantes par un coup de téléphone sur le fixe de l'hôtel. Je questionne Aria qui émerge doucement :

— T'as demandé le réveil par téléphone ?

— Non...

— Le petit déj au lit ?

— Certainement pas !

— Un *gogo dancer* ?

— T'es con !

Je décroche intriguée, la voix toujours un peu pâteuse.

— Allô ?

— Calypso, c'est Yann... Allez habille-toi, je t'attends en bas. J'ai quelque chose pour toi.

— Yann ? D'accord donne-moi cinq minutes et j'arrive.

Alerte beau gosse ! Je sors du lit en catastrophe. Cinq minutes pour passer de l'état végétatif à l'état de bombasse, ça va être compliqué !

Je cours vers le miroir de la salle de bains pour observer mon visage. Cernes, teint blafard, petit bouton (merci les hormones), le spectacle n'est pas beau à voir.

Sous les encouragements d'Aria, je me dépêche d'appliquer mon fond de teint « bonne mine » et un soupçon de mascara, avant de m'habiller en cinquième vitesse. Aujourd'hui, je choisis une robe jaune pâle, des sandales dorées, un sautoir à pompons et ma bague fétiche représentant un éléphant avec une émeraude.

Au bout de huit minutes, je descends enfin dans le hall pour retrouver Yann. Il m'attend dans le petit salon à l'entrée et se lève lorsqu'il m'aperçoit. J'essaie de paraître naturelle et pas hystérique à l'idée de le revoir, je lui colle donc un petit bisou sur les lèvres et lui demande ce qui me vaut cette visite matinale. Il fouille dans sa poche et en sort quelque chose qu'il coince au creux de sa main. Intriguée, je lui demande :

— Tu vas me faire un tour de magie ?

— Il est déjà fait… Quelle main ?

— Celle-ci !

Il ouvre délicatement sa main gauche et j'aperçois deux bracelets vert fluo estampillés Paradisio. Je ne sais pas comment il a fait mais cela veut dire que nous sommes officiellement admises en tant que résidentes dans l'autre hôtel ! Hourra ! Je lui saute dans les bras pour le remercier et il me fait tourner en m'enlaçant.

J'enfile ce second bracelet à mon autre poignet, pendant que nous sortons devant le SunBay pour marcher un peu. Il m'explique qu'il a dû ruser pour récupérer de nouveaux bracelets : *il a d'abord retiré le sien mais comme ce sont des bracelets à usage unique, il a dû le couper. Il est ensuite descendu à la réception pour en demander un autre, prétextant l'avoir mal attaché et perdu dans la mer. Le stratagème avait fonctionné. La chose la plus dure a été de refaire la même chose cinq minutes plus tard avec un autre employé de l'hôtel. Résultats : deux pass « All Inclusive » pour le Paradisio. Il me lance le défi de faire pareil dans mon hôtel et de lui récupérer deux bracelets jaunes.*

— Je ne veux pas te voir avant que tu aies réussi ta mission ! Alors, prête à réussir ce challenge, mademoiselle ?

— Les doigts dans le nez, capitaine ! Je réponds, enthousiaste, la main sur la tempe. À cet après-midi !

Après un « au revoir » langoureux, je retourne dans ma chambre offrir le fameux sésame à Aria qui était en train de se préparer dans la salle de bains.

Nous descendons alors au buffet pour commencer la journée d'un bon pied. La salle du petit déjeuner est incroyable. Sur une table des spécialités salées, sur une autre, tout un large choix de fruits frais déjà pelés et coupés, parfait pour composer sa salade de fruits. Plus loin, une immense table remplie de viennoiseries.

Une fois installées à table, je saisis un couteau et arrache mon bracelet jaune.

— Je reviens dans cinq minutes, on va bien voir si ça marche ! dis-je à mon acolyte.

— Je suis certaine que tu vas y arriver, me répond-elle, confiante.

Arrivée à l'accueil, je prends un air bête (en pensant à Maude avec un *e*, ça aide) et j'explique au réceptionniste qu'hier, nous sommes arrivées plus tard que le groupe de touristes, mon amie et moi, et que le personnel ne nous a pas remis nos bracelets. Je lui montre ma carte d'identité pour confirmer la réservation de notre chambre et je réussis à dégoter en un tour de main deux bracelets jaunes tout neufs pour les garçons !

— Et voilà le travail, dis-je, triomphante, à Aria.

Désormais, nous allons pouvoir voguer tous les quatre de part et d'autre des hôtels en toute liberté.

Une fois revenue dans notre chambre, Aria attache son bracelet vert à son poignet gauche et je rattache mon bracelet jaune à mon poignet droit. Comme il a été coupé, je dois faire un petit point de couture, heureusement, j'ai amené mon kit à repriser dans ma trousse de toilette (astuce d'agent de voyages enseignée par Marie la reine des cousettes !).

Nous passons la matinée à la piscine, à profiter du soleil, et l'après-midi, nous allons rejoindre les garçons à la plage, pour leur offrir à notre tour le Pass pour rentrer au SunBay Spa. J'arrive en dansant en direction de leurs transats, créant une ombre sur leur visage en clamant :

— Deux séjours all inclusive pour le prix d'un !

— C'est ça le bon plan ! renchérit Aria.

— Oh, génial, t'assures Caly, s'enthousiasme Cédric.

Yann, lui, me dit juste « *bien joué !* » avant de m'embrasser avec fougue.

Nous décidons de faire une promenade en bateau tous les quatre. Je suis ravie d'avoir réussi à semer les deux blondes qui avaient posé leurs toutes petites fesses sur un transat juste à côté des garçons. Oui, un transat pour deux, le confort est secondaire lorsque l'on veut pécho.

— Désolée les filles, c'est un bateau pour quatre…

Le soir, Aria m'a laissé dîner avec Yann, au SunBay Spa pour rejoindre Cédric et les sœurs casse-pieds au buffet du Paradisio.

Le voilà, notre premier vrai rendez-vous ! Pas besoin de le tester, je sais qu'il me correspond et qu'il sera un amant parfait. Il me dit ce que je sais déjà sur sa vie et ses ambitions, et je lui refais vite fait le topo de ma vie, en insistant sur certains aspects qui correspondent à ses centres d'intérêt. Nous zappons volontairement le buffet des desserts pour aller dans ma chambre, nous découvrir l'un l'autre pour la (deuxième) première fois.

Contrairement à notre véritable première fois, je ne ressens aucun stress. Je suis du genre à avoir énormément confiance en moi d'une manière générale, mais pendant ce petit laps de temps où mon intimité se dévoile à un homme pour la première fois, je me sens très vulnérable. Je me demande si je lui conviens, si je corresponds à ses critères, j'essaie de faire en sorte qu'il se focalise sur mes atouts, d'être celle qu'il a toujours voulu avoir dans son lit. Bref, je me mets la pression. Même pour les coups d'un soir (« *free-lance de l'amour* » comme dit Aria), j'ai besoin de tout faire pour être considérée comme un bon coup, voire obtenir la place de numéro un sur leur « liste de baise ». Pathétique, je sais, mais mon esprit de compétition ne veut rien savoir.

Mais là, contrairement à notre première « première fois », je ne suis pas intimidée. Je connais son corps par cœur, et je sais qu'il appréciera le mien, et qu'il réussira à le conduire là où j'aime aller.

Nous arrivons dans la chambre. Je l'entraîne à l'intérieur et le pousse sur le lit avant de m'asseoir à califourchon sur lui. Je prends son visage dans mes mains et il plonge son regard dans le mien. Un regard azur, un regard doux. Il m'enlace et m'entraîne vers lui, comprimant mon corps dans un tourbillon de douceur, et je sens comme un millier de papillons remuer dans mon cœur.

Tout en l'embrassant, je pense à ma « charte du sexe opposé » et me rends compte que j'ai tout faux : *j'ai donné mon numéro de chambre à Yann hier soir, je suis épilée (vacances obligent...).*

En revanche, les préservatifs, c'est tout bon, j'ai été prévoyante, et en ce qui concerne le premier « *Je t'aime* », je sais que c'est lui qui va le prononcer samedi soir prochain, lors de notre fameuse soirée sur la plage...

Faire l'amour avec Yann me rend vraiment heureuse. Nous l'avons fait des dizaines de fois auparavant, voire des centaines, mais à cet instant précis, je mesure la chance d'être à ses côtés. C'est un cadeau précieux, que je dois savourer du début à la fin.

Il est à la fois doux et féroce, précautionneux et impatient, délicat et impulsif, tendre et viril...

Je prends pleinement conscience de chacun de ses gestes, j'essaie de graver à jamais dans mon esprit l'empreinte de ses mains s'agrippant à mes fesses, la trace de ses lèvres sur ma poitrine, je savoure des yeux ce moment où il vient trembler une dernière fois en moi, l'extase sur son visage, son ultime souffle pendant l'orgasme... Je suis totalement en osmose avec lui et, à ce moment-là, je me rends compte que je n'ai jamais été aussi heureuse de toute ma vie.

Allongée à ses côtés, tandis qu'il caresse mon visage, je repense à ce qui a foiré dans notre relation.

C'est vrai que lorsque j'ai commencé mon boulot chez JML Models, j'étais tellement fatiguée émotionnellement que j'en oubliais les désirs de Yann. Je m'écroulais sur le canapé en rentrant, sans avoir la force de préparer à manger, et allais me coucher à 22 heures max, sans aucun geste tendre envers lui. Je m'endormais en trente secondes chrono, le laissant seul moralement et physiquement.

Je me promets de changer les choses de ce côté-là et de toujours trouver les ressources nécessaires pour savourer ces moments intimes qui nous font tellement de bien et qui sont essentiels à notre couple.

En fin de soirée, Yann doit partir. Aria vient de toquer à la porte, un peu mal à l'aise. Elle ne peut pas rester dehors toute la nuit. Je la fais entrer, tout aussi gênée, en lui promettant d'aller faire mes petites affaires ailleurs la prochaine fois.

Je dis au revoir à Yann et file prendre une douche. Lorsque j'en sors, je vois Aria en pyjama, allongée sur le lit, tenant dans sa main mon petit carnet arc-en-ciel. Oups, la boulette. Sans me laisser le temps d'intervenir, elle commence à lire à haute voix :

- *Rencontrer, reconquérir et garder Yann*
- *Redevenir BFF de Claire*
- *Changer de boulot*
- *Déménager*
- *Continuer à manger de la viande*
- *Continuer les soirées filles à 3 (avec alcool et saucisson)*
- *Arrêter de minauder à tout-va !*
- *Me mettre au running*

Elle me regarde, les yeux aussi gros que des balles de ping-pong.

— C'est quoi ces résolutions débiles ? Et c'est qui cette Claire ? Tu comptes me remplacer en tant que meilleure amie ? Je ne comprends pas là...

Et merde, ça m'apprendra à laisser traîner mes affaires... Un sentiment de culpabilité s'empare de moi, je me tétanise. Voir dans le regard de ma meilleure amie un voile de trahison me découpe le cœur en un millier de petits confettis. Il faut que je réagisse vite.

— Non, laisse tomber, c'est rien, lui dis-je, tout en refermant le petit carnet.

Pour le moment, seules deux étapes sont bonnes à être rayées (Yann et le running). Il me reste encore du boulot pour retrouver mon ancienne vie et être enfin heureuse... J'ai tellement envie de tout dire à Aria, mais c'est impossible, même moi j'ai du mal à le croire !

Je change de conversation en lui demandant comment s'est passée sa soirée avec Cédric et les deux filles. Elle me raconte qu'elle a réussi à se retrouver seule avec Cédric, que ce tête-à-tête était pas mal mais pas franchement intéressant.

— Contrairement à ce que je pensais, Cédric est aussi timide que moi. Comment ça pourrait marcher ? Allez, je le garde sous le coude pour un « *one shot* » (c'est aussi comme ça qu'elle appelle ses coups d'un soir !). Un petit shooter de sexe, ça m'irait bien !

— Je te connais, tu t'arrêtes jamais à un shooter, t'es tout le temps celle qui en recommande pour toute la table !

Je lui réponds, avant de foncer sur elle pour la chatouiller dans le creux du cou.

— Arrête ! Tu sais que je déteste ça !

— Oui, c'est pour ça que je le fais !

Nous nous chamaillons un moment avant de nous affaler sur le lit et de tomber dans les bras de Morphée... Nous dormons toutes les deux comme des bébés, c'est-à-dire aussi bien que la nuit précédente et nous réveillons naturellement le lendemain matin à 8 h 30, caressées par les doux rayons du soleil.

Après ma petite toilette matinale, je décide d'appeler Pierre en FaceTime, pour lui montrer notre hôtel et lui faire visiter notre chambre.

Il m'a envoyé un texto hier soir pendant mon dîner avec Yann, pour prendre de mes nouvelles, et je n'ai pas pu lui répondre. Oui, ça n'aurait pas été très correct. Alors je profite de la douche d'Aria pour lui faire signe. Toujours en pyjama (il ne m'en tiendra pas rigueur), je m'assois dans mon lit et lui raconte le début de notre séjour, sans oublier de le narguer un peu en lui parlant des délicieux buffets, des boissons à volonté, du soleil permanent et des plages paradisiaques ! Ça me fait toujours plaisir de le voir. Il est comme un ange gardien pour moi, un ami à la fois lointain et intime. Il a l'air fatigué mais reste souriant face à moi, alors j'essaie de le faire rire en ponctuant mon récit de petites anecdotes rigolotes et d'imitations de Maude et Magali « *avec et sans* e ».

— Ah oui, et aussi, j'allais oublier de te dire, j'ai fait la connaissance d'un certain Yann…

— Ah…

Son visage se referme. J'enchaîne, motivée :

— Oui, il est parfait ! Il a l'air d'un mannequin de magazine et il s'avère être un très bon coup !

Pierre ne semble pas franchement ravi de cette dernière information. C'est vrai que j'ai peut-être parlé un peu trop vite en racontant quelque chose d'aussi intime à un ami masculin, mais en même temps, s'il s'était réellement intéressé à moi, il aurait tenté quelque chose les semaines précédentes. Il aurait pu au moins essayer de m'embrasser lors de notre soirée cinéma, au lieu de se la jouer grand frère sympa, bisou sur le front et de rester distant avec moi.

— Intéressant. Merci pour ces infos… Bon, ici, à Paris, rien de neuf. Il pleut tout le temps. Ah si, j'ai réussi à obtenir un nouveau budget !

Son visage s'illumine à nouveau.

— Ah bon ? Raconte !!

— C'est la refonte totale du logo et de la charte graphique d'une grande chaîne de tacos, MexiTacos.

— Génial ! Dès notre retour, en tant que nouvelle meilleure amie autodéclarée, je t'aiderai dans cette tâche en allant avec toi goûter tous les tacos du restaurant !

— Et aussi chez tous les concurrents ?

— Carrément !

— Bonne nouvelle, j'avais besoin d'une assistante dégustation. Mais ça ne va pas améliorer ton postérieur tout ça !

— La ferme ! Il est très bien comme il est… Et Yann l'adore d'ailleurs !

Son sourire s'évanouit.

— Merci encore pour cette info…

Je pense qu'il faut désormais que j'évite le sujet « Yann » avec lui. La conversation se poursuit pendant une dizaine de minutes, et comme nous sommes en conversation vidéo, il m'aide à choisir ma tenue du jour : *robe en denim léger, bretelles entrelacées dans le dos, sandales blanches, cheveux lâchés, puis il me dit :*

— Au fait, tu sais qu'en France il est actuellement 4 h 30 du mat ?

— Ah mince, je suis désolée, je n'ai pas fait gaffe au décalage horaire ! Je suis horrible de te réveiller à cette heure-ci ! Allez, je te laisse dormir… À plus !

— Bye !

Les jours se suivent et se ressemblent. On se met totalement en mode « vacances ». Cette semaine est rythmée par les matinées au calme, les après-midi en vadrouille, et les soirées à s'amuser.

En général, nous louons des scooters (ou des bateaux avec pilote) et allons découvrir les environs. Il y a tant de choses à faire et à voir, des petits restaurants à tester le midi, et tant de plages à l'eau turquoise à découvrir…

C'est vraiment un pays magnifique, où la nature prospère et où la vie est facile et pas chère. Ajoutons à cela une passion naissante et des bonnes choses à manger, vous obtiendrez le bonheur !

Dès que nous découvrons une crique, Aria se met en maillot et joue les mannequins sur Instagram. Elle a dû emporter pas moins de dix maillots de bain, et en tant que photographe officielle de son compte @Aria_Fun, je suis chargée de les mettre en valeur avec des clichés pris le long de la plage. En gros, elle fait la belle, et moi, je suis accroupie sur un rocher, allongée sur le sable, à califourchon sur une branche ou encore en équilibre sur un muret pour trouver le meilleur angle. Yann s'amuse à me prendre en photo dans ces positions loufoques, et compte d'ailleurs entamer un album qui s'intitulera « La dure vie d'une photographe d'Instagram » !

Pour certaines excursions, comme celle de la réserve d'éléphants, il faut prendre des places dans un bus, pour la journée. C'est vraiment une expérience magique. Là-bas sont recueillis les éléphants exploités par le tourisme. C'est un refuge, une sorte de maison de retraite pour les éléphants trop fatigués ou malades pour continuer à porter les touristes sur leur dos pendant toute la journée. On ne s'en rend pas compte, mais leurs conditions de vie sont déplorables. C'est tellement plus enrichissant de passer une journée à s'occuper d'eux, à les soigner, à les nourrir, et à en apprendre davantage sur leur mode de vie plutôt que de se promener une demi-heure sur leur dos, et payer une fortune à des exploitants peu scrupuleux et pas vraiment soucieux de leur bonheur.

Ma rencontre avec Hermosa, une jeune éléphante de cinq ans, a été très émouvante. Recueillie depuis seulement quelques jours, elle est encore très craintive, mais lorsque je m'approche d'elle, elle étend sa trompe pour me toucher la main, et me caresse le bras tout doucement. Par je ne sais quel hasard, Aria réussit à prendre ce moment en photo. Photo qui finira imprimée en grand format sur plexi et sera accrochée dans ma chambre au-dessus de mon lit pendant des mois…

Pendant toute la semaine, je blinde mon téléphone de centaines de photos (pour faire saliver Béa qui n'a pas pu venir cette année), je remplis mon ventre de dizaines de plats végétariens (vivement les tacos avec Pierre), et bien sûr, je comble mon cœur (et mon corps) de Yann !

20.

Samedi 17 juin. 19 heures.

C'EST ENFIN LE JOUR DE LA FAMEUSE SOIRÉE sur la plage. La soirée qui marquera à jamais notre couple. La soirée où nous révélons enfin nos sentiments l'un pour l'autre.

La soirée de la fameuse photo qui figurera dans l'entrée de mon appartement tout au long de notre relation (et même après).

Après une super semaine tous les quatre (voire six quand on ne pouvait vraiment pas faire autrement), nous voilà revenus au point de départ, sur la plage, parmi les nouveaux arrivants de l'avion du samedi matin. Rien n'a changé, ou presque. Cette fois-ci, les cocktails sont bien dosés, Aria s'étant liée d'amitié avec un serveur qui a pris l'habitude de nous rajouter une dose d'alcool à chacun de nos passages. Il aura bien mérité un petit billet avant de partir, celui-là !

Pendant la prise de parole de la directrice (ça fait donc quatre fois que je l'entends, ce satané discours !), nous nous remémorons notre première soirée sur la plage, tous ensemble, et notre coup de folie version bain-de-presque-minuit ! Encore trois jours à profiter de ce paradis, encore trois nuits à profiter de Yann. Comme le temps passe vite quand on s'amuse.

Ce soir, j'ai enfilé ma plus belle robe pour me rendre à cette soirée, dans le but d'éblouir mon amoureux et de le rendre encore plus fou de moi. Robe corail clair, longue et fluide. Comme la première fois. Les fines bretelles soulignent mes frêles épaules et un sautoir en or incite le regard à se promener plus attentivement sur les courbes de ma silhouette.

Je me sens au top de ma féminité et j'ai hâte de revivre avec Yann le moment de magie qui scellera notre union.

Après l'intervention soporifique de la directrice, je me tourne vers Yann :

— Dis, ça te dirait qu'Aria nous prenne en photo tous les deux ?

— Super idée, en plus le soleil se couche, ça va être superbe.

Il me prend délicatement la main et m'entraîne vers le rivage tandis que je supplie des yeux mon amie pour qu'elle lâche son verre et qu'elle vienne nous prendre en photo. Pour une fois que les rôles sont inversés… Elle arrive en dégainant son appareil de compétition.

— Mettez-vous l'un derrière l'autre, dos à la mer, ça va être canon avec ce sublime coucher de soleil en arrière-plan.

Nous posons docilement, sous le commandement d'Aria.

— Entoure ses épaules avec ton bras, relève le menton, souriez, moins crispés… Ah, là… parfait ! Ne respirez plus ! Si, respirez, vous êtes crispées ! Regardez-vous… voilà, comme ça…

Clic !

C'est au moment où Aria presse sur le déclencheur de son appareil photo qu'il me susurre à l'oreille son premier « Je t'aime ».

Ce moment magique est immortalisé pour toujours. Un concentré de bonheur en numérique. Je crois que c'est encore plus magnifique que dans mes souvenirs, et que nous sommes même plus amoureux que jamais…

Qui ne rêverait pas de revivre son premier « *Je t'aime* » ?

Ce soir-là, nous devons passer notre première nuit entière dans ma chambre. C'est ce qui a été prévu en début de soirée entre Aria et moi. Je lui ai gentiment rappelé qu'il y a deux ans, lors de notre voyage au Mexique, j'avais dû me sacrifier et dormir sur un transat à la belle étoile, emmitouflée dans des serviettes de bain, pour laisser Aria se taper le mec qu'elle avait rencontré l'après-midi même ! Elle m'a promis de se débrouiller pour trouver un endroit où dormir.

Aria, qui a bu plus que de raison, a donc décidé de céder aux avances de ce lourdaud de Cédric. N'aimant pas laisser une amie ivre prendre de telles décisions, je pars la retrouver dans le hall du Paradisio avant de rejoindre Yann et je lui demande :

— T'es sûre de vouloir me céder la chambre ? T'as bien bu alors je ne veux pas que tu regrettes de passer la nuit avec Cédric.

Avec sa classe internationale de nana bourrée, elle se met à se palper la poitrine tout en se dandinant et me répond avec un accent russe sorti de nulle part :

— Oh que oui, je suis prête à recevoir mon « *one shot* ». De toute façon, on se tourne autour depuis trop longtemps alors ça ne peut pas me faire de mal, au contraire !

Sacrée Aria, toujours le mot pour rire !

Je l'abandonne donc dans le hall du Paradisio après lui avoir dit merci environ vingt-cinq fois et change une fois de plus d'hôtel pour venir retrouver Yann dans ma chambre. Cette nuit-là, il ne me déçoit pas, au contraire ! Nous avons toute la nuit pour nous deux, et pour une fois nous pouvons prendre tout notre temps. C'est, comme tout le reste de ce voyage, tout simplement magique. M'endormir dans ses bras est la chose que je souhaite vivre tous les soirs du reste de mon existence.

En ce qui concerne Aria et Cédric, leur nuit a été beaucoup moins idyllique. J'ai appris le lendemain matin que bien que compatibles d'un point de vue amical, ça n'a pas vraiment collé d'un point de vue sexuel. On peut même appeler ça un vrai fiasco, une panne sèche, en somme ! Aria préférera en rire et ne plus jamais essayer d'aller plus loin avec Cédric, vexé de ne pas avoir réussi à assurer ce soir-là (si ça se trouve, c'est l'accent russe qui l'a refroidi !).

21.

Mardi 20 juin. 15 h 02.

Aujourd'hui, c'est le départ. Nos valises sont prêtes, et nous attendons dans le hall avec les autres voyageurs les navettes vers l'aéroport, non sans une pointe de nostalgie.

Je suis d'humeur morose à l'idée de quitter cet endroit merveilleux mais je suis tellement plus triste de laisser Yann tout seul dans ce paradis. Il a la chance de rester encore sur place plusieurs jours et a prévu pas mal d'activités pour s'occuper, entre autres tester la plongée sous-marine et le kitesurf. J'espère simplement qu'il ne va pas me remplacer avec une nana de passage ou batifoler avec une prof de surf ! Mais bon je sais d'avance, ayant déjà vécu ce moment de vie, que je vais énormément lui manquer, qu'il ne va pas cesser de m'envoyer des messages coquins, des photos de lui très agréables à regarder, et des mails enflammés pour me montrer à quel point je lui manque. Il insistera même pour faire un FaceTime tous les soirs avec moi avant de s'endormir.

Oui, je l'ai rendu accro, que voulez-vous ! Maintenant, le plus laborieux ces prochaines semaines, ça va être de le garder, je suis consciente que c'est à Paris que notre relation va s'effriter petit à petit, jusqu'à disparaître complètement… Je le sais je l'ai déjà vécu. À moi d'inverser la tendance à son retour !

Nous passons nos dernières minutes à dire au revoir à tout le personnel que nous avons appris à connaître par leurs prénoms. Une dizaine d'accolades, de serrages de mains et de grands sourires, puis nous allons tous nous quitter en passant à autre chose.

Eux, les employés, passeront à d'autres touristes tout aussi souriants et sympathiques, et nous, les clients, retournerons à nos vies respectives à base de métro, boulot, apéro, dodo. J'avoue que cette perspective ne m'enchante guère, mais c'est la vie. Travailler pendant des mois pour pouvoir se payer de temps en temps quelques jours de répit. Et recommencer. Pendant des années. Ainsi va la vie.

Le temps passe tellement vite. J'ai parfois l'impression que depuis mon retour vers le passé, les heures passent comme des minutes, et les minutes comme des secondes !

Tenez, par exemple, ce séjour a duré dix jours, mais s'est passé à vitesse grand V, comme s'il n'avait duré que quelques heures. Des heures de dépaysement et de bonheur intense, mais pas assez pour me rebooter pour les prochains jours.

La Thaïlande m'a fait vivre un concentré d'amour et de grands sentiments. C'est un pays magnifique plein de merveilleuses choses à voir, dans lequel je me promets de revenir très vite… avec Yann bien sûr !

Dans l'avion du retour, je n'arrive pas à trouver le sommeil, je me remémore tous les efforts que j'ai dû produire pour rattraper mon destin. Je suis tellement soulagée d'avoir pu de nouveau rencontrer Yann. Il s'en est fallu de peu, et à quelques secondes près, j'aurai pu passer à côté de ma vie. Aria, elle, ne réfléchit pas autant vu les grincements de dents qu'elle émet pendant son sommeil. Elle a la tête calée sur son épaule, le bras sous le menton.

Ses cheveux rouges sont emmêlés, ses lèvres sont à moitié ouvertes et je distingue même un petit filet de bave qui commence à couler en direction de son chemisier en soie. En bonne amie que je suis, je me baisse et ouvre vite mon sac à main, non pas pour prendre un mouchoir et l'essuyer, mais plutôt pour attraper mon téléphone et la prendre en photo dans cette situation ridicule. Ces clichés me seront peut-être utiles dans les prochaines semaines, ils constitueront un bon moyen de pression au cas où j'aurais besoin de lui faire du chantage. C'est aussi ça, l'amitié !

De retour à Paris, Pierre nous fait la surprise de venir nous chercher à l'aéroport Charles-de-Gaulle, un bouquet de fleurs pour moi et une bouteille de rhum pour Aria. Il aurait pu faire le contraire ! Je suis trop contente de le revoir. Je cours dans sa direction, lui tombe dans les bras et le serre très fort avant de lui coller un énorme bisou baveux sur la joue. Il me repousse, feignant une grimace de dégoût, puis se marre en disant à Aria : *« Baahhhh, j'avais oublié à quel point elle était collante celle-là ! » Je suis contente de le voir de si bonne humeur car ces derniers temps il me paraissait bien triste et distant lors de nos conversations en vidéo.*

Pendant le voyage du retour en taxi, je monopolise la conversation en lui racontant en détail mes journées thaïlandaises (mais pas mes nuits, j'ai retenu la leçon) et nos découvertes aussi bien culinaires que culturelles.

Le taxi nous dépose à mon appartement, et pour remercier Pierre d'être venu nous accueillir à l'aéroport, je décide de nous offrir des pizzas. J'en profite pour lui donner le petit cadeau que je lui ai rapporté : *un grigri porte-bonheur en bois représentant un éléphant avec des petits pompons colorés. C'est un peu kitsch, mais cet objet a été béni par les éléphants de la réserve et assure à quiconque le porte sur lui un bonheur sans faille. C'est vraiment ce que je lui souhaite.*

Le lendemain, le réveil est difficile.

Je suis censée reprendre le boulot et ouvrir l'agence une heure et demie plus tard mais la motivation n'y est pas.

J'ai fait l'erreur de passer voir mes mails pros dans mon ordinateur hier soir avant de m'endormir, j'ai donc 230 messages en attente dont une vingtaine avec pour titre « urgent ». Ajoutons à cela le décalage horaire…

Bienvenue sur terre, Caly !

Heureusement, le week-end approche, et je compte les jours avant le retour de Yann…

22.

Vendredi 7 juillet. 18 h 39.

YANN EST RENTRÉ DEPUIS QUELQUES JOURS seulement, et je peux affirmer que les retrouvailles ont été à la hauteur de mes souvenirs ! Je suis allé les chercher, lui et Cédric, à l'aéroport, un bouquet de fleurs pour Yann, et une bouteille de rhum pour Cédric. Oui, j'avoue, j'ai légèrement copié l'idée, mais c'est tellement un bon souvenir d'avoir été accueillie de la sorte par Pierre, qu'il ne peut qu'en être de même pour les garçons. Et, oui, offrir des fleurs à son mec, c'est aussi imposer direct une relation basée sur l'égalité, ça annonce la couleur, je trouve. Je suis une femme qui s'assume financièrement, qui offre des fleurs sans problème et qui refuse l'idée de supériorité de l'homme sur la femme. TOC.

Depuis qu'il est revenu, nous nous voyons tous les jours et j'avoue que c'est du bonheur à l'état brut, notre relation est encore plus belle et épanouissante que dans mes souvenirs. Peut-être parce que je suis consciente que je risque de le perdre. Alors, je donne le meilleur de moi-même pour être la petite amie parfaite. J'avoue que ce rôle me convient à la perfection et je suis aux petits soins pour lui.

OK, je reconnais que c'est peut-être un peu caricatural quand je lui apporte des pancakes vegan home made avec confiture bio au lit le dimanche matin ou que je l'attends sur le canapé en nuisette lorsqu'il rentre du travail, mais je m'en fiche, il me le rend bien ! Et donner de sa personne en amour, c'est essentiel. Ne dit-on pas « *Il n'y a pas d'amour, il n'y a que des preuves d'amour* » ?

Au final, je me suis rendu compte que si je ne m'adapte pas à Yann, cette relation risque une fin prématurée.

Nous sommes des animaux après tout, et il faut bien vivre en harmonie avec ceux qui nous entourent. Pierre trouve ça nul. Quand je lui raconte ce que je fais avec Yann, il soupire en me disant que cela ne me ressemble pas. *D'où il se permet de me juger ?* Il ne me connaît pas si bien que ça après tout ! J'avoue, je préfère aller flâner dans Paris et voir un bon film au ciné plutôt que de passer mon week-end à préparer des tracts pour la semaine de la protection des tortues (bien que j'adore les tortues).

Selon lui, il vaut mieux jouer cartes sur table, même si son propre jeu est moins bon que celui d'en face. Ce qu'il m'énerve à avoir peut-être raison !

Néanmoins, le temps agréable de début juillet nous permet de tester de nouveaux bars en terrasse, de nous balader dans les coins arborés de la capitale, et de faire du sport au grand air, bien sûr. Des moments sains, sportifs et parfaits ! Le seul petit hic, c'est que la viande me manque, et mes habitudes carnivores ont bien failli me coûter ma couverture « d'agent infiltrée dans le passé ».

Il y a quelques jours, en regardant la carte d'un nouveau resto à la mode, j'ai crié :

— Oh putain des ris de veau !

C'est un de mes plats préférés, et je n'en avais pas mangé depuis des mois (ma mère étant la seule capable de les cuisiner correctement selon moi !). Yann m'a regardée, les sourcils froncés. Je me suis rattrapée comme j'ai pu :

— Non mais… tu te rends compte que c'est de la gorge de bébé vache ! Quelle horreur !

— Oui, c'est vraiment ignoble !

Ouf. Sauvée.

J'avais pris une salade végétarienne à base de quinoa, tofu, pois chiches et choux kale. Délicieux. N'empêche que j'ai eu toute la journée le goût de la sauce des ris de veau de ma mère dans la bouche.

Une autre fois, j'ai bien failli me faire griller. Le patron de l'agence n'étant pas là, et n'ayant aucun rendez-vous client de programmé l'après-midi, je m'étais permis de rentrer travailler sur le dossier Michaud à l'appart. Cela m'arrive quelquefois de travailler de chez moi, je suis plus efficace qu'avec Marie-la-pipelette à côté de moi. Je devais ce jour-là trier les photocopies de cartes d'identité, les formulaires d'inscription et les paiements d'une vingtaine de salariés qui devaient se rendre à l'étranger, en bus, la semaine suivante. Sur le chemin du retour, attirée par l'odeur, j'avais craqué et m'étais acheté un énorme kebab, avec des frites et du ketchup. Le savourer m'a emmenée littéralement au septième ciel culinaire ! Le summum du plaisir solitaire pour une carnivore refoulée… J'en étais à peine à la moitié qu'un cliquetis dans la porte m'a fait revenir à la réalité. Yann rentrait exceptionnellement plus tôt de son travail et passait me voir à l'appart. *Quelle cruche !* Je lui avais dit que j'étais chez moi… Et me voilà bientôt prise en flagrant délit de carnivorisme ! Ni une, ni deux, j'ai dû passer à l'action plus vite que l'ombre de Lucky Luke : *d'une main, j'ai ouvert la fenêtre, de l'autre je balançai la moitié de kebab restant, faisant faire à la viande un vol plané magistral jusqu'au trottoir d'en face. D'un geste rapide, j'ai mis en marche le ventilateur du salon et bus six gorgées d'eau. Ouf ! Sauvée, ou presque. J'avais oublié le dossier Michaud éparpillé sur la table du salon. Feuilles et vent ne faisant pas bon ménage, au moment où Yann est entré dans la pièce, en plus de sentir une odeur suspecte, il a assisté à l'envol des feuilles à travers l'appartement, direction la fenêtre ! J'ai donc été obligée de descendre dans la rue en quatrième vitesse, en chaussons, et de courir à droite à gauche pour récupérer tous mes papiers ! Au bout d'un quart d'heure de stress, je suis remontée chez moi en nage mais le dossier était sauvé, et mon secret aussi (J'ai prétexté que l'odeur venait de l'appartement du dessous !).*

Qu'est-ce qu'il ne faut pas faire pour rester en couple avec un vegan convaincu !

Ces derniers temps au boulot, le travail ne manque pas. En agence de voyages, les premiers jours de juillet sont réservés aux clients qui se réveillent de leur hibernation et qui pensent seulement à réserver leurs vacances d'été. Et ce sont les plus agaçants, je cite : *« On veut partir loin, rapidement, et pour pas cher. » Et un sourire, ça vous écorcherait le visage ?*

C'est enfin le week-end et je compte bien recharger mes batteries. Yann passe me chercher au boulot, sous le regard envieux de Marie. J'adore le voir débarquer à l'agence, il emplit immédiatement l'espace de chaleur et de sex-appeal. Je ferme mon ordinateur en quatrième vitesse et lui saute dans les bras ! Après un au revoir cordial à Marie (qui est restée tout ce temps la mâchoire ouverte), nous sortons, main dans la main.

Dans la rue, les gens nous regardent. Enfin, je sais bien qu'ils regardent plus Yann que moi, mais cela me convient. En fait, un beau mec, c'est l'accessoire de mode idéal. Tu peux être fagotée comme ta grand-mère ou avoir les cheveux gras, les regards se tourneront tous vers le joli minois accroché à ton bras et à côté de lui, tu paraîtras toujours exceptionnelle. Mieux qu'un *it-bag*, un *it-boy* ! En fait, avec Yann j'ai l'impression d'être Victoria Beckham. Il faut absolument que je partage cette intense réflexion avec les copines, tiens !

Après une courte nuit (cette fois-ci, rien à voir avec le décalage horaire), nous nous réveillons de bonne humeur sous les rayons du soleil venant se poser sur la couette. La journée du samedi s'offre à nous et j'ai hâte de la vivre avec celui que j'aime.

Nous ne pourrons pas profiter d'une soirée en amoureux car ce soir, c'est l'anniversaire de ma future BFF (sans vouloir dénigrer Aria qui restera pour toujours ma plus chère et vieille amie, ma sœur, celle que j'aime de tout mon cœur !).

J'attendais ce fameux jour avec impatience depuis des semaines ! Depuis que ce destin a décidé de me ramener au mois de mai, à vrai dire. C'est vraiment elle qui m'a le plus manqué. Mon Yin. Ma moitié.

C'est enfin aujourd'hui que je vais rencontrer Claire.

Ma Claire. Celle qui a contribué à changer ma vie d'une façon positive.

Après la rencontre avec Yann, c'est THE étape de mon carnet arc-en-ciel que je ne voulais pas rater.

Ce soir, on fête les trente ans de Claire en grande pompe. Yann, étant un de ses cousins, est bien sûr invité. En tant que pièce rapportée de dernière minute, je suis également conviée et j'en suis ravie. Apparemment, Claire aime bien se faire un avis sur les copines de Yann, et trouve tout le temps quelque chose à redire. J'espère faire bonne impression. Enfin, je sais déjà que ça va très bien se passer…

Claire a choisi de faire une soirée déguisée. Pas de thème imposé. L'important, c'est d'être costumé et d'être dans un bon esprit d'amusement et de fête.

Et moi, j'adore les soirées déguisées ! En général, je me débrouille pour être celle qui a la tenue la plus spectaculaire, celle vers qui tous les regards se tournent !

Cette fois-ci, j'ai anticipé.

Je me souviens de la leçon de la dernière fois.

Quand Yann m'a dit que nous étions invités à une soirée déguisée, j'étais ravie, mais pas forcément pressée de m'occuper du choix du costume. J'avais tardé à me pencher sur le déguisement. Yann m'en a pourtant parlé plusieurs fois mais soit j'oubliais, soit j'avais la flemme de passer au magasin après le boulot.

Yann avait dans ses placards une tenue de Tortue Ninja, allez savoir pourquoi. Il n'a pas eu besoin de chercher bien loin, mais moi, je n'avais rien en stock. Alors, j'ai voulu me la jouer comique et me déguiser en tortue moi aussi. Pas la tortue ninja, non, la tortue mignonne, un peu *kawaï* (comme dans les jeux vidéo ou les dessins animés japonais). Un joli déguisement adorable, une tortue à croquer.

Mais comme je m'y suis prise trop tard, lorsque je suis arrivée au magasin de location le samedi matin (oui, la soirée était le soir même, ne me jugez pas !), la plupart des costumes étaient déjà loués.

Il n'y avait donc plus de déguisement de tortue. Tout ce qu'il restait de disponible à ma taille était donc un déguisement de cow-boy vieillot qui puait la transpiration, un costume de vache horrible abîmé sur le côté, un déguisement d'aubergine à la couleur très bizarre (qui se déguise en aubergine ?) et un autre de grenouille, le plus potable à mes yeux.

À croire que tout Paris avait décidé de participer à des soirées costumées ce soir-là !

Je me souviens de mes soirées déguisées quand j'étais adolescente et de ma mère qui s'amusait à me métamorphoser en tableaux célèbres. J'étais ainsi passée de *Crying Girl* de Roy Lichtenstein à l'autoportrait de Frida Kahlo en passant par Mondrian. J'avais du temps à l'époque pour peaufiner mon look… et ma mère en super couturière. Mais cette fois-ci, je n'avais que quelques heures devant moi.

J'avais donc dû choisir à regret le costume de grenouille, en négociant un rabais, et ce soir-là, je me suis sentie ridicule pendant quatre heures. J'ai fait sensation, oui, on m'a appelé Kermit toute la soirée… D'ailleurs, Claire me surnommait souvent comme ça en soirée pour me foutre la honte ! C'est sûr, lors de notre première-première rencontre, j'ai été celle vers qui tous les regards se tournent, mais pas dans le bon sens !

Pour ne pas revivre la soirée de cette façon, et pour faire une meilleure première impression aux yeux de

Claire et de ses amis, je me suis rendue au magasin de location plusieurs jours avant. En bonne nana bien organisée. Là, le choix était vaste. Pour marquer le coup, j'ai choisi une tenue de Marilyn, avec ça je suis sûre d'en mettre plein les yeux ! Robe blanche au décolleté ravageur, perruque platine, et talons aiguilles, ça sera parfait !

Je me prépare et envoie une photo de moi à Pierre.

Il me répond : *J'adore, un peu gourgandine mais tellement années 60 !*

J'enchaîne : *1760 ? Et tu sais ce qu'elle te dit la gourgandine ?*

Il riposte : *Je ne préfère pas savoir !*

J'enchaîne : *T'es sage toi ? N'empêche, avec tes expressions, j'ai l'impression que tu as 354 ans !*

Il répond : *Sache que ma sagesse de vieux me force à te répondre de façon courtoise ! Cordialement... Bonne soirée !*

Nos échanges se terminent avec des smileys improbables qui me mettent de bonne humeur pour la soirée.

J'avoue, je suis tellement contente et excitée de rencontrer pour la première fois celle qui a changé ma vie professionnelle. Claire manque terriblement à ma vie quotidienne, elle sait si bien lire en moi et illuminer mon moral quand celui-ci tombe au plus bas. C'est un peu ma petite fée à moi. D'ailleurs, ce soir, je le sais, elle sera déguisée en fée Clochette.

C'est ainsi que Marilyn et Michelangelo (la tortue ninja avec le bandeau orange, le meilleur, selon Yann) font leur entrée dans l'appart des parents de Claire, aux alentours de 20 h 30. Tout comme la dernière fois, je reste bouche bée à la vue de la décoration de l'appartement.

Des dizaines, voire des centaines de ballons fuchsia et dorés flottent dans les airs. D'énormes ballons décorés d'un « 30 » en paillettes sont fixés au mur, des lumières multicolores virevoltent dans tous les sens et avec les nombreux miroirs présents, l'appartement ressemble à un palais des mille et une nuits. Claire n'est pas née avec une cuillère d'argent dans la bouche, mais avec toute la ménagère !

La première fois que je suis arrivée à cette fête, j'ai halluciné. Ce soir, de nouveau, mes yeux sont saturés par toutes ces lumières et tous les invités costumés... il y a déjà au moins une trentaine de personnes présentes, et d'autres qui ne cessent d'arriver. Claire est postée dans l'entrée et accueille avec un grand sourire tous ses invités. Lorsqu'elle m'aperçoit, elle m'ouvre grand les bras en criant :

— Ah voilà enfin la fameuse Calypso ! Je suis tellement contente de te rencontrer.

Je lui rends son enthousiasme et la serre dans mes bras d'une façon amicale. Quel bonheur de la retrouver contre moi, même quelques secondes ! Le câlin d'une amie, c'est comme une bouffée de bonheur en pleine figure. J'avoue que je me sens nettement plus à l'aise déguisée en Marilyn que la dernière fois, déguisée en affreuse grenouille couleur vert bouteille. D'ailleurs cette fois-ci, elle me regarde et me dit :

— Dis donc toi, tu es canonnissime ! Je comprends que Yann soit directement tombé amoureux de toi !

Flattée, je lui adresse un clin d'œil et la laisse accueillir les autres invités derrière nous. Décidément cette soirée s'annonce encore mieux que la première fois.

De loin, j'aperçois la célèbre mannequin Olga Kleinsberg déguisée en danseuse du lido, je crois, à moins qu'elle ne soit déguisée en femme à moitié nue... Près d'elle, une grande brune déguisée en danseuse étoile. Ça doit être Amélie, celle que je vais remplacer. Je lui adresse mentalement une salve de mercis car c'est elle aussi qui, sans le vouloir, va me permettre de changer de vie.

La soirée bat son plein, tout le monde s'amuse et la musique me donne envie de danser jusqu'au bout de la nuit. Tout autour de moi, des costumes plus dingues les uns que les autres. C'est vraiment une fête réussie !

Des mecs déguisés en super-héros, en chevaliers, en fruits, en légumes, et même en parts de pizza, et des nanas déguisées en Marie-Antoinette, en papillons, en danseuses de french-cancan, en Dora l'exploratrice, en Lara Croft, et des tenues originales, comme le 118-218 (qui appelle encore ce numéro ?), Catwoman et même Casimir ! Cet incroyable mélange d'univers de dessins animés et de personnages éclectiques fait de cette soirée un des moments les plus inoubliables de ma vie !

Je remarque dans un coin une nana super mal à l'aise, déguisée... en grenouille couleur vert bouteille ! Oh merde, c'est Carine, ma future collègue (et amie) ! Elle a l'air totalement ridicule, toute de vert vêtu.

Merde, ça me revient !

Je me souviens qu'à la dernière soirée, c'était *elle* qui était déguisée en Marilyn... Un peu gênée de lui avoir piqué son déguisement, je lui souris gentiment, et me dis que je n'ai pas à m'en vouloir, elle n'a dû penser à son costume qu'aujourd'hui. Elle a fait comme moi la dernière fois. Après tout, elle aurait dû y penser avant... Et puis je ne vais pas m'excuser d'avoir pu changer mon avenir ! Désolée Kermit ! Je rigole à l'idée d'avoir sans faire exprès fait basculer son destin !

Lors de l'arrivée du gâteau, un policier strip-teaseur fait le show pour une Claire excitée comme une colonie de puces, totalement désinhibée par l'alcool ! Yann m'avoue que c'est la première fois qu'il la voit aussi extravagante. D'habitude, me promet-il, elle est beaucoup plus sage ! *Mais bien sûr...*

Nous dansons tous les deux jusqu'à au moins 4 heures du matin. Avec mes talons aiguilles, mes pieds sont vite douloureux, je passe donc une partie de la soirée pieds nus, les chaussures à la main, avant de les poser sur la table du buffet et de ne plus jamais les retrouver. Yann, quant à lui, a retiré son masque qui lui tenait beaucoup trop chaud et il l'a également égaré.

Avant de partir, je décide de trouver Claire pour la remercier, lui demander de me prêter une paire de chaussures (je sais déjà qu'on fait la même pointure) et lui dire au revoir. Je la surprends dans un coin en train d'embrasser un chevalier du Moyen-Âge qui n'est autre que… Cédric. Je les avais oubliés ces deux-là ! Ils vont sortir ensemble un mois, puis Claire va se lasser et le laisser tomber comme une vieille chaussette. Cédric viendra passer une nuit dans mon appart, au milieu de Yann et moi, et pleurera ainsi de longues heures, entortillé dans ses mouchoirs. Il nous parlera de Claire chaque soir pendant plus d'une semaine, nous expliquant à quel point elle était exceptionnelle et extraordinaire. Nous l'encouragerons à sortir, à s'inscrire sur des sites de rencontre et à se remettre à fond dans le sport, mais nos efforts seront vains… Je me promets d'essayer de faire en sorte que cette rupture ne soit pas aussi brutale que la précédente…

Bon, je ne vais pas les déranger en pleine exploration buccale, et je décide de m'éclipser rapidement, pieds nus, en titubant dans le couloir. J'avoue que ce soir, Marilyn à un peu trop forcé sur l'alcool, je crois même que j'ai chanté « *Happy Birthday To You Miss President* » à Claire (des bribes de souvenir me remontent, j'espère que personne n'a filmé). Je demande à Yann de m'aider à descendre ces foutues marches et de me porter dans ses bras une fois arrivés dans la rue !

Nous rentrons enfin nous coucher dans mon appartement, Yann et moi. Cette nuit-là, Marilyn et Michelangelo font connaissance de façon incroyablement approfondie pendant de longues minutes avant de s'écrouler sur le lit, totalement lessivés par la soirée !

La musique était tellement forte que j'ai une sorte de bip bip strident dans l'oreille gauche, ce qui m'empêche de m'endormir… Encore des acouphènes. Il faudrait peut-être que j'aille voir un ORL…

Je parviens enfin à m'endormir comme une masse et nous passons le dimanche en pyjama à ne rien faire, si ce n'est, pour moi, discuter sur WhatsApp avec ma nouvelle copine Claire et pour Yann, naviguer sur les sites de protection de la faune marine.

23.

Vendredi 14 juillet. 9 h 03.

JOUR DE LA FÊTE NATIONALE.

Je ne travaille pas, Yann non plus.

Nous en profitons pour aller passer notre premier week-end ensemble, à la mer.

C'est moi qui ai trouvé la destination : *Deauville. C'est classe, dépaysant et pas très loin de Paris.*

Yann est ravi car il connaît un couple qui habite dans le coin et qui milite dans la même association que lui. Il veut aller leur dire bonjour mais je refuse gentiment son idée. Je sais d'avance, par expérience de mon autre vie, que je vais devoir les écouter parler de la pêche de masse et des rencontres écologiques et citoyennes de fin juillet. Non merci, je pars en week-end avec mon mec, je préfère le romantisme au militantisme.

Nous prenons la C4 de Yann, direction la côte, radio Nostalgie à fond dans les oreilles (ne me jugez pas) ! Yann n'aime pas du tout cette radio mais je l'ai convaincu : *je choisis à l'aller, il décide au retour. En revanche, je n'ai pas trop le droit de chanter à tue-tête. Insinuerait-il que je ne chante pas bien ?! J'avoue, j'ai de la chance de ne pas avoir le même retour auditif que lui quand je braille.*

Après une sublime journée à la plage, à se balader, bronzer, se baigner et profiter du soleil, nous rentrons à l'hôtel nous habiller pour le repas du soir. Pour me faire plaisir, Yann m'a fait une surprise et a réservé dans un super restaurant, bien classé sur Internet, me dit-il, avec vue sur la mer et petits pains individuels servis à la pince en argent. Bref, un truc chic. Je suis excitée comme une puce !

Il m'a invitée spécialement dans ce restaurant car il sait que j'aime les fruits de mer (c'est un reste de mon mensonge en Thaïlande, or je déteste ça, mais depuis je suis obligée de me forcer !).

Nous arrivons dans l'immense salle du restaurant, et j'en reste bouchée bée. La salle baigne dans la lumière, la moquette gris clair s'accorde parfaitement avec les fauteuils en velours bleu pétrole, les nappes sont blanches et impeccablement repassées. Sur les tables, une vaisselle sobre et assurément posée au millimètre, et un fin bouquet de fleurs colorées qui me fait penser au tableau *Les Anémones* de Matisse.

L'ensemble est superbe. Tout le long de la salle de restaurant, une immense baie vitrée permet à tous les clients de profiter de la jolie vue normande. La mer est haute et peu agitée, l'ambiance est calme et feutrée, je me sens comme une privilégiée d'avoir la chance de dîner ici ce soir.

Je regarde Yann, il est magnifique dans ce cadre élégantissime, et je remarque encore une fois que tous les regards sont tournés vers lui. Il a le chic pour subjuguer les foules sans avoir besoin de prononcer un mot, et j'avoue qu'être sa compagne m'apporte autant de fierté que de sentiment d'infériorité. Allez, Caly, chasse tes idées noires, tu es là pour profiter !

Mais dès le début, l'ambiance se tend : *Yann veut absolument manger des fruits de mer, spécialité de la maison, mais comme à son habitude, il hésite entre le plateau royal ou les huîtres suivie d'une assiette de dégustation. Il tergiverse, me dit qu'il n'arrive pas à se décider, puis pèse le pour et le contre à chaque choix de plat. Je prends sur moi pour ne pas m'énerver et je patiente le plus calmement possible en lisant tout le menu en entier, du premier mot à la dernière ligne, astérisques compris. Je ne veux pas que ce dîner finisse en fiasco comme la dernière fois.*

Lors de notre premier dîner, dans ma vie d'avant, je m'étais énervée :

— Bon, alors ? Si tu n'arrives jamais à choisir entre des choses simples comme un putain de plat, tu ne réussiras jamais à faire de bons choix dans la vie ! Décide-toi ! Arrête de ne jamais être sûr de toi, c'est saoulant à la fin… Montre-moi que tu es un mec pour une fois !

Oui, je lui avais dit ça, en plein resto. Après à peine un mois de relation, ce n'était pas malin. Et pour en rajouter une couche, je lui avais avoué :

— Et tant qu'on y est, sache qu'en réalité je n'aime pas du tout les fruits de mer !

Il m'avait rétorqué :

— C'est impossible de ne pas aimer les fruits de mer, c'est délicieux ! Et bon pour la santé ! Tu y mets vraiment de la mauvaise volonté, Caly !

— Eh bien si t'es pas content, tu n'avais qu'à partir en week-end avec quelqu'un d'autre !

Pour me défier, il m'avait rétorqué :

— Ouais, j'ai hésité à demander à ma collègue Déborah, qui, *ELLE*, adore les fruits de mer.

Je m'étais levée de table en lui jetant ma serviette à la figure en lui disant :

— Eh ben casse-toi la retrouver, ta Déborah !!!

Puis, furibonde, j'étais partie me coucher, sans jeter un coup d'œil au feu d'artifice tiré de la plage.

Niveau soirée en amoureux, peut mieux faire !

Même joueuse joue encore.

Cette fois-ci, je lui montre que je sais faire des concessions, des efforts, et surtout éviter une dispute par la même occasion.

Je prends sur moi lorsqu'il met vingt-cinq minutes à choisir son repas, en comptant les fleurs damassées de la nappe blanche pour m'occuper. Au bout d'un moment, je finis par l'inciter :

— Chéri, si j'étais toi, je prendrais le plateau royal, il a l'air super !

Phrase lancée avec mon plus beau sourire. Décider pour lui tout en douceur est la meilleure des solutions.

— Oui, tu as raison, c'est techniquement la solution la plus logique et la plus rentable d'ailleurs.

Tout en me demandant qui dans ce monde à part lui pense à la rentabilité lorsqu'il commande un plat, je me force à avaler bulots, crevettes et autres palourdes dégueulasses pour lui faire plaisir. C'est un jeu d'enfant avec la technique du 1/2/3 j'avale (qui fonctionne avec tout, dixit Aria !). Je l'ai effectivement déjà testé avec succès. Avec des escargots chez les parents de Béa l'été dernier, je précise.

Me forcer à ingurgiter ce plat pour lui plaire, quitte à aller vomir discrètement dans les toilettes. C'est le prix à payer pour mon mensonge de Thaïlande, petit supplice qui ne durera pas longtemps et grâce auquel nous n'aurons pas d'embrouille nocturne.

Contrairement à la dernière fois, et comme je l'ai imaginé, le dîner se passe très bien. On parle de tout et de rien, on rit, on boit du vin, on se prend la main, comme un jeune couple d'amoureux. Je lorgne quand même sur la bavette saignante de la table d'à côté et me disant qu'avec Pierre, j'aurais pu l'engloutir sans me sentir coupable ! Mais pourquoi je pense à Pierre moi ?

Nous prenons notre dessert devant le magnifique spectacle du feu d'artifice du 14 juillet à travers la baie vitrée du restaurant, c'est un moment magique. Après un dernier verre de vin, nous rentrons à l'hôtel à pied pour finir la nuit d'une façon beaucoup plus plaisante qu'une engueulade sur l'oreiller, si vous voyez ce que je veux dire... Deuxième série de feux d'artifice, avec un bouquet final exceptionnel !

J'avoue que la fin de la nuit a été moins idyllique, les fruits de mer ayant sur mon estomac un effet de reflux à retardement. Sur les coups de 3 heures du matin, j'ai dû me lever à toute vitesse pour aller rejeter mon dîner dans les toilettes, tout en prenant soin de ne pas faire trop de bruit, pour ne pas réveiller Yann et lui avouer que je ne digérais pas les fruits de mer... Glamour nocturne bonjour !

J'aurais tellement préféré un bon poulet rôti. À mon retour de week-end, j'irai en cuisiner un chez Aria. En fait, je suis dans une relation d'adultère gastronomique. La viande est mon amant, et je m'en vais la retrouver hors de chez moi dans le dos de Yann, qui ne supporterait pas d'entrer dans mon appart sous les effluves de paupiettes de porc au cidre ! Je m'imagine prise en flagrant délit de « viandarde » et crier « Ciel, mon *Veggie* ! ».

En fait, avoir une relation de couple sereine, ce n'est pas si difficile. Il suffit d'être malléable.

C'est ma théorie du chewing-gum.

J'explique : *vous prenez un chewing-gum neuf. Il est dur, sec, pas forcément appétissant. Et une fois que vous l'entamez, il faut mâcher, mâcher, longtemps, pour qu'enfin il devienne mou, sucré, qu'il s'adapte à votre bouche et délivre ses arômes petit à petit.*

Une relation amoureuse, c'est pareil. Pour qu'elle devienne agréable, elle a besoin d'être consommée, encore et encore, mais aussi amadouée, étirée, malaxée. Il faut lâcher du lest, ne pas être trop dur envers l'autre, faire des concessions et savoir lâcher prise.

J'ai vraiment envie de me prouver à moi-même que je peux changer mon destin.

J'ai besoin de prouver à celui qui a réalisé mon vœu et qui m'a permis de recommencer une partie de ma vie, en mieux, que je peux réussir à changer mon destin et devenir meilleure.

Combien sommes-nous, dans le monde, à vivre une expérience comme celle-ci ?

Je me demande souvent si je suis la seule personne dans mon cas. Se pourrait-il qu'il existe d'autres personnes qui aient vécu comme moi ce phénomène de voyage dans le temps ?

Est-ce que d'autres individus ont eu l'occasion de vivre une véritable seconde chance ?

Si ces gens sont dans mon cas, et qu'ils gardent le secret, comme moi, sans jamais révéler au monde qu'ils ont expérimenté un retour dans le temps et la chance de pouvoir tout recommencer, il se peut bien que nous soyons plusieurs dizaines d'anonymes disséminés dans le monde, en train de revivre une partie de notre vie afin de la rendre conforme à nos attentes, sans savoir que nous ne sommes pas seuls. Et si je créais un groupe Facebook ? *Non, dors Caly, il est 4 heures du mat.*

Ce week-end à Deauville me laisse quand même un goût amer. Pour pouvoir passer de bons moments, savourer la vie à deux, sans vivre notre première engueulade, j'ai dû me travestir psychologiquement, jouer un rôle, et ne pas me montrer telle que je suis vraiment.

Je suis heureuse, mais pas à 100 %.

Peut-être parce que je ne suis pas moi-même à 100 %.

Mais quand je regarde les photos de ces heures de bonheur, je reste sous le charme de notre couple et de nos sourires radieux.

24.

Lundi 17 juillet. 19 h 12.

QUAND JE FAIS LE BILAN de ces trois derniers mois, je me rends compte que j'ai sensiblement reproduit le même schéma que la première fois. Je me suis accrochée à mon destin en me contentant de tout refaire à l'identique, et même mieux pour les autres.

Mais je sens au fond de moi que je n'ai pas assez saisi cette seconde chance.

Comme si j'avais raté une interro, qu'on me demandait de la refaire, avec mes notes, et que je la ratais à nouveau.

Comme si je foirais un dessin, que je l'effaçais, et que je redessinais exactement la même chose.

Non, je dois changer de thème, je dois oser, avancer, ne pas reproduire trait pour trait le portrait de ma vie.

Mes réflexions nocturnes m'ont empêché de bien dormir, d'autant plus que Yann avait décidé de rentrer dormir chez lui le dimanche soir. À croire qu'après deux jours non-stop avec moi, il lui fallait retourner à sa petite vie solitaire.

Ce matin, en me réveillant, je pense à Aria et je me dis que si une telle situation lui arrivait, elle en profiterait pour carrément changer de vie ! C'est une baroudeuse, elle serait capable de tout, comme faire le tour du monde, essayer un autre boulot, ou même déménager... mais certainement pas reproduire minute par minute son ancienne vie.

Je ne suis pas si aventurière que je le pensais ! Je me sens naze, indigne de saisir la chance que « je-ne-sais-qui » m'a offerte.

Tiens, il faudrait que je lui pose la question, un de ces jours...

Que ferais-tu si tu pouvais recommencer quelque chose dans ta vie ?

Je me lève de mon lit et étends mes bras sur le côté en me répétant ce nouveau mantra : *« Saisis ta chance ! »*

C'est décidé, aujourd'hui, je prends le taureau par les cornes !

Depuis hier soir, je n'arrête pas d'y penser, et c'est avec excitation et appréhension que je me résous à envoyer LE message qu'Aria attendait depuis une dizaine d'années : *OK, grognasse, t'as gagné. Je passe à ton salon ce soir et tu pourras maltraiter mes cheveux.*

Elle répond, dans la foulée : *Gniiiiiiiii !!!!!! J'en reviens pas ! C'est trop génial je t'adore tu vas voir tu ne vas plus te reconnaître !*

Et zut, qu'est-ce que je n'ai pas fait là ? Je saute dans la gueule du loup capillaire...

Mais ma petite voix intérieure me dit : *« À quoi bon recommencer sa vie si ce n'est pas pour prendre des risques et changer un peu son quotidien ? »*

Alors ce soir, je fonce, j'ose enfin bousculer les choses !

Depuis le temps qu'Aria me tanne pour me décolorer les cheveux, je décide aujourd'hui d'accepter sa proposition et d'en faire une surprise pour Yann.

Oser, c'est accepter l'inconnu !

Il adore les blondes, je le sais, toutes ses ex sont blondes et la nana pour laquelle il m'a quittée la dernière fois est blonde ! Il avait adoré lorsqu'à l'anniversaire de Claire, j'avais enfilé pour la soirée cette perruque blond platine de Marilyn. Sa façon de me regarder, ce soir-là, était un pur délice. Il me dévorait du regard, un vrai boulimique visuel ! Je crois qu'avec ce simple déguisement, j'ai gravi plusieurs barreaux sur l'échelle de son amour, d'ailleurs. Et je me souviens encore de la nuit que nous avons passée ensemble, c'est pour dire !

Les blondes, c'est son kif.

Normal, Ken aime Barbie, pas besoin de réfléchir plus loin.

Il m'a d'ailleurs avoué, un soir où nous étions chez lui, et après avoir bu une bouteille de vin chacun, qu'il avait un peu flashé sur la blondasse des vacances, Maude avec un *e*, lorsque nous étions en Thaïlande.

Le vin est le meilleur détecteur de mensonges du monde. Surtout avec Yann, au bout de deux verres à peine, sa langue se délie. Il a reconnu du bout des lèvres que si je n'avais pas croisé son chemin cette semaine-là, il aurait certainement tenté quelque chose avec elle. J'en ai été abasourdie. Lui, attiré par cette grognasse ?! Cette connasse de voleuse de chambre décérébrée… Sans vouloir paraître jalouse, j'ai pris sur moi et j'ai répondu calmement qu'elle n'avait pas l'air très intéressante (traduction féminine : *C'est une conne) et qu'elle ne l'aurait pas rendu heureux autant que moi (traduction : Cherche pas, c'est moi la meilleure).*

J'espère d'ailleurs qu'il n'a pas pris son numéro. Il faudra que j'aille fouiller dans son répertoire téléphonique un de ces jours.

Je sais c'est mal mais c'est parfois un mal nécessaire !

Ce soir-là, vers 19 heures, sans avertir Yann de mes projets nocturnes, j'arrive au salon de coiffure d'Aria, au moment où il ferme ses portes, et m'installe dans un des fauteuils en cuir bleu électrique. J'adore la décoration de son salon. Le sol est en carrelage noir à paillettes et les murs blanc satiné. De grands miroirs de type industriel ornent les cloisons et des étagères en métal disposées en leur centre servent de tablettes aux coiffeuses. Les sièges sont hyper confortables et lorsqu'on attend qu'un soin agisse, on peut choisir parmi la dizaine de magazines de thèmes différents : *art, mode, maternité, sénior et mes préférés, les potins !*

C'est une Aria rayonnante de joie qui m'accueille avec une petite danse originale. Elle est radieuse, malgré sa journée de huit heures passées debout, les mains dans les colorations et le nez dans les produits chimiques ! Comment fait-elle ? À sa place je serais rincée ! Elle s'approche de moi pour me serrer dans les bras.

— Alors, petite chenille, prête à te métamorphoser en papillon ? me dit-elle, avec un grand sourire.

— Carrément ! Allez, au boulot ma Yaya ! Donne tout !

— Tu vas voir, tu vas être canon, enfin, moins canon que moi, quand même !

Je ris mais elle a certainement raison.

Depuis la fin de nos vacances en Thaïlande, Aria a abandonné le rouge électrique pour passer au brun chocolat, avec des mèches caramel. Elle s'est fait poser des extensions par sa collègue, pour montrer aux clientes le résultat d'une telle pose, et vendre la prestation dans son salon. Côté make-up, elle reste sur des ombrés bruns et des rouges à lèvres mats.

L'effet est wouahou, on dirait une chanteuse américaine. Elle se fait des boucles chaque jour avec son fer spécial. Elle est belle comme un cœur, ma Yaya, et j'ai confiance en elle pour me rendre irrésistible auprès de Yann. Mission blondasse activée !

Ma coiffeuse personnelle commence par me crêper les cheveux pour repousser certaines longueurs le long de mon crâne, afin qu'elles ne soient pas colorées uniformément, puis elle applique une crème décolorante sur mes longueurs encore lisses. Elle fait néanmoins attention à ne pas créer de démarcation entre mes racines et mes pointes en appliquant le produit par petites touches en mèches avec la pointe de son pinceau. La coloration, c'est tout un art ! Elle peigne ensuite grossièrement mes cheveux pour que la décoloration soit homogène, et voilà tout !

Je l'observe, elle est tellement concentrée, dans son élément... J'ai confiance en elle, mais je reste quand même stressée par le résultat. Ensuite, elle me place sous un appareil chauffant pour accélérer le processus. Elle en profite pour aller dans l'arrière-cuisine en disant :

— Normalement, à ce moment-là, je sers un café ou un thé aux clientes, pendant la pose de la couleur, mais pour toi, j'ai prévu quelque chose de spéciaaaaaaaal...

Et elle revient avec deux verres de rosé et l'air malicieux.

— Tadaaaa ! Surpriiise !

— Oh, quelle super idée ! Le vin diminue le stress, c'est prouvé. Et je te le dis, je suis énormément sous pression !

— Il va nous en falloir plusieurs alors. Et tu savais que l'alcool, ça rend les cheveux plus beaux, plus brillants ?

— Ça donne plutôt le regard plus indulgent ! j'ajoute, hilare.

Lorsque la machine se met à biper, c'est l'heure de la pose de la patine, puis du rinçage.

Je prie intérieurement le dieu de la coiffure pour ne pas ressembler à une Barbie peroxydée, mais lorsqu'elle commence à me sécher les cheveux, mes craintes s'envolent.

Je suis immédiatement rassurée par mon reflet dans le miroir ! Saisie par l'effet que mes nouveaux cheveux ont sur la perception que j'ai de moi. La couleur est certes blonde, mais un blond cendré, léger, doux, pas agressif et surtout hyper naturel. Elle me sèche les cheveux rapidement et puis termine le séchage par un brushing. Quelques coups de laque ultra-light et voilà, c'est fini !

La citrouille s'est transformée en carrosse !

En Ferrari, même !

Je me regarde dans la glace, conquise. J'adore la nouvelle Caly blonde !

Jamais je n'aurais osé ça, dans mon ancienne vie ! Aria ne cessait de me le proposer, mais je refusais tout le temps en lui disant que j'étais très bien comme ça, que je n'avais pas besoin d'artifice pour me sentir à l'aise dans mes baskets. C'est vrai, l'assurance, je l'ai eue à la naissance, mais ce style… Ça c'est nouveau.

Comme quoi, ça vaut le coup de revenir en arrière, ça nous aide à prendre les bonnes décisions !

Aria me ressert un verre et propose de me prendre en photo, ce que j'accepte avec plaisir ! Je prends la pose telle une jeune actrice hollywoodienne dans le siège en cuir du salon de coiffure, en pensant déjà à la réaction des gens le lendemain. Je la remercie avec un gros câlin d'amitié, et un énorme bisou bien baveux, comme elle déteste, bien sûr !

Avoir une copine coiffeuse, c'est un sacré avantage. Pourquoi je n'en ai pas profité plus tôt ?

J'ai économisé plus de 100 euros et on a passé une super soirée ! Et puis, je n'ai pas à culpabiliser, chacun ses avantages, grâce à moi, cela fait des années qu'elle a le droit à plein de réductions sur ses voyages et des crèmes solaires gratuites !

Réflexe naturel, j'envoie aussitôt une photo à maman, Béa, et Pierre.

C'est Pierre qui me répond le premier par texto : *Ça change ! Mais je te préfère au naturel.*

Je lui réponds : *Merci pour ta sincérité, mais sache que quand une fille sort de chez son coiffeur, il faut toujours lui dire qu'elle est mieux qu'avant. Pour sa fierté personnelle et aussi pour les sous qu'elle vient de dépenser !*

Il répond : *Ça va, je sais qu'avec Aria, tu n'as rien payé.*

Je réplique : *Chut, et dis-moi que je suis belle, allez !*

Son texto arrive dans la foulée : *T'es belle, allez !*

Je tente de clore la conversation avec un magistral : *Connard !*

Mais il surenchérit : ♥

Que répondre à ça ?

Pierre, vainqueur par KO.

Je me regarde dans le miroir et réalise qu'il a réussi à me faire rougir…

Je suis interrompue dans mes pensées par Béa qui me répond : *Bombaaaaaaassssseeee ! Tu vas me donner envie d'aller voir Aria pour qu'elle s'occupe de ma tignasse de femme enceinte !*

Moi : *Merci ma Béa ! J'étais certaine que ça allait te plaire !*

Béa : *Ah, tu me connais, moi, j'aime les blondes ! J'ai hâte de te voir en vrai mercredi soir. Je prépare à manger, venez les mains vides les meufs ! Kiss !*

Moi : *Ça marche, bisous ma loute.*

J'aime tellement l'enthousiasme de Béa. Elle est aussi positive que moi, et a toujours hâte de quelque chose. J'espère qu'elle sera toujours aussi positive lorsqu'elle sera maman et qu'elle dormira quatre heures par nuit par tronçon de trente minutes !

Quelques secondes plus tard, j'ai la réponse de maman : *Tu es belle ma fille. Papa trouve que tu ressembles à la princesse d'Angleterre.*

Moi : *Papa, pour info, Kate Middleton est brune !*

Maman : *C'est ce que je lui ai dit, mais bon… Bisous ma chérie, on se voit bientôt !*

Moi : *Oui, à samedi Mamounette ! Dis à papa que je l'aime quand même* 😉.

Ah oui, il faut que je prépare mes affaires pour ce week-end, et que je m'organise avec Yann pour le trajet. Ce week-end en amoureux va nous faire du bien, et puis, il va apprendre à connaître mes parents…

Le lendemain midi, armée de mon nouveau look « femme fatale », je décide de prendre une plus grande pause déjeuner pour aller surprendre mon amoureux à son travail. Il est ingénieur spécialisé dans les énergies renouvelables dans un centre de recherche d'une grande entreprise d'électricité. Le siège de son bureau n'est qu'à quelques stations de métro de mon agence, alors parfois, ça m'arrive de m'accorder plus de temps le midi pour déjeuner avec lui. Je rattrape la demi-heure le soir même. Je me poste devant l'entrée, sur le trottoir d'en face, et guette sa venue. Lorsqu'il sort de son bureau, je l'appelle. Il décroche, le sourire aux lèvres.

— Coucou ma chérie, tu vas bien ?

— Oui ! Mate un peu la bombe atomique en face de toi !

Je dis cette phrase tout en prenant une attitude sûre de moi, ma main libre sur la taille et la tête légèrement inclinée sur le côté. Mes nouveaux cheveux blonds ont l'air de faire de l'effet, et pas seulement à Yann, car tout le groupe de mecs présents à côté de lui commence à me mater.

— Putain ! Carrément canon, la meuf ! Approche un peu pour voir !

Je raccroche immédiatement et traverse la rue pour lui sauter dans les bras en lui chantant « Je me ferais teindre en blonde, si tu me le demandais… » avec la voix pincée d'Édith Piaf.

Il m'embrasse tendrement et continue de me dévisager, le sourire aux lèvres.

— Tu es magnifique ma chérie, une vraie nymphe grecque !

Je rougis et l'embrasse de nouveau. Je ne peux pas être plus heureuse qu'en ce moment.

Pendant le déjeuner, je lui demande s'il a réussi à dégager du temps pour ce week-end.

Samedi, on doit partir en Bourgogne chez mes parents pour l'exposition que ma mère prépare depuis des mois.

C'est le week-end de l'art, dans leur ville et pour eux c'est THE week-end de l'année !

Ma mère y organise pour l'occasion une exposition de toutes ses peintures avec son association. Ils ont invité plusieurs peintres de la région, pour promouvoir le savoir-faire local, faire bouger la ville et pourquoi pas, vendre quelques-unes de leurs œuvres.

J'en ai parlé à Yann il y a déjà quelques jours maintenant et j'ai beaucoup insisté pour qu'il vienne avec moi en Bourgogne afin de rencontrer mes parents.

Ce midi-là, je lui demande de me confirmer sa venue, et sa mine déconfite me donne aussitôt la réponse :

— Désolé chou, mais Cédric compte sur moi pour ce semi-marathon. On s'entraîne depuis des mois, je ne peux pas le lâcher.

— D'accord. Bon, apparemment, dans notre couple il n'y a qu'une personne qui fasse des efforts et des concessions…

Je l'ai pensé tout haut. Tant pis. Yann ne pourra pas venir, ce qui attristera ma mère, mais hors de question de me miner le moral.

Dans mon ancienne vie, j'y étais déjà allée seule. Yann n'avait déjà pas fait l'effort de m'accompagner. Comme quoi, si les choses changent d'un côté elles ne changent pas forcément de l'autre…

Je me sens soudain ridicule d'avoir cru que me teindre en blonde pourrait lui montrer que j'étais prête à tout pour lui et que j'en attendais autant de sa part…

Une fois rentrée à l'agence, la colère m'envahit. Aria travaille le samedi et ne peut absolument pas fermer son salon, Béa est, je cite : *« trop grosse pour bouger », je me retrouve donc définitivement seule.*

Qu'à cela ne tienne, je décide d'envoyer un message à Pierre pour lui demander de m'accompagner. Qui sait, il n'a peut-être rien prévu ce week-end. Comme à son habitude, la réponse ne tarde pas à venir (son téléphone est greffé dans sa main ou quoi ?!) : *il est d'accord et très heureux de pouvoir aller faire un tour en Bourgogne, il trouve que Yann est un égoïste qui n'aime que lui, et il est très content de jouer les bouche-trous car il va pouvoir faire le plein de vin dans cette région qu'il aime tant !*

Banco. À défaut d'un week-end en amoureux, ça sera une virée entre copains.

25

Vendredi 21 juillet. 12 h 37.

J'AI RÉUSSI À POSER MON VENDREDI APRÈS-MIDI et j'ai convaincu Pierre d'emprunter la voiture de son père : une coupé cabriolet bleu marine ! Il passe me prendre à l'agence vers midi et zou, direction la Bourgogne pour un week-end culturel, familial et reposant.

Dans la voiture, je me sens bien. Ça me fait quand même bizarre d'être avec Pierre, et pas avec Yann. Mais il l'a bien mérité, qu'il aille le courir, son marathon, moi pendant ce temps je vis ma vie de mon côté. Pierre ne se gêne pas pour me dire ce qu'il pense de l'attitude de Yann. Je crois qu'en fait, il ne l'a jamais aimé. Il le trouve « arrogant, égoïste, et bien trop sûr de lui ».

— D'accord, j'avoue que sur ce coup-là tu as raison. Il aurait vraiment pu faire un effort pour me faire plaisir, je ne lui demande jamais rien…

Voyant ma tête toute triste, il remonte le son de la radio en me disant :

— Ah non, ma Caly, interdit de bouder !

La chanson « I get around » des Beach Boys commence tout juste, et nous passons donc les trois minutes suivantes à chanter à tue-tête : *Round round get around, I get around, yeah, Get around round round I get around, ooooouuuuu-ooooooouuuuuu- ooooouuu I get around !*

Cela me fait un bien fou ! Je m'égosille, heureuse de pouvoir m'exprimer vocalement. Yann n'aime pas que je chante trop fort dans la voiture, je cite « On n'est pas à *The Voice* ! ». Eh bien là, je donne tout, avec chorégraphie des mains et mimiques du visage, tant pis si demain je n'ai plus de voix.

Après quatre heures de route et de chansons dans la joie et la bonne humeur, nous arrivons enfin chez mes parents. Ma mère sort de la maison pour venir m'accueillir. Elle est surprise de voir que je ne suis pas venue seule. C'est vrai, j'ai volontairement omis de lui dire que je venais avec Pierre car je ne voulais pas qu'elle se fasse des idées et qu'elle me bombarde de questions.

— Oh, mais ça alors, tu as un invité ! Bienvenue, bienvenue, entrez jeunes gens !

— Bonjour madame, je m'appelle Pierre !

— Vous pouvez m'appeler Annie !

— D'accord… Alors, bonjour Annie ! dit-il en lui claquant les quatre bises réglementaires.

— Et puis, on va se tutoyer tout de suite si tu es d'accord, tu sais, j'ai à peine vingt ans de plus que Calypso !

Mon œil.

Mon père, lui, reste plus en retrait. Il est aussi réservé que ma mère est exubérante. Celui qui a dit « Qui se ressemble s'assemble » n'a jamais dû rencontrer mes parents !

Comme à son habitude, quand j'amène un garçon à la maison, il l'observe, toise « la bête » de bas en haut sans piper mot. Quand j'avais quinze ans, son attitude militaire et hautaine a fait fuir bien des prétendants qui, intimidés par cette figure paternelle sévère, ont préféré déguerpir du paillasson dès l'entrée ! Lorsque Pierre s'approche de lui pour le saluer, je sais bien ce qui se passe dans sa tête : *il analyse sa façon de marcher, de lui serrer la main et de s'adresser à lui. Pierre passe l'épreuve haut la main, si j'en crois le sourire naissant qui s'immisce sur la bouche de mon cher papa. Ouf, le week-end peut enfin commencer !*

Nous passons la soirée tous les quatre. Après une discussion animée autour des différents cépages de Bourgogne et une comparaison pointilleuse avec les vins de Bordeaux (très enrichissante pour moi, car je pensais que le merlot était un poisson !), nous entamons le repas avec la fameuse fondue bourguignonne, forcément (ouf, avec Pierre, je suis de nouveau carnivore !). Ma mère se délecte en racontant à mon ami toutes les situations gênantes dans lesquelles je me suis mise étant enfant, photos à l'appui.

C'est donc le début d'un long calvaire de honte :

– La photo de moi avec le Père Noël lorsque j'avais quatre ans, totalement terrorisée, rouge comme une tomate, la morve dégoulinant de mon nez.

– La photo de moi au ski les quatre fers en l'air, à l'âge de huit ans, dans ma combinaison orange et verte.

– La photo de moi la jambe dans le plâtre a onze ans, après m'être cassé la cheville en tombant de poney…

– La photo de moi à treize ans déguisée en Madonna, maquillée comme une voiture volée et posant innocemment comme une prostituée…

Heureusement que Pierre n'est pas mon mec, il m'aurait quittée sur-le-champ !

La maison de mes parents ne dispose que de deux chambres, la troisième chambre initiale a été transformée en atelier il y a longtemps et déborde de tableaux, toiles et peintures. C'est donc un peu contraints et forcés que nous allons devoir partager ma chambre d'enfance, Pierre et moi.

Nous nous installons en mode camping, il y a mon petit lit une personne le long du mur, et un matelas par terre que mon père a installé avant le repas. Pierre, en vrai gentleman, choisit évidemment le matelas par terre, et commence à retirer son pantalon pour se mettre à l'aise pour dormir. Quand je viens en week-end avec Aria, les choses se passent exactement de la même façon. Elle retire son pantalon et s'engouffre dans le sac de couchage, sans qu'aucune gêne n'apparaisse entre nous. Forcément, entre Pierre et moi, c'est différent. Nous ne sommes pas des amis d'enfance, je suis une femme, et c'est un homme, et il y a toujours cette ambiguïté bizarre entre nous.

De plus, je dois avouer que je me sens mal vis-à-vis de Yann, car ça ne me plairait pas qu'il fasse de même avec une autre femme. Mais bon, je suis une adulte, et je n'ai pas à me sentir mal à l'aise, je sais très bien faire la part des choses. Entre ami et amant, il y a bien plus que trois lettres…

Nous nous souhaitons bonne nuit et ne tardons pas à nous endormir, fatigués par la route et par notre semaine.

Le lendemain, je me réveille à l'aube, et mets quelques secondes avant de me rappeler où je suis exactement. Plafond jauni, papier peint fleuri, luminaire démodé, on est bien chez mes parents, coincés en plein milieu des années 1990 !

Je me tourne vers la droite, et à côté de moi, ce n'est pas Aria, ce n'est pas Yann, c'est Pierre, qui dort comme un bébé.

Je me surprends à me pencher au-dessus de lui et à le regarder sans bouger en méditant.

Pierre, Pierre, Pierre, qui es-tu vraiment ?

Quels sont tes sentiments envers moi ?

Si je savais, ça changerait peut-être quelque chose…

Ce n'est pas anodin pour moi de me retrouver là ici avec toi.

Au fur et à mesure que la situation avec Yann se dégrade, notre propre relation s'améliore…

Tu m'as toujours considérée comme une amie, comme ta petite sœur…

Penses-tu que je pourrais un jour être autre chose à tes yeux ?

Je dois penser trop fort car à ce moment-là, Pierre bouge et ouvre les paupières. Pour ne pas lui laisser penser que je l'observais, j'empoigne mon oreiller et lui assène un coup fatal sur la tête ! Boum ! Réveille-toi Pierrot ! S'ensuit une bataille de polochons matinale qui nous mettra de bonne humeur pour toute la journée.

Je l'avais prédit, je suis quasiment aphone. La séance chansons d'hier dans la voiture a eu raison de mes cordes vocales. Pas grave, avec ma mère qui parle pour quatre dans les parages, je n'ai pas besoin de papoter.

En fin de matinée, nous nous rendons à l'exposition de maman. Ses tableaux sont magnifiques. Ce sont des paysages de la région, des champs de fleurs, des maisons typiques de Bourgogne, avec leurs pierres grises et leurs toits en tuiles vernissées. Il y a aussi quelques portraits dessinés avec tact et subtilité. Je ne sais pas d'où lui vient ce don, mais j'avoue que j'en suis jalouse. Elle aurait quand même pu me filer un peu de ses gènes de bonne dessinatrice. Mais non, j'ai juste hérité de ses cheveux impossibles à dompter. Merci maman !

Tandis que je regarde le fameux tableau aux coquelicots bleus (qui ne s'avère pas aussi catastrophique que ça), Pierre, lui, s'arrête devant une petite peinture accrochée tout au fond de la pièce.

C'est le portrait sur toile d'une petite fille, peint à l'acrylique. Sur un fond bleu lavande, on aperçoit une ravissante fillette qui pose. Ses cheveux châtains ondulent délicatement sur ses frêles épaules, et un petit nœud parme en guise de barrette souligne le bleu de ses yeux. Elle sourit malicieusement en regardant vers la gauche. Ses yeux clairs semblent scintiller sous l'effet du soleil, et quelques taches de rousseur apparaissent discrètement sur son nez. Vêtue d'une robe à smocks bleu foncé avec un col Claudine blanc, elle semble heureuse et pleine de confiance en l'avenir. Ce petit tableau est encadré avec soin dans un bois aux jolies moulures argentées. J'adore ce portrait.

Cette petite fille, tout le monde s'en doute, c'est moi, quand j'étais petite. Ma mère a réalisé ce tableau pour mes huit ans, et a mis plus de trois semaines à le terminer, travaillant jour et nuit pour qu'il soit prêt à temps pour le matin de mon anniversaire. Lorsque j'ai ouvert ce cadeau unique, j'étais tellement heureuse et surprise que je l'ai trimbalé partout avec moi pendant plus d'un mois. À l'école, chez mes grands-parents, à la boulangerie, au square, et même au supermarché ! C'était devenu mon doudou. Dans le genre égocentrique, on ne pouvait pas faire mieux !

Pierre le montre du doigt et se tourne vers moi, sourire aux lèvres.

— Toujours la même bouille polissonne !

— Eh, je t'en prie ! J'étais super sage à l'époque… Et puis, « polissonne », qui dit encore ça ? Le mot n'a pas été retiré du dictionnaire en 1867 ? lui dis-je, en le bousculant de l'épaule.

— Si, mais comme j'ai 354 ans, je l'utilise encore, mamzelle la gourgandine !

Je me mets à courir après lui pour l'étrangler en pouffant de rire comme une gamine de cinq ans, tandis qu'il me nargue en me tirant la langue comme un gamin de six ans et demi.

Après avoir visité toute l'exposition, nous félicitons maman et les autres peintres pour leur travail, et décidons d'aller nous promener dans la campagne.

Je passe l'après-midi à lui montrer mes coins préférés, mes cachettes secrètes d'enfance, et tous mes souvenirs avec Aria et Béa. Ça me fait plaisir de partager ça avec lui, et je vois que lui aussi est heureux d'en savoir plus sur moi.

La Bourgogne a une topographie riche et variée. Les vignes, bien sûr, mais aussi forêts, champs, bocages, collines, rivières, plateaux calcaires, et se promener à travers les petites routes en cabriolet me procure une vraie sensation de liberté. On prend un tas de photos, de selfies, on profite du moment présent comme si cette évasion n'était qu'une parenthèse enchantée. On agit à l'intuition, sans se prendre la tête, sans se poser de questions.

Quoi que, certaines questions m'arrivent en tête alors que je tourne mon regard vers mon ami Pierre, cheveux au vent, tellement heureux au volant du bolide de son père.

Sommes-nous seulement de bons copains, ou un peu plus que ça ?

Est-ce que je ne suis pas en train de jouer pas avec le feu ?

Est-ce que je ne lui donne pas de faux espoirs ?

Et d'ailleurs, a-t-il vraiment une quelconque attirance pour moi, ou suis-je simplement une bonne amie à ses yeux ?

N'est-ce pas trop dangereux d'être si proche d'un homme qui n'est pas le sien ?

En y réfléchissant, je n'ai rien à me reprocher. Je ne prends aucune initiative ambiguë. Ce n'est jamais moi qui fais un pas vers lui. C'est lui qui prend mon épaule, qui me couvre avec son pull lorsque trois gouttes tombent, qui me prend en photo, qui replace une mèche de cheveux derrière mon oreille. Tendrement. Comme un grand frère.

Je me promets d'arrêter de méditer à ce sujet qui m'embrouille trop les pensées.

Le week-end s'achève rapidement, et comme je le pressentais, j'ai le droit à mon retour à une crise de jalousie de Yann. Il s'énerve car je ne lui ai pas envoyé de message du week-end, et que je ne lui ai pas demandé de nouvelles de sa course. J'ai beau lui dire que dans le village de mes parents on ne capte pas, il ne me croit pas, claque la porte de mon appartement et ne me donne pas de nouvelles pendant trois jours... J'avoue, je captais parfois mais j'étais bien trop occupée pour penser à lui demander s'il avait fini son semi-marathon en moins de deux heures...

Je passe mon dimanche soir à pleurer en maudissant ce retour en arrière qui n'a absolument rien changé à notre crise de couple. La semaine qui suit s'avère être tout aussi morose, la dispute entre Yann et moi ayant mis une distance glaciale entre nous, on communique peu. Même le repas du mercredi n'a pas réussi à me remonter le moral, malgré les tentatives de Béa et d'Aria pour me faire rire. Moi qui ai toujours été de bonne humeur, j'ai l'impression que la séparation que j'ai vécue avec lui la dernière fois plane au-dessus de moi, tel un nuage gris cachant le soleil de mon cœur.

26.

Samedi 5 août. 19 h 05.

YANN S'EST ENFIN CALMÉ depuis mon fameux week-end avec Pierre il y a deux semaines. On ne s'est pas beaucoup vus ces derniers jours, car le week-end dernier, il a dû partir sur la côte pour une opération de nettoyage des plages avec son association chérie. Très peu pour moi, cette fois-ci j'ai prétexté un rendez-vous méga important chez l'ophtalmo pour éviter la corvée de ramassage d'ordures. Oui, je sais, c'est fourbe, mais j'ai vraiment du mal avec ses amis. Lorsqu'en juillet dernier j'y étais allée, j'avais récolté des remarques désobligeantes de Yann (je ne suis pas assez consciencieuse dans mes actes), des piques de ses copains (je ne suis pas assez écolo dans mes propos) et un mal de dos carabiné (je ne suis pas faite pour marcher trois heures d'affilée, penchée à quarante-cinq degrés en direction du sol !).

Alors cette fois-ci, j'en ai profité pour ranger MON appart, manger MES spaghettis bolognaises (option énormes boulettes) avec Aria et aller voir une expo sur une péniche avec Pierre. Comme moi, il apprécie l'art et les galeries, alors je ne me prive pas.

Yann prétend que l'art est une occupation inventée par des riches pour les riches. J'argumente en lui disant que l'art est ouvert à tous, et qu'il s'adresse à tous. Il y en a partout, dans la rue, dans nos placards, dans notre déco, dans le métro, dans nos rêves. L'art, c'est créer, c'est s'évader, c'est s'exprimer. Je ne pourrais pas vivre sans aucune forme artistique autour de moi. Et même si je ne suis douée dans aucune pratique créative, j'ai trouvé mon domaine : *la contemplation. Et je le fais bien ! Pierre contemple presque aussi bien que moi d'ailleurs.*

Mais ce week-end-ci, Yann est dispo (Hourra !), alors nous avons prévu une soirée entre amis dans un de nos restaurants indiens préférés en plein cœur de Paris. Nous sommes donc quatre : *Claire et Cédric, Yann, et moi. Le quatuor, comme nous appelle Yann.*

Nos deux amis sont ensemble et sur un petit nuage depuis la fameuse soirée d'anniversaire de Claire et ils forment un joli couple, tout en contradictions. Claire, la beauté froide, élégante et subtile, discrète et calme, avec notre Cédric, loubard et festif, bavard et même parfois un peu beauf sur les bords ! Je l'aurais davantage imaginé avec Aria, leurs caractères étant plus assortis, mais le destin (enfin, vous savez quoi) en a décidé autrement lorsqu'ils ont « essayé » au mois de juin ! Il faudra qu'un jour je parle à Claire de cette histoire ! Mais pour le moment, je n'ai pas le cœur aux potins, je suis nostalgique et triste d'avance, car je sais que ce week-end sonnera la fin de leur belle amourette.

Ce soir, une fois n'est pas coutume, j'ai un coup d'avance car je sais qu'à l'issue de la soirée, Claire annoncera à Cédric qu'elle le quitte et de façon pas tout à fait réglo, j'avoue.

Je m'étais juré de faire tout mon possible pour que mon amie soit sympa avec Cédric au moment de le quitter. Claire a l'air douce, mais quand il s'agit de sentiments, c'est une vraie lionne. Cédric, lui, a l'air fort et macho, mais sous son masque de mec relou bourré de confiance en lui, se cache le visage d'un petit garçon sensible et timide. Leurs contrastes sont aussi beaux que destructeurs, leur relation aussi douce qu'électrique. Leur petit nuage est tout doucement en train de se transformer en orage.

Alors, ce soir, il n'y aura aucun haussement de ton, c'est moi qui vous le dis !

Lors de ma « première vie », comme j'aime l'appeler, la soirée s'était déroulée ainsi :

Cédric était arrivé en retard au restaurant, et Claire lui avait fait la remarque.

— Oh, Monsieur Cédric qui n'arrive jamais à l'heure… Merci de bien vouloir nous accorder de ton précieux temps !

— C'est bon, Madame Parfaite, désolé, j'ai plein de choses à faire, MOI !

— Parce que moi, j'enfile des perles peut-être ?

Voilà, ça commençait bien. Ensuite, Cédric n'avait pas remarqué que Claire sortait tout juste de chez le coiffeur (enfin, rectifions, Aria lui avait coupé quatre centimètres de longueur) et cette dernière s'était enflammée dans une tirade virant au monologue, lui adressant une longue liste de reproches. Ambiance.

Et comme il n'avait pas supporté ces remontrances publiques, il avait éclaté en sanglots. Voir un mec aussi imposant s'effondrer comme ça m'avait retourné le cœur. Son attitude avait eu l'effet inverse sur Claire, qui s'était écriée « Et puis tu me saoules à faire ta gamine ! » avant de partir sans dîner pour choper son métro tout en le larguant par SMS. Affaire classée. Au suivant.

Alors ce soir, j'ai un plan d'attaque pour changer ce destin !

Comme je ne peux pas en parler à Yann, je vais devoir agir seule.

Étape 1, faire en sorte que Cédric ne soit pas en retard, pour ne pas mettre Claire dans un état d'esprit négatif. Cet après-midi, je lui envoie un message en lui disant qu'il doit arriver en avance pour retenir la table car Yann et moi serons un peu à la bourre. En début de soirée, je décide de donner de ma personne et d'user de mes charmes pour faire en sorte de ne pas partir à l'heure, ce qui n'est pas pour me déplaire ! Yann apprécie également cette initiative que je prends alors qu'il sort de la douche et ces vingt délicieuses minutes de retard…

C'est ainsi qu'à notre arrivée, c'est un Cédric souriant qui nous reçoit. Claire arrive quelques secondes après nous, toute pimpante et Cédric s'exclame :

— Oh la plus belle, t'as fait un truc à tes cheveux ? Tu es magnifique, vraiment !

Avant de se lever pour la serrer dans ses gros bras musclés. Elle bafouille, visiblement émue de cette attention :

— Oh merci, mais, t'as remarqué ? C'est Aria la copine de Caly qui m'a coupé les pointes, ça fait bizarre hein, je ne me reconnais plus !

Un point pour Cédric, sa chérie irradie de bonheur. Il me fait un clin d'œil pour me remercier du second SMS envoyé cet après-midi pour lui rappeler de la complimenter sur sa nouvelle coiffure !

C'est tellement facile d'obtenir la paix des ménages, il suffit d'encourager les hommes à dire ce que les femmes veulent entendre, de la bonne façon et au bon moment ! Je devrais peut-être devenir conseillère conjugale…

Le repas se passe dans la joie et la bonne humeur, le contenu de nos assiettes étant excellent et le couple C-C débordant d'amour et de projets.

Bravo Caly, tu as tellement changé leur destin qu'en fin de compte, ils s'aiment encore davantage ! Soirée parfaite, aucune dispute, aucun texto de rupture et aucune dépression post-love sur notre canapé !

Et avec Yann, ça va nettement mieux, à la bonne heure !

Je note mentalement, conseillère conjugale en position numéro 1 de mes plans de carrière. Appelez-moi Cupidon !

27.

Samedi 12 août. 8 h 07.

ÇA Y EST, JE CHANGE D'ADRESSE. Claire m'a enfin avertie il y a deux semaines que Mme Fontaine, la voisine de sa tante, partait dans une maison de retraite. J'ai aussitôt réservé l'appartement pour y emménager. Je sais déjà que je vais être bien dans mon nouveau chez-moi, comme je l'étais avant. Cette nouvelle m'a donné immédiatement la pêche et cela fait quatorze jours que je trépigne d'impatience.

Depuis le temps que j'attends ce moment ! Je rattrape enfin mon destin.

Aujourd'hui, c'est samedi et c'est le grand jour. Je déménage.

J'ai même pris mon lundi en RTT pour faire le pont du 15 août et me laisser le temps de tout déballer, de tout ranger et de me sentir enfin chez moi.

Yann, qui s'est encore excusé auprès de moi après sa crise de jalousie de fin juillet, m'a beaucoup aidée à faire mes cartons ces derniers jours. Il était là tous les soirs pour me motiver à empaqueter et à trier mes affaires. Cela dit, je suis plus efficace sans lui, car entre emballer un carton ou emballer mon mec, j'ai vite choisi ! Comparé à notre ancienne relation, nous faisons l'amour deux fois plus souvent. Je suis consciente que cette chance d'avoir Yann pour amant est peut-être éphémère, alors j'en profite à fond et mets le paquet pour qu'il soit comblé. Ne dit-on pas « Homme qui jouit restera dans ton lit » ?

Je suis presque venue à bout de ce challenge « cartons », même si je me serais bien passée de cette étape fastidieuse. J'ai l'impression d'avoir déménagé hier ! Alors cette fois-ci, je suis beaucoup plus concentrée et efficace que précédemment. Lors de mon premier déménagement, je n'avais pas vraiment trié mes affaires, préférant empaqueter tout ça dans des cartons sans écrire la pièce de destination et m'affaler devant une série. Je n'avais vraiment pas la tête à ça, avec l'agence de voyages qui me prenait toutes mes pensées. J'effectuais mes derniers jours à Destination Soleil, et je devais boucler les dossiers urgents. Mais là, même si je suis dans une situation identique, j'ai dégagé du temps. J'ai réussi à ne pas quitter trop tard dans la semaine pour pouvoir remplir mes cartons intelligemment, en mode « Tetris ». De toute façon, je n'ai plus trop de séries à découvrir, alors je suis restée consciencieuse et bonne élève dans mon tri pré-déménagement, Marie Kondō serait fière de moi ! Je suis vraiment contente de m'être aussi bien appliquée dans ma tâche, et les résultats sont là : *au moins six cartons de moins à transporter, ça a vraiment du bon de revivre son présent !*

À 8 heures du matin, tout le monde commence à arriver chez moi. Tous les copains ont répondu présents, même Béa, enceinte de sept mois. Son rôle aujourd'hui sera de rester dans mon ancien appartement et de veiller à ce que tout parte dans la camionnette. Quant à moi, je choisis de rester dans mon nouvel appartement pour guider tout le monde et décider de la place de chaque meuble. Superviseuse principale !

La journée se passe comme dans mes souvenirs, et ce qui marquera la journée cette année, c'est que Pierre est officiellement entré dans mon groupe de potes. Lors de mon premier déménagement, je ne l'avais pas encore rencontré, donc nous n'étions pas amis. Mais cette fois-ci, je l'ai fait entrer dans mon cercle privé. Jusque-là, il était toujours resté en retrait et avait refusé les invitations groupées. C'était un peu mon secret, mon ami rien qu'à moi, et mes amis (à part Aria au retour de Thaïlande), ne l'avaient jamais vu.

Yann encore moins !

La rencontre entre Yann et Pierre est donc comme je l'attendais… épique ! Digne d'un film de chevaliers, ou d'un western. Une tension s'impose entre nous trois et, pour l'apaiser, je décide de changer de pièce dès qu'ils ont le malheur de rentrer en contact visuel. Comme dit ma mère : *« Mieux vaut fuir le fou que recevoir des coups ! »*

Je ne sais pas pourquoi j'ai cette impression étrange en les voyant tous les deux dans le même appartement. Eux aussi sont mal à l'aise. Yann a l'air jaloux, la mine fermée, et Pierre est du genre gêné, ne se sentant pas à sa place. Ils ne se parlent presque pas de toute la journée, s'ignorent soigneusement, et lorsqu'ils tombent nez à nez dans les escaliers, ils se regardent en chiens de faïence pour savoir qui va baisser les yeux en premier. Plutôt pathétique !

Je me demande lequel des deux gagnerait s'ils se battaient en duel à mains nues… Pierre est plus grand et costaud, mais Yann plus sportif et agile… Il faut que je demande à Aria pour qui elle parierait !

À bien regarder Yann ce jour-là, je trouve qu'il agit vraiment bizarrement. Nous n'avons jamais été un couple fusionnel en public, mais cette fois, il me colle comme un papa pingouin couverait son œuf. Le midi, alors que je commande des pizzas (vegan) pour toute mon équipe de bénévoles, il insiste pour que je me mette sur ses genoux pour manger. Pas du tout pratique, mais sur le coup je n'ai pas voulu le contrarier, « homme vexé ne se jettera pas à tes pieds ». Il me sourit bêtement, me tient la main dès qu'il en a l'occasion, et n'arrête pas de m'embrasser, de m'appeler « Ma Caly » avec une petite voix pincée.

Comble de la gêne : *il m'enlace et me pelote à tout-va. Il va même jusqu'à raconter à tout le monde comment s'est passé notre premier baiser, lors d'un bain de minuit… Ça va, mec, j'suis pas ton trophée !*

En fait, Monsieur a simplement voulu marquer son territoire (comme un chien !). Je déteste ça, mais, encore une fois, je prends sur moi et fais cette concession. Si je veux que notre couple fonctionne, je n'ai que ça à faire. N'étant pas experte en combat de coqs, je le laisse prendre l'ascendant sur Pierre. Si ça lui permet d'en être moins jaloux, je veux bien rester docile.

Le soir post-déménagement approche et je suis anxieuse. Je sais déjà que notre relation peut prendre une tournure désastreuse dès aujourd'hui, car c'est ce soir qu'il doit rencontrer celle pour qui il va me quitter. Enfin, celle pour qui il m'a quittée la dernière fois. Je stresse de plus en plus à l'approche de la soirée, mais je sais comment résoudre le problème avant même qu'il ne se présente.

Il ne me l'avouera jamais, mais je sais qu'il ne m'a pas lâchée juste pour nos problèmes d'emplois du temps soi-disant incompatibles et pour mon manque d'implication.

Je sais maintenant que ce soir-là, trop fatiguée pour sortir, j'avais laissé les copains aller boire un coup (quelle cruche !) et c'est là que Yann l'avait rencontrée et qu'il avait discuté avec elle pour la première fois.

Plus tard je vais apprendre que cette chère briseuse de ménage s'appelle Fanny, qu'elle a vingt-cinq ans, qu'elle est blonde et esthéticienne. Tellement cliché. Je ne sais rien d'autre sur elle, mais ce dont je suis sûre et certaine, c'est qu'aujourd'hui, les choses vont changer. Je ne la laisserai pas tourner autour de mon Yann. Ma vie va basculer du bon côté ! Car ce soir, même si je suis très fatiguée, je décide de les accompagner et de sortir avec eux dans ce fameux bar. Et toc, un coup de pied dans mon avenir ! Pierre passe son tour, je pense qu'une journée avec Yann lui a suffi. J'aurai quand même aimé qu'ils s'entendent bien ces deux-là…

La soirée se passe très bien sans aucune Fanny à l'horizon ! Forcément, avec une nana comme moi sur les genoux de Yann toute la soirée, elle n'a pas osé l'approcher. Dommage, Fanny, t'as qu'à te trouver un autre destin ! Adultère avorté, Caly rassurée.

Je me rends compte que j'ai fait le bon choix en changeant mes plans, et que j'ai de la chance d'avoir un bon groupe de copains !

28.

Lundi 28 août. 7 heures.

On ne peut pas dire que l'été fut calme et tranquille. Depuis des semaines, ma vie continue à être chamboulée, mais cette fois d'une façon positive.

Aujourd'hui encore, c'est une journée décisive.

C'est ma première journée de travail dans mon nouveau job, chez JML Models. Le cœur battant, je suis motivée à bloc pour entamer ma nouvelle carrière. Yann a dormi à l'appart pour « m'aider à ne pas stresser cette nuit ». Tu m'étonnes, j'ai tout fait sauf stresser ! Je suis plus que ravie qu'il dorme avec moi et qu'il délaisse de plus en plus son propre appart. Si on continue comme ça, il emménagera avec moi le mois prochain (au lieu de me larguer !). Mais vivre avec lui signifierait ne plus jamais manger de viande, ingurgiter des fruits de mer une fois par semaine, ne plus avoir d'excuse pour faire du sport, dire bye-bye aux réveils avec Nostalgie à fond dans les oreilles et adieu à Netflix car il déteste les séries… Et si on continue comme ça, dans cinq ans je serai devenue mormone à la campagne, avec sept enfants, trois chats et douze chiens !

J'analyse les *pour* et les *contre* de ce possible futur en me réveillant. Pas réjouissant, en fait ; j'avoue que je préfère rester seule chez moi pour le moment.

En me préparant, je repense à ma première arrivée au bureau, chez JML Models. J'ai eu tout faux ! Je m'étais vraiment trop mis la pression, et j'avais passé plus de deux heures à me préparer dans la salle de bains. Résultat : *j'étais visiblement trop sophistiquée, trop maquillée, je ne me ressemblais pas, et j'étais déjà en retard, pour mon premier jour ! La honte ! Et je ne reparle pas de l'épisode des spaghettis bolognaise qui ont empesté l'open space pendant tout l'après-midi !*

Cette fois-ci, je fais simple. Maquillage *nude,* tenue décontractée, chaussures à talons confortables et élégantes, et pour mon repas de ce midi : *une salade de blé aux petits légumes !*

Sans trop de surprise, ma première journée se déroule beaucoup mieux que la fois précédente. Déjà habituée aux logiciels de planning et à la boîte mail de JML models, mes premières manipulations sur l'ordinateur se font très rapidement, et Christine, ma responsable est même impressionnée ! Eh oui, boss, j'apprends vite moi !

Pendant la pause-café, Claire me dit qu'elle était très fière de moi et qu'Amélie serait contente de voir que sa remplaçante n'est pas une nunuche écervelée !

Quel plaisir de retrouver son job ! Mes dernières semaines à l'agence de voyages ont vraiment été une épreuve pour moi. Désormais, je ne vends plus des destinations mais des supports de mode, c'est presque pareil, non ?

29.

Jeudi 31 août. 10 heures.

PETIT À PETIT, JE REPRENDS LE PLI et retrouve mes réflexes professionnels.

Aménagement de mon espace bureau, suivi de models, gestion des plannings, résolutions d'éventuels problèmes, accompagnement lors des castings, et bien sûr, organisation des déplacements de mes petites protégées !

Ça me fait vraiment plaisir de revoir les mannequins qui m'ont été attribuées à leurs débuts. Elles étaient encore toutes si naïves, pleines de rêves et d'envies. Elles s'imaginent déjà en une des magazines, et ne s'imaginent pas que, pour arriver jusque-là, il faut passer par des missions pas franchement folichonnes : *hôtesses dans des salons professionnels, mannequin cabine pour une marque de prêt-à-porter, figuration dans des clips que personne ne verra jamais, défilés de petits créateurs n'ayant pas les moyens de se payer une star… Leur motivation est au beau fixe, leur bonne humeur constante et j'aimerais qu'elle y reste. Je les ai vues en quelques semaines passer de jeunes filles optimistes à femmes blasées et stressées, et je me promets que je ferai tout pour les aider à garder leur positivité et leur fraîcheur. C'est mon job, après tout !*

Je pense que c'est l'avantage majeur de cette deuxième vie. Pouvoir, avec de simples mots, de simples gestes, influer sur la vie des gens. Les rendre plus heureux, grâce à un sourire, un encouragement, une présence. On est bien trop concentrés sur notre propre bonheur, à tel point qu'on en oublie qu'il est contagieux. C'est comme une bonne maladie que l'on essaye de garder pour soi.

On préfère tout focaliser sur sa petite personne, mais ce que l'on ne sait pas, c'est que le bonheur a besoin de bonheur pour prospérer, la bonne humeur a besoin de bonne humeur pour exister, un sourire a besoin d'un sourire pour naître.

Bref, j'ai compris que mon attitude encore plus positive permettrait à d'autres personnes de devenir elles-mêmes optimistes et heureuses !

D'ailleurs, j'essaie d'appliquer cette promesse chaque soir dans ma vie privée. Lorsque je rentre à l'appartement (pas trop tard), je raconte en détail ma journée à Yann, qui, la plupart du temps, squatte chez moi. Avant, il me reprochait de ne jamais rien lui dire et de rester enfermée dans mes problèmes de travail. Selon lui, j'étais « distante et froide ». Désormais, j'essaie d'être proche de lui et chaleureuse. Chaque soir, je m'assois à côté de lui dans le canapé et lui parle de mes journées, de mes problèmes, des potins sur les collègues ou sur des clients, mais je constate qu'il n'en a vraiment rien à faire. Il ne rebondit pas sur ce que je dis, continue à lire ses revues scientifiques sur son téléphone et à écrire dans ses groupes de protection de la nature, tout ça en m'ignorant effrontément.

Un jour, il m'avoue même que pour lui, mon travail et celui de Claire n'ont vraiment rien de constructif au point de vue de l'humanité. *What* ? Ce soir-là, je sors de mes gonds et ne peux m'empêcher de lui répondre en criant :

— Ah oui forcément, moi je ne suis pas en train de réfléchir à une solution pour sauver la planète, comme toi ! Je m'assure juste du confort de mes clientes et manage plus de dix professionnelles de la beauté. Alors certes, ce n'est pas vital, mais c'est ce que j'aime ! Alors au lieu de me critiquer, soutiens-moi !

Je suis si fière de mon travail. Entendre de telles choses de la part de quelqu'un censé m'aimer est une vraie torture.

— Désolé de te donner mon avis Caly ! Mais avec des capacités intellectuelles comme les tiennes, tu aurais pu faire beaucoup mieux et être davantage utile à la société !

J'hallucine ! La voilà, la goutte d'eau qui fait déborder le vase !

Ça m'apprendra à rentrer tôt et à parler de mon travail... Au moins, avant, je m'écroulais sur le lit et je n'avais pas à supporter de telles critiques. C'est peut-être pour cela que j'ai supporté Yann toutes ces semaines dans mon ancienne vie, sans me rebeller. Mais cette fois-ci, je n'en peux plus... Il m'empêche d'être fière de celle que je suis.

Est-ce qu'il m'aime vraiment ?

Je me rends compte qu'en changeant de comportement et en étant plus malléable, j'en suis arrivée à voir le vrai visage de Yann : *arrogant, égoïste, et bien trop sûr de lui.*

Paf ! Ma théorie du chewing-gum a éclaté comme une grosse bulle en plein visage.

J'ai eu beau m'étirer, m'adapter, faire des concessions, je n'étais pas assez bien pour lui. Eh bien, qu'il aille en trouver une autre !

À la poubelle, chewing-gum sans goût, je t'ai trop mâché, il est temps de te jeter !

Ma colère se transforme en immense tristesse et ce soir-là, à 23 h 15, je claque la porte de mon propre appart et sonne pour la première fois chez Pierre. Je ne sais pas pourquoi, il y a comme une force invisible qui m'a guidée jusqu'à lui. En sortant de mon immeuble, j'ai hélé un taxi et c'est la première adresse qui m'est venue en tête. J'ai inconsciemment besoin de son réconfort. Pierre ne se permettrait jamais d'avoir de tels propos envers moi.

Il m'ouvre, en pyjama, et je m'effondre en pleurs dans ses bras. Depuis le début, il avait raison. Yann n'est pas fait pour moi, c'est le roi des égoïstes. Il n'est capable d'aimer qu'une personne : *lui-même.*

Quoi que je fasse pour lui faire plaisir, la situation tournera toujours en ma défaveur ; il aura toujours raison. Je n'arrive même pas à citer une chose qu'il ait faite pour moi. Oui, en apparence, il est dynamique, beau, drôle et intelligent, mais au quotidien il est égocentrique et fait pour vivre seul.

Je passe toute la fin de soirée à me morfondre et à pleurer dans les bras de Pierre. Son T-shirt est de loin le meilleur mouchoir de ma vie.

Dans un demi-sommeil, je sens ses doigts passer le long de mes cheveux et il me semble l'entendre dire : *« S'il savait la chance qu'il a… Il ne te mérite pas… » Trop crevée pour répondre, je baragouine un « Je ne mérite personne », avant de m'endormir dans son canapé, bercée par le tic-tac de son horloge…*

30.

Mercredi 6 septembre. 18 h 30.

C'EST DÉCIDÉ, aujourd'hui, je quitte Yann. Je ne suis pas heureuse. Jamais je n'aurais pensé dire cela, mais entre nous, ça ne colle plus.

Il m'aura fallu plusieurs jours pour prendre cette décision. Comment une relation si forte peut-elle devenir si fade ?

J'en ai longuement parlé avec Claire lors de notre pause déjeuner de ce midi, et elle m'a confirmé ce que je pensais :

— Dans toutes ses relations, Yann n'a jamais réussi à faire de concessions et ses copines devaient s'adapter à son mode de vie. Je suis vraiment triste pour toi, je pensais que ce coup-ci, il avait enfin trouvé quelqu'un de bien pour lui. C'est mon cousin, mais c'est un vrai con, quand je vois à quel point tu es malheureuse avec lui…

— Tu n'y peux rien, je pense que c'est le destin, et même si je remontais le temps pour revivre cette relation, je suis persuadée qu'elle se terminerait de la même manière, ou presque.

Et j'en savais quelque chose.

— Oui, alors, un conseil : *quitte-le avant qu'il ne le fasse, il n'est vraiment pas doué pour ces choses-là. Tu sais qu'il a quitté sa dernière nana avec un simple texto ? Alors parle-lui, toi, sinon il risque de se lasser de toi et de te jeter comme une sale merde purulente !*

— Eh ! C'est toi la sale merde purulente !!

Le repas se termine gaîment dans une bataille d'injures fantaisistes.

C'est décidé, je dois lui parler.

Claire a raison. Yann est parfait, mais seulement pour lui-même.

C'est comme ça, parfois les personnes trop parfaites exigent des autres les mêmes qualités.

Il est beau, drôle, intelligent et gentil, mais il n'y a plus d'étincelle entre nous.

Preuve que la perfection n'est pas toujours ce qui rend heureux dans la vie. Parfois, le feeling est plus important.

C'est comme quand je rentre dans un magasin, et que je vois un magnifique vase en cristal, élancé, magnifique, bien symétrique, trop beau pour être vrai. La perfection même. Mais qu'en fait, je finis par acheter le petit vase juste à côté, parce qu'il a l'air plus vrai, plus authentique. Certes, il est un peu fendu à l'arrière, mais au final, il a plus de charme, et je suis aussitôt attendrie par ses imperfections.

Yann, il est trop lisse, pas assez imparfait pour moi.

Je me rends compte que c'est vraiment impossible d'être épanouie professionnellement et personnellement.

L'un prend toujours le pas sur l'autre. Travail ou amour, faites vos jeux, rien ne va plus ! Pile ou face. Notre énergie se concentre sur un domaine à la fois.

Depuis des semaines, je fais tout pour satisfaire Yann, mais je m'oublie moi-même, je donne tout sentimentalement parlant, et je m'oublie professionnellement. Moins concentré, mon travail s'en ressent et j'ai déjà eu deux réflexions de ma boss concernant ma productivité au travail.

Il faut que cela cesse, je dois me reprendre et contrôler ma vie professionnelle, parce que là je cours à la catastrophe.

Je n'arrive pas à le croire.

J'ai eu beau revivre ma vie une seconde fois, l'issue est la même.

J'ai tout fait pour m'améliorer à ses yeux. J'ai changé mon mode de vie, mon alimentation, et même ma couleur de cheveux pour correspondre à ses critères qui sont en fait totalement à l'opposé des miens.

Je me suis modelée à son image de femme parfaite, mais je me sens mal. Je suis usurpatrice de ma vie, un peu comme en Thaïlande, à jongler entre les bracelets jaunes et les bracelets verts. Mais non, je dois rester moi-même et si quelqu'un doit m'aimer, c'est pour moi, telle que je suis réellement.

Dans mon ancienne relation avec lui, c'est moi qui me suis fait plaquer le 16 septembre et dans ma nouvelle existence, je reprends enfin la main en décidant de passer à autre chose avant cette date fatidique.

Girl Power, comme dirait Aria.

Pourtant, je suis certaine qu'il ne va pas me quitter cette fois-ci. Il n'a pas rencontré Fanny dans ce bar, et je ne suis plus absorbée jour et nuit par mon travail, je suis vouée corps et âme à sa petite personne, et c'est même moi qui cuisine tous les soirs, il n'a donc plus aucune raison de redevenir célibataire !

De son côté, tout roule, mais du mien, je fais du hors-piste.

Mais ce soir, avant d'aller chez Béa pour notre soirée filles du mercredi, j'ai donné rendez-vous à Yann au café de Ricardo, près de mon ancien boulot. J'ai choisi d'aller dans un endroit familier mais neutre, dans lequel nous n'avons aucun souvenir en commun.

Je n'arrive toujours pas à croire que je vais faire ça.

Il y a quelques mois, en novembre prochain, j'ai souhaité ne jamais l'avoir rencontré.

Puis quelques jours après, en mai dernier, j'ai voulu tout tenter pour le reconquérir et sauver notre couple.

Et aujourd'hui, dans quelques minutes, c'est moi qui vais mettre fin à notre relation.

Comme quoi les choses changent, tout en restant les mêmes.

Yann arrive à l'heure, comme à son habitude.

Il est toujours aussi beau, et pendant une seconde, je pense changer d'avis en me disant que j'ai de la chance d'avoir un mec comme lui. En apparence, oui. En réalité, moins. Il porte un polo beige et un pantalon blanc. Dieu que j'aime ce pantalon ! Il m'embrasse et s'assoit en face de moi. C'est notre dernier baiser. Je repense au premier, c'est le jour et la nuit. Comment une passion a-t-elle pu se transformer en acte aussi banal et sans saveur ? J'aurais embrassé Ricardo, ça aurait été pareil.

Nous nous asseyons en face l'un de l'autre. Ricardo arrive et il est tellement heureux de me revoir qu'il me fait la bise, et serre la main de Yann. Je rectifie, une bise de Ricardo me rend plus heureuse qu'un smack de Yann. Tout fout l'camp !

Mon barista préféré s'exclame :

— Miss Cappuccino-avec-une-touche-de-chocolat ! Ça fait longtemps ! J'ai cru que vous ne viendriez plus ! Regardez ma nouvelle carte, me dit-il, tout fier.

Il pointe la carte de son index et son doigt s'arrête sur une ligne précise.

Je lis tout haut, amusée :

— Le Calypso : *Grand cappuccino avec une touche de chocolat.* Oh, merci Ricardo, vous avez créé un café spécialement pour moi !

— Il a un grand succès ici, c'est moi qui devrais vous remercier, Bella !

Je suis touchée par cette attention et un peu émue. Si je n'étais pas retournée dans mon ancien café, je n'aurais jamais su que Ricardo avait créé une boisson en mon honneur !

Après avoir passé notre commande, un Calypso pour moi, bien sûr, et un expresso pour Yann, je me lance.

Je prends une grande inspiration et répète le texte que j'ai appris par cœur cet après-midi :

— Yann, ce que j'ai à te dire n'est pas facile. Mais voilà, nous ne sommes pas sur la même longueur d'onde. Pour toi, j'ai changé celle que j'étais. J'ai arrêté de manger de la viande, j'ai repris le sport, je me suis décoloré les cheveux. Chaque fois que je peux, je rentre le plus tôt possible du boulot, je prépare à manger, je mange même des fruits de mer, que je ne supporte pas ! J'ai tout essayé pour être celle qui te correspondrait, mais au final, je ne me retrouve plus moi-même… J'ai besoin de quelqu'un qui rigole à mes blagues, qui m'encourage à me surpasser dans tous les domaines, même dans mon travail, au lieu d'être de mauvaise humeur si je rentre trop tard et jaloux si je passe une soirée avec mes amis. Voilà, c'est fini entre nous depuis longtemps déjà. Ça ne sert plus à rien de se voiler la face. On s'aime mais on n'est pas compatibles. Reprenons chacun notre liberté et restons-en là.

(La dernière phrase était peut-être un peu trop théâtrale, mais bon, j'étais lancée…)

Il me regarde, les larmes aux yeux. Étonnamment, son chagrin ne me touche même pas. Je reste de marbre face à sa réaction car je sais qu'il est en train de se rendre compte qu'il ne trouvera jamais une autre fille aussi conciliante que moi.

Il arrive quand même à baragouiner, la tête baissée :

— OK, OK, euh, laisse-moi digérer la nouvelle, je t'avoue que je ne m'attendais pas du tout à ça…

Je me lève et emporte mon Calypso avec moi en ajoutant les fameux derniers mots : *« Si je fais ça, c'est pour ton bien, tu sais. »*

Et toc. Dans ta face, *remember last time* !

À 20 heures pétantes, j'arrive chez Béa, soulagée et heureuse de pouvoir débriefer de tout ça avec mes copines. J'entre dans son appart, les mains chargées de deux bouteilles de blanc. Je lève les bras en annonçant fièrement :

— Libérée, délivrée ! Voilà, je suis célibataire ! Je viens d'annoncer à Yann que je le quittais !

Puis je me penche pour faire une révérence, attendant le flot d'applaudissements que cette annonce mérite. Mais c'est le flop.

Les filles en restent sans voix. Béa dit aussitôt, la mine tristounette :

— Ah bon ? T'aurais dû continuer un peu avec lui, Yann était un bon parti, et puis vous auriez fait de si beaux bébés ensemble !

Je lui réponds avec des grimaces pour la taquiner.

— Mais tu nous saoules avec les bébés, toi, fais le tien et laisse mes ovaires tranquilles !

Je lui refourgue les bouteilles de vin en l'embrassant. Aria, tout sourire, me saute dans les bras et dit enfin :

— Girl power ! T'as bien fait ma Caly, arrête de te prendre la tête… Depuis quelques semaines, je voyais bien que tu te forçais à être quelqu'un d'autre. Tu avais même perdu cette petite lueur qui pétille dans tes yeux… Comme en ce moment même tiens !

— C'est l'alcool ! je lui lance, en la bousculant gentiment de l'épaule.

— Tu n'en as pas encore bu, banane ! Allez, allons fêter ça, j'ai apporté aussi deux bouteilles de vin !

Je lui souris, elle est belle ma Yaya avec ses longs cheveux châtains, j'adore ce style bohème qu'elle arbore en ce moment. Elle porte une robe jaune moutarde avec des franges dans le bas, et des bottes marron. Une grosse ceinture en cuir, des bijoux clinquants, elle a mis le paquet !

Béa, elle, est de plus en plus grosse. Je me demande comment elle fait pour réussir à tenir debout, sachant que son centre de gravité change de jour en jour ! Elle porte un legging noir et une immense tunique rayée, seuls vêtements dans lesquels elle est encore capable de rentrer. Malgré ça, elle est rayonnante, la grossesse lui va à merveille et me donnerait presque envie. Non, je plaisante, un alien dans le ventre, *never in my entire life* ! Bon, je sais, *never say never*...

Ce soir, c'est la fête ! Je suis célibataire, Béa va bientôt accoucher, et Aria est sur un coup avec un mystérieux client du salon. Elle ne veut pas en dire plus. Alors on va respecter notre dicton « Bouteille entamée, bouteille terminée ! » ! Désolée, Béa, tu ne joues pas !

Tchin !

Elle a raison, Aria, j'ai retrouvé ma joie de vivre. Je viens de réaliser que ce qu'on a vécu en Thaïlande (deux fois même) est et restera toujours une parenthèse enchantée dans un paragraphe joyeux d'un autre chapitre de ma vie...

Nous passons une bonne partie de la soirée à débattre sur la liste finale des prénoms pour le bébé de Béa. Car la nouvelle du jour, c'est que ce sera un garçon ! Sur notre liste gribouillée au dos du ticket de caisse du japonais en figurent plusieurs trop mignons, d'autres plus classiques et quelques originaux. Avec Aria, on définit nos préférés : *Anatole, Nathan, Léandre, Elias, Lucien, Paul, Antonin, Lilian, Jules et Colin.*

Chacune notre tour, nous énonçons notre top 3, avec argumentation à l'appui :

— Anatole, c'est trop sérieux, choisis plutôt Colin, prononcé à l'anglaise bien sûr, comme Colin Farrell !

— Oui mais le colin, c'est aussi du poisson, et il risque de se faire chambrer à l'école toute sa scolarité... Je préfère Nathan, vous en pensez quoi ?

— Comme les livres ?

— Oui, t'as raison, alors pourquoi pas Léandre ?

Ainsi sont encensés, puis critiqués, et donc barrés l'un après l'autre tous les prénoms de la liste.

Sachant pertinemment comment va s'appeler le bébé, je lance, l'air de rien :

— Et pourquoi pas... Victor ?

— Ah oui, j'adore Victor, en fait, Fabien me l'avait proposé et je ne sais plus pourquoi, on n'en a pas reparlé.

Effectivement, l'année dernière, Fab l'avait soufflé de nouveau à Béa quelques jours avant l'accouchement, et ils avaient changé leur premier choix « Nathan » en « Victor ». Au moins, je pourrais me targuer à vie d'avoir été à l'origine du prénom de son fils (même si en vrai, ce n'est pas vraiment mon idée !).

Sur les coups de 23 heures, Béa commence à bâiller.

— Les femmes enceintes, ça ne tient plus la route...

— C'est dingue, ça, elle ne fait que manger et dormir en ce moment ! Comme les chats !

Ça, c'est Fabien qui revient de sa soirée poker chez un ami. Il essaie de s'éclipser un mercredi sur trois quand nous venons dîner chez eux.

Je me lève pour lui dire bonsoir, Aria fait de même et sur ces belles paroles, nous décidons de rentrer dans nos appartements respectifs, heureuses de s'être retrouvées entre filles, d'avoir bien papoté (et picolé, j'avoue) comme au bon vieux temps.

Cette soirée m'a complètement changé les idées, j'en ai presque oublié que j'étais de nouveau célibataire et je me rends compte que je n'ai même pas pensé à envoyer un message à Pierre pour lui dire que j'avais quitté Yann. Et pour voir un peu sa réaction...

Parce que oui, c'est évident, Pierre me plaît, plus qu'un simple ami. Mais j'ai l'impression de ne pas assez le connaître. Une partie de moi me dit qu'il devrait se réjouir de me savoir célibataire, et moi aussi, car il serait peut-être enfin temps de tenter quelque chose ensemble... Mais une autre partie de moi est plus frileuse, coincée, comme retenue par je ne sais quoi, incapable de bouger et de faire le premier pas vers lui... Emprisonnée dans mes sentiments, paralysée par l'idée du changement...

Je me couche, le moral à deux, en me disant qu'une bonne nuit de sommeil réussira peut-être à me remettre les idées en place, mais je n'arrive pas à trouver le sommeil.

Dans le silence de ma chambre, le bip-bip résonne dans mes oreilles. Impossible de m'endormir, tout est chamboulé.

Que faire de ma vie, si tout se passe comme la dernière fois ?

Sur les coups de 2 heures du mat, j'envoie un texto à Pierre :

Salut toi, quoi de neuf ?

Il me répond immédiatement : *Qu'est-ce que tu fous réveillée à 2 h 14 du matin en pleine semaine ?*

Moi : *Et toi alors ? Je n'arrive pas à dormir. J'ai un peu bu.*

Pierre : *Ce n'est pas bien ça.*

Moi : *Je crois que j'ai quitté Yann.*

Je ne sais pas pourquoi j'ai dit « je crois que », c'est peut-être encore trop incroyable pour être vrai. Pierre répond : *C'est bien ça.*

Moi : *Ouais.*

Lui : *T'es une grande fille !*

Moi : *Ouais.*

Lui : *Alors dors, plus rien ne t'empêche de dormir !*

Moi : *Bises, je t'appelle ce WE* ☻.

Lui : *OK. À plus Caly* ☻.

OK. À plus Caly. Bon, j'ai compris.

Il n'a pas l'air si ravi que ça de me savoir libre, et n'a pas sauté sur l'occasion pour me faire du rentre-dedans. Pierre restera donc définitivement un ami…

Moral à zéro.

Je me sens vraiment inutile sur Terre…

31.

Samedi 16 septembre. 10 h 20.

JOUR DE MA PREMIÈRE RUPTURE AVEC YANN. Je me souviens très bien de ce qui s'est passé cette première fois.

C'était un samedi matin et il faisait beau. Le soleil de septembre était toujours agréable pour sortir courir. Il ne faisait pas encore froid, et plus vraiment chaud. Le vent me permettait de mieux respirer pendant mon run, et les rayons du soleil se reflétaient sur le canal que je longeais sans m'arrêter.

Ce matin-là, je rentrais de mon footing de 7 kilomètres en pleine forme et de super bonne humeur. Rien de mieux qu'un décrassage pour bien entamer la journée !

Yann était sorti avec ses copains la veille, et de mon côté, j'avais passé ma soirée au Chat Noir avec des collègues et quelques mannequins (ce qui n'est pas forcément une super idée de soirée, parce que les mannequins, elles ne mangent rien… mais qu'est-ce qu'elles picolent !). Bref, j'étais rentrée tard chez moi, un peu pompette, et nous n'avions pas dormi ensemble tous les deux. J'avais envoyé un texto à Yann le lendemain matin pour lui demander s'il voulait venir courir avec moi, comme tous les samedis matin. C'était un de nos rituels du week-end, un des seuls moments que nous passions à deux.

Ce matin-là, il avait prétexté une gueule de bois, et j'étais allée faire mes 7 kilomètres seule et contrariée (en me disant que j'avais aussi la gueule de bois, ce qui ne m'empêchait pas de me bouger les fesses, moi !).

En rentrant, tout essoufflée, je l'avais aperçu devant chez moi avec ce petit carton dans les bras. Ma contrariété avait laissé place à la joie, j'avais tout d'abord cru que c'était un cadeau (un sac à main, une paire de rollers, un chiot ?!), naïve que j'étais, et j'avais hurlé : *« Ohhh, c'est pour moiiii, fallait paaaasss ! » Heureuse de le revoir, je m'étais approchée de lui pour l'embrasser, et lui sauter au cou mais il avait reculé la tête. Puis j'avais vu sa mine déconfite, et à l'intérieur du carton, mes affaires. Je l'avais regardé, interloquée, et je l'avais écouté débiter ce long monologue expliquant ses raisons de me quitter (manque d'implication de ma part, problème de vision de la vie, de priorités, de communication, et blablabla). Oui, vraiment, fallait pas.*

Quelle cruche ! Ce qu'il n'avait pas précisé à ce moment-là, c'est qu'il avait aussi rencontré quelqu'un, une nana, le soir de mon déménagement. La fameuse Fanny. Ça, je ne l'avais appris que quelques semaines après, par Cédric (bourré), que j'avais recroisé par hasard lors d'une soirée.

La fameuse phrase « Si je fais ça, c'est pour ton bien » m'a résonné au creux des oreilles pendant de longues semaines…

C'est marrant parce que, aujourd'hui, je me rends compte qu'il a raison.

Ce matin, je suis aussi allée courir, 10 kilomètres cette fois (c'est là que je vois que me mettre au running dès le mois de mai a porté ses fruits). J'en ai profité pour faire le bilan de ma vie, une fois de plus.

C'est drôle quand même, je fais le vœu de ne jamais avoir rencontré Yann, je retourne dans le passé, mais je m'arrange pour tout faire pour le rencontrer, et ne pas me faire larguer.

J'y arrive, ma vie redevient exactement la même qu'avant, au détail près que c'est moi qui mets fin à notre relation. Et à l'heure qu'il est, je n'ai plus de boule au cœur.

Plus de regrets, ni de remords. Je me sens bien, car je sais que notre rupture est une sage décision, la meilleure que j'aie jamais prise.

J'ai compris qu'en fait, mon destin, c'était d'être sans lui.

Comme il me l'a dit lui-même dans sa lettre lorsqu'il m'a quittée, nous ne sommes pas sur la même longueur d'onde.

C'est d'ailleurs exactement ce que je lui ai dit il y a dix jours, quand moi je l'ai quitté.

Et depuis, je me sens bien, j'ai foncé tête baissée dans le boulot, et avec la Fashion Week qui approche à grands pas, j'ai du travail par-dessus la tête ! Mes models sont bookées sur trois défilés par jour pendant sept jours, je suis fière de moi et ma boss également.

Après avoir pris ma douche, le cœur léger, je me souviens de ma promesse par message et décide d'appeler Pierre. Non, mieux, je vais carrément aller le voir. Je n'avais rien de prévu après mon footing du samedi.

Il faut qu'on règle nos comptes tous les deux. Nos comptes affectifs, j'entends !

Je veux voir de mes yeux sa réaction lorsque je lui confirmerai que j'ai quitté Yann.

J'espère secrètement qu'il fera enfin un pas vers moi, et si c'est le cas, je me laisserai faire.

Il est célibataire, on s'entend bien, et même si nos rapports n'ont étonnement jamais été très intimes, je sens qu'il se passe quelque chose entre nous.

Je l'ai tellement écouté parler, me raconter sa vie, que j'ai envie d'en faire partie.

Il connaît tellement de choses sur moi, ma famille, mes amis, et j'ai envie de passer encore plus de temps en sa compagnie.

Je repense à notre rencontre hasardeuse, au bord d'un trottoir (hum, il faudra que je le raconte autrement à nos petits-enfants !).

Si à cette seconde je n'étais pas tombée, si à cette seconde il n'avait pas été près de moi, nous ne nous serions peut-être jamais croisés...

C'est ça le destin !

C'est décidé, je fonce, je laisse mon cœur me guider.

Je m'habille en quatrième vitesse et enfile d'autres baskets pour me précipiter jusqu'à l'appartement de Pierre.

Pendant mon trajet, j'envoie un message à Aria pour lui raconter ce que je suis en train de faire. J'envoie le même à Claire. Mon cœur bat fort dans ma poitrine, j'ai même du mal à respirer. Le *run* de ce matin m'a fait plus de mal que je ne le pensais.

Mais j'ai besoin de voir Pierre au plus vite pour savoir si c'est pour lui que mon cœur bat si fort...

Si ça se trouve, je me fais des films et je vais le déranger avec sa nouvelle conquête...

Il faut peut-être que je lui dise que j'arrive ?

Je ne peux pas débarquer à l'improviste.

Je reprends mon téléphone pour lui envoyer un texto.

Je marche vite, sans trop regarder devant moi et d'un coup, je ressens comme une drôle d'impression. Un sentiment de déjà-vu qui me glace le sang.

Je relève la tête, je n'ai pas le temps de réfléchir que j'aperçois une petite voiture rouge foncer sur moi. La conductrice ne m'a pas vue, mais moi, je sais très bien ce qui va se passer.

Comme dans un film d'action, la scène se fige, l'image se retourne dans ma tête, et je me vois en train de me faire percuter.

Douleur au genou gauche. Choc soudain. Cris derrière moi.

Sensation de chaud dans ma poitrine. Craquement au poignet droit.

Trou noir.

Je visualise l'accident de l'extérieur. Je flotte dans les airs et vois mon corps se déformer sous le capot, puis basculer par-dessus la voiture. Je vois mon sac voler en l'air, mes affaires se répandre sur le trottoir, mon café éclabousser ma blouse, les passants s'arrêter, s'enfuir ou se précipiter vers moi pour me porter secours.

Mais je n'avais pas de café dans la main ?

Naaaaannnnn ! Je crie de toutes mes forces.

Je veux courir pour me réapproprier mon corps.

Ça recommence. Tout tourne autour de moi, je vais m'évanouir…

Un corps qui valse. Une grande inspiration qui me brûle la gorge.

Un long silence. Et une migraine comme je n'en ai jamais eue.

Puis, plus rien.

Du noir.

Des bruits réguliers.

Bip, bip, bip. Encore des bip bip.

Tout à coup, j'entends quelque chose.

Une respiration lente, à côté de moi, et une voix familière.

— Elle est réveillée ! Infirmière, Calypso a bougé ! Elle a bougé ! Infirmière…

Infirmière ?

Il fait toujours noir, j'ai toujours les yeux fermés, j'entends des bruits de pas qui s'éloignent.

J'ouvre doucement les yeux. Mes paupières sont comme engourdies. Pendant quelques secondes, la lumière m'aveugle. Petit à petit, le décor autour de moi se stabilise.

Mais qu'est-ce que je fous là ?

Je suis seule, dans une chambre d'hôpital, branchée de partout. À côté de moi, sur la gauche, l'appareil qui mesure ma fréquence cardiaque, et mes autres signes de vie.

Dont celui qui fait bip bip bip sans jamais s'arrêter.

Je baisse la tête et remarque que j'ai la jambe gauche dans le plâtre, et le poignet droit également sous un gros bandage.

J'essaye de me relever mais je n'ai plus de force. Impossible de bouger. Rien que remuer la tête de gauche à droite me donne la nausée.

Au fond de la chambre, j'aperçois des bouquets de fleurs. Des roses, des tulipes, des dizaines de compositions colorées, partout autour de moi. Certains bouquets commencent même à être flétris.

Plus loin, des ballons dorés, et d'autres multicolores où il y a écrit « *Bon rétablissement* ». Il y en a même un autre avec écrit « *Bon anniversaire* », et des dizaines d'autres en forme de cœur ! On se croirait dans une fête foraine.

Je ne comprends pas, mon anniversaire, ce n'est pas en septembre !

Posé sur la table et adossé au mur de la chambre, le tableau de moi, petite, peint par ma mère. Celui de l'exposition au week-end de l'art de la commune de mes parents. Qu'est-ce qu'il fout là ?

Ce souvenir me met la larme à l'œil.

Il y a aussi l'album photo de mon enfance, que ma mère adore montrer à tout le monde, et qu'elle a montré à Pierre lors de ce fameux week-end en Bourgogne…

Pierre !

Je me souviens d'un coup que je n'ai pas eu le temps d'aller le voir pour lui dire que j'étais bel et bien célibataire.

Des pas rapides se font à nouveau entendre, et j'aperçois Aria, Béa, avec Fabien, suivi de Claire. Enfin, mes parents pénètrent à leur tour dans la chambre.

L'émotion me submerge.

Mes meilleurs amis réunis autour de moi. Toutes les personnes que j'aime présentes dans une même pièce.

Mais pourquoi ?

Aria a de nouveau les cheveux noirs, l'eye-liner noir et le rouge à lèvres prune.

Je ne comprends pas, hier encore elle était châtain avec les cheveux bouclés !

Je regarde Béa. Dans ses bras, elle tient un bébé. Le petit Victor ? C'est impossible, je suis passée chez elle il y a quelques jours, et elle était encore enceinte !

Ils parlent tous en même temps, je ne comprends pas, et moi-même je n'arrive pas à émettre un son.

La vague d'émotion qui m'envahit me paralyse totalement.

Un docteur arrive, l'air grave, suivi d'infirmières qui se précipitent sur moi pour m'ausculter.

Le docteur demande à tout le monde de sortir. Mais avant cela, j'arrive à dire « maman » et des yeux, je l'implore de rester. Quand on va mal, on a de nouveau cinq ans.

Elle me prend la main, j'articule difficilement :

— Maman, quel jour on est...

— On est le 11 novembre.

— Non, c'est faux, ça ne va pas recommencer !

— On est le 11e jour du 11e mois de l'année ! Le jour de ton anniversaire, voyons ! Tu nous as fait une frayeur ! Tu as eu un accident il y a trois jours, et depuis tu es restée dans le coma. Tu as eu la chance qu'un jeune homme charmant s'occupe de toi et reste à ton chevet quasiment jour et nuit pendant tout ce temps ! C'est lui qui t'a sauvé la vie, tu sais, sans son intervention et son aide, tu serais peut-être morte. Oh ma chérie, je n'ose même pas y penser. Tu ne le connais pas encore mais nous avons tous pu faire sa connaissance et crois-moi, c'est un mec en or. Une perle !

Je sais instinctivement qu'elle est en train de parler de Pierre.

Elle sort de la chambre et le docteur m'explique enfin ce qui s'est vraiment passé.

Ce jour-là, je n'ai pas eu la chance de voir mon vœu exaucé en retournant six mois en arrière et en recommençant ma vie là où je devais changer les choses.

Ce jour-là, je suis tombée dans le coma.

Ce jour-là, c'est *dans ma tête* que j'ai saisi ma chance.

Alors, tout ce qui s'est (re)passé a été inventé ?

Pas vraiment. Le docteur me dit que j'ai vécu mentalement une vie parallèle, en m'imprégnant de ce qui se passait à ce moment-là autour de moi, dans ma chambre. J'ai du mal à comprendre, ça avait l'air si réel… La douleur, les odeurs, les ressentis, les bruits, la chaleur humaine… Mon corps était là, immobile, mais mon esprit était ailleurs, en pleine ébullition. Je me suis détachée de moi-même et me suis créé mon propre recommencement.

Je demande au docteur si mes amis peuvent revenir. Il me dit qu'il doit encore faire quelques examens (prise de tension, prise de sang, etc.) mais que je peux faire entrer une personne dans la chambre, si ma mère veut bien laisser sa place. Elle se lève aussitôt avec un air malicieux, et me dit qu'elle va chercher quelqu'un.

Un homme entre. C'est Pierre.

Il est exactement comme je me l'imaginais, juste un peu plus grand et plus timide. Il avance doucement vers moi, ne sachant trop quoi me dire.

Je ne sais pas pourquoi, mais je connais son humour, et je lui lance :

— Alors, docteur, c'est grave ?

Il sourit, me prend la main et me répond :

— Ouhlala, oui, nous allons certainement être obligés d'envisager une amputation totale !

Je glousse bêtement, et je sens des petits frétillements remuer à nouveau de mon ventre jusqu'à mon cœur. Ça fait tellement de bien de plonger enfin mon regard dans le sien.

Ce coma m'aura permis de voir la vie autrement, de m'écouter, de ne pas perdre de vue celle que je suis réellement, et surtout, de rencontrer celui qui me rendra enfin heureuse !

Nous continuons à nous fixer l'un l'autre, ne réussissant pas à parler. La simple présence de l'autre dans cette chambre suffit à nous rendre sereins. Une sensation de bien-être tellement apaisante après ce stress des dernières minutes.

En fin de compte, cet accident s'avère être la meilleure chose qui me soit arrivé jusqu'à présent.

Je ne sais pas s'il y a une vie après la mort, mais je sais qu'il y en a une après l'amour…

32.

Samedi 11 novembre. 11 h 11.

Ils sont tous là, réunis autour de moi, à me chanter « *Happy Birthday To You* ». C'est irréel. J'avoue que c'est même plutôt inaudible, mais le cœur y est !

Il y a trois jours, je me démenais pour organiser une fête du tonnerre pour mon anniversaire et en fait, tout ce dont j'ai besoin est là, en face de moi, dans les 10 mètres carrés de ma chambre d'hôpital.

J'ai réussi à me redresser sur mon lit et je me tiens maintenant assise. Ma jambe me fait souffrir le martyre, mon poignet ne peut absolument plus bouger, et ma migraine recommence de plus belle, mais je suis heureuse.

Béa a accouché dans le même hôpital il y a trois jours, le jour même où j'ai eu mon accident. Le choc de me savoir dans le coma a déclenché le travail, et elle a été amenée en urgence au service maternité deux étages au-dessus du mien ! Elle tient difficilement debout, a l'air totalement KO, mais a tenu à venir me souhaiter bon retour dans la vraie vie. Elle ne m'en veut pas d'avoir été la cause de ses contractions et donc de son accouchement, elle considère même tout cela comme un signe de l'univers, si bien qu'elle me propose avant de s'éclipser avec Fab d'être la marraine du petit Victor. J'accepte avec plaisir, après tout, le prénom vient (presque) de moi !

J'observe Pierre. C'est vraiment un mystère. Comment ai-je réussi à le rencontrer dans mon rêve pendant mon coma alors que je ne l'avais jamais vu auparavant ?

Pourtant, je reconnais bien les traits de son visage, ses yeux gris, sa façon de sourire, je n'ai pas pu les inventer.

Tandis qu'Aria va déjeuner avec mes parents, je me retrouve donc seule avec lui, l'homme qui m'a bel et bien sauvé la vie. Il faut que je comprenne, j'ai besoin d'en savoir plus.

Il m'explique alors ce qui s'est vraiment passé ces derniers mois. Enfin, ces derniers jours.

— OK, par où commencer ? Cela faisait plusieurs jours que je te voyais dans la file d'attente du Starbucks. J'avoue que j'étais tombé sous ton charme, tu étais tout le temps souriante, même si tu étais toujours speed et que tu ne faisais pas attention à ce qui t'entourait. La plupart du temps, tu étais au téléphone ou en train d'envoyer des textos, super concentrée. Moi, je ne pouvais détourner mon regard de toi. Mercredi dernier, je m'étais résolu à prendre mon courage à deux mains, à saisir ma chance et à venir enfin te parler, mais ce matin-là, tu n'étais pas dans ton état normal, tu semblais stressée, pressée. J'étais devant toi dans la queue du Starbucks, il y avait beaucoup plus de monde que d'habitude, et j'ai remarqué que tu pestais tout bas, en regardant l'heure, alors je t'ai laissée passer. Tu as dit merci sans vraiment me regarder, les yeux fixés sur ton téléphone. J'étais déçu. Une fois sorti du Starbucks, j'ai vu l'accident de loin. Je t'ai vue te faire renverser par la voiture, et j'ai eu la peur de ma vie. Tu es carrément passée par-dessus le capot, j'ai encore l'image de la scène et de ton café qui s'est ouvert dans les airs, te laissant retomber comme une marionnette sur le sol. J'ai aussitôt couru pour te porter secours. C'est moi qui ai appelé les pompiers et qui t'ai fait le massage cardiaque. J'ai vraiment cru que tu n'allais pas t'en sortir…

Ses yeux se remplissent de larmes.

— Mais, dans mes souvenirs, ce n'était qu'une petite égratignure. Je me suis relevée et tu as insisté pour m'emmener à l'hôpital en taxi… C'est comme ça que nous nous sommes rencontrés.

— Non, Calypso, tu étais inconsciente. Je suis resté à tes côtés et t'ai accompagnée dans le camion des pompiers. Là, j'ai répondu à ton téléphone, qui n'arrêtait pas de sonner. C'était un appel de ton travail, l'agence de mannequin, j'ai expliqué ce qui se passait, et j'ai donné mon numéro de téléphone à ta collègue pour qu'elle puisse être tenue au courant de la situation. J'ai même cru que tu étais model, tu étais tellement belle…

— Mais, je ne comprends pas. J'ai le souvenir de notre conversation dans le taxi, on a discuté ensemble.

— Non, j'ai parlé tout seul, je ne savais pas quoi faire d'autre. Je t'ai dit que j'avais tout mon temps pour toi, que mon boss était cool, que j'allais rester avec toi, car je me sentais responsable de t'avoir laissée passer au café. Si je ne l'avais pas fait, tu aurais eu trente secondes de retard sur le timing et tu aurais évité cet accident. Je me sentais tellement responsable. Coupable de ce qui t'arrivait, je n'ai pas pu te laisser vivre tout ça seule.

— Alors, c'est pour ça que j'ai toujours eu l'impression de te connaître ? Je t'avais vu plusieurs fois au café… Ça me revient, maintenant que tu m'en parles. Désolée, je n'ai jamais fait le rapprochement… Et c'est pour ça que tu ressembles trait pour trait au Pierre avec qui j'ai passé de si bons moments ces derniers mois. Enfin, pendant mon coma…

Il me prend les mains, et je reconnais la douceur par laquelle il me prenait les mains lorsque j'étais avec lui dans mon autre vie, et inconsciente dans celle-ci. Chaque fois que j'avais rendez-vous avec lui dans mon « rêve », cela coïncidait avec les moments où il venait me rendre visite dans ma chambre d'hôpital.

— Je suis venu te voir tous les jours, après mon travail, ou même pendant mes heures de boulot. Je voulais être là pour ton réveil, je ne voulais pas te laisser seule. Alors, je m'installais sur mon ordinateur et je bossais. Les infirmières ont été adorables avec moi, elles m'ont encouragé à te parler. Il paraît que les personnes dans le coma entendent quand même, de façon inconsciente, et distinguent ce qui se passe autour d'elles, alors je t'ai raconté ma vie, mon enfance, comment j'ai monté ma boîte, à quel point j'aime mon boulot… Je t'ai même raconté des blagues, auxquelles je riais moi-même, pour me sentir moins seul, et j'espérais qu'une petite partie de toi riait aussi.

Je n'en crois pas mes oreilles. Mais oui, tout me paraît clair, maintenant. Je n'ai pas tout vécu, mais j'ai tout entendu.

Jamais je n'ai voyagé dans le temps. Et si c'était tellement réel, c'est parce que Pierre existait vraiment !

C'est pour ça que j'avais cette vague impression de l'avoir déjà vu quelque part…

Puis il continue de m'expliquer en détail ces trois derniers jours et j'arrive petit à petit à recomposer le puzzle de ma vie plus ou moins dans l'ordre :

Ce fameux bip-bip que j'entendais parfois avant de m'endormir les semaines passées, ce n'étaient pas des acouphènes, mais cette machine à ma gauche qui me relie à la vraie vie depuis trois jours.

Cette impression que mes journées passaient à une vitesse folle, que les jours n'étaient que des minutes. En réalité, ils n'ont même été que des secondes, dans ma tête. Je n'ai été que trois jours dans le coma, et j'ai réussi à revivre quatre mois de ma vie dans mon inconscient.

Et toutes ces incohérences par rapport à Pierre, tout s'éclaire maintenant. Je comprends pourquoi notre relation n'a jamais réellement commencé. Toutes ces choses que je trouvais étranges sont claires comme de l'eau de roche…

Cette sensation d'être comme retenue par je ne sais quoi, incapable de faire le premier pas vers lui, c'était tout simplement parce que je ne pouvais littéralement pas bouger. Je me sentais incapable d'avancer vers lui car j'étais vraiment paralysée, enfermée dans mon corps inerte.

Cette impression de bienveillance lorsqu'il me prenait par les épaules pour me dire bonjour, ses bisous tendres sur mes joues, et sur le front, durant mon voyage temporel, c'était son rituel lorsqu'il arrivait à l'hôpital. Il se penchait vers moi et m'embrassait tendrement pour me dire bonjour.

La phrase « *Elle est vraiment belle* », qu'il a lancée, ce n'était pas au Chat Noir le vendredi 12 mai, mais le mercredi 8 novembre à l'hôpital. Et cette phrase était adressée à moi. Il a aperçu Claire pour la première fois le soir de mon accident, au moment où elle est venue me voir dans ma chambre, avec un immense bouquet de roses. C'est d'ailleurs pour cela qu'aux toilettes du bar, je n'avais jamais senti cette odeur sur elle, et que j'ai répondu à Pierre « *Et elle sent tellement bon.* » lorsqu'elle est passée à côté de notre table.

Dans les toilettes de mon rêve, son « *je peux* » que je pensais être adressé à moi et au séchage des mains était en fait adressé à Pierre, car elle n'osait pas me toucher la main.

Mon corps inerte avait ce soir-là senti la présence de Claire, mais dans ma tête, ma vie était déjà en train de se vivre de nouveau, dans le passé. Cette soirée, je m'en souviens parfaitement. C'était notre première soirée à deux. Une fois partie, je me souviens très bien avoir ajouté, en riant « *Je crois qu'on vient de tomber amoureux, c'est l'effet Claire !* » alors qu'en réalité, dans la vraie vie, c'est Pierre qui m'a avoué tout haut, une fois seul dans la chambre : *« Je crois que je suis en train de tomber amoureux de toi ». Il a même ajouté : « Ça devient clair. »*

C'est ce jour-là, à l'hôpital, qu'elle lui a montré la photo de moi déguisée en Marilyn à sa fête d'anniversaire, à laquelle il a répondu : « *Ça change, mais je la préfère au naturel.* »

Je n'arrive pas à comprendre comment mon esprit s'est ainsi évadé, tout en continuant à me relier au présent avec ces moments juxtaposés.

C'est comme si ma vie réelle ne voulait pas disparaître de mon esprit, pourtant bel et bien retourné six mois en arrière.

Ce merveilleux week-end à la campagne avec mes parents, il n'a en réalité pas existé. J'ai simplement entendu ma mère discuter avec Pierre, près de mon lit d'hôpital. Ils ont fait connaissance et ma mère a insisté pour lui montrer la peinture qu'elle avait réalisée pour mes huit ans ainsi que mon album photo d'enfance. Elle lui a aussi raconté toutes mes mésaventures, mes hontes d'enfant et j'ai tout entendu malgré moi.

En fait, Pierre et moi, ça n'avait jamais été impossible. Il n'avait jamais été distant.

Le fait qu'il ne m'ait jamais embrassée sur la bouche n'était pas une preuve de son désintérêt pour moi, il ne pouvait simplement pas prendre cette décision alors que j'étais inconsciente.

Ce film que nous sommes allés voir au cinéma, il l'a en fait mis sur son ordinateur, et regardé dans ma chambre, à un mètre de moi, pour me tenir compagnie cette nuit-là. Parce qu'il ne pouvait se résoudre à rentrer chez lui, en me laissant seule…

Le cardigan orange crocheté dont il s'est moqué, c'est lorsque Marie est venue me voir à l'hôpital et qu'elle lui a montré la photo qu'elle avait prise de moi. Il m'avait gentiment chambré sur mon look d'ailleurs.

Notre soirée tapas au Chat Noir n'a eu lieu que dans ma tête, ou presque.

Il est effectivement venu à l'hôpital le deuxième soir, avec une pizza, et a rencontré Aria, qui était passée me voir elle aussi. Il a partagé son repas avec elle et c'est là qu'il a fait ma connaissance à travers elle.

C'est à ce moment précis qu'elle lui a raconté notre enfance, nos bêtises d'adolescentes, notre tatouage et sa signification. Elle lui a aussi parlé de ma relation avec Yann, de notre rencontre, et du fait que j'étais encore amoureuse de lui, même s'il m'avait quittée brusquement, comme un égoïste. La connaissant, elle a dû donner tous les détails. Elle lui a expliqué que je m'en voulais, et que plusieurs fois, je lui avais confié vouloir tout recommencer avec lui. Que j'aurais aimé avoir une seconde chance, pour être une meilleure petite amie, et ainsi réussir à le garder.

Ah, Yann… Mais si j'en ai rêvé, était-il aussi venu à mon chevet ?

Pierre me le confirme.

Il est passé en coup de vent, sous le choc.

Je me souviens de ce sentiment de froideur extrême lors du soi-disant déménagement, quand les deux hommes se regardaient sans se parler. Ce moment a aussi existé, dans cette chambre d'hôpital. Yann est arrivé pour me voir et semblait vraiment triste. Il a toisé Pierre du regard sans lui dire bonjour, puis l'a ignoré. Il s'est tourné vers moi, a pris ma main et n'a cessé de m'appeler « Ma Caly » en se remémorant notre rencontre magique. Il voulait certainement que je réagisse, pour être celui qui me ramène à la vie. L'idée qu'il ait pu me toucher la main me donne un frisson dans tout le corps. Il est gonflé, quand même ! Je fais promettre à Pierre de ne plus jamais le laisser s'approcher de moi. Sans trop de surprise, il lève la main droite et dit « Je le jure ! ». Il obtient ainsi mon premier rire, un peu rauque, certes… Mais qu'est-ce que ça fait du bien de rire !

Et la boisson ajoutée à la carte de Ricardo, ça aussi c'était réel.

Le mercredi après-midi, le barista a vu mon ancienne collègue Marie fermer l'agence très tôt, les larmes aux yeux, et il est sorti pour lui demander ce qui n'allait pas. Elle lui a répondu qu'elle fermait l'agence pour venir me voir à l'hôpital, et lui aussi s'est déplacé à mon chevet. C'est là qu'il m'a parlé de sa nouveauté, le « Calypso », un cappuccino-avec-une-touche-de-chocolat !

Je suis touchée qu'ils se soient tous déplacés pour moi. Je ne suis pas si inutile sur Terre, finalement !

33.

Samedi 11 novembre. Quelle heure est-il déjà ?

Il me faut du temps pour digérer la nouvelle.

Tout me semblait si réel. Mon cerveau a réussi à me faire percevoir en trois jours plusieurs mois de sensations, d'odeurs, de chaleur corporelle…

Il va me falloir du temps pour démêler le vrai du faux.

J'ai tellement mal au crâne que je n'arrive pas à savoir si j'ai mal au cœur.

Je ferme les yeux, et me rends compte que non, je ne suis vraiment plus amoureuse de Yann.

Ce retour dans le passé m'a fait comprendre que ma relation avec Monsieur Parfait était vouée à l'échec. Nous ne sommes pas compatibles, et même après avoir réécrit notre histoire, et tout fait pour que ça se passe bien, je suis arrivée de moi-même à cette conclusion.

À quoi bon vouloir changer ce qu'on est pour plaire à quelqu'un ?

Ne devrait-on pas accepter l'autre tel qu'il est ?

Je n'ai pas besoin que quelqu'un me change, et je n'accepterai plus de changer pour quelqu'un.

J'ai besoin d'un homme qui me prenne comme je suis.

Quelqu'un qui me comprenne.

Quelqu'un qui me surprenne.

J'ai besoin d'un homme qui n'hésiterait pas à rester des jours à mon chevet.

Quelqu'un qui me raconterait des blagues, et rirait aux miennes, même si elles ne sont pas toujours drôles.

Quelqu'un qui parlerait avec plaisir à mes parents, au lieu de les fuir.

Quelqu'un avec qui je pourrais chanter à tue-tête durant des heures dans la voiture…

Cet homme, c'est lui.

Lui qui m'a donné la force de me réveiller.

J'ai une irrésistible envie de me lever mais je suis branchée de tous les côtés et les infirmières m'ont interdit de trop bouger.

Je demande donc à Pierre de me donner mon sac à main. Il me sourit et m'aide à relever le dossier de mon lit afin de retrouver une position assise.

Aïe ! J'ai mal partout et j'ai la tête qui tourne.

À l'intérieur de ma sacoche, pas de gloss abricot, forcément, c'est Aria qui me l'a vraiment emprunté il y a quelques mois. Je palpe à l'intérieur du sac et tombe sur quelque chose qui va m'en dire plus sur moi-même : *mon miroir de poche en forme de tête de chat. Je me regarde. Ouf, je ne suis pas blonde ! Ça me rassure de me voir comme ça. Le blond m'allait bien mais ne reflétait pas ma personnalité. Et puis, Pierre me préfère comme ça, j'en suis certaine.*

Je continue ma spéléologie maroquinière, et trouve enfin ce que je cherchais : *mon petit carnet arc-en-ciel à spirales. Celui dans lequel j'ai consigné mes notes, mes listes, mes pensées tous ces derniers mois.*

Je l'ouvre et constate qu'il est vide, totalement vierge de tout gribouillage violet à paillettes.

Forcément, j'étais dans le coma, j'ai juste *imaginé* écrire dedans, mais je ne l'ai jamais fait.

Qu'à cela ne tienne, je fouille à nouveau dans mon sac et trouve mon stylo fétiche, puis note consciencieusement, d'une écriture encore tremblante :

NOVEMBRE :

– Boulot : Bookeuse dans une super agence de mannequins, et je mesure la chance de ne plus bosser en agence de voyages. J'aime me lever le matin pour aller travailler, m'occuper de mes models et surtout voir mes collègues, devenues de vraies copines. Note : 10/10

– Dodo : Petite chambre d'hôpital décorée avec goût, remplie de fleurs, de ballons et de tous les gens que j'aime. Note : 10/10

– Perso : Célibataire, mais enfin éprise d'un homme bien qui m'apprécie pour ce que je suis. Moral affectif : 9/10

PS : Je ne suis pas végétarienne !

Moyenne : 9,5/10

Pas mal, ma vie au final.

Je souris et plonge mon regard dans les yeux gris de Pierre. Ses cheveux en bataille, sa barbe un peu trop longue pour être une barbe de trois jours, son teint terne à cause des nuits blanches passées à mon chevet, ses petits yeux pétillants malgré la fatigue, j'aime tout chez lui.

Je lui montre ce que j'ai écrit dans le carnet. Au fur et à mesure de sa lecture, son sourire se fait de plus en plus franc.

J'aperçois alors les petites fossettes au creux de ses joues et je m'embrase.

Après d'interminables secondes, il me regarde, s'approche doucement de moi et me donne un baiser franc et doux à la fois.

Pas sur le front cette fois-ci.

J'ai la tête qui tourne, mais dans le bon sens cette fois-ci.
Il se détache de mes lèvres pour prendre le stylo à paillettes et rectifier :

Moral affectif : 10/10

Qui a dit qu'être épanouie professionnellement et personnellement est chose impossible ?

Je me tourne vers lui, le regard mystérieux et le sourire aux lèvres avant de lui lancer :
— Au fait, t'as les pieds grecs ou égyptiens ?

ÉPILOGUE

CELA FAIT PLUS D'UN MOIS que je suis sortie de l'hôpital, et que je me repose à la maison.

Les docteurs ont insisté pour que je reste chez moi sans rien faire mais les journées sont longues. C'est dingue comme le temps ne passe pas vite quand on reste allongée toute la journée. Point positif, j'ai pu continuer de regarder mes séries sur Netflix. Point négatif : *le travail me manquait trop, alors j'ai repris le boulot à distance en début de semaine. Christine a accepté que je reprenne le contrôle du planning de mes models qui en avaient bien bavé pendant que je n'étais pas là.*

Les deux stagiaires embauchées à ma place pour s'occuper de mes models ont fait du grand n'importe quoi : *elles ont envoyé une mannequin à un casting de lingerie homme, elles ont écrit un mail à une model lui annonçant qu'elle était retenue en tant qu'égérie pour une marque de shampoing avant de réaliser qu'elles s'étaient trompées de nana, elles ont aussi oublié de déprogrammer la venue d'un coach sportif chez une fille malade, il a donc frappé à sa porte à 7 heures du mat... Bref, quand je dis du grand n'importe quoi !*

Mais « la cerise sur le pompon », comme dirait mon ex-collègue Marie, c'est quand elles ont envoyé une fille à

Vienne (en Isère) au lieu de Vienne (en Autriche) pour un shooting ! La pauvre nana a dû prendre un TER pendant deux heures quarante et attendre un taxi au fin fond de la France. Taxi qui n'est jamais arrivé puisqu'il a été commandé à Vienne… en Autriche ! Une fois au milieu de nulle part, elle a dû se débrouiller et gérer seule son retour vers Lyon ainsi que le vol Lyon-Vienne. Elle est arrivée au shooting tellement stressée, en pleurs et en sueur qu'il était impossible de la maquiller. La séance photo a dû être reportée au lendemain et tout ce changement de programme a coûté plusieurs milliers d'euros à l'agence. Christine a poussé une gueulante dans *l'open space*, conséquence : *les deux stagiaires ont été immédiatement remerciées. Il paraît qu'elles sont sorties toutes les deux en pleurs du bureau. Les pauvres… Depuis, ma model ne veut plus que moi comme référente, et à cause du sandwich à la gare de Vienne (en Isère) elle a pris 500 grammes !*

Quand Claire m'a raconté ça, j'ai éclaté de rire, j'ai même tellement ri que j'ai découvert de nouveaux abdos sur le côté de mon ventre, vous imaginez !

Côté santé, tout va pour le mieux. J'ai un traitement de cheval à prendre (je préfère dire « de licorne »), je suis suivie toutes les semaines par l'hôpital, j'ai une kiné adorable qui passe à l'appart tous les deux jours, et je n'ai plus de bandage à la main. La seule preuve directe de mon accident reste désormais un plâtre à la cheville, plus petit que celui d'avant, signé par tous les copains bien sûr. Pierre m'appelle « l'éclopée » et m'imite quand je marche en boitant avec mes béquilles. Il s'en est déjà pris une dans la tête d'ailleurs, il ne faut pas trop m'énerver, moi !

Oui, avec Pierre, tout roule. Et n'amasse pas mousse, comme je lui dis souvent ! Il me répond à chaque fois que mon humour ne s'est pas amélioré avec le coma… Mais il lui plaît, c'est certain, alors je ne me plains pas.

On est tellement complices tous les deux, c'est comme si nous nous connaissions depuis des années. Nous avons énormément parlé après mon réveil, et lorsque je suis enfin rentrée chez moi.

On n'a pas fait que parler d'ailleurs, et notre complicité le jour s'est vite transformée en véritable fusion la nuit. Avec lui, je ne joue aucun rôle, je ne fais pas tout pour l'impressionner, je suis simplement Calypso, à l'écoute de mes envies. Enfin, je suis encore en convalescence alors on apprend à se connaître doucement…

Ce soir, c'est notre réveillon de Noël. Chaque année, le 23 décembre, on se fait une soirée avec Béa et Aria. On appelle ça « le préveillon » (le pré-réveillon !). Mais contrairement à nos soirées du mercredi (qui existent encore, fort heureusement, malgré l'arrivée du petit Victor), le 23 décembre, on invite qui on veut ! Une grande tablée animée, c'est tout ce qu'on souhaite ! Le principal, c'est que chaque convive apporte quelque chose à boire et à manger.

J'arrive en avance avec Pierre, une bonne bouteille de Bourgogne et un hachis Parmentier de canard maison, et lorsque j'entre dans leur appartement, ce sont de jeunes parents fatigués mais heureux qui nous accueillent à bras ouverts. Aussitôt, je kidnappe bébé Victor, mon filleul. Il est trop mignon. Finalement, un bébé, ce n'est pas si horrible que ça ! (*Never say never !*)

Quelques minutes plus tard, c'est une Aria épanouie qui pointe le bout de son nez au seuil de chez Béa, les bras chargés d'un plateau d'amuse-bouche. Elle a totalement changé de style, et a même sauté le pas de se couper les cheveux. Elle arbore un magnifique carré plongeant noir ébène, une robe simple et moulante en dentelle noire et des escarpins argentés. Une bombe ! Je ne l'ai pas vue depuis plus d'une semaine et j'ai l'impression qu'elle s'est métamorphosée. Lorsqu'elle pousse plus amplement la porte d'entrée, je remarque qu'elle est accompagnée. Mais ça alors ! Elle arrive en compagnie de… Cédric ! À notre grande surprise ! Je m'exclame :

— Tiens donc qui voilà, une petite cachottière !

Mais oui, c'est évident. Ils étaient tous les deux célibataires (Cédric s'étant réellement fait larguer comme un malpropre par Claire lors de notre dîner à quatre !) et tous les deux de grands sensibles qui ne cessent de cacher leur timidité derrière une exubérance apparente. Ils ont dû se recroiser lorsqu'ils sont venus me rendre visite à l'hôpital en novembre et ont repris contact. Mon accident n'a décidément pas été vain.

Je comprends vite que c'était lui le mystérieux client qui lui tournait autour au salon depuis quelques semaines et dont elle nous parlait lors de nos soirées hebdomadaires ! Un sourire béat apparaît sur mon visage. J'adresse à mon amie un clin d'œil bienveillant et ses joues pourpres me font comprendre qu'ils ont enfin réussi à concrétiser, sans « panne moteur » cette fois ! Elle s'approche de moi et me chuchote à l'oreille :

— C'est décidé, j'arrête de changer de mecs toutes les cinq secondes !

— Super idée ! Et tu comptes faire pareil avec tes cheveux ?

Je lui lance cette pique en la chatouillant au creux du cou, comme elle déteste, bien sûr !

Claire débarque en retard, un peu pompette, arborant un T-Shirt « Je suis en CDI : *Célibat à Durée Indéterminé », ça annonce la couleur !*

— Salut les copains ! Et Joyeux Noël !

Elle embrasse cordialement tout le monde – même Cédric, aucunement rancunier – et nous levons nos verres pour trinquer à l'amitié.

Nous sommes tous assis là, autour de cette grande table. Ça sourit, ça discute, ça se sert quelque chose à manger, et quand j'observe chacun de mes amis, je prends conscience de la chance que j'ai de les avoir dans ma vie.

Je n'ai rien à regretter.

Je n'ai rien à retenter.

Les choses sont telles qu'elles le sont pour une bonne raison.

Ne regrettons pas notre enfance, notre passé,
C'est lui qui nous a guidés jusqu'à maintenant.
Ne regrettons pas qui nous avons été,
Ça nous a permis d'être qui nous sommes vraiment.
Ne regrettons pas nos faux pas, nos actes manqués,
Ces souvenirs, mêmes tristes, sont le patchwork de notre tempérament.
Ne regrettons pas nos hésitations, nos maladresses,
Car elles ont forgé notre histoire, ce lien passé-présent.
Ne regrettons pas nos tentations, nos cœurs brisés,
L'erreur est humaine, acceptons-la, tout simplement.

Je prends la main de Pierre, il me sourit, et à ce moment précis, je me sens vraiment moi-même.

C'est là que je comprends vraiment.

Je suis amoureuse de Pierre.

C'était lui, ma chance à saisir.

C'est lui qui fait battre mon cœur.

Il est parfaitement imparfait pour moi.

Comme ce petit vase un peu fendu chiné chez le brocanteur…

Je profite d'un moment de calme dans la discussion pour leur demander :

— *Et si vous aviez la possibilité de revenir six mois en arrière dans votre vie, vous feriez quoi ?*

REMERCIEMENTS

Je vous l'avoue, la première chose que je fais avant de commencer un roman, c'est lire les remerciements. Pourquoi ? Aucune idée. Je suis pourtant certaine de ne pas y être nommée... J'aime, à travers ces dernières lignes, en savoir plus sur l'auteur, sur les personnes qui l'ont entouré pendant l'écriture, et sur sa sensibilité quant à sa vision de l'écriture. Vous êtes prêts ?

Je dois évidemment adresser mon premier remerciement à mes parents. Vous qui m'avez donné le goût de la lecture, de l'écriture, qui m'avez toujours soutenue dans mes choix, laissé être créative et (trop) imaginative. Vous qui n'arrivez pas toujours à me suivre ou à savoir ce que je fais dans la vie, merci !

Vous m'avez donné des ailes.

Merci à ma Cynthia Kafka, qui mérite un paragraphe à elle toute seule ! Mon binôme, ma siamoise, mon coup de boost journalier, je te dois tant. J'espère qu'on continuera longtemps à se motiver dans nos rêves d'écriture.

Merci à celles qui ont toujours cru en moi, qui ont lu mon manuscrit en avant-première alors qu'il n'était encore qu'un bébé roman. Morgane, Isabelle, vos remarques et vos conseils ont fait grandir mon histoire, vos réactions m'ont touchée et ont parsemé mes journées d'une bonne dose d'optimisme et de confiance en moi.

Merci également à tous ceux qui ont vu en moi une véritable romancière. Audrey, Marie-Angélique, Carine, Héloïse, Flavie, Charline, Marion, Lucie, et les autres, j'ai tellement dû vous saouler avec mes étapes d'écriture et mes essais de visuel (mais vous savez, la couverture d'un premier roman, c'est comme une robe que l'on porte à un premier rendez-vous, il ne faut pas se louper !).

Merci à mes filles de réussir à me faire croire chaque jour que je suis formidable.

Merci à mon chéri, qui, sans le vouloir, m'a inspiré le thème principal. Combien de fois j'ai souhaité ne jamais t'avoir rencontré ?! Oui, je suis certaine que vous qui lisez ces mots avez également imaginé un jour revenir en arrière et tout recommencer… Mais, chéri, si c'était à refaire, tu sais bien que je dirais « oui », tout comme il y a 16 ans !

Merci aux équipes Charleston, vous m'avez permis de croire à mes rêves à travers ce concours d'écriture, pour lequel j'ai fait partie des 5 finalistes. Grâce à vous, j'ai même réalisé mon rêve !

Danaé, ma gentille éditrice, tu as immédiatement compris le style de roman que je souhaitais écrire, et les sentiments que je voulais faire naître chez les lecteurs, j'espère pouvoir écrire encore et encore en ta compagnie.

Hélène, ma correctrice, tu as réussi à refaire une petite beauté à mes mots, à me conseiller sans me contrarier, à mettre en valeur certaines parties de mon histoire sans changer mon style.

La comédie romantique, le « feel-good », la « chicklit », appelez-ça comme vous le voulez, pour moi, c'est écrire la vie dans sa réalité, avec ses travers, ses futilités et ses situations cocasses que j'aime tellement ! J'aime lorsqu'un livre donne la pêche, qu'on le referme en prenant une bonne bouffée d'air.

Sophie Kinsella, Helen Fielding, Lauren Weisberg et toutes les autres femmes de talent qui écrivent des romans drôles et rafraîchissants m'ont inspirée dans mon style d'écriture. Alors merci. (Je sais qu'aucune d'entre vous ne lira ses mots, mais qui sait !)

Merci aux lectrices Charleston pour votre bienveillance. Vous engloutissez des kilos de livres tout au long de l'année, et vos mots avisés m'ont touchée.

Merci aux lecteurs de mon blog allomamandodo.com, qui me lisent et me suivent dans toutes mes aventures ! Depuis plus de 7 ans, j'aime vous faire partager des bribes de vie quotidienne, je m'adresse à vous comme à des amis, j'ose montrer la vraie vie des parents et vous déculpabiliser un maximum !

Et bien évidemment, merci à vous, lectrices et lecteurs, d'avoir acheté (ou emprunté !) ce roman (si vous l'avez volé, c'est mal !). Être choisie parmi tous les ouvrages présents dans une librairie est un honneur, et j'espère vous avoir fait passer un agréable moment (mais si vous aussi, vous lisez les remerciements avant le roman, vous ne pouvez pas savoir !).

Vos avis sur les réseaux, le bouche-à-oreille, vos petits mots sur les sites de lecture ou d'achat de livres sont tellement importants, ils vont porter mon livre et certainement ma carrière d'auteur (alors, soyez sympas, merci… Et ne dévoilez pas la fin !)

Je n'arrive pas à croire que cette histoire soit enfin entre vos mains, j'en suis à la fois fière et terrifiée.

Je vous dis alors à bientôt pour un deuxième roman…

Découvrez les lauréates du Prix du Livre Romantique

2016, Paris

Éva hérite d'une librairie dans le quartier de la Butte aux Cailles. Les exigences du vieux propriétaire avec lequel elle s'était liée d'amitié ? Que la librairie ne soit jamais vendue et qu'Éva y conserve un tableau représentant une jeune femme, penchée sur un carnet, aux pieds d'un acacia majestueux. Bientôt, elle se prend à imaginer la vie de la femme du tableau, Apollinariya Ivanovna Lubiova, une jeune aristocrate russe, vibrante de rêves et d'idéaux au coeur de l'été 1916.

Mais tandis que les mois passent, fiction et réalité semblent se confondre… Et si la librairie renfermait des mystères insoupçonnés ? Le voyage d'Éva à Saint-Pétersbourg pourrait-il l'aider à comprendre le lien étrange qui l'unit à Apollinariya ?

18,00 €
400 pages

Marseille, 2016

En démontant le faux plafond d'un hôtel, un ouvrier tombe sur une boîte contenant les souvenirs d'une vieille dame, Magdalena. Son arrière-petite-fille, Anaïs, tenancière du Café de l'Ensaïmada, une institution culinaire à Paris, décide alors de partir à la recherche de ses origines majorquines…

Majorque, 1935

Magdalena, jeune pâtissière, confectionne chaque jour des ensaïmadas, ces brioches majorquines entortillées et saupoudrées de sucre glace. Mais très vite, la guerre civile espagnole frappe aux portes de son village. Au péril de sa vie, Magdalena s'engage alors dans la résistance.

Entre Majorque et Marseille, deux destins de femmes bousculées par la Guerre d'Espagne et un secret de famille, mais unies par une même passion : la pâtisserie.

Au Sri Lanka, l'ancien Ceylan, Shemlaheila est cueilleuse de thé dans une plantation. Depuis dix ans déjà, elle ploie sous les lourds sacs de feuilles de thé et sous le joug des contremaîtres, mais, à l'aube de ses vingt ans, la jeune femme a d'autres rêves. Elle est bien décidée à partir, à échapper à la condition de celles qui, dans les théiers et dans les maisons, sont au service des hommes. Elle ne sera pas cueilleuse de thé toute sa vie, comme sa mère, comme toutes ces femmes asservies qui n'ont d'autres horizons que les interminables rangées de théiers...

Du Sri Lanka à Londres, à la découverte d'un pays complètement différent du sien, Shemla va découvrir une autre culture, d'autres personnes et surtout d'autres envies. La cueilleuse de thé qu'elle a toujours été choisira-t-elle de revenir au pays, ou de se créer une nouvelle vie ?

18,00 €
320 pages

Lola a été adoptée à l'âge de trois mois. Près de trente ans plus tard, elle travaille dans le salon de thé de ses parents, en attendant de trouver enfin le métier de ses rêves : libraire. Sa vie va basculer lorsqu'elle apprend que sa grand-mère biologique, qui vient de décéder, lui a légué un étrange héritage : une maison et son histoire dans le petit village d'Aubéry, à travers des lettres et des objets lui apprenant ses origines. Mais tous les habitants ne voient pas d'un bon œil cette étrangère, notamment Vincent, son cousin. Et il y a également le beau Jim, qui éveille en elle plus de sentiments qu'elle ne le voudrait...

Réveiller les secrets du passé lui permettra-t-il de se tourner vers son avenir ?

8,90 €
512 pages

Achevé d'imprimer en France
par CPI Bussière
À Saint-Amand-Montrond (18)
Dépôt légal : août 2019
N° d'impression : 2045734

Miranda J. Fox

Love and Fire

Stunde der Wahrheit
Teil 3

Erotischer Liebesroman

2. Auflage 2014

Covergestaltung

Alexander Kopainski

Lektorat

Claudia Buck

ISBN-13: **978-1494738020**
ISBN-10: **1494738023**

Besuchen Sie Miranda auf Facebook:

https://www.facebook.com/LoveandFireMirandaJ.Fox

Prolog

James sah dabei zu, wie Emma, die er soeben zu seiner Exfreundin erklärt hatte, sein Anwesen mit schnellen Schritten verließ. Am Beben ihrer Schultern konnte er sehen, wie sehr sie um Fassung rang. Er wartete, bis sie in ihr Auto gestiegen und davon gefahren war, dann schloss er die Tür und wandte sich Aubrey zu.

»Und? Hat sie es geschluckt?«, fragte diese und nahm ihre überkreuzten Beine vom Tisch. Sie zog ein letztes Mal an der Zigarette und blies den Rauch in kleinen Ringen zur Decke hinauf.

»Natürlich. Ich bin sehr überzeugend, schon vergessen?«, fragte James und lief zur Minibar, um sich Whiskey einzuschenken. Er exte das Glas in einem Zug und füllte es sofort nach.

»Sie hat nicht besonders viel Selbstbewusstsein, wenn sie sich so leicht abservieren lässt«, stellte Aubrey fest und

erhob sich. James warf ihr einen unfreundlichen Blick zu, den sie jedoch beflissen ignorierte.

»Ich werde mich dann mal umziehen«, verkündete sie und verschwand im Gästezimmer.

James antwortete nicht, sondern ließ sich auf das Sofa sinken und starrte ins Leere. Insgeheim war er froh, dass sich Emma so schnell überzeugen ließ. So hatte er ihren verzweifelten Blick nicht länger ertragen müssen.

Als Aubrey angezogen wiederkam, hatte James bereits das zweite Glas geleert. Aus den Augenwinkeln sah er, wie sie ihm einen langen Blick zuwarf, doch es war ihm egal. Der Alkohol betäubte bereits seine Sinne.

»Ich gehe jetzt. Leb wohl, James.« Sie schien auf eine Antwort zu warten, doch er beachtete sie immer noch nicht.

Als sie an der Tür war, drehte sie sich ein letztes Mal zu ihm um.

»Auch wenn es dir wahrscheinlich nichts bedeuten mag, aber es tut mir leid, sehr sogar.« Nun sah er doch auf, hatte aber nur ein knappes Nicken für sie übrig.

Aubrey nickte zurück, dann trat sie ins Freie und schloss die Tür hinter sich.

James starrte noch eine Weile auf die Stelle, an der sie eben noch gestanden hatte, dann stand er auf und schmetterte sein Glas mit voller Wucht an die Wand.

Kapitel 1

»Ach komm schon, Emma, jetzt zieh doch nicht so ein Gesicht. Ich traue mich ja gar nicht, von Mike zu sprechen«, sagte Rachel anklagend und stellte ihr Glas ab. Seit zwanzig Minuten schwärmte sie von ihrer neuen Flamme und wie gut er sich doch im Bett machte und Emma freute sich auch ehrlich für sie, dennoch schaffte sie es nicht, ihre Mundwinkel zu einem Lächeln anzuheben. Es war jetzt genau einen Monat und sechs Tage her, dass sie vor James' Haustür gestanden und sich all seine Gemeinheiten anhören musste.

Angefangen mit der Tatsache, dass er sie nur umworben hatte, um sie ins Bett zu kriegen. Dass er in Wirklichkeit in Aubrey verliebt war und wie dumm sie doch gewesen war, überhaupt auf ihn reinzufallen. Der Witz an der ganzen Sache war, dass sie James nur kennengelernt hatte, weil schon ihr voriger Freund fremdgegangen war. Daraufhin hatte

Rachel sie in einen Club geschleppt, um sie auf andere Gedanken zu bringen und dort hatte sie James kennengelernt.

»Ich erinnere mich noch sehr genau an das letzte Mal, als du mich ausgeführt hast und was daraus geworden ist. Entschuldige also, wenn ich nicht allzu begeistert bin«, antwortete Emma und kippte den dritten Tequila-Shot hinunter.

Normalerweise trank sie überhaupt keinen hochprozentigen Alkohol, schon allein deshalb, weil er ihr überhaupt nicht schmeckte, doch angesichts der Umstände machte sie nur allzugern eine Ausnahme. Und warum sollte sie ihre verletzten Gefühle nicht auch mal im Alkohol ertränken? Männer taten das ständig! Rachel machte eine wegwerfende Handbewegung.

»Wir sind in einer Cocktail-Bar, was soll hier schon passieren?

Und sollte dich doch jemand anbaggern, werde ich ihn für dich vergraulen, okay?« Als Emma nickend zustimmte, stießen sie an und exten das nächste Glas. Eine halbe Stunde und ein Sektglas später, begann sich Emmas Kopf allmählich zu drehen. Nach dem vierten Tequila war sie auf Sekt umgestiegen, weil sie

mit Rachel beim besten Willen nicht mithalten konnte. Und zugegeben, sich zu betrinken, war ja auch Sinn und Zweck des Ganzen gewesen, aber als ihr nun flau im Magen wurde, schob sie das Glas beiseite.

»Und du willst morgen wirklich nicht mitkommen?«, fragte Rachel zum gefühlt hundertsten Mal, doch Emma schüttelte auch diesmal den Kopf.

Ihre Freundin wollte sie unbedingt mit Mike bekanntmachen und zu dritt ins Kino gehen. Doch zurzeit liefen nur Dramen und Liebesfilme und die gehörten im Moment nicht zu ihren bevorzugten Genres. Wäre dagegen ein ordentlicher Thriller oder Horrorfilm dabei gewesen, hätte sie ohne zu zögern zugestimmt.

»Dein Problem ist, dass du dich immer in die Gutaussehenden verguckst«, predigte Rachel und biss von ihrem mit Käse überbackenen Nacho ab. Emma lachte und wollte ihre Freundin daran erinnern, dass *ihre* Männerauswahl demnach auch nicht die Beste war, als ihr Blick zufällig zur Eingangstür ging. Sie wusste nicht, warum sie in diesem Moment aufgeschaut hatte, aber als sie einen hochgewachsenen schwarzhaarigen Mann

eintreten sah, gefror ihr das Lächeln auf den Lippen.

»Hey, geht's dir gut?«, fragte Rachel, als sie Emmas Gesichtsausdruck sah.

»Du bist ja ganz blass.« Emma blinzelte und sah ihre Freundin hilflos an. Als Rachel erwartungsvoll die Brauen hob, deutete Emma zur Tür. Rachel folgte ihrem Blick und suchte den Eingangsbereich nach etwas Verdächtigem ab, konnte aber nichts Beunruhigendes entdecken.

»Was ist denn?« Doch Emma schüttelte den Kopf.

»Nichts, ich dachte, ich hätte jemanden gesehen. Für heute habe ich wohl genug getrunken«, wehrte sie ab und schob das halbvolle Glas beiseite. Rachel betrachtete Emma durch ihre Röntgenaugen, dann machte sich Erkenntnis in ihnen breit.

»Du meinst, du hast *ihn* gesehen!«

»Warum siehst du mich so vorwurfsvoll an?«, fragte Emma abwehrend, weil ihr der argwöhnische Blick nicht gefiel, mit dem ihre Freundin sie musterte.

»Ich kann doch nichts dafür.« Rachel seufzte und wandte sich noch einmal zur Tür. Emma nutzte die Gelegenheit, um ihre verschwitzten

Hände an der Hose abzuwischen. Gottseidank hatte sie ihn sich nur eingebildet, dachte Emma und schloss erleichtert die Augen. Sie hätte nicht gewusst, was sie sonst getan hätte.

Zwanzig Minuten später lief Emma mit einem flauen Gefühl im Magen zur Toilette und bahnte sich einen Weg durch die überfüllte Bar. Sie lief geradewegs auf die WC-Räume zu, als sie mit jemand zusammenstieß.

»Uff«, machte Emma und taumelte zurück. Doch bevor sie ins Straucheln geriet, wurde sie am Arm gepackt und in die Senkrechte zurückgezogen.

»'Tschuldigung«, sagte sie und schaute auf, als sie James vor sich stehen sah. *Das ist nicht wahr! Bitte lass es nicht wahr sein,* dachte sie und entzog ihm ihre Hand. Also hatte sie doch nicht halluziniert! Dort, wo er sie berührt hatte, pulsierte ihre Haut unangenehm. Es fühlte sich an, als hätte sie sich verbrannt. Sie umschloss die Stelle mit der Hand und sah mit einer Mischung aus Verachtung und Entsetzen zu ihm auf.

Es war erst einen Moment her, dass sie ihn gesehen hatte, doch es kam ihr vor, als sehe sie seine dichten schwarzen Haare, die dunklen intelligenten Augen und seine

elegante Kleidung zum ersten Mal. Sein Aussehen, und dafür hasste sie ihn nur umso mehr, traf sie wie ein Schlag. Als wollte das Schicksal sie mit dem verhöhnen, was sie niemals würde haben können.

Sie machte einen Schritt zurück und registrierte, wie ihr Herz verräterisch zu hüpfen begann. *Nach allem, was er dir angetan hat, schlägst du auch noch aufgeregt?*, dachte sie verächtlich und versuchte es mit bloßer Willenskraft zur Ruhe zu zwingen – natürlich erfolglos. Emma hatte sich schon unzählige Male ausgemalt, was sie ihm an den Kopf werfen würde, sollte sie ihm jemals wieder begegnen. Sie hatte mit dem Gedanken gespielt, ihm eine Ohrfeige zu verpassen, ihm zwischen die Beine zu treten und sogar anzubrüllen, doch als sich ihr Magen nun mit einem Ruck umdrehte, konnte sie nur eines tun. Sie brach vor ihm in die Knie und übergab sich direkt vor seinen schicken schwarzen Schuhen. *Oh mein Gott! Das ist nicht passiert! Das muss ein Traum sein!*, dachte sie schockiert. Das musste einer sein. Andernfalls hätte sie gerade dem Mann, der sie von vorne bis hinten belogen hatte, auf die Füße gekotzt!

Emma war starr vor Entsetzen, konnte sich weder bewegen noch aufblicken.

Sie überlegte fieberhaft, was sie tun sollte, musste ihm aber zugute halten, dass er nicht angeekelt zur Seite sprang oder eine abfällige Bemerkung machte. Stattdessen tat er etwas ganz anders. Sie spürte, wie sich zwei starke Hände unter ihre Achseln schoben und aufhoben.

Dann wurde die Tür zur Damentoilette aufgestoßen und Emma hineingeführt. Hätte sie noch ein Fünkchen Kraft besessen, hätte sie sich aus seinem Griff befreit oder zumindest gesagt, er solle verschwinden, doch alles, was sie von sich geben konnte, waren unregelmäßige Atemstöße. Ihre Beine fühlten sich kraftlos an und hätte James sie nicht gehalten, hätte sie keinen Fuß vor den anderen setzen können. Er dirigierte sie in eine Kabine und setzte sie auf einem Toilettendeckel ab. Dann nahm er mehrere Tücher aus dem Spender, feuchtete sie mit kaltem Wasser an und legte sie ihr auf die Stirn. Ein weiteres Tuch reichte er ihr, um ihren Mund zu säubern. Als sich ihr Atem allmählich beruhigte, schaute sie vorsichtig zu ihm auf und suchte nach einer Regung wie

Spott, Mitleid oder sogar Verachtung in seinem Gesicht. Doch seine Miene war verschlossener als ein Stein. Sie seufzte, lehnte ihren Kopf an die Wand und ließ ihren Blick über sein teures Outfit wandern. Dann strich sie sich die verklebten Haarsträhnen von der nassen Stirn und beobachtete, wie er seine Schuhe säuberte.

»Ich hol dir ein Glas Wasser«, sagte er schließlich und verließ die Toilettenräume. Emma betete, dass er niemals wiederkommen möge und alles nur ein Alptraum wäre. Vielleicht hatte sie ja so viel getrunken, dass Rachel sie nach Hause gebracht hatte und sie war gerade dabei ihren Rausch auszuschlafen? Wenn sie Alkohol konsumierte, hatte sie immer die verrücktesten Träume.

Sie versuchte aufzustehen und zum Waschbecken zu laufen, um sich den Mund auszuspülen, doch ihre Beine wollten sie einfach nicht tragen. James kam wie versprochen mit einem Glas Wasser wieder, das er auf den Waschbeckenrand stellte. Dann lief er zu ihr und packte sie an der Taille, um ihr aufzuhelfen.

Emma ließ es gezwungenermaßen zu und hielt sich schließlich am Waschbecken fest,

um sich den Mund zu säubern. Aus den Augenwinkeln sah sie, dass er sie beobachtete und als sie fertig war, fischte sie einen Kaugummi aus der Handtasche und stopfte ihn sich in den Mund.

»Was machst du hier?«, fragte sie und betrachtete sich im Spiegel. Dabei war sie bemüht, den Blick auf ihr Gesicht zu halten.

»Oder ist das etwa *dein* Club?« Da sie das letzte Mal auch in einem seiner Clubs gelandet war, konnte es ja sein, dass ihm dieser hier auch gehörte.

In diesem Fall wäre es zumindest nicht verwunderlich, dass sie ihm über den Weg lief. Doch irgendwie glaubte sie das nicht. Entgegen ihres Vorhabens schaute sie doch zu ihm auf und für einen Moment sah es so aus, als würde er lächeln. Doch sein Mund blieb zu einer harten Linie verzogen.

»Ich bin verabredet«, sagte er nur, was Emma ein bitteres Schnauben entlockte.

»Oh Mann, das will ich gar nicht wissen, glaub mir.« Sie legte sich die Handtasche um und lief zur Tür, als sich eine Hand auf ihren Arm legte. Sofort wirbelte sie herum und verpasste ihm eine Ohrfeige, die an den nackten Wänden widerhallte.

»Fass mich nie wieder an«, presste sie hervor und schaute ihn aus tränenverschleierten Augen an. Doch anders als er vielleicht dachte, waren es keine Trauertränen, sondern Tränen der Wut. James ließ sie augenblicklich los und maß sie mit einem undefinierbaren Ausdruck in den Augen. Sie schienen zu funkeln, nur konnte sie nicht sagen weswegen.

Er wollte etwas sagen, als Rachel in diesem Moment hereingestürmt kam.

»Emma, geht's dir gut? Man hat mir gesagt …« Sie verstummte, als sie James erblickte. Ihr Gesichtsausdruck verwandelte sich von Überraschung in Unglauben und schließlich in Wut.

»Du!«, sagte sie mit erhobener Stimme und machte zwei Schritte auf ihn zu. Emma konnte sehen, wie sich sein Körper anspannte, als mache er sich auf den nächsten Schlag bereit und für einen Moment dachte sie wirklich, Rachel würde sich auf ihn stürzen.

Doch dann packte sie Emma am Arm und zog sie aus den Räumlichkeiten. Als sie die Bar zwei Minuten später verlassen hatten und in die kühle Nacht traten, sagte Rachel:

»Ich glaub es einfach nicht. Was hat er hier verloren?« Emma zuckte die Schulter.

»Er sagte, er hätte eine Verabredung.« Rachel schaute sie anklagend an.

»Du hast mit ihm gesprochen?«

»Ich habe ihm auf die Füße gekotzt und er hat mich wieder aufgepäppelt«, erklärte sie.

»Du hast was?«, fragte Rachel entgeistert. »Wenn du mich nicht abgefüllt hättest, wäre das gar nicht erst passiert«, verteidigte sie sich.

»Außerdem habe ich ihm eine Ohrfeige verpasst«, fügte sie hinzu, was ihre Freundin etwas besänftigte.

»Ich kann nicht glauben, dass er ausgerechnet hierherkommt. Das kann doch kein Zufall sein«, sagte Rachel, als sie die Straße entlangliefen. »Glaub mir, ich kann's selbst kaum glauben«, antwortete Emma und schlang ihren Schal enger um den Hals.

»Hat er dich belästigt oder dir was getan?«, fragte ihre Freundin irgendwann. »Nein«, sagte Emma nachdrücklich und fasste sich kopfschüttelnd an die Stirn.

»Ich kann einfach nicht glauben, dass das passiert ist. Ich meine, wie peinlich kann man sich eigentlich machen?« Sie sahen sich beide an und brachen dann in schallendes Gelächter aus.

Kapitel 2

Eine Woche später hatte sich Emma allmählich von den unglücklichen Ereignissen in der Bar erholt und konnte sich sogar auf etwas freuen: Denn heute würde sie den neuen Praktikanten kennenlernen, von dem sie hoffte, dass er nicht so eine Schlaftablette war wie seine Vorgängerin. Seitdem Gordan in eine andere Abteilung versetzt wurde, fehlte ihr die nötige Unterhaltung, die sie von James ablenkte.

Denn die täglichen Anweisungen, die Annabell ihr gab, konnte man wohl kaum als solche bezeichnen und mit ihren anderen Kolleginnen verstand sie sich nicht sonderlich. Sie zog ihre Arbeitskleidung an, schloss den Spind ab und lief in das Büro ihrer Chefin, wo man schon auf sie wartete.

»Endlich«, sagte Annabell ungeduldig, als Emma eintrat und zog sie zu einem blonden jungen Mann heran, der ihr die Hand entgegenstreckte. Emma schätzte ihn auf zwanzig Jahre, vielleicht sogar jünger. Er war der typische Sonnyboy, den man als Teenager angehimmelt hätte. Blonde strähnige Haare, die zu einer coolen Surferfrisur gestylt waren, leuchtend blaue Augen und einen schlanken, aber harten Körper. Er war nur wenige Zentimeter größer als sie und trug eine ärmellose Sweatjacke, so dass sie seine schlanken sehnigen Arme sehen konnte. Er war genau das Gegenteil von James, stellte sie unwillkürlich fest.

»Hi, ich bin Ryan«, stellte er sich mit einem festen Händedruck vor.

»Emma«, antwortete sie und erwiderte die Begrüßung. Dabei sah sie ihm fest in die Augen und konnte nicht umhin, zuzugeben, dass sie etwas Magisches an sich hatten. Als sähe man in einen strahlend blauen Ozean. Er sah zwar nicht so gut aus wie James, wer sah das schon?, aber sein frisches Lächeln und diese faszinierenden Augen machten ihn durchaus attraktiv. *Verdammt. Würdest du wohl*

aufhören, jeden Mann, dem du begegnest, mit James zu vergleichen?, schalt sie sich in Gedanken.

»Emma wird dich herumführen und dir alles erklären«, sagte Annabelll und winkte die beiden ungeduldig fort.

»Ihr habt eine Stunde.« Damit wandte sie sich ihren Unterlagen zu und bedeutete ihnen mit einer herrischen Handbewegung, die Tür hinter sich zu schließen.

»Sie ist sehr eigen, im Grunde aber ganz nett«, sagte Emma, kaum dass sie die Chefetage hinter sich gelassen hatten. Sie wusste noch, wie sie am Anfang mit Annabells Art gehadert hatte und fühlte sich deshalb verpflichtet, den Neuen vorzuwarnen. Er lachte und sah dabei sehr jugendlich aus.

»Ich weiß. Ist meistens so.« Sie zeigte ihm die Meeting Räume der zweiten Etage, die Küche und die unteren Büros. Irgendwann fragte sie:

»Wie alt bist du?«

»Achtzehn, wieso?« Ein leichtes Lächeln umspielte seine Lippen, als freue es ihn, dass sie sich für sein Alter interessierte. Sie zuckte die Schultern.

»Ist nett, zur Abwechslung mal einen jüngeren Praktikanten zu haben.« Jetzt wurde sein Lächeln eine Spur überlegen.

»Glaub aber nicht, dass du deswegen auf mir herumhacken kannst.« Sie lachte.

»Keine Sorge. Du wirst sehen, dass ich eine sehr nette Arbeitskollegin bin.« Nachdem sie ihren Rundgang beendet hatten, wies Annabell ihnen drei große Stapel Unterlagen zu, die einsortiert werden mussten. Danach arbeitete Emma ihren neuen Kollegen in die Kundentelefonie ein. Ryan war intelligent und witzig und für sein Alter sehr reif.

Sie unterhielten sich über aktuelle Tagesthemen, alberten herum und verbrachten die Pause zusammen. Und als Emma Feierabend gemacht hatte und nach Hause kam, hatte sie seit Wochen wieder ein Lächeln im Gesicht.

Auch die nächsten Tage verbrachte Emma damit, Ryan einzuweisen und sie musste feststellen, dass sie sich wunderbar mit ihm verstand. Sogar Rachel blieb ihre frohmütige Art nicht lange unbemerkt und so ließ sie es sich nicht nehmen, Emma in der zweiten Woche nach der Arbeit abzuholen und Ryan einem Scan zu unterziehen.

»Er ist sexy und so jung und knackig«, sagte sie augenzwinkernd, als sie im Café um die Ecke saßen.

»Außerdem schüchtert er dich nicht so ein, ist bodenständig, witzig und auf deiner Wellenlänge.«

»Na schönen Dank auch«, sagte Emma daraufhin beleidigt. Rachel lachte.

»Du weißt, was ich meine. James hat doch in einer völlig anderen Welt gelebt. Und wenn dir die Dutzend Vorteile, die ich dir gerade aufgezählt habe, immer noch nicht genügen, dann wohl hoffentlich die Tatsache, dass er dich von vorne bis hinten belogen hat.«

»Ich sag ja gar nicht, dass ich ihn zurück will. Nur ist Ryan viel zu jung und außerdem ist eine Beziehung das Letzte, was ich gerade im Sinn habe - genauso wie ein sexuelles Abenteuer«, fügte sie hinzu, als ihr Rachel ein verschmitztes Grinsen schenkte.

»Im Ernst, keine romantischen Verkupplungsversuche«, warnte Emma ihre Freundin. Rachel hob abwehrend die Hände, grinste aber.

»Nichts lag mir ferner. Übrigens geh ich am Wochenende mit meinen Arbeitskolleginnen feiern und du bist natürlich herzlich

eingeladen.« Sie zeigte mit dem Löffel auf Emma, so dass es mehr einer Drohung als einer Einladung gleichkam.

»Ich muss arbeiten«, antwortete Emma und nahm einen Schluck von ihrem dampfenden Kakao.

»Sicher? Es werden gutgebaute Tänzer da sein«, versuchte Rachel sie zu locken.

»Ich kann nicht. Lisa ist krank geworden und ich muss einspringen.« Resigniert hob Rachel die Schultern und aß weiter. Eine halbe Stunde später verabschiedeten sie sich und fuhren nach Hause. Vorher ging Emma allerdings noch Lebensmittel einkaufen, um ihren gähnend leeren Kühlschrank zu füllen. Zuhause angekommen, verstaute sie ihren Einkauf und hängte die Wäsche auf. Danach ließ sie sich erschöpft auf das Sofa fallen und schaltete den Fernseher ein.

Die restliche Woche verging schnell. Und auch wenn sich ab und an noch unschöne Gedanken an James in ihren Kopf schlichen, verdrängten doch die lustigen Arbeitstage mit Ryan, den sie von Tag zu Tag mehr mochte, ihre trüben Gedanken. Es war Freitagabend und Emma machte sich gerade bettfertig, als ihr Handy klingelte. Es war Rachel.

»Nein, ich komme nicht mit«, sagte Emma, bevor Rachel etwas sagen konnte. Auch die letzten Tage hatte ihre Freundin sie zum Feiern überreden wollen, doch nachdem Emma für ihre kranke Arbeitskollegin eingesprungen war, war sie nun zu erschöpft, um tanzen zu gehen.

»Rachel?«, fragte Emma, als niemand antwortete. Schniefen, gefolgt von einem erstickten Schluchzen.

»Rachel, alles in Ordnung?«, fragte Emma und richtete sich kerzengerade auf.

»Er hat mich betrogen«, sagte ihre Freundin erstickt und schnaubte sich die Nase.

»Was?«, fragte Emma entsetzt.

»Mike? Aber ihr ... du ...«, Emma wusste nicht, was sie sagen sollte. Vor zwei Tagen hatte sie doch noch so glücklich gewirkt und nun sollte er sie betrogen haben?

»Wie?«, fragte Emma, nun gefasster. War denn neuerdings niemand mehr vor untreuen Seelen sicher?

»Ich hab mit meinen Arbeitskolleginnen getanzt und war gerade auf dem Weg zur Bar, als ich ihn knutschend in der Ecke erwischt habe.« Sie lachte freudlos.

»Heute Morgen hat er beteuert, dass er arbeiten müsse und deshalb nicht mitkommen kann. Ist das nicht ein riesen Witz?« Emma fasste sich an die Stirn. Das konnte doch alles nicht wahr sein!

»In welchem Club bist du? Ich hol dich ab«, sagte Emma und wälzte sich aus dem Bett.

»Noch dort. Ich hab mich im Klo eingeschlossen«, antwortete sie verschnupft. »Und in welchem Club?«

»Sag ich nicht.« Emma atmete tief durch.

»Rachel!«, doch Rachel unterbrach sie. »Glaubst du, ich will jetzt nach Hause und mich in den Schlaf weinen? Das überlasse ich dir. Was ich jetzt brauche, ist Alkohol - mehr Alkohol.« Bei ihren Worten verspürte Emma einen Stich, doch sie war ihrer Freundin nicht böse. Rachel war gerade sehr aufgelöst und betrunken noch dazu, wie ihr Lallen deutlich zeigte. Sie hatte es sicher nicht so gemeint.

»Dann sag mir, wo du bist und wir trinken zusammen«, log Emma. Sie würde ihre Freundin eigenhändig aus dem Club zerren, wenn es nötig war, aber alleine lassen würde sie sie nicht – nicht in diesem Zustand.

»Vergiss es. Ich werde mir meinen Abend nicht von diesem Arsch versauen lassen. Ich gehe mich jetzt amüsieren.« Emma seufzte.

»Aber du machst doch keinen Blödsinn, oder?«

»Nicht mehr als sonst«, scherzte Rachel.

»Ich werde mich sinnlos betrinken und dann nach Hause fahren lassen. Bis dann.«

»Bis dann«, sagte Emma, doch Rachel hatte bereits aufgelegt. Sie legte das Handy auf den Nachttisch, ließ sich erschöpft ins Bett fallen und dachte daran, wie grausam das Leben doch sein konnte.

Rachel hatte, was Beziehungen anging, bisher genauso wenig Glück wie Emma gehabt und wie sie vor kurzem mit James, hatte Rachel geglaubt, endlich jemand Aufrichtigen gefunden zu haben.

Was machten sie beide eigentlich falsch, dass sie immer an die Lügner gerieten? Und wieso konnte sie nicht genauso darüber hinwegkommen wie Rachel?

Rachel würde jetzt etwa einen Monat lang feiern gehen, sich sinnlos betrinken und schließlich einen neuen suchen.

Emma dagegen schwamm immer noch in einem See aus Trauer, Wut und Demütigung umher.

Am liebsten hätte sie sich eine Scheibe von Rachel abgeschnitten, doch sie konnte einfach nicht – noch nicht. James‘ Verrat nagte einfach zu sehr an ihr.

Kapitel 3

Als ihr Handy in dieser Nacht ein weiteres Mal klingelte, schreckte Emma hoch. Ein Blick aus dem Fenster zeigte ihr, dass der Himmel noch dunkel war. Instinktiv wusste sie aber, dass sie schon einige Stunden geschlafen hatte.

»Rachel!«, murmelte sie genervt und klappte das Handy auf.

»Was hast du jetzt wieder angestellt?« Doch zu ihrer Verwunderung leuchtete eine ihr unbekannte Nummer auf dem Display auf.

»Emma«, erklang James‘ Stimme und sie konnte nicht sagen, welches Gefühl in diesem Moment überwog. So viele Gedanken und Fragen wirbelten ihr durch den Kopf. Wollte er sich entschuldigen? Hatte er sich verwählt? Wollte er sie verhöhnen oder ihr gar seine beschmutzten Schuhe in Rechnung stellen?

»Emma?«, wiederholte er, als sie nicht antwortete. Sie räusperte sich.

»Äh ...ja, was gibt's?« Sie versuchte, ihre Stimme so gleichgültig wie möglich klingen zu lassen. Tatsächlich zitterte sie aber und ihr Herz machte einen aufgeregten Hüpfer.

»Es geht um Rachel. Sie steht betrunken vor meiner Haustür und schreit mich an. Sie hat sogar mit einer Flasche nach mir geworfen.«

»Was? Das … ist ein Scherz oder?«, fragte Emma und sprang auf.

»Es ist zwei Uhr morgens. Ich bin also nicht gerade zum Scherzen aufgelegt«, sagte er nur. Und so wie er klang, glaubte sie ihm auch.

»Wie ist sie zu dir gekommen?«

»Sie ist betrunken Auto gefahren.«

»Rachel«, stöhnte Emma und fasste sich an die Stirn.

»Könntest du sie bitte abholen? Ich habe einen langen Tag hinter mir und würde gern weiterschlafen.«

»Äh ... was?«, fragte sie und wäre beinahe aus dem Bett gefallen. Sie sollte zu ihm? Nach Hause?

»Kannst du ihr nicht ein Taxi rufen?«, fragte Emma flehend. Denn sie war alles andere als erpicht darauf, James wiederzusehen. Um genau zu sein, wollte sie ihm nie wieder unter die Augen treten.

»Sie will das Grundstück nicht verlassen und wird hysterisch, wenn ich sie anfasse. Und ich habe keine große Lust, wegen körperlicher Belästigung angezeigt zu werden, denn genau das hat sie mir angedroht. Und bevor ich die Polizei rufe, dachte ich mir, lasse ich sie von dir abholen.« Seine Stimme klang weder verärgert noch belustigt, so dass sie nicht sagen konnte, was er wirklich dachte. Er klang einfach nur schrecklich gleichgültig. Sie seufzte.

»Okay, ich bin unterwegs.« Sie würde Rachel umbringen, sobald sie sie in die Finger bekam!

***

Zwei Minuten später schlüpfte sie in ihre Hauslatschen, schnappte sich den Autoschlüssel und verließ ihre Wohnung. Sie trug ihre alte Jogginghose, ein unendlich ausgeleiertes Shirt und zerfledderte Latschen. Die Haare hatte sie zu einem zotteligen Dutt geknotet. Die Zeiten, da sie sich für James schick gemacht hatte, waren vorbei. Er sollte ruhig sehen, dass es sie nicht mehr interessierte, was er von ihrem Aussehen hielt! Die ganze Fahrt über fragte sie sich, ob es

eigentlich noch schlimmer kommen konnte? Erst servierte James sie ab, dann kotzte sie ihm auf die Füße und nun musste sie mitten in der Nacht zu ihm fahren.

Und was war nur mit Rachel los? Wie konnte sie so verantwortungslos sein und betrunken Auto fahren? Was, wenn sie einen Unfall gebaut hätte, was, wenn sie gestorben wäre? Offenbar musste Emma ihrer Freundin mal ganz dringend die Leviten lesen! Zuerst einmal galt es aber, ihrem größten Alptraum entgegentreten. Gott, das Schicksal war wirklich grausam zu ihr. Das Taxi hielt direkt neben Rachels Wagen, der unmöglich in der Einfahrt geparkt war. Sie bedankte sich, stellte Rachel im Geiste eine Rechnung und lief mit schnellen Schritten den Garten entlang. Je schneller sie es hinter sich brachte, desto eher war sie wieder in ihrem Bett.

Und dann würde James hoffentlich endgültig aus ihrem Leben verschwinden.

So ungern sie aber auch hier war, sie musste zugeben, dass sein Vorgarten noch genauso schön war, wie sie ihn in Erinnerung hatte. Auch nachts verlor das gewaltige Anwesen nichts von seinem Glanz, im Gegenteil: Die beleuchteten Hecken und das im Mondlicht

glitzernde Wasser des Brunnens ließen die Umgebung noch königlicher wirken. Und königlich lebte James allemal. Doch der wunderschöne Anblick konnte sie nicht von dem flauen Gefühl im Magen ablenken. Denn war Emma zu Beginn der Fahrt noch zuversichtlich gewesen, sank ihre Entschlossenheit nun mit jedem weiteren Schritt.

Es war nicht gut, hier zu sein, dieser Ort weckte böse Erinnerungen. Als sie die Haustür erreicht hatte, brauchte sie drei Anläufe, um zu klingeln. Sie spielte sich nervös an den Fingern herum und wünschte sich an jedem anderen Ort, nur nicht an diesem. Sie hörte Schritte hinter der Tür und räusperte sich ein letztes Mal, dann setzte sie eine gleichgültige Miene auf und fragte, kaum dass er die Tür geöffnet hatte:

»Wo ist sie?« Sie sah ihm fest in die Augen und suchte nach Anzeichen von Belustigung wegen ihres Outfits.

Sie glaubte, etwas in seinem Blick flackern zu sehen, konnte aber nicht sagen, was es war. James hielt ihr die Tür auf und deutete auf die Couch.

»Sie schläft.« Er machte eine einladende Geste, doch Emma verharrte auf der Türschwelle.

»Bist du sicher, dass ich reinkommen soll? Nicht, dass ich wieder eine halbnackte Frau erschrecke.« Kaum hatte sie die Worte ausgesprochen, bereute sie sie auch schon. Sie wollte nicht, dass er dachte, sie sei gekränkt. Diese Genugtuung wollte sie ihm nicht geben. Doch er maß sie mit einem lieblosen Blick.

»Ich bin allein, du kannst reinkommen.« Emma nickte und lief an ihm vorbei ins Wohnzimmer.

Der cremefarbene Marmor, der von den Wänden über den Boden floss, glänzte wie eh und je. Auch die dunkelbraunen Möbel waren keinen Zentimeter verrückt worden und die komplett verglaste Fensterfront gab einen wunderbaren Blick auf den Hintergarten. Als sie Rachel mit einer Decke umwickelt auf dem Sofa liegen sah, schloss Emma einen Moment die Augen. Wie konnte jemand, der sich so rührend um eine Fremde kümmerte, nur so ein Mistkerl sein?

»Ich habe sie draußen stehen lassen, nachdem du aufgelegt hast. Und als ich zehn Minuten später nach ihr geschaut habe, lag sie auf dem

Boden.« Emma zwang sich, ihn anzusehen und brachte die nächsten Worte nur mit Mühe raus.

»Das ... war nett von dir.« Nett von ihm? Da gab es dutzende Beleidigungen, die sie ihm lieber an den Kopf geworfen hätte. Stattdessen war sie ihm zu Dank verpflichtet, weil er sich so rührend um ihre Freundin kümmerte. Das war wirklich nicht fair! Verwirrt von dem Gefühlschaos in ihrem Innern, lief sie zum Sofa, indem sie vor einem Monat noch selbst gelegen hatte und strich ihrer Freundin behutsam über den Kopf. Wenn Rachel einmal eingeschlafen war, war es eigentlich unmöglich, sie aufzuwecken - vor allem, wenn sie betrunken war. Dennoch rüttelte Emma an ihrer Schulter.

»Rachel, wach auf. Ich bin's, Emma.« Doch wie erwartet rührte sie sich keinen Zentimeter.

»Rachel!«, sagte Emma mit Nachdruck. Nichts.

»Sicher, dass es ihr gut geht?«, fragte James und trat näher an das Sofa. Er klang ehrlich besorgt, doch Emma konnte ihn beruhigen. Sie kannte ihre Freundin.

»Keine Sorge. Wenn sie getrunken hat, schläft sie wie ein Stein«, sagte Emma und

drehte sich mit einem Lächeln zu ihm um. Doch als sie sich besann, mit wem sie da gerade sprach, erstarb es auf ihren Lippen. James schenkte ihr einen unergründlichen Blick und ging dann zur Minibar, um sich einen Drink einzuschenken. Dann setzte er sich ihnen gegenüber und nippte an seinem Glas.

»Dann sollte sie hier bleiben und ihren Rausch ausschlafen«, schlug er vor. Emma klappte beinahe die Kinnlade runter.

»Auf keinen Fall! Ich lass sie doch nicht alleine hier.«

»Dann bleib. Ihr könntet zusammen auf dem Sofa schlafen. Entsprechend gekleidet bist du ja bereits«, antwortete er achselzuckend. Konnte es sein, dass er hinter seinem Glas ein Lächeln verbarg?

»Das soll ja wohl ein Witz sein«, sagte Emma und starrte ihn fassungslos an. Wie konnte er es wagen, sich ihr gegenüberzustellen und Witze zu reißen? Nach allem, was er ihr angetan hatte? Sie rüttelte erneut an Rachels Schulter, diesmal ungeduldiger und grober, doch diese gab nur ein Grunzen von sich und schlief weiter.

»Rachel Thornton!«, rief Emma ungeduldig. Sie musste hier raus. Sie konnte James Anblick keine Sekunde länger ertragen. Da wachte Rachel endlich auf.

»Ich glaube, ich muss mich übergeben«, nuschelte sie und versuchte vom Sofa aufzustehen. Emma half ihr dabei, als James aufsprang und sie ihr abnahm.

»Ich mach das schon«, sagte er und brachte Rachel in die zweite Etage, ins Bad. Ob er dabei an ihr Wohlbefinden oder sein teures Sofa dachte, sei einmal dahingestellt. Auf jeden Fall war sie ihm dankbar für die Hilfe. Emma folgte ihnen und sah ihrer Freundin besorgt hinterher.

Dann stieß James die Badtür auf und schaffte es geradeso, ihren Kopf über die Toilettenschüssel zu beugen, als sie sich auch schon übergab.

»Ich mach das schon«, sagte Emma und schob ihn vorsichtig beiseite. Rachel würde bestimmt nicht wollen, dass sich ausgerechnet James um sie kümmerte.

»Wenn sie irgendwas braucht, ich bin unten«, sagte er. Emma nickte, doch da war er schon verschwunden.

»Sag mir bitte, dass wir bei dir zu Hause sind«, sagte Rachel mit schwacher Stimme. Emma seufzte.

»Wir sind bei James.«

»Oh Gott«, stöhnte sie und beugte sich wieder über die Schüssel.

»Bitte bring mich um.«

Nachdem Rachel alles rausgelassen hatte, machte Emma das Fenster auf und sorgte für frische Luft. Dann nahm sie Zahnpasta aus dem Badschrank und reichte sie ihr. Als sie merkte, wie selbstverständlich es noch für sie war, sich in seinem Bad zu bedienen, stockte sie. Hätte sie James vorher fragen sollen?

Andererseits war es sicher auch in seinem Interesse, dass Rachel einen frischen Atem hatte. Während Emma die Toilette säuberte, legte Rachel ihren Kopf auf den weichen Teppichboden und schloss die Augen. Als Emma fertig war und sich zu ihr umdrehte, war sie eingeschlafen. Emma schloss einen Moment die Augen, dann schlich sie die Treppe hinunter. James saß auf dem Sofa und schaute fern. Das Whiskeyglas hing lustlos in seiner Hand und baumelte neben der Sofalehne.

Wenn er nicht aufpasste, würde er das Getränk noch auf dem teuren Stoff verschütten. *Was interessiert mich das überhaupt? Von mir aus soll sein ganzes Haus abfackeln!*, schalt sie sich in Gedanken. Als sie neben dem Fernseher stehenblieb, blickte er auf. Er wirkte müde, seine Augen schlugen dunkle Schatten und er machte den Eindruck, als wäre er sehr in den Film vertieft gewesen. Vielleicht war er aber auch nur kurz vor dem Einschlafen.

»Sie schläft«, sagte Emma und klang, als wäre es seine Schuld.

»Soll ich sie runterholen?«, fragte er und stellte sein Glas ab. Doch Emma schüttelte den Kopf.

»Wenn wir sie jetzt aufwecken, wird sie sich höchstwahrscheinlich wieder übergeben. Das tut sie immer. Lassen wir sie schlafen. Aber ich könnte eine Decke und ein Kissen gebrauchen.« Er nickte und stand auf, um das Bettzeug zu holen. Einen Augenblick später reichte er es ihr und setzte sich wieder vor den Fernseher. Emma bedankte sich und lief nach oben, um Rachel ordentlich einzubetten.

Als sie Minuten später die Treppe runterkam, maß er sie mit einem unergründlichen Blick.

Da er ihr aber unangenehm war und sie es vermeiden wollte, ihm länger als nötig in die Augen zu sehen, setzte sie sich kurzerhand neben ihn.

Wie konnte er nur so ruhig dasitzen und ihr in die Augen schauen? Hatte er vergessen, was er ihr an den Kopf geworfen hatte? Was er ihr angetan hatte? Sie setzte sich so weit weg, wie es das Sofa zuließ und war froh, dass es so riesig war.

Doch sie hätte sich keine Mühe machen brauchen, denn kaum hatte sie sich hingesetzt, erhob er sich auch schon.

»Also, ich geh dann schlafen. Wenn irgendetwas ist, ich bin in meinem Zimmer.« Sie nickte, wandte den Blick aber nicht vom Fernseher ab.

Und als James endlich in seinem Zimmer verschwand, war es, als wäre ein ungeheurer Druck von ihr genommen.

Sie atmete erleichtert auf und betete, dass die Nacht schnell vorüber sein würde.

Dann kuschelte sie sich tiefer in ihren flauschigen Pullover ein und schloss die Augen.

Kapitel 4

Etwas brannte unangenehm auf ihrer Wange und riss sie Stück für Stück aus dem Schlaf. In ihrem Traum war sie nachts in James Zimmer gegangen und hatte ihm jegliche Gemeinheiten an den Kopf geworfen, die ihr eingefallen waren. Es war ein befriedigender Traum gewesen, vor allem, weil sie ihn nach seiner gestrigen Wohltat nie so dermaßen mehr hätte beschimpfen können. Gut, am Ende war sie in seinem Bett gelandet und hatte wilden Sex gehabt - befriedigend also auf mehreren Ebenen.

Doch zum Glück war es nur ein Traum gewesen, weswegen sie sich nicht einmal dafür schämen musste. Manchmal träumte man eben die verrücktesten Dinge. Emma betastete ihre glühende Wange und lächelte träge. Ein schmaler Sonnenstrahl hatte sich durch eine Lücke der Vorhänge gedrängt und erwärmte ihr Gesicht. Sie hatte ganz

vergessen, wie ruhig und gemütlich es hier draußen war.

Ganz anders als mitten in der Stadt und an einer lauten Hauptstraße zu wohnen. Wenn sie dort die Fenster aufmachte, kamen die Abgase in dicken Wolken zu ihr hereingedrängt – zumindest kam es ihr manchmal so vor.

Hier wurde man von Blätterrauschen und Vogelgezwitscher geweckt. Sie wurde vollends wach, zog die schweren Vorhänge beiseite, so dass der Raum lichtgeflutet wurde und sah sich um. Der Fernseher war ausgeschaltet und ihr Körper in eine Wolldecke eingepackt. *James*, war ihr erster Gedanke. Doch dann sah sie den feuchten Boden und die Sonnenstrahlen in Form von glitzernden Diamanten darin widerspiegeln. Außerdem hing ein blumiger Reinigungsduft in der Luft. Das musste das Werk von Valentina, der Haushälterin, sein. Emma lauschte, konnte sie aber nirgends rumhantieren hören. Um auf dem frisch gewischten Boden keine Fußspuren zu hinterlassen, wartete sie, bis er getrocknet war, was sie geschlagene zehn Minuten kostete. Dann lief sie in die offene Küche und goss sich ein Glas Wasser ein. Sie

trank es aus und stieg die Treppe hinauf, um Rachel zu holen.

Doch als sie die Badezimmertür öffnete, war Rachel verschwunden. Emma lief ins Erdgeschoss zurück und sah sich noch einmal um, doch auch hier war keine Menschenseele. Hm, vielleicht draußen im Garten, überlegte sie und öffnete die Eingangstür, doch diese war verschlossen. »Okay? Was soll das denn werden?«, fragte sie laut und stampfte wütend die Treppen hinauf. Diesmal jedoch, ohne sich die Mühe zu machen, leise zu sein. Was fiel ihm ein, sie einzusperren? Und wo war Rachel?

Sie hatte den Code für die Eingangstür einmal gewusst, aber nach den Geschehnissen hatte es keine Notwendigkeit mehr gegeben, sich den Pin zu merken. Sollte James sich also einen Spaß mit ihr erlauben, würde er sich gleich umgucken. Ohne anzuklopfen, stürmte Emma in sein Zimmer und blieb schlagartig stehen - sie hatte ein Déjà-vu. James lag auf dem Rücken, die Arme unter den Kopf verschränkt, so dass sich seine Bizepse spannten. Die Decke war ihm bis auf die Hüften gerutscht und entblößte seinen nackten Oberkörper.

So hatte sie einen guten Blick auf seinen trainierten Bauch, was sie zu der Frage brachte, ob er untenrum genauso nackt war. *Konzentrier dich!*, ermahnte sie sich und trat kopfschüttelnd an sein Bett, in der Hoffnung, die unanständigen Gedanken loszuwerden. »James«, sagte sie, als sie am Seitenbett, neben seinem Kopf stand.

»James!«, diesmal lauter. Doch er rührte sich nicht. Sie warf frustriert die Hände in die Luft. Das konnte doch wohl nicht wahr sein! War sie denn der einzige Mensch, der einen leichten Schlaf hatte? Oder lag es am Alkohol? Denn auch er hatte gestern Whiskey getrunken, wie sie sich nun in Erinnerung rief. Als er beim nächsten Mal wieder nicht reagierte, rüttelte sie ihn unsanft an der Schulter. Ihn zu berühren, weckte gemischte Gefühle in ihr.

Einerseits verspürte sie eine unglaubliche Wut ihm gegenüber und hätte zu gerne auf seine Gestalt eingeschlagen, andererseits überkam sie beim Anblick seines harten männlichen Körpers ein Schauer. Doch wie konnte ihrer nur so verräterisch sein und sich über seinen Anblick auch noch freuen?

Das war doch krank! Plötzlich und so schnell, dass sie es kaum sah, griff seine Hand nach ihrem Arm und zog sie aufs Bett. Emma stieß einen überraschten Laut aus, dann fand sie sich auf dem Rücken liegend im Bett wieder - James auf ihr.

»Geh-runter-von-mir«, keuchte sie atemlos. Sie hatte wütend klingen wollen, doch angesichts seines Körpergewichtes blieb ihr gerade noch genug Luft, um die wenigen Worte über die Lippen zu bringen.

»Emma?«, sagte er überrascht und so wie er ihren Namen aussprach, klang er ehrlich überrascht. Doch ob gespielt oder nicht, sie konnte seine Nähe keine Sekunde länger ertragen. Dort, wo er sie berührte, schien sich ihre Haut zu versenken.

»Tut mir leid. Ich habe geträumt und dachte, du wärst ein Einbrecher oder so was«, murmelte er verschlafen.

»Und dann nagelst du mich einfach auf deinem Bett fest? Geh verdammt nochmal runter von mir«, rief sie und versuchte ihn abzuschütteln, doch genauso gut hätte sie versuchen können, ein Auto zu stemmen.

»Runter«, knurrte sie und konnte nicht verhindern, dass sich Tränen in ihre Augen

stahlen. Sie drehte ihren Kopf zur Seite, damit er das Glitzern nicht sah und atmete erleichterte auf, als er endlich von ihr abstieg. Sie sprang vom Bett und stolperte über ihre eigenen Füße, so schnell wollte sie das Zimmer verlassen. Er folgte ihr und wollte Emma aufhelfen, doch sie schlug seine Hände weg.

»Lass - mich! Fass mich nicht an«, sagte sie mit erstickter Stimme und sah nun doch zu ihm auf. Sie hatte es sich anders überlegt und wollte, dass er den Hass und die Abscheu in ihren Augen sah, egal, ob Tränen darin glänzten. Es war ein Fehler gewesen, hier zu übernachten. Sie hätte sich Rachel schnappen und von hier wegschleppen sollen! Wenn ihr blöder Freund sie nur nicht betrogen hätte, dann wäre Rachel niemals hierhergekommen und Emma hätte seinen Anblick kein weiteres Mal ertragen müssen.

»Emma ...«, er wollte etwas sagen, doch sie hatte schon die Hälfte der Treppe hinter sich. Sie eilte zur Haustür und hätte sie, wenn nötig, auch eingetreten, um endlich zu verschwinden, als Rachels Stimme hinter ihr erklang.

»Hey, warum so eilig?« Emma wirbelte zu ihr herum.

»Warum so eilig?«, wiederholte sie aufgebracht. Da sah sie, dass ihre Freundin mit einem Handtuch umwickelt aus der Seitentür kam.

»Warst du in der Lagune?«, fragte Emma fassungslos und kam zu ihr zurück.

» Ich hatte ja keine Ahnung, dass der Kerl seine eigene Wellnessanlage unter dem Haus versteckt hat. Der totale Wahnsinn«, schwärmte Rachel, wurde aber von Emma unterbrochen.

»Sag mal, spinnst du? Du kannst doch hier nicht so einfach schwimmen gehen?« Doch Rachel zuckte verständnislos die Achseln.

»Was denn? Ihr habt beide geschlafen und du sahst so friedlich aus, da wollte ich dich nicht wecken.

Ist übrigens wirklich nett von dir, dass du dich gestern so um mich gekümmert hast.«

»Ja, Ja«, sagte Emma ungeduldig und zog sie hinter sich her.

»Deine gestrige Aktion wird übrigens noch ein Nachspiel haben. Darauf kannst du dich verlassen.

Jetzt sollten wir aber erst mal verschwinden«, sagte Emma und zog ihre Schuhe an.

»Wo sind deine Sachen?«, fragte sie Rachel, die immer noch im Handtuch bekleidet vor ihr stand.

»In der Lagune.«

»Na dann hol sie«, sagte Emma mit ausgebreiteten Händen und schaute ihrer Freundin verwirrt hinterher, als sie sich davon machte.

»Was ist denn bloß los mit ihr?«, murmelte sie und rüttelte erneut an der Tür.

»Sie ist verschlossen«, sagte James das Offensichtliche und kam die Treppe hinunter. Mit Unbehagen beobachtete Emma, wie er immer näher kam und schließlich nur wenige Zentimeter vor ihr stehen blieb.

Mit dem Rücken zur Tür blieb ihr nichts anderes übrig, als zu ihm aufzuschauen und für einen Moment dachte sie, er presst sich der Länge nach an sie und stellt sonst was mit ihr an.

Doch dann fuhr seine Hand zu dem Ziffernblock und er gab den vierstelligen Code ein. »Valentina verlässt meist als Letzte das Haus, deshalb schließt sie aus Gewohnheit alles ab. Ist besonders lästig,

wenn man noch zu Hause ist«, erklärte er mit einem Lächeln. Ohne es zu erwidern oder ihn noch einmal anzugucken, verließ sie die Villa und lief mit eiligen Schritten zu Rachels Wagen.

Als diese fünf Minuten später auf den Beifahrersitz sprang, hatte Emma so lange und heftig auf das Armaturenbrett getrommelt, dass ihr die Finger wehtaten. Sie gab Gas und rollte vom Anwesen, dann fuhr sie ihre Freundin an:

»Wie konntest du nur betrunken Autofahren? Was, wenn du einen Unfall gemacht hättest? Du hättest im Krankenhaus landen können oder schlimmeres! Du hast mir versprochen, dass du keinen Blödsinn machst. Ehrlich Rachel, was sollte das?

Du machst ja viel Unsinn, aber für so bescheuert hätte ich dich wirklich nicht gehalten.«

»Rachel ließ die Predigt über sich ergehen, die noch um einiges länger andauerte, dann sagte sie völlig unerwartet:

»Ich kann mich nicht mehr erinnern.« Emmas Kopf fuhr zu ihr herum.

»Was soll das heißen?« Rachel hatte den Kopf ans Fenster gelehnt und starrte in die

Nacht hinaus, dabei beschlug ihr warmer Atem die Scheibe.

»Ich weiß nicht. Der Abend ist sehr verschwommen. Nachdem wir telefoniert haben, habe ich mir den erstbesten Typen geschnappt und mit ihm getanzt.

Später hat er mir ein paar Drinks spendiert und dann stand ich plötzlich vor James Tür.« Emma hätte beinahe einen gefährlichen Schlenker gemacht und drosselte vorsichtshalber die Fahrgeschwindigkeit.

»Was ist dazwischen passiert?

»Ich habe keine Ahnung.«

»Oh mein Gott. Dir wurde doch nichts in den Drink getan, oder?« Als Rachel nicht antwortete, wurde Emmas Stimme hysterisch.

»Wir fahren dich in ein Krankenhaus. Sofort.« Doch Rachel winkte ab.

»Quatsch. Die Erinnerungen sind nicht ganz weg, nur verschwommen. Außerdem würde ich es spätestens jetzt merken, wenn mir jemand was getan hätte, oder?« Emma sah sie mit großen Augen an.

»Du lässt sich trotzdem untersuchen.«

Kapitel 5

Rachel war wohlauf, wie sich nach dem Krankenhausbesuch herausstellte. Und sie hatte auch keine KO-Tropfen verabreicht bekommen, wie Emma befürchtet hatte. Man hatte zwar noch leichte Rückstände bewusstseinsverändernder Wirkstoffe in ihrem Blut gefunden, doch laut dem Arzt waren diese eher mit herkömmlichen Partydrogen zu vergleichen.

Dass demnach kein Grund zur Sorge bestand, hatte Emma schockiert. Andererseits mussten sich die heutigen Mediziner mit weitaus schlimmeren Fällen herumschlagen, was Rachel wohl noch zu einem harmlosen Fall machte. Traurig, aber wahr!

»Du bist also nicht vorsätzlich betrunken Auto gefahren«, schlussfolgerte Emma, als sie später im Fastfood-Geschäft saßen und klang sichtlich erleichtert.

Rachel hätte zwar immer noch einen Unfall bauen können, aber dass sie nicht daran Schuld gehabt hätte, beruhigte sie etwas.

»Sag ich ja. Außerdem hätte mich das schwer gewundert, wenn ich so was Bescheuertes gemacht hätte. Nicht mal ich bin so waghalsig.« Emma nickte, dann fragte sie:

»Wie fühlst du dich?«

»Eigentlich ganz gut. Kopfschmerzen hab ich noch ein bisschen.« Emma gab ihr eine Tablette, dann sagte Rachel:

»Tut mir wirklich leid, das mit James. Ich kann mir gar nicht vorstellen, wie es für dich gewesen sein musste, dort zu schlafen.« Emma machte eine wegwerfende Handbewegung, die aber selbst in ihren Augen nicht überzeugend aussah.

»Ach quatsch. Du hättest dich gestern mal sehen müssen. Ich bin nur froh, dass es dir gutgeht.« Sie knabberten eine Weile gedankenverloren an ihren Burgern, als Rachel fragte:

»Was hast du da oben gemacht?«

»Wie bitte?«, fragte Emma und nahm einen Schluck von ihrem Getränk.

»Na, in James Zimmer.« Emma versuchte, dem durchdringenden Blick ihrer Freundin standzuhalten.

»Nach dir gesucht, also du … Moment mal. Woher weißt du, dass ich in seinem Zimmer

war?« Rachel hatte sie doch erst gesehen, als sie schon die halbe Treppe hinter sich gehabt hatte. »Raste jetzt nicht aus, aber ich hab euch belauscht – ausversehen natürlich.«

»Ausversehen!«, wiederholte Emma anklagend.

»Ehrlich. Ich wollte gerade hoch ins Bad, als ich euch gehört habe.« Emma machte wieder eine wegwerfende Handbewegung.

»Ist ja auch egal. Zwischen mir und James ist es aus und daran wird sich auch nach der gestrigen Nacht nichts ändern. Keine Sorge.«

»Darum mach ich mir ja auch keine Sorgen«, murmelte Rachel und schob sich lustlos eine Pommes in den Mund. Da Emma nicht danach war, das Thema zu vertiefen, fragte sie Rachel erst gar nicht, was sie damit meinte, sondern aß ebenfalls weiter.

***

Zwei Wochen darauf war Emma reif für eine Veränderung und so kam es ihr ganz gelegen, dass Ryan sie ins Kino einlud. Er hatte sie vor zwei Tagen in der Mittagspause abgefangen und gefragt, ob sie Lust hätte, ganz unverbindlich, ins Kino zu gehen. Und Emma

hatte ohne zu zögern zugestimmt. Dabei hatte sie sich mehr als einmal gefragt, ob sie nicht zugesagt hatte, um sich etwas zu beweisen.

Andererseits mochte sie Ryan wirklich und sie hätte schon blind sein müssen, um Rachels aufgezählte Vorteile zu übersehen. Er war wirklich attraktiv und das auf eine ganz andere Art als James. Ryan überzeugte durch außerordentlich guten Humor, jugendlichen Charme und seinen himmelblauen Augen. Und die Tatsache, dass er sie ganz offensichtlich anhimmelte, ließ ihre Libido allmählich wieder zum Leben erwachen.

»Was soll es sein? Actionthriller oder schnulziger Liebesfilm?«, fragte Ryan mit einem Augenzwinkern, als sie vor dem Kino standen und sich das Programm ansahen. Emma lachte.

»Oh Gott, bitte kein Liebesfilm. Je blutiger, desto besser.« Sie entschieden sich für eine Action-Komödie und Ryan bestand darauf, den Eintritt sowie Getränke und Popcorn allein zu zahlen.

Emma erinnerte sich daran, wie James ebenfalls darauf bestanden hatte, sie letztendlich aber Getränke und Essen übernommen hatte. Damit hatte sie klarstellen

wollen, dass sie keine von diesen Frauen war, die sich von reichen Männern einladen ließ. Bei Ryan war das jedoch etwas anderes. Er war Praktikant und verdiente noch weniger als sie.

Das wollte sie ihm nicht auch noch unter die Nase reiben, indem sie seine Einladung ausschlug. Also hielt sie sich zurück und bedankte sich, als er ihr die Karten und Getränke in die Hand drückte. Sie begaben sich eilig in den Kinosaal, weil Emma unbedingt die Vorschau sehen wollte. Dabei erklärte sie, dass sie sich meist mehr darauf freute als auf den Film selbst.

Das brachte ihn zum Lachen und ihr fiel wieder auf, dass es sehr erfrischend und ansteckend war. Sie konnte gar nicht anders, als es zu erwidern. Emma stopfte sich gerade eine Handvoll Popcorn in den Mund, als James plötzlich vor ihr auftauchte. Sie erschrak so heftig, dass sie das Popcorn verschluckte und daran zu ersticken drohte. Als sie qualvoll zu husten begann, beugte Ryan sich geistesgegenwärtig vor und klopfte ihr kräftig auf den Rücken.

Emma hustete, spuckte die Popcornstücke, die ihr im Hals steckengeblieben waren, aus und murmelte ein

»Danke.« Dann blickte sie mit tränenunterlaufenen Augen zur Kinoleinwand. Dort war James in einem Werbespot zu sehen und stellte sein neues Parfüm vor.

Die Reaktionen der weiblichen Kinobesucherinnen waren in etwa gleich. Einige tuschelten aufgeregt, andere kreischten oder kicherten sogar. *Glaubt mir, der Typ verspricht genau das, wonach er aussieht*, hätte Emma am liebsten gerufen und meinte das alles andere als positiv. »Hey, ist das nicht dieser reiche Stripclub -Futzi?«, fragte Ryan und deutete auf James‘ Gestalt. Er trug einen schwarzen eleganten Smoking und versprühte seinen Duft auf einer sich rekelnden rothaarigen Frau.

Auf Ryans Frage hin bestätigte Emma knapp und hätte sich am liebsten übergeben. Kam es nur ihr so vor oder hatte der Werbespot Überlänge? Wieso konnte man das Parfüm nicht kurz einblenden und dann zum nächsten Spot übergehen? Als wollte man sie mit Absicht quälen.

»Ist er nicht schon fast Milliardär? Ich frage mich, was man mit so viel Geld anstellt?«, überlegte Ryan mit einem verträumten Gesichtsausdruck. Was man mit so viel Geld tat? Das konnte sie ihm sagen: Einen Haufen Veranstaltungen geben, ein dutzend Angestellte haushalten, fremde Leute zum Date zwingen, indem man drei Lastwagen Blumen an ihrer Arbeitsstelle ablieferte und seine Dates mit dem Helikopter chauffieren lassen.

Doch anstatt irgendetwas davon auszusprechen, zuckte sie nur die Schultern.

»Ich mag ihn«, fügte Ryan hinzu, was Emma, die gerade ein Schluck Cola getrunken hatte, husten ließ. Er klopfte ihr erneut und fast beiläufig auf den Rücken, was Emma langsam unangenehm war und sagte:

»Er macht trotz dem ganzen Rummel um seine Person einen bodenständigen Eindruck. Das können nicht viele.« Emma enthielt sich jeglichen Kommentars und war froh, als sich der Werbespot dem Ende neigte. Doch bevor er endgültig auslief, wurde James' Gesicht in voller Größe eingeblendet. Und obwohl es Unsinn war, schienen sein verschmitztes

Lächeln und der eindringliche Blick allein ihr zu gelten.

»Den würde ich um nichts in der Welt von der Bettkante stoßen«, raunte Emmas Sitznachbarin ihrer Freundin zu. *Er dich auch nicht Schätzen*, dachte Emma missmutig.

»Geht's wieder?«, fragte Ryan, der natürlich die Ursache ihres beinahe Erstickens nicht kannte.

»Ja, danke«, sagte sie und nahm einen großen Schluck ihres Getränkes. Konnte James sie nicht einmal hier zufriedenlassen? Es kam ihr vor, als folge er ihr überall hin. Als könnte sie keinen Schritt tun, ohne ihm zufällig über den Weg zu laufen oder an ihn zu denken. Und jetzt brauchte er offenbar nicht einmal mehr selbst anwesend zu sein, um sie zu quälen.

Emma schmollte noch, als der Film bereits lief und Ryan schien zu merken, dass sie nicht ganz bei der Sache war, denn er warf ihr immer wieder verstohlene Blicke zu. Meist, wenn etwas Lustiges oder Spannendes geschah und die Kinogäste laut lachten – Emma aber nur mit verschränkten Armen auf die Leinwand starrte.

Als sie sich dessen bewusst wurde, riss sie sich zusammen. Es war unhöflich, sich so zu

benehmen, wo Ryan sie doch eingeladen hatte. Also versuchte sie, James in den hintersten Teil ihres Gehirns zu verbannen und sich voll und ganz auf den Film zu konzentrieren.

Und tatsächlich wurde es besser, je mehr sie sich darauf einließ. Nach einer halben Stunde hatte sie die finsteren Gedanken endgültig vergessen und lachte teilweise so sehr, dass sie Magenkrämpfe bekam. Sie und Ryan bewarfen sich sogar mit Popcorn und alberten so laut herum, dass sich einige Kinogäste verärgert zu ihnen umdrehten. Kurzum, sie amüsierte sich prächtig. Als sie aus der Spätvorstellung kamen, war es bereits kurz vor zwei und Ryan bestand darauf, sie nach Hause zu bringen. Glücklicherweise wohnte Emma im mittleren Stadtteil, so dass sie es nirgendwohin wirklich weit hatte.

Selbst das Kino lag nur sieben U-Bahn-Stationen von ihr entfernt, doch offenbar fühlte sich Ryan dazu verpflichtet, seine Verabredung zu so später Stunde nach Hause zu bringen. Also ließ sie sich begleiten.

Den gesamten Weg über alberten sie herum und unterhielten sich über den Kinofilm. Dabei fiel Emma nicht zum ersten Mal auf,

dass sie ziemlich gut zusammenpassten, was den Humor und ihre Interessen anging. Vielleicht, wenn er nicht so jung und sie nicht von ihren Ex-Partnern tief verletzt worden wäre, überlegte sie.

Als sie zwanzig Minuten später vor ihrer Tür standen und Emma ihren Schlüssel herausfischte, sagte er:

»Hier wohnst du also.« Emma warf einen Blick auf die Außenfassade ihres Hauses, die eine Sanierung längst nötig hatte und bestätigte:

»Ja. Hier wohne ich. Nichts Besonderes, ich weiß, aber es liegt sehr zentral.« Als sie den Kopf senkte und wieder zu Ryan schaute, war er ihr näher gekommen.

»Du schon«, sagte er und Emma, die von seiner plötzlichen Nähe alarmiert war, fragte:

»Was meinst du?«

»Dass *du* etwas Besonderes bist.« Behutsam berührte er ihr Gesicht und als Emma erkannte, was er vorhatte, war es schon zu spät. Er hob ihr Kinn und beugte sich vor, dann lagen seine Lippen auf den ihren. Zuerst war Emma schockiert und versteifte sich instinktiv.

Doch als er nicht nachließ und seine Lippen neckend über ihre strich, wurde sie von einem plötzlichen Verlangen gepackt.

Sie hatte das dringende Bedürfnis, fest in den Armen gehalten und auf eine Weise geküsst zu werden, die sie alle Sorgen und Enttäuschungen vergessen ließ und genau das konnte Ryan ihr geben. Sie stieß einen Seufzer aus und schlang ihre Arme um seinen Hals, damit sie ihn näher heranziehen konnte.

Sie konnte deutlich spüren, wie sein Körper auf ihre Nähe reagierte. Seine Hände wanderten zu ihrem Nacken und seine Zunge bahnte sich einen Weg durch ihre Lippen.

Als sie ihrerseits durch seine dichten Haare fuhr, durchzuckte sie ein Blitz und ihre Gedanken wendeten sich einer ganz anderen Person zu. *James.*

Er hatte dieselben dichten Haare, doch sein Körper war größer, fester und männlicher. Sie erinnerte sich unwillkürlich daran, wie sie in seinen Armen gelegen und auf dieselbe Weise geküsst worden war.

Nein, nicht genauso. Während Ryan noch etwas unbeholfen und schüchtern wirkte, hatte James stets gewusst, was er wollte und es sich auch genommen. So plötzlich, wie das

Verlangen gekommen war, verblasste es wieder und Emma wurde von einer plötzlichen Kälte erfasst, die nichts mit der kühlen Nachtluft zu tun hatte. Sie wich so plötzlich zurück, dass sie gestolpert wäre, wenn Ryan sie nicht an einem Arm festgehalten hätte.

»Stimmt was nicht?«, fragte er und schaute sie aus glasigen Augen an. Sein Gesicht war leicht gerötet und seine Haare zerzaust.

»Äh nein … ich meine doch ... ich.« Sie holte tief Luft und befreite sich sanft aus seiner Berührung.

»Tut mir leid. Wir hätten das nicht tun sollen. Ich … bin noch nicht soweit«, sagte sie. Er sah sie verständnislos an, dann machte sich Erkenntnis in seinen Augen breit.

»Oh, du hast gerade erst eine Trennung hinter dir? Wenn ich das gewusst hätte …« Emma konnte sich nicht dazu überwinden, ihm zuzustimmen. Sie wollte jetzt bestimmt nicht über James sprechen und schon gar nicht mit jemandem, den sie gerade geküsst hatte.

»Danke, dass du mich nach Hause gebracht hast. Wir sehen uns morgen«, unterbrach sie ihn. Er nickte und sie konnte sehen, dass er

einen inneren Kampf führte. Als wollte er etwas sagen, war sich aber nicht ganz sicher.

»Habe ich dich bedrängt? Ich hoffe, ich bin nicht zu weit gegangen?«, fragte er, doch Emma schüttelte den Kopf.

Zu heftig vielleicht, denn es machte den Eindruck, als wolle sie ihn loswerden. Was sie auch wollte, aber aus einem anderen Grund, als er vielleicht dachte.

Er hatte überhaupt nichts falsch gemacht, es lag nur an ihr.

»Nein, hast du nicht.« Sie wartete darauf, dass er sich verabschiedete, weil sie nicht den Eindruck vermitteln wollte, ihn loswerden zu wollen. Schließlich nickte er und verabschiedete sich.

»Bis morgen«, rief sie ihm hinterher. Dann lief sie so schnell die Treppen hinauf, dass sie stolperte und sich der Länge nach auf den Boden legte.

Sie verschwand laut fluchend in ihre Wohnung.

Kapitel 5

Als sie am nächsten Tag an der Arbeit erschien und sich nach Ryan erkundigte, sagte man ihr, dass er krank sei. Emma hatte sich noch einmal für ihr Verhalten entschuldigen wollen und bekam nun prompt ein schlechtes Gewissen. Hatte er sich krank gemeldet, weil er sie nicht sehen wollte? Weil sie ihn gekränkt hatte? Sie hätte ihn gerne angerufen, doch Annabell drückte ihr so viel Arbeit auf, dass sie die gesamte Schicht über nicht dazu kam. Also wartete Emma bis zur Mittagspause.

Sie war gerade auf dem Weg zu ihrem und Rachels Lieblings-Café, das nur eine Straße entfernt lag und rief bei ihm an, als seine Mailbox erklang. Emma schnaubte verärgert.

Also wirklich! Wenn er sauer auf sie war, konnte er ihr das doch einfach sagen! Sie bestellte einen heißen Kakao und einen Schoko-Muffin und machte sich gerade über

Letzteres her, als eine Frau den Nachbartisch verließ und ihre Zeitschrift liegen ließ.

Emma wollte ihr hinterherrufen, doch das Schokostück steckte ihr so fest im Hals, dass sie kein Wort herausbrachte. Erst, als sie mit ihrem Kakao nachgeholfen hatte, konnte sie wieder sprechen. Doch da war die Frau schon über alle Berge. Daraufhin zuckte Emma mit den Schultern, sah sich mit einen unauffälligen Blick um und langte nach dem Magazin. Es war eine Klatsch-Zeitschrift über aktuelle News und Ausrutscher der Stars und Sternchen. Genüsslich an ihrem Muffin knabbernd, durchblätterte Emma das Magazin, als ihr James' Gesicht erneut zulächelte. Emma hörte auf zu kauen und legte den Muffin, von dunkler Vorahnung gepackt, aus der Hand. Denn als sie eine Seite weiterblätterte, sprang ihr ein ganzer Artikel über den berühmten Mr. Carter entgegen.

Emma schlug die Zeitschrift zu und legte sie beiseite.

Denn was auch immer in dem Artikel stand, sie wollte es nicht wissen. Sie hatte den echten Mr. Carter zur Genüge kennengelernt und wenn sie endgültig von ihm loskommen wollte, durfte sie nicht zulassen, dass er sich

weiter in ihr Leben schlich. Sei es bei einem Kinobesuch, in einem Zeitungsartikel oder sogar während sie einen anderen Mann küsste. Sie musste den Kopf schütteln, als sie an gestern zurückdachte. Sie hasste James, mehr noch als ihren vorigen Exfreund und der hatte sie schon hinterhältig gelinkt.

Wie konnte sie also zulassen, dass er sich während eines so intimen Momentes in ihre Gedanken schlich? Emma machte sich noch so lange Vorhaltungen, bis sie ihren Muffin aufgegessen und den Kakao ausgetrunken hatte. Doch selbst ihre eigenen Vorwürfe konnten sie nicht davon abhalten, schließlich doch einen Blick auf den Artikel zu werfen. *Nur um mal zu schauen, was es so zu erzählen gibt,* redete sie sich ein, während sie die Zeilen überflog. Offenbar war James von den Leserinnen zum charmantesten Millionär des Landes gewählt worden, wofür er sich im Interview noch einmal bedankte.

Eine Seite weiter beantwortete er Fragen zu seiner Person, plauderte über den Erfolg und verschiedene Geschäftsmodelle. Auf der letzten Seite wurde dann das Thema *Liebe* angesprochen. Die Reporterin wunderte sich,

dass ein so gutaussehender und erfolgreicher junger Mann noch keine Partnerin hatte.

James Antwort darauf lautete, dass es schwer war, in seiner Situation jemanden zu finden, dem er vertrauen konnte, er die Augen aber offen halten würde.

Emma konnte sich nur mit Mühe davon abhalten, die Zeitschrift an die Wand zu werfen. Vertrauen? Wie konnte ausgerechnet *er* es wagen, der Reporterin Vertrauen vorzuheucheln? Sie schleuderte die Zeitschrift an ihren ursprünglichen Platz zurück und verließ verärgert das Café. An der frischen Luft angekommen, atmete sie erst einmal tief durch, ehe sie sich auf den Rückweg machte.

Tja, du hättest eben den Artikel nicht lesen müssen!, schalt sie sich in Gedanken, als auch schon der nächste Schreck auf sie wartete. Emma kam gerade an einen Zeitungsstand vorbei, als sie James erneut sah - diesmal das Titelbild einer großen Zeitschrift zieren.

Doch er war nicht allein auf dem Cover, dessen Titel *Neues Promi-Traumpaar?* lautete, sondern wurde von einer sterbend schönen Rothaarigen umarmt. Die Frau aus seinem Werbespot, wie Emma beim näheren Betrachten feststellte. »Wollen Sie die Zeitung

kaufen?«, fragte der Verkäufer, nachdem Emma etwa eine Minute lang auf das Titelbild gestarrt hatte.

»Ganz bestimmt nicht!«, antwortete sie patzig und zog angekratzt weiter. Der Verkäufer schenkte ihr einen überraschten und gleichzeitig gekränkten Blick, denn er kannte Emma und normalerweise war sie sehr freundlich zu ihm. Im Moment war sie allerdings so aufgewühlt, dass sie nichts als Wut und Verachtung empfinden konnte.

Verachtung wegen James, der sie so kaltblütig aus seinem Leben verbannt hatte und sich wenige Wochen nach ihrer Trennung schon wieder amüsierte. Und Wut, weil sie ihre Gefühle für ihn einfach nicht abstellen konnte, während es ihm doch so leicht fiel. Sie seufzte. Morgen hatte sie sicher ein schlechtes Gewissen und würde sich bei ihrem Lieblings-Kioskverkäufer entschuldigen.

Sooft sie James diese Woche gesehen hatte, so wenig tat sie es in der nächsten – was ihr mehr als guttat. Sie begegnete ihm weder in der realen Welt noch auf irgendwelchen Titelzeitschriften oder verschwendete großartig einen Gedanken an ihn. Und

nachdem Ryan zwei Tage später wieder zur Arbeit erschienen war und ihr versicherte, dass sein Fehlen nichts mit ihrem Kuss zu tun hatte, war alles wieder beim Alten.

Naja, so ganz konnte sie ihm zwar nicht glauben, aber nachdem sie wieder wie gewohnt herumalberten, wollte sie die Atmosphäre nicht zerstören, indem sie weiter auf dem Thema herumstocherte. Sie einigten sich darauf, dass der Kuss eine einmalige Sache gewesen sei – zumindest solange, bis Emma wieder im Reinen mit sich war. *Also in den nächsten hundert Jahren etwa*, dachte sie missmutig, während sie die neuen Veranstaltungspapiere durchging. In dieser Woche standen gleich zwei Events an und als Cateringfirma war es an ihnen, ein themenspezifisches Menü sowie den entsprechenden Service auf die Beine zu stellen. Emma ging gerade die Details des ersten Events durch: eine Spendengala zum Erhalt der Regenwälder, welches Annabell ihren Angestellten in Form einer Veranstaltungsliste in die Hand gedrückt hatte, als ihr Blick auf den Gastgeber fiel.

»Bitte nicht«, stöhnte sie und schloss entnervt die Augen.

Denn der Veranstalter war niemand geringeres als James Carter! Sie starrte seinen Namen eine gefühlte Ewigkeit an, als hoffte sie, er würde sich wie durch ein Wunder in Luft auflösen. Dann musste sie so heftig lachen, dass ihre Arbeitskollegen sie argwöhnisch betrachteten. Natürlich war James der Veranstalter und natürlich war ausgerechnet *ihre* Firma für den Catering-Service verantwortlich!

»Was ist so lustig?«, wollte Ryan mit einem verstohlenen Blick wissen. Bevor er ihren Augen folgen konnte, ließ sie das Blatt sinken, was unsinnig war, weil er ja nicht wissen konnte, weshalb sie so reagierte.

Niemand hier wusste, in welcher Verbindung sie zu James stand. Sie schüttelte den Kopf und ließ ihren Blick über ihre Arbeitskollegen wandern, dann entschuldigte sie sich.

»Gar nichts. Bin gleich wieder da.« Sie eilte mit schnellen Schritten aus dem Raum und steuerte Annabells Büro an. Sie musste es wissen. Musste wissen, ob James ihre Firma gebucht hatte, um sie ein weiteres Mal zu peinigen. Sie lief zu den Büros hinauf und klopfte so lange an, bis ihre Chefin sie hereinrief.

Eigentlich hatte man nie Schwierigkeiten, Annabell zu finden, denn sie verbrachte ihren Arbeitstag fast immer in ihrem Büro, dachte Emma, als sie eintrat. Annabell hatte die Beine über dem Tisch übereinander geschlagen, in der einen Hand ein Telefon, in der anderen einen Bleistift, auf dem sie herumkaute.

»Was gibt's, Schätzchen?«, fragte sie und legte sich den Hörer an die Brust.

»Es geht um die kommende Gala, am Freitag. Ich wollte nur wissen … ob Mr. Carter uns persönlich gebucht hat?« Annabell maß sie mit einem abschätzenden Blick, wahrscheinlich, weil sie sich fragte, warum in Teufels Namen sie das interessierte. Doch das Gespräch am anderen Ender der Leitung schien so interessant zu sein, dass sie nur zu antworten schien, um Emma schnell wieder loszuwerden.

»Eher sein Management. Wir hatten beim letzten Mal einen Folgevertrag geschlossen. Zum Glück. Jetzt können wir noch einmal zeigen, was wir drauf haben.«

Kapitel 6

Die Veranstaltung fand auf einem Hochhaus statt und war passend zum Thema, mit exotischen Pflanzen und moosbedeckten Säulen geschmückt. Selbst auf Vogelgezwitscher hatte man nicht verzichtet, welches in angenehmer Lautstärke aus der einen oder anderen Box drang. Die Feier war bereits in vollem Gange und der Saal so gut gefüllt, dass Emma ab und an sogar ihre Arbeitskollegen aus den Augen verlor. Sie entdeckte viele Prominente und adrett gekleidete Leute, die wohl einfach nur dazugehören wollten, nur James war nirgends zu sehen. Nicht, dass sie erpicht auf eine Begegnung war, im Gegenteil, aber sie wollte schnell reagieren können, wenn er in ihr Blickfeld trat.

So richtig Zeit, sich umzusehen, hatte Emma allerdings nicht, denn sie war voll und ganz

damit beschäftigt, sich um die Buffets zu kümmern. Diese Aufgabe hatte sie Annabell zu verdanken, denn während Ryan als Tischdekoration herhalten musste, etwas, das sie noch sehr gut aus ihrer Praktikumszeit kannte, musste *sie* durch die Anrichten laufen und dafür sorgen, dass diese reichlich gedeckt blieben. Und um die Lücken zu füllen, standen ihr etliche Bedienungen zur Verfügung, die sich auf ihre Anweisung hin darum bemühen mussten.

Tja, und wo war Annabell? Die unterhielt sich Champagnerschlürfend mit den Gästen und knüpfte Kontakte.

Nach zwei Stunden hektischem Hin- und Her-Gerenne hatten sich die Gäste allmählich satt gegessen und es wurde ruhiger um die Buffets herum. Für die Kellner hieß es nun, die Tische abzuräumen und Champagner durch die Gegend zu tragen, Emma dagegen konnte endlich mal ein bisschen abschalten und die einzigartige Location auf sich wirken lassen.

Denn auch wenn die Pflanzen nicht echt waren, alles andere hätte wohl auch kaum einer Regenwaldveranstaltung entsprochen, so hatte man sich doch größte Mühe gegeben,

den gegenteiligen Anschein zu erwecken. Andererseits war niemand Geringeres als James der Gastgeber, da musste man mit einer gewissen Extravaganz rechnen. Emma hatte sich mit einem Glas Orangensaft an den Rand einer Pflanzeninsel zurückgezogen und ließ ihren Blick durch die Menge schweifen, als sie James entdeckte.

Er stand in einem schicken Anzug gekleidet an der Bar und unterhielt sich mit einem berühmten Promipärchen. Emma rückte näher an die Pflanze heran, so dass ihr Gesicht von den Blättern verdeckt wurde und nur ihre Augen hindurchblickten. James wirkte charmant wie immer und hatte seine Zuhörer schon nach wenigen Sekunden in seinen Bann gezogen. Aber das war ja nicht weiter überraschend. Emma kannte niemanden, der es besser beherrschte, Menschen für sich zu gewinnen - vor allem für sein Bett! Sie musste es ja wissen. *Wie eine Spinne, die ihr Netz auswirft*, dachte sie abgestoßen und beäugte ihn aus zusammengekniffenen Augen. »Was machst du da?«, erklang Ryans Stimme hinter ihr. Emma fuhr wie von der Tarantel gestochen herum.

»Äh, nichts«, sagte sie und glättete ihr Kleid. Doch so schnell ließ sich Ryan nicht abschütteln. Er schob einige Blätter beiseite und spähte zur Bar, dann lachte er.

»Ich verstehe. Tja, es gibt wohl keine Frau auf diesem Planeten, die nicht auf Mr. Carter steht. Da kann ich leider nicht mithalten.«

»Mach dich nicht lächerlich«, sagte sie und lief zum nächstliegenden Büffet, um sich eine Weintraube zu stibitzen.

»Ich stehe nicht auf ihn.« Er grinste wissend.

»Natürlich nicht. Ich nehme an, du wolltest die Pflanzen nur auf Blattläuse untersuchen?« Sie versuchte einen finsteren Blick aufzusetzen, musste aber gegen ihren Willen lachen. Sie boxte ihm spielerisch gegen die Schulter, als er sich ans Ohr fasste.

»Der Drache ruft mich. Wir sehen uns nachher«, sagte er und rauschte davon. *Der Drache*, so nannten sie Annabell, wenn sie schlechte Laune hatte – was so ziemlich bei jeder Veranstaltung zutraf. Emma grinste und sah ihm dabei zu, wie er sich einen Weg durch die Menge bahnte, froh, selbst kein Headset mehr tragen zu müssen. Denn diese waren ausschließlich den Praktikanten angedacht, denen Annabell wohl noch kein

selbstständiges Denken zutraute. Als ein lautes Klopfen aus den Lautsprechern erklang, wandten sich Emma und alle anderen Gäste zur Bühne. James war auf die Anhöhe getreten und hatte ein Mikrofon in die Hand genommen. Schräg hinter ihm stand das rothaarige Model aus dem Zeitschriftencover und Emma musste zugeben, dass sie in Wirklichkeit noch viel hübscher war als auf dem Cover.

Eine Welle der Eifersucht schwappte über sie, dabei konnte sie nicht einmal genau sagen, weswegen. Sie hasste James, mehr als alles andere, da sollte sie solche Gefühle für ihn eigentlich nicht haben. Doch es schien, als wollte seine Begleitung sie mit ihrem vollbusigen und kurvenreichen Körper verhöhnen. Als wollte sie Emma zeigen, was *sie* niemals haben würde und was nun James gehörte.

Nachdem James mit seiner Rede fertig war und tosender Beifall folgte, verbeugte er sich anerkennend und rief seine Gäste zum Eröffnungstanz auf. Als daraufhin ein Walzer einsetzte und sich die Menge zur Tanzmitte bewegte, stahl sich Emma auf die Dachterrasse davon, um sich eine Auszeit zu

gönnen. Es war kühl draußen und ihre Haare wurden von einer Seite zur anderen gepeitscht, dennoch genoss sie die Erfrischung. Sie hatte die Terrasse für sich alleine und lief zur Brüstung hinüber, als sie ihren Körper dagegen lehnte und ein beunruhigendes Quietschen vernahm.

Na, stabil klang das aber nicht, dachte sie kopfschüttelnd und nahm ihr Gewicht von dem Gerüst. Und das auf einem Hochhaus! Emma ließ ihren Blick über das hektische Nachtleben gleiten und betrachtete die bunten Lichter unter sich. Sie hörte, wie die Terrassentür aufgemacht wurde, weil die Musiklautstärke kurz zunahm, dann war es wieder still. Noch einen Blick auf die Lichter werfend, wandte sie sich zum Gehen, als James plötzlich vor ihr stand. Emma prallte erschrocken zurück und sah mit großen Augen zu ihm auf.

»Gott, James!«, keuchte sie und wollte zur Seite ausweichen – einerseits, weil er viel zu dicht stand und andererseits, weil ihr die wackelige Brüstung im Rücken nicht behagte – doch er ließ sie nicht.

»Als ich dich von drinnen gesehen habe, dachte ich schon, du willst dich umbringen«,

sagte er und meinte es offenbar todernst. Das entlockte Emma ein freudloses Lachen.

»Glaub mir, das bist du nicht wert.« Er antwortete nicht, sondern starrte sie einfach nur an, was sie nervös machte. Plötzlich wurde sich Emma seiner Nähe bewusst und musste unwillkürlich schaudern. Sie verachtete ihre körperlichen Gefühle für ihn, denn nach allem, was er ihr angetan hatte, verzerrte sich ihr Körper nach diesem Mann. Es war beinahe unerträglich, ihm so nahe zu sein, ohne ihn berühren zu können. Sie seufzte und musste sich plötzlich am Geländer festhalten, um aufrecht zu bleiben.

»Was willst du hier, James? Warum kannst du mich nicht einfach in Ruhe lassen?« Ihre Stimme klang erschöpft und so fühlte sie sich auch. Wie oft wollte das Schicksal sie denn noch auf abstruse Weise zusammenführen? Hieß es nicht, man solle sein Schicksal akzeptieren? Ihr kam es aber so vor, als wollte das Schicksal selbst nicht einsehen, dass es für sie keine Zukunft gab.

»Ich kann nicht. Glaub mir, ich habe es versucht, aber ich kann nicht. Und dafür hasse ich mich.« Emmas Herz machte einen Satz, ehe seine Worte ganz zu ihr durchgedrungen

waren. Doch sie musste ihn missverstanden haben. Er meinte wohl eher, er *wollte* sie nicht in Ruhe lassen. Wahrscheinlich, weil es ihm Spaß machte, sie zu peinigen. Sie sah verärgert zu ihm auf und wollte etwas Bissiges erwidern, als Erics Stimme plötzlich erklang:

»Weißt du, Bruder: Ich frage mich, ob du in Sachen Egoismus eigentlich noch zu übertreffen bist? Ich meine, dass du sie wirklich so bereitwillig in Gefahr bringst, grenzt schon sehr an Hartherzigkeit, findest du nicht?« Emma blinzelte und sah verwirrt an James vorbei. Wann war Eric denn aufgetaucht und wovon zum Teufel sprach er? James schloss kurz die Augen und sah aus, als würde er um Selbstbeherrschung ringen, dann sagte er:

»Verschwinde, Eric.« Ließ seinen Blick aber auf Emma gerichtet. Doch Eric ignorierte ihn und trat stattdessen an James' Seite, um Emma zu begrüßen:

»Hallo Schätzchen. Lange nicht gesehen.« James sah seinen Bruder immer noch nicht an, dafür mahlten seine Kiefer angespannt.

»Was meinst du mit *in Gefahr begeben*? Bin *ich* etwa in Gefahr?«, fragte Emma von dunkler Vorahnung gepackt und musste unwillkürlich

an Liam denken. Denn dieser hatte ihr vor nicht allzu langer Zeit Konsequenzen angedroht, sollte sie sich weiterhin auf James einlassen. Anfangs hatte sie geglaubt, dass auch James bedroht worden wäre und er sie nur hat schützen wollen. Doch nachdem er ihr reinen Wein einschenkte, hatte sie der Wahrheit ins Augen sehen müssen. Nun kam Emma der leise Verdacht, dass James sie vorsätzlich aufgesucht haben könnte, um Liam einen Vorwand zu liefern. Würde er so etwas tun? Damals schien es ihn jedenfalls nicht sonderlich zu interessieren, dass Liam sie bedroht. Warum sollte das nun anders sein? Eric schenkte ihr ein verwegenes Lächeln und sagte:

»Kommt drauf an wie ...« Doch weiter kam er nicht, denn James packte ihn am Kragen, riss ihn herum und drückte Eric gegen das Gelände, welches bedrohlich zu wackeln begann.

»Mein Gott, James, lass ihn los!«, rief sie und sah die beiden schon in die Tiefe stürzen.

»Das ist alles nur deine Schuld, du verdammter Bastard. Du hast ihn hergebracht. Du konntest es einfach nicht ertragen, dass ich jemanden gefunden habe, oder?«, presste

er zwischen den Zähnen hervor. Gefunden? Wovon redete er? Anstatt zu antworten, holte Eric aus und traf James mit einem lauten Knacken am Kiefer. Dieser taumelte zurück, fing den Schwung aber mit einem Ausfallschritt ab und stürzte sich sofort wieder auf seinen Bruder. Als sie erneut dagegen krachten, wankte das Gerüst bedrohlicher.

»James, hör auf. Du bringst ihn noch um«, rief sie, doch er schenkte ihr keinerlei Beachtung. Von Emmas Geschrei wurden einige Gäste angelockt, die vorsichtig auf die Terrasse traten und dem Gerangel mit gemischtem Interesse folgten.

»Geht doch jemand endlich dazwischen«, schrie sie verzweifelt, doch niemand wollte in die Fronten der Hünen geraten.

»James!«, rief sie ein letztes Mal und packte ihn kurzerhand am Arm. Doch Eric schlug in diesem Moment nach seinem Gesicht und wirbelte ihn herum, so dass James Körper hart gegen ihren stieß. Emma torkelte zur Seite und hielt den Atem an, als ihr rechter Fuß plötzlich keinen Boden mehr unter den Füßen fand.

Der Schock dauerte nur eine Sekunde, dann rutschte sie mit dem Bein unter das Geländer. Sie schrie auf, als sie die Straßenlichter unter sich aufblitzen sah und sah sich im Geiste schon am Boden zerschellen. Jemand rief ihren Namen, eine Frau, dann wurde sie von zwei kräftigen Händen unter den Achseln gepackt und hochgehoben. Als beide Beine wieder festen Boden unter den Füßen hatten, blickte sie dankbar auf, doch es war nicht James, der zu ihrer Rettung geeilt war, sondern Eric. Als er ihren verdutzten Gesichtsausdruck sah, ließ er Emma los und wischte sich die blutige Nase am Hemdärmel ab.

James, dessen Augen vor Entsetzen geweitet waren, lag auf dem Boden und rappelte sich gerade auf. Da kam Annabell herbeigeeilt und packte sie mit schreckensweiten Augen an den Schultern. Sie musste diejenige gewesen sein, die geschrien hatte, überlegte Emma. Ihre Chefin redete auf sie ein, doch Emma verstand kein einziges Wort. Sie hatte ein Rauschen im Ohr und ihr Blick war starr auf James gerichtet. So wie er sie fixierte, sah es aus, als würde er sich jeden Moment auf sie stürzen und fest in die Arme nehmen wollen.

Doch da spielte ihr verwirrtes Gehirn ihr wohl einen Streich, denn er starrte nur auf sie und Eric herab und machte dann auf dem Absatz kehrt, um die Terrasse zu verlassen. Seine Gäste sahen ihm verwirrt nach und auch Annabell, die Emmas Blick gefolgt war, schaute ihm fragend hinterher.

»Komm bloß von der Kante weg. Mir wird schon allein vom Hinsehen schwindelig«, sagte sie schließlich und zog Emma vom Rand der Terrasse fort. Doch Emmas Beine zitterten so stark, dass sie sich nicht länger auf den Absatzschuhen halten konnte und auf den Boden plumpste.

»Ich kann nicht«, sagte sie und schaute hilflos zu ihrer Chefin auf. Da half ihr Eric, den sie zwischenzeitlich ganz vergessen hatte, erneut auf die Beine. Als er sich vergewissert hatte, dass sie selbstständig stehen konnte, reichte er sie an Annabell weiter, als wäre sie eine Stoffpuppe. Emma drehte sich zu Eric um und betrachtete sein verunstaltetes Gesicht.

Aus seiner Nase lief Blut, das in unregelmäßigen Abständen auf sein Hemd tropfte. Sein Gesicht war um Mund und Nase herum verschmiert und hier und da prangte

eine Schramme. Er betrachtete sie einen Moment und fuhr sich dabei mit den Händen durchs Haar, dann sagte er:

»Vielleicht solltest du heute nicht zu Hause schlafen.« Damit machte er auf dem Absatz kehrt und rauschte an den Gästen vorbei. Annabell warf ihr daraufhin einen neugierigen Blick zu, den Emma aber mit einem Schulterzucken abtat. Tatsächlich fragte sie sich aber, was Eric damit meinte?

»Was war denn los?», fragte Annabell. Emma hob unschuldig die Schultern.

»Ich bin an die frische Luft gegangen und zufällig dazwischen geraten, als sie sich gestritten haben.« Sie hoffte, dass ihre Antwort genügen würde, aber natürlich gab Annabell so schnell nicht nach. »Gestritten? Worüber denn?«

»Hab ich nicht mitbekommen«, log sie. Annabell hatte sich mehr Informationen erhofft, das sah man ihr deutlich an. Denn besonders *sie* interessierte sich für die Privatangelegenheiten der Prominenten – was nicht zuletzt daran lag, dass ihr Mann für ein namhaftes Magazin arbeitete. Ihre Chefin nickte enttäuscht und überraschte sie dann, indem sie sagte:

»Du kannst Feierabend machen. Für heute hast du genug erlebt.« Das ließ sich Emma nicht zweimal sagen. Sie bedankte sich und lief mit wackeligen Schritten hinein. An der Terrassentür begegnete sie Ryan, der gerade angelaufen kam.

»Hey, warst du auch draußen? Was ist los? Alle reden von einer Schlägerei.«

»Ja, James und Eric haben sich über irgendetwas gestritten, ich bin zufällig dazwischen geraten«, antwortete sie und fuhr sich mit zittrigen Händen durchs Haar. Durch ihre Adern pumpte noch so viel Adrenalin, dass sie sich hibbelig fühlte.

»James und Eric?«, fragte Ryan mit hochgezogenen Brauen.

»Äh ja, Eric ist wohl sein Bruder … soweit ich mitbekommen habe«, antwortete sie stockend, als ihr einfiel, dass sie die beiden ja offiziell gar nicht kannte.

»Ist alles in Ordnung mit dir? Du siehst so mitgenommen aus«, erkundigte er sich ehrlich besorgt.

»Ja, äh, mir geht's nicht so gut. Annabell lässt mich nach Hause gehen. Wir sehen uns am Dienstag, okay?« Sie schob sich an ihm

vorbei, ehe er etwas erwidern konnte oder sie sich noch weiter verplapperte.

»Na dann, gute Besserung«, rief er ihr sichtlich verwirrt hinterher. Sie winkte ihm zum Abschied und lief mit eiligen Schritten aus dem Saal. Dabei zitterten ihre Beine so sehr, dass sie nicht sicher war, ob sie noch länger in den Schuhen laufen konnte. Es tat ihr leid, dass sie Ryan anlügen musste, überhaupt log sie in letzter Zeit eine Menge – aber wenn sie James hinter sich lassen wollte, musste sie jegliche Verbindung zu ihm kappen.

Das bedeutete auch, dass niemand von ihrer gemeinsamen Vergangenheit erfahren durfte – besonders Ryan nicht. *Ihn hinter dir lassen? Dein Vorhaben scheint nicht sonderlich von Erfolg gekrönt zu sein!*, höhnte eine Stimme in ihrem Kopf. Aber was viel wichtiger war: Warum hatte James sie nun wirklich aufgesucht und was meinte er damit, er hätte endlich jemanden gefunden und Eric würde es ihm nicht gönnen? Damit konnte er doch unmöglich *sie* gemeint haben! Emma war verwirrt und je mehr sie Licht ins Dunkel zu bringen versuchte, desto weniger gelang es ihr. Sie trat in die kühle Nachtluft hinaus und erst jetzt,

wo das Adrenalin allmählich abebbte, schien sie sich der eisigen Kälte bewusst zu werden.

Sie trug zwar einen Mantel über ihrem hauchdünnen Kleid, doch der war nicht dick genug, um sie vor der Kälte abzuschirmen. Zum Glück hatte sie es nicht weit nach Hause. Sie steuerte die Bushaltestelle an und überquerte dabei eine verlassene und schwach beleuchtete Baustelle.

Ein wenig unheimlich waren ihr die dunklen Ecken und Gänge des Geländes schon, doch ein Blick auf die Uhr zeigte ihr, dass der letzte Bus in zwei Minuten abfahren würde und den wollte sie auf keinen Fall verpassen. Als Emma Schritte hinter sich vernahm, durchfuhr sie ein elektrischer Schlag und eine neue Welle Adrenalin schwappte über sie. War zu viel Adrenalin eigentlich ungesund? Sie beschleunigte ihre Schritte, wagte es aber nicht, sich umzudrehen.

»Läufst du etwa vor mir weg?«, erklang Erics Stimme hinter ihr. Emma schloss die Augen und atmete erleichtert aus, denn auch wenn Eric nicht ungefährlich war, so war er immer noch besser als irgendein auflauernder Fremder.

»Dann musst du aber schneller laufen.« Sie drehte sich nicht um und versuchte ihren rasenden Puls zu beruhigen, als sie sagte: »Verschwinde. Ich hab dir nichts zu sagen.« Sie lief so schnell es ihre hohen Schuhe zuließen, doch er brauchte nur eine Sekunde, um sie einzuholen und stand schließlich vor ihr. Die Arme von sich gestreckt, versperrte er ihr den Weg.

»Zufälligerweise habe ich *dir* aber etwas zu sagen und findest du dein Verhalten nicht etwas undankbar? Immerhin habe ich dir gerade das Leben gerettet.«

»Danke! Es interessiert mich trotzdem nicht«, antwortete sie und wollte sich an ihm vorbeischieben, da legte sich eine Hand auf ihre Schulter.

»Es ist wichtig.« »Lass-mich-in-Ruhe-Eric, ich meine es ernst. Ich will weder etwas mit dir noch mit James zu tun haben.«

»Jetzt bleib verdammt nochmal stehen!«, sagte er und etwas an seiner Stimme ließ sie innehalten. Er klang nun weder belustigt noch genervt, sondern sehr bedrohlich. Sie betrachtete sein Gesicht, das zur Hälfte im Schatten lag und an einigen Stellen

geschwollen war und fragte sich, ob sie nicht doch Angst vor ihm haben sollte?

Er hatte ihr jetzt zwei Mal das Leben gerettet, aber das bedeutete nicht, dass er *jetzt* nichts Böses im Sinn hatte. Warum sollte er ihr auch sonst auf einer verlassenen Baustelle auflauern? Sie wich vor ihm zurück und registrierte ein Aufblitzen in seinen Augen.

»Ahhh, endlich scheinst du Vernunft anzunehmen. Du bist ganz allein mit mir auf dieser Baustelle und glaub mir, ich hätte dich schneller überwältigt, als du schreien kannst. Du solltest mir also wirklich zuhören.«

Ihr Blick ging unwillkürlich zu einem kleinen mit Schutt beladenen Wagen, der nicht weit von ihr stand. Sie machte einen Satz nach links und lief auf die andere Seite des Fuhrwerks, um es zwischen sich und Eric zu bringen. Dieser sah ihr einen Moment vollkommen verblüfft nach, dann fragte er:

»Was zum Teufel soll das werden?« Er kam auf sie zu geschlendert und blieb ihr gegenüber stehen. Dabei ließ er seinen Blick abschätzend über den Wagen gleiten, als überlege er, einfach darüber hinweg zu springen.

»Immer, wenn du mir irgendetwas erzählen willst, machst du es nur noch schlimmer. Also egal, was es ist, ich will es nicht hören.« Er ging langsam um den Wagen herum und ließ sie dabei nicht aus dem Blick. Emma lief in die entgegengesetzte Richtung bis zur Motorhaube und fixierte ihn ihrerseits mit den Augen. Als er ruckartig stehen blieb, tat sie es auch.

»Und du glaubst, das würde dir genug Vorsprung verschaffen, um vor mir wegzurennen?« Er schenkte ihr ein überhebliches Lächeln und Emma wusste, dass er Recht hatte. Nicht nur, dass sie nicht unbedingt die schnellste Person war, ihr bodenlanges Kleid und die Absatzschuhe schränkten sie darüber hinaus erheblich in ihren Bewegungen ein. So oder so, sie würde ihn niemals abschütteln können. Resigniert seufzte sie.

»Also, was willst du?« »Dass du mich begleitest. Zu mir nach Hause.« Sie starrte ihn an und wartete auf die Pointe des offensichtlich gemeinten Scherzes, doch er sagte nichts weiter und genoss ihre Verwirrung.

»Du hast getrunken, oder?«, fragte sie schließlich und musste verunsichert lachen. Dabei versuchte sie seinem Gesicht zu entnehmen, ob er es ernst meinte oder sie nur aufziehen wollte. Hätte sie doch nur nicht ihr Handy vergessen. Dann hätte sie sich ein Taxi vor das Hotel bestellen können und wäre erst gar nicht in diese verquere Lage gekommen. Sie hätte natürlich auch von Ryans oder Annabells Handy aus anrufen können, wie ihr nun einfiel, aber in ihrer Aufregung hatte sie nicht daran gedacht und woher hätte sie auch wissen sollen, dass man sie vom Hotel zur Bushaltestelle aus abfangen könnte?

»Willst du mir vielleicht auch erklären, warum ich mit dir gehen soll?«, fragte sie und stützte ihre Arme auf der Motorhaube ab. Sie wollte lässig wirken und zeigen, dass sie keine Angst vor ihm hatte - was sicher imposanter gewesen wäre, wenn sie wirklich vor ihm gestanden und sich nicht hinter einem Bauwagen versteckt hätte. Vollkommen unerwartet macht er einen Satz zur Seite und flitzte um das Auto herum. Emma reagierte viel zu spät und rannte erst los, als er sie schon fast erreicht hatte.

Zu allem Überfluss verhedderte sie sich auch noch in dem langen Kleiderstoff und wäre zu Boden gegangen, wenn er sie nicht in diesem Moment gepackt hätte. Sie schätzte, dass sie einfach zu überrascht gewesen war, um daran zu denken, ihr Kleid zu raffen – nicht, dass sie ihm dadurch entkommen wäre. Er riss sie herum und drückte sie an die harte Betonwand hinter ihr, was ihr die Luft aus den Lungen presste.

»So viel zu deinem Plan, abzuhauen«, sagte er und blickte düster auf sie herab.

»Lass mich los. Ich werde jetzt nach Hause gehen«, sagte sie atemlos. Sie versuchte sich aus seinem Griff zu befreien, doch er bog ihr die Arme auf den Rücken und machte sie damit bewegungsunfähig. Er seufzte gespielt.

»Emma, mach jetzt keine Schwierigkeiten und begleite mich einfach.« Sie wehrte sich heftiger.

»Nein, verdammt. Lass mich los!« Sie hob ihre Stimme, um ihm zu signalisieren, dass sie es ernst meinte. Sie würde um Hilfe schreien, wenn es sein musste.

»Schhhh«, machte er.

»Ganz ruhig. Ich werde dir alles erklären, aber nicht hier.«

»Wird das etwa eine Entführung?«, fragte sie und stellte ihre schwachen Befreiungsversuche ein. Wenn sie so weiter machte, würde ihr Körper vor Anstrengung erschlaffen und dann konnte sie sich überhaupt nicht mehr wehren.

»Das klingt ziemlich dramatisch, findest du nicht? Und es wäre nur halb so schlimm, wenn du nicht so einen Aufstand machen würdest.« Sie antwortete nicht, sondern sah sich nach dem kürzesten Weg zur Straße um. Dort waren Menschen und sie war sich ziemlich sicher, dass er sie nicht vor Augenzeugen verschleppen würde. Sie musste es nur noch schaffen, von ihm loszukommen.

»Also, wirst du jetzt brav sein?«, fragte er mit erhobenen Brauen. Als Antwort hob sie ihr Knie und versenkte es in seinem Schritt. Er stieß ein Grunzen aus, ließ sie los und beugte sich vornüber.

Emma nutzte die Gelegenheit, nahm den langen Stoff ihres Kleides in die Hände und rannte davon.

Ihre Absatzschuhe machten es ihr nicht gerade einfach, auf dem unebenen Boden voranzukommen, doch jeder Schritt brachte sie weiter weg von Eric – also in Sicherheit.

Sie warf einen Blick über die Schulter, um zu sehen, wie groß der Abstand war … und sah, dass er direkt hinter ihr war. Emma taumelte vor Schreck, brachte sich aber mit dem nächsten Schritt wieder ins Gleichgewicht. Sie musste es nur schaffen, die Straße zu erreichen, dann …

»Hilfe«, schrie sie, als sich eine Hand auf ihre Schulter legte. Die andere presste er auf ihren Mund, um ihren Schrei zu ersticken.

»Das wird definitiv noch ein Nachspiel haben«, murmelte er an ihr Ohr, während er ihre Hände fixierte. Er war so stark, dass er ihre Arme mit nur einer Hand festhalten konnte, doch sie wehrte sich auch mit den Füßen.

»Jetzt reicht's aber«, knurrte er, legte einen Arm um ihren Hals und betastete mit der freien Hand ihren Rücken. Sie hörte auf zu strampeln und fragte sich, was er da tat. Dann spürte sie unterhalb des Nackens ein Drücken und die Welt wurde dunkel.

Kapitel 7

Langsam kam Emma zu sich. Sie öffnete die Augen und blinzelte in vorbeirauschende Lichter. Ihr Kopf war an eine Fensterscheibe gelehnt und brummte unangenehm. Sie fühlte sich, als hätte sie ausgelassen gefeiert und eine halbe Whiskeyflasche getrunken.

Die Straßen- und Scheinwerferlichter der vorbeifahrenden Autos schmerzten in ihren Augen, was sie schnell das Gesicht abwenden ließ. Da fiel ihr Blick auf Eric, der auf dem Fahrersitz saß und ihr verschmitzt zulächelte.

»Ah, das Prinzesschen ist aufgewacht. Hast du gut geschlafen?« Verwirrt schaute sie von Eric zur Straße, dann wieder zu ihm. Dabei rieb sie sich den Nacken.

»Ww …was ist passiert?« Er bog in eine dunkle Gasse und sagte:

»Du hast eine ziemliche Szene gemacht, da musste ich zu unschöneren Mitteln greifen. Glaub mir, normalerweise werde ich Frauen gegenüber nicht handgreiflich, aber du hast mir keine andere Wahl gelassen.«

Zuerst verstand sie nicht, dann, ganz langsam, kehrten die Erinnerungen zurück.

»Du … du hast mich KO geschlagen!«, rief sie und rüttelte an ihrer Beifahrertür. Sie war verschlossen.

»Nun wollen wir mal nicht übertreiben. Ich habe eine Druckpunkttechnik angewandt, nichts weiter.«

»Nichts weiter?«, rief sie hysterisch. »Du hast mich entführt, Eric!« Er rollte mit den Augen und brachte den Wagen zum Stehen.

»Jetzt mach nicht so einen Aufstand, Schätzchen. Wenn du mich hättest ausreden lassen, hätte ich dir auch erklärt, worum es hier überhaupt geht. Aber …«

»Lass mich raus. Lass mich sofort raus«, verlangte sie. Sie musste sich sehr zusammennehmen, um das Zittern in ihrer Stimme zu kontrollieren.

»Und wieder lässt die mich nicht ausreden«, sagte Eric zu sich selbst und warf resigniert die Hände in die Luft. Als sie auf ihn einschlagen wollte, zwang er ihre Arme gelangweilt nieder und drückte sie in den Sitz.

»Du machst es mir nicht gerade leicht, dich zu beschützen, weißt du das? Glaubst du, ich

entführe gerne hilflose Frauen?« Von wegen beschützen! Er hatte sie gewaltsam entführt!

»Wenn wir gleich aussteigen, möchte ich, dass du dich benimmst«, sagte er und beugte sich bedrohlich zu ihr herüber. Sein Gesicht war ihrem so nahe, dass ihr sein Minze artiger Atem entgegenschlug.

»Es sei denn, ich soll dich wieder ‚KO schlagen'?« Sie presste die Lippen zusammen und schüttelte den Kopf. Daraufhin ließ er sie los, brachte den Motor zum Stehen und stieg aus. Er kam um den Wagen herum und öffnete ihre Beifahrertür. Emma stieg langsam aus und scannte die Umgebung nach einer Fluchtmöglichkeit ab, doch außer dunklen Schatten sah sie rein gar nichts.

»Denk nicht mal dran«, warnte Eric und packte sie sicherheitshalber am Arm.

»Das hier ist die übelste Gegend der Stadt. Wenn du hier alleine herumläufst, bist du innerhalb einer Stunde vergewaltigt oder tot.« Sie warf Eric einen entsetzten Blick zu und auch wenn der Hinterhof nur schwach beleuchtet war, konnte sie deutlich die Ernsthaftigkeit in seinem Gesicht erkennen. Er machte keinen Spaß.

»Du hast mich ins Ghetto verschleppt? Bist du verrückt?« Er antwortete nicht, sondern bedeutete ihr, leise zu sein. Dabei zog er sie auf eine abgewetzte Tür zu. Trotz der Dunkelheit konnte Emma deutlich erkennen, wie schäbig das Gebäude war. Von außen wie von innen. Der Putz des Treppengeländers und der Wände hatte eine grässliche ausgeblichene Farbe und bröckelte bereits seit Jahren ab. Auf dem Boden klebten undefinierbare Flüssigkeiten und das Treppenhaus versprühte einen unangenehmen bedrückenden Geruch.

»Es ist ekelhaft hier«, bemerkte Emma und riss sich von seinem Griff los. Er ließ es zu, behielt sie aber ganz genau im Auge. In der zweiten Etage angekommen, schloss er eine, alles andere als stabil wirkende Tür auf und stieß sie hinein. Emma hätte alles Mögliche erwartet:

Bis zur Decke gestapelte Umzugskartons, eine unordentliche abgewrackte Wohnung oder ein leer stehendes, so gut wie nie bewohntes Zimmer. Doch als Eric das Licht anschaltete, warf sie ihm einen ungläubigen Blick zu. Er ignorierte sie, schälte sich aus seiner Lederjacke und hängte sie an die

moderne Garderobe. Wie auch die danebenstehende Kommode war sie nicht hochwertig, aber auch nicht aus spärlichem Holz. Der Boden war aus hellbraunem Laminat und die Wände weiß gehalten und sie sah, dass der Eingang auf dieser Seite durch Metall verstärkt war und einer Sicherheitstür glich. Eric führte sie ins Wohnzimmer, das geräumig und harmonisch eingerichtet war. Eine große Wohnlandschaft nahm beinahe die Hälfte des Raumes ein, der Rest war mit einem Fernseher, Sideboard und einer Kommode bestückt. Auch hier fiel ihr wieder auf, dass das Mobiliar schlicht war, aber nicht schäbig wirkte und so überhaupt nicht in das abgetragene Haus passen wollte, als hätte man eine Jugendwohnung mit IKEA-Möbeln eingerichtet.

»Hier wohnst du?«, fragte Emma und war nicht sicher, ob sie überrascht über das Innenleben oder erschüttert über die Wohnlage sein sollte.

»Gelegentlich. Ich habe mehrere Wohnungen«, sagte er und verschwand in der angrenzenden Küche. Musste wohl so sein, dachte sie und zog ihren Mantel aus. So ordentlich wie es hier war.

»Hast du keine Angst, dass hier jemand einsteigt?«, fragte sie mit einem Rundblick und blieb an dem großen Plasmafernseher hängen.

»Glaub mir, wer hier wohnt, hat genug Geld«, antwortete er und kam mit einem Wasserglas und einem Bier wieder. Er stellte das für sie bestimmte Glas auf dem Beistelltisch ab, machte aber keine Anstalten, weiter ins Detail zu gehen, also hakte Emma nicht weiter nach. Sie interessierte ohnehin nur eines: »Also, warum bin ich hier?«

»Versprichst du, dass du mich erst anhören und nicht gleich wieder ausrasten wirst?«, fragte er skeptisch. Er setzte sich ihr gegenüber und nahm sein Handy aus der Hosentasche, um darauf herum zu tippen. Emma nickte widerwillig.

»Trink erst mal was und setz dich, bevor du mir noch umkippst«, schlug er vor und nippte seinerseits an der Flasche. Emma kam seiner Aufforderung nach und setzte sich auf das gemütliche Sofa. Und nachdem sie das Glas in wenigen Zügen geleert hatte, forderte sie ihn zum Reden auf. Eric setzte die Flasche ab, warf einen kurzen Blick auf ihr leeres Glas und sagte schulterzuckend:

»Nachdem du mit James zusammen auf der Gala warst, war es nicht mehr sicher für dich. Ich musste dich wegbringen, bevor man euch zusammen gesehen hätte.«

»Du meinst Liam. Du arbeitest für ihn, oder? Woher solltest du sonst wissen, dass er mir verboten hat, mich mit James zu treffen?« Eigenartigerweise verblüffte sie die Erkenntnis nicht annähernd so sehr, wie sie eigentlich sollte. Dafür beunruhigte sie nun etwas ganz anderes: Was, wenn Eric nur einen Vorwand geschaffen hatte, um sie hierherzubringen und Liam auszuliefern?

»Ich *habe* für ihn gearbeitet und bevor du gleich wieder durchdrehst: Du bist nicht hier, weil ich dich überführen will.«

»Warum dann?«

»Weil mein Bruder, dieser verdammte Idiot, sich einfach nicht an seine eigenen Regeln halten kann. Er hat dir schon in der Cocktailbar nachgestellt und die Gala nur organisiert, um einen Vorwand zu haben, dich zu sehen. Keine Ahnung, was da wieder in ihn gefahren ist. « Emma starrte Eric an und traute ihren Ohren nicht. Wieso sollte James so etwas tun? Sicher nicht, weil er romantische Gefühle für sie hegte. Von dieser

Vorstellung hatte sie sich schon längst verabschiedet.

»Das glaube ich nicht«, sagte sie, dennoch fing ihr Magen zu kribbeln an.

»Glaub was du willst, aber mit dem heutigen Abend hat er dich sozusagen zum Freiwild erklärt. Liam hat nicht nur dir Konsequenzen angedroht, sondern auch ihm. Er hat seine Leute überall und lässt James rund um die Uhr bewachen. Ich verwette meinen Arsch darauf, dass Liams Männer heute Abend unter den Gästen waren. Und nachdem Liam dich bedroht hat, konnte ich dich wohl kaum nach Hause fahren lassen.« Emma war sprachlos, sie konnte einfach nicht glauben, was sie da hörte.

Die plötzliche Flut an Empfindungen schien sie zu ersticken und erschwerte ihr das Denken. Doch was Eric auch erzählen mochte, sie durfte ihm nicht trauen. Als sein Handy vibrierte, warf er einen Blick darauf und grinste düster.

»Kleine Planänderung«, sagte er und tippte etwas ein.

»Was für eine Planänderung? Wenn du mich wieder verschleppen willst, kannst du dir das abschminken. Ich traue dir nicht, du bist

nämlich genauso hinterhältig wie dein Bruder!« Eric lachte über ihre Worte, sah aber unverwandt auf das Handydisplay. Er tippte etwas ein, dann sah er mit ernsthaftem Gesicht zu ihr auf.

»Offenbar begreifst du nicht, was ich dir damit sagen will. James hat nur aus einem einzigen Grund mit dir Schluss gemacht, und zwar, um dich zu schützen.« Emma schnaubte und spürte gleichzeitig, wie sich alles in ihrem Kopf zu drehen begann. Irgendwie fühlte sie sich nicht gut, doch sie besaß noch genügend Entschlossenheit, um Eric anzufahren:

»Und *du* bist wohl plötzlich zum Helden mutiert, was? Warst du nicht derjenige, der unsere Beziehung von Anfang an verhindern wollte? Und jetzt tust du so, als ob dich meine Sicherheit interessiert? Du wolltest sogar mit mir schlafen, Herrgott nochmal!«

»Wollte ich nicht«, antwortete er ungerührt und setzte die Bierflasche an. Auf Emmas zweifelnden Gesichtsausdruck hin erklärte er schließlich:

»Ich wollte James nur eins auswischen. Außerdem bist du nicht mein Typ.« Als Emma empört aufbrausen wollte, sagte er:

»Hör zu. Auch wenn du mir nicht glaubst, aber deine Sicherheit interessiert mich sehr wohl. Und auseinanderbringen wollte ich euch, weil ich eifersüchtig auf James war und weil Liam mich erpresst hat.«

»Ach. Und jetzt erpresst er dich nicht mehr?«

»Es ist kompliziert. Aber ich bin dabei, meine Fehler wieder gutzumachen. Du musst mich nur lassen«, sagte er und fuhr sich müde mit der Hand durchs Haar. Emma betrachtete sein Gesicht, das immer noch von den Kampfspuren gezeichnet war. Sie wollte ihm zu gerne glauben, wollte glauben, dass Liam der Böse war. Aber sie hatte mit Eric und James bislang nur Ärger gehabt und gelernt, den Brüdern nicht über den Weg zu trauen. Bevor sie das eben Erfahrene überhaupt verarbeiten konnte, stand Eric auf und tippte ein letztes Mal auf seinem Handy herum.

»Was passiert jetzt?«, wollte Emma wissen. Denn wenn er sie nicht an Liam aushändigen wollte, was hatte er dann mit ihr vor?

»James wird herkommen und dich abholen.«

»Was? Auf keinen Fall!«, rief Emma und wollte vom Sofa aufspringen, doch ihre Glieder verweigerten ihr den Dienst.«

»Gib dir keine Mühe, du wirst dich in nächster Zeit nicht großartig bewegen können«, sagte er und lief in den Flur, um seine Jacke zu holen.«

»Was ... hast du mir etwa Drogen gegeben?«, fragte sie und wollte hysterisch werden, doch eine bleierne Gleichgültigkeit legte sich über sie, kaum, dass sie auffahren wollte. Ihr Blick ging zu dem leeren Wasserglas, an dem noch ihr Lippenstift klebte. Jetzt wusste sie auch, warum sie die ganze Zeit über so ruhig geblieben war.

»Keine Droge. Eher eine Mischung Beruhigungstabletten.«

»Dann bin ich jetzt so etwas wie deine Gefangene?«, fragte sie und sah zu, wie er sich die Jacke überzog.

»So etwas«, bestätigte er lächelnd und ging zur Tür.

»Ich werde dich zu deiner eigenen Sicherheit einschließen, aber keine Sorge. James wird bald hier sein«, sagte er zum Abschied und verließ die Wohnung.

Keine Sorge? Genau das beunruhigte sie doch! Sie wollte James nicht sehen und vor allem wollte sie nicht von ihm abgeholt werden.

Sie wusste ja nicht einmal, was sie von alledem halten sollte. Die Eisentür fiel ins Schloss und dem darauffolgenden Klicken nach war sie nun endgültig allein.

Na super!, dachte sie und warf einen Blick auf die Uhr.

Es war kurz vor Mitternacht und sie saß zugedröhnt in einer fremden Wohnung, in der wohl zwielichtigsten Gegend der Stadt.

Noch grotesker konnte es nicht werden. Doch sie verspürte keinerlei Panik, was zweifellos an dem beruhigenden Wirkstoff lag. Ob Eric die Mixtur selbst getestet hatte?

Ob sie gesundheitsschädlich war? Ihre Gedanken drifteten allmählich ab und ihr Kopf sank ganz langsam auf die Sofalehne zurück.

Kapitel 8

Emma öffnete schlagartig die Augen und sah sich um. Sie hatte keine Ahnung, wie lange sie geschlafen hatte, doch das flaue Gefühl im Magen ließ sie endgültig erwachen. Sie rappelte sich umständlich vom Sofa auf und zwang ihre Beine voran. Es überraschte sie, dass sie laufen konnte, auch wenn sie nicht wusste, warum sie das überraschte. Ihre Gedanken waren so träge wie ihre Bewegungen.

Sie versuchte sich zurückzuerinnern, kam aber nur zu der Erkenntnis, dass sie sich in Erics Wohnung befand. Er hatte ihr etwas Wichtiges erklärt, doch sie konnte den Nebel in ihrem Kopf nicht ganz durchbrechen. Sie erreichte das Bad, stürzte auf die Toilettenschüssel zu und übergab sich. Schließlich stand sie auf und betrachtete sich im Spiegel. Sie war blass und auf ihrer Stirn glänzten Schweißperlen.

Warum war sie hier und wo war Eric? Emma spülte ihren Mund mit Zahnpasta und Wasser aus, dann scheffelte sie sich eiskaltes Wasser ins Gesicht, um einen klaren Kopf zu bekommen. Schließlich ging sie ins Wohnzimmer zurück. Jetzt, wo sie ihren Magen erleichtert hatte, fühlte sie sich gleich viel sicherer auf den Beinen. *Er hat mir Drogen verabreicht*, erinnerte sie sich. *Und hierher verschleppt.* Nur weshalb, wusste sie nicht. Doch eigentlich spielte das auch keine Rolle, denn alles, was sie wollte, war von hier verschwinden. Sie sah sich nach Eric um, konnte ihn in der Zweizimmer-Wohnung aber nirgends finden. Also öffnete sie die Wohnungstür oder versuchte es zumindest, denn als sie daran rüttelte, blieb sie verschlossen. Verdammt!, dachte sie und erinnerte sich vage daran, dass er sie eingeschlossen hatte. Aber wieso hatte er sie überhaupt zurückgelassen? War er etwas Wichtiges erledigen? Würde er gleich wiederkommen?

Sie konnte sich nicht daran erinnern. Dafür schossen ihr dutzend unschöne Szenarien durch den Kopf, was er mit ihr anstellen würde, wenn er zurückkam. Sie musste hier

weg, sofort und es gab offenbar nur einen möglichen Ausweg. Emma lief ins Wohnzimmer zurück und öffnete das Fenster, um einen Blick nach unten zu werfen. Sie befand sich in der zweiten Etage, es war also nicht unmöglich!

Sich Mut zuredend, zog Emma ihren Mantel über, stopfte die High Heels in ihre Umhängetasche und setzte sich auf die Fensterbank. Schräg unter ihr befand sich ein Balkon, auf den sie sich abseilen konnte. Sie musste nur etwas finden, das sie als Strick benutzen konnte. Emma lief eilig in sein Schlafzimmer und durchwühlte den Kleiderschrank nach Hemden und Shirts. Und als sie genügend zusammen hatte, knotete sie ein langes Seil, das sie unterhalb des Fensters an der Heizung befestigte.

Sie überprüfte die Stabilität, indem sie mit ganzer Kraft daran zog, dann stieg sie vorsichtig aus dem Fenster. Emma schauderte, als sie ihre Beine aus dem Fenster hangelte und die eisige Luft durch den dünnen Stoff ihres Kleides drang. Sie kam zuerst mit dem linken Fuß auf und war erleichtert, als sie festen Grund unter der Sohle spürte.

Dann mit dem zweiten und schließlich stand sie auf der Brüstung des Balkons. Von dort aus war es nicht mehr schwer, den Boden zu erreichen. Emma sank in eine sitzende Position und sprang die letzten zwei Meter hinunter. Sie kam unsanft mit den Füßen auf und verspürte ein Ziepen im rechten Fußknöchel, doch ansonsten fehlte ihr nichts.

Okay, sie war aus seiner Wohnung entkommen. Und nun? Eine Bushaltestelle war weit und breit nicht in Sicht und da sie auf der Hinfahrt geschlafen hatte, konnte sie nicht sagen, aus welcher Richtung sie gekommen waren. Sie drehte sich einmal um die eigene Achse und begutachtete drei Straßen, welche von der Kreuzung abgingen. Keine davon sah freundlich aus, doch am Ende des mittleren Wegs sah sie das Werbeschild eines Spätkaufs aufblinken. *Gottseidank*, dachte sie und marschierte los.

Dort gab es sicher ein Telefon oder sie würde den Verkäufer bezahlen, damit er ihr ein Taxi rief. Sie spürte den kalten Pflasterstein unter ihren Füßen und blieb stehen. Eigentlich hatte sie die High Heels nicht anziehen wollen, um schneller voran zu kommen, aber wenn sie sich keine Erkältung einfangen wolle, musste

sie sie wohl oder übel wieder anziehen. Also schlüpfte sie in ihre Schuhe und lief weiter. Klack Klack … Klack Klack.

Ihre Absätze machten solch einen Krach, dass es nicht lange dauern würde, bis auch der letzte Bewohner von ihrer Anwesenheit erfuhr. Sie befand sich hier in einer der schlimmsten Gegenden der Stadt, hatte Eric gesagt. Da sollte sie möglichst unauffällig bleiben. Und in diesem Aufzug rief sie ja geradezu nach Ärger!

Also zog sie die Schuhe wieder aus und nahm die stechende Kälte an den Fußsohlen in Kauf. Sie trug zwar Strumpfhosen, aber diese waren so dünn, dass sie nicht wirklich vor der Kälte schützten. Als sie ihr Ziel erreicht hatte und sich in Sicherheit wiegte, schlüpfte sie allerdings wieder hinein. Dabei kam sie sich vor wie in einem schlechten Horrorfilm. Denn das Geschäft wurde, außer seinem blinkenden Werbeschild, nur von einer einzigen Laterne beleuchtet.

Der Rest der Straße und auch die gegenüberliegende Seite lagen im Dunkeln. *Gruselig*, dachte sie und stieß die Ladentür auf. Eine Glocke erklang und kündigte ihr Eintreten an, doch vom Verkäufer war weit

und breit nichts zu sehen. Es war ein kleines Geschäft, gerade mal drei Reihen breit und fast ausschließlich mit Alkohol bestückt. Lediglich an der Theke gab es Süßwaren, Zigaretten und Zeitschriften.

»Hallo?«, rief Emma und spähte ans Ende des Raumes, wo sich eine Tür befand. Vielleicht machte der Verkäufer gerade Pause oder rauchte im Hinterhof eine Zigarette. Sie näherte sich der Tür, als eine hochgewachsene Gestalt daraus hervortrat. Es war ein Mann, etwa ihren Alters, schlank und groß. Das Basecap lag ihm tief im Gesicht, so dass sie seine Augen nur schwer erkennen konnte.

»Hi, dürfte ich vielleicht kurz telefonieren? Ich brauche ein Taxi, finde aber weit und breit keine Telefonzelle«, sagte Emma und deutete auf die verlassene Straße hinter sich. Der Verkäufer kam näher und betrachtete ihr schickes Outfit, dann lief er, ohne eine Antwort zu geben, an ihr vorbei, direkt auf die Ladentür zu. Er schob die Jalousien beiseite und spähte auf die Straße, dann fragte er: »Bist du alleine?«

»Äh, wie bitte?«, fragte Emma, die von seinem Verhalten verwirrt war.

»Ob du alleine da bist?«, fragte er ungeduldig und löste seinen Blick von der Straße, um sie anzuschauen. Das brachte sie dazu, ihn noch einmal eingehend zu betrachten. Er trug eine Bikerjacke, dazu abgewetzte Jeans, schwarze Schuhe und fingerlose lederne Handschuhe. Erst jetzt fiel ihr auf, dass er so gar nichts von einem Kioskverkäufer hatte. Ihr Herz machte einen Satz und im nächsten Moment stürmte sie zur Hintertür des Geschäftes.

Zu ihrer Verwunderung rührte er sich aber nicht von der Stelle. Als sie die Tür aufstieß, blieb sie erschrocken stehen und starrte auf das Szenario vor sich.

Der Verkäufer kniete mit blutverschmiertem Gesicht auf dem Boden, vor und hinter ihm zwei weitere Männer, die genauso unfreundlich gekleidet waren wie der Basecap-Typ. Doch ihre Reaktionen hätten nicht unterschiedlicher sein können: Der hintere Täter wanderte mit einem anzüglichen Lächeln über ihr Outfit, der Vordere schenkte ihr einen unfreundlichen Blick – offenbar verärgert über die Störung.

»Zieh Leine, Süße«, knurrte er unbeeindruckt und wandte sich wieder seinem Opfer zu. Emma warf noch einen Blick auf den

Verkäufer, der sie weiterhin stumm anflehte, dann zog sie sich aus dem Hinterzimmer zurück. So verrückt war sie nicht, dass sie sich mit drei ausgewachsenen Verbrechern anlegte. Sie würde ihm irgendwie helfen, doch dazu musste sie erst einmal selbst von hier fortkommen. Wenn sie nur ihr Handy dabei hätte, dann könnte sie unauffällig die Polizei rufen.

»Wolltest du irgendwo hin?«, fragte der Basecap-Typ belustigt, als sie die Tür hinter sich geschlossen hatte. Er verschränkte die Arme und lehnte sich lässig an die Kassentheke. Und als sie sich vorsichtig einen Weg durch die hinterste Regalreihe bahnte, beobachtete er sie müde lächelnd. Sie machte nicht den Fehler, auf die Ladentür zuzurennen, denn dann hätte er sie mit Sicherheit abgefangen – und Gott allein wusste, was er dann mit ihr anstellte.

Als sie das Ende des Regals erreicht hatte und nur noch wenige Schritte von der Tür entfernt war, spannte sich sein gesamter Körper an – bereit zum Sprung.

Emma sah, wie er sich unauffällig von der Theke löste, um schneller reagieren zu können, wenn sie zu fliehen versuchte. Sie

schluckte, bemüht, sich ihre Nervosität nicht anmerken zu lassen.

»Warum nehmt ihr nicht einfach das Geld und lasst ihn in Ruhe?«, fragte sie und deutete hinter sich. Der Basecap-Typ sah kurz zur Tür, von wo aus dumpfe Geräusche erklangen und sagte:

»Ist was persönliches.« So wie es klang, musste es aber *sehr* persönlich sein, dachte sie mitfühlend. Sie musste dringend Hilfe holen, bevor sie den armen Mann noch zu Tode prügelten. Ihr Gegenüber musterte sie erneut, dann fragte er:

»Du kommst nicht von hier. Was hast du hier verloren?«

»Ich war jemanden besuchen«, antwortete sie sofort. Sie wollte erst gar keinen Smalltalk aufkommen lassen, sondern so schnell wie möglich von hier verschwinden. Sein Blick blieb an ihren High Heels kleben.

»Bist du eine Nutte?«

»Was? Nein!«, antwortete Emma entrüstet. Dabei störte sie nicht einmal, dass er sie für eine hielt, sondern eher seine Wortwahl. Selbst wenn sie einer Prostituierten gegenüber stehen würde, würde sie niemals einen solchen Ausdruck verwenden!

»Dann weiß ich nicht, wen du hier besuchen solltest«, überlegte er laut. Emma antwortete nicht, stattdessen fragte sie:

»Lässt du mich jetzt gehen?« Er deutete in einer eleganten Aufforderung zum Ausgang.

»Sicher, wenn du uns nicht verpetzt.« Sie nickte und lief zur Tür. Dabei ließ sie ihn nicht aus den Augen, aus Angst, er würde sich jeden Augenblick auf sie stürzen.

In ihrem Kopf spielten sich bereits Dutzende Szenarien ab: Wie er sie von hinten anfiel, ihr die Beine stellte, sie an den Haaren zurückzog oder auf den Boden stieß. Ihrer Fantasie waren da keine Grenzen gesetzt. Doch nichts von alledem geschah. Auch nicht, als sie den Laden verlassen hatte und bereits einige Schritte gelaufen war. Doch dann hörte sie die Tür hinter sich knarren und fuhr erschrocken herum. Da stand er auf der Schwelle und sagte:

»Zehn.« Emma begriff nicht, was er meinte, bis er rückwärts zu zählen begann:

»Neun. Acht.«

»Aber … du hast doch gesagt, du lässt mich laufen!«, sagte sie rückwärts gehend und mit pochendem Herzen.

»Das mache ich doch«, antwortete er mit einem schiefen Lächeln.

»Ich lasse dir einen fairen Vorsprung. Sieben!« Sie hätte es wissen müssen! Emma drehte sich um und rannte los, doch obwohl er langsam zählte, holte ihr Verfolger schnell auf - was nicht einmal an ihren hohen Schuhen lag. Denn die hatte sie, kaum, dass sie losgerannt war, ausgezogen und in die Hände genommen.

Nein, er war einfach schneller als sie und holte sie schon nach wenigen Sekunden ein. Emma war die Straße zurückgerannt, in der Hoffnung, jemandem zu begegnen. Sie hatte das Fenster, aus dem sie sich gehangelt hatte, direkt über sich, doch um wieder hinaufzuklettern, war sie einfach nicht sportlich genug und einen Hausschlüssel besaß sie nicht.

Der Basecap-Typ packte sie an den Schultern und zerrte sie grob herum, da riss Emma ihre Arme hoch und schlug mit den Schuhen nach ihm. Sie musste ihn nur genügen damit verletzen, dann konnte sie vielleicht entkommen. Doch er fing ihre Schläge mit einer Leichtigkeit ab, als prügele er sich jeden Tag – und das mit viel

eindrucksvolleren Gegnern als sie. Er riss ihr die Schuhe aus der Hand und schleuderte sie von sich, ein triumphierendes Grinsen im Gesicht. Dann fragte er:

»Was mache ich jetzt mit dir?« Und näherte sich ihr. Emma wich zurück und hatte Mühe, nicht über ihr Kleid zu stolpern. Sie befürchtete, keine Gelegenheit mehr zum Aufstehen zu bekommen, wenn sie erst einmal am Boden lag. Ohne weiter nachzudenken, schlug sie nach seinem Gesicht und wurde in diesem Moment von einem grellen Licht geblendet. Nun hätte sie ihren Misserfolg der Beleuchtung zuschreiben können, aber irgendwie glaubte sie nicht, dass sie überhaupt getroffen hätte.

Sie spürte ihren Schlag ins Leere gehen, im nächsten Moment wurde ihr der Arm brutal auf den Rücken gedreht. Emma schrie auf und hörte eine Autotür zufallen. Dann war der Schmerz verschwunden und sie lag plötzlich am Boden.

Sie konnte immer noch nichts erkennen, weil die Scheinwerfer genau auf ihr Gewicht strahlten, doch sie vernahm ein unappetitliches Knacken, als würde ein Kiefer

brechen und wurde im nächsten Moment ruckartig auf die Beine gezogen.

Sie wurde außer Reichweite des Scheinwerferlichtes gezogen, dann fand sie sich James gegenüber. Emma wusste nicht, was sie sagen sollte. So viele Gefühle und Eindrücke prasselten auf sie ein. Wie er so düster dreinblickend vor ihr stand, ganz in Schwarz gekleidet und die Scheinwerfer im Rücken, sah er aus wie ein gefallener Racheengel. Wunderschön und tödlich zugleich.

»Hat er dir was getan?«, fragte James, ohne sich mit einer Begrüßung aufzuhalten. Sofort wurde Emma aus ihrer Trance gerissen. Einen Moment hatte sie in ihm tatsächlich den Mann gesehen, in den sie verliebt gewesen und der auf einem weißen Schimmel zu ihrer Rettung herbeigeeilt war. Aber natürlich half er ihr nur, weil es ihm die Höflichkeit gebot. Sie schüttelte den Kopf, dann schob er sie hinter sich und wandte sich dem Basecap-Typen zu.

Dieser blutete aus der Nase und rappelte sich gerade auf. Dann spuckte er Blut und funkelte James mordlustig an. Dieser hob abwehrend die Hände:

»Ich will keinen Ärger. Nur meine Freundin mitnehmen und von hier verschwinden.« Der Basecap-Typ lachte unfreundlich, was unheimlich aussah, weil seine Zähne blutverschmiert waren.

»Das hättest du dir überlegen sollen, bevor du mich schlägst, Arschloch.« Er schob sich zwei Finger in den Mund und stieß einen langen Pfiff aus, kurz darauf sah Emma zwei Gestalten die Straße hinunterrennen. Seine Komplizen aus dem Hinterzimmer.

»James!«, sagte sie warnend und zog an seinem Jackenärmel. Als er sich zu ihr umdrehte, deutete sie hinter sich.

»Ernsthaft?«, fragte James unbeeindruckt und wandte sich wieder seinem Gegenüber zu.

»Du holst Verstärkung?« Emma warf James einen eindringlichen Blick zu, den er jedoch ignorierte. War er denn wahnsinnig, ihn auch noch zu verspotten?

»Nur zur Sicherheit«, antwortete sein Gegenüber und begrüßte seine Kumpel mit einem Nicken, als sie zu ihnen aufgeschlossen waren. Als sie sich neben James und Emma positionierten, wich dieser so zurück, dass er alle drei Männer im Blick hatte. Er wollte Emma beiseiteschieben, außer Reichweite der

Angreifer, doch sie sträubte sich. Irgendwie glaubte sie, dass sie die die Einzige war, die einem Kampf noch im Weg stand. Wenn sie erst einmal aus der Schusslinie gezogen war, würden die Männer sicher auf ihn losgehen.

»Lasst ihn in Ruhe. Ihr habt euren Spaß gehabt. Er wollte mich doch nur beschützen«, versuchte Emma es, wurde aber sofort von dem Unfreundlichen aus dem Hinterzimmer angefahren:

»Halts Maul, Miststück und geh aus dem Weg.« Sie hob die Brauen und wollte etwas Unfreundliches erwidern, doch James packte sie am Arm und zog sie beiseite.

»Hast du ihn geschlagen?«, fragte der Unfreundliche an James gewandt und baute sich drohend vor ihm auf.

»Er hat meine Freundin belästigt«, erklärte James mit ruhiger Stimme. Emma bewunderte ihn dafür. Wie konnte er nur so gelassen bleiben, wenn er doch wusste, dass er jeden Moment verprügelt würde?

Die Männer begannen James zu umkreisen und dieser versuchte, sie möglichst alle im Auge zu behalten. Die erste Attacke kam von hinten, doch er schien damit gerechnet zu haben. Er fuhr blitzschnell herum und

empfing seinen Hintermann mit einem Schlag in die Magengegend. Daraufhin wurde James von der Seite aus ins Gesicht geschlagen, taumelte aber nicht annähernd so sehr wie sein Opfer. Nun griff auch der Dritte an, doch auch ihn konnte James fürs Erste abwehren. Eines musste man ihm lassen.

Er wusste sich zu verteidigen, dachte Emma beeindruckt. Andererseits kannte sie seinen trainierten Körper nur zu gut, so dass es wiederum kein Wunder war. Feige wie seine Gegner aber waren, griffen sie nun zu zweit an, während sich der Dritte noch erholte. Als James von hinten gepackt und festgehalten wurde, ging Emma schreiend dazwischen. Wie konnte man nur so feige und unfair kämpfen?

Der Basecap-Typ stieß sie grob beiseite, so dass sie auf dem Hintern landete, dann versenkte er seine Faust abwechselnd in James Magen und Gesicht. Doch so leicht gab dieser nicht auf. Sein Gegner machte den Fehler, ihm zu nahe zu kommen, so dass er sein Knie heben und es in seinem Schritt versenken konnte.

Er ging heulend in die Knie und James nutzte die Gelegenheit, um sich aus den Armen

seines Hintermanns zu befreien. Plötzlich blitzte eine Klinge auf und Emma registrierte erst, was geschehen war, als James zusammenbrach. Sie stieß einen spitzen Schrei aus und stürzte auf James zu, der in die Knie gegangen war und seine Hände auf den Oberschenkel presste. Unter seiner Hand quoll Blut hervor.

»Seid ihr vollkommen bescheuert?«, schrie sie die Männer an und kauerte sich vor James. Der, der ihm das Messer ins Bein gerammt hatte, schien selbst erschrocken über seine Tat.

»Lasst uns abhauen«, schlug der Basecap-Typ vor und zog seinen geschockten Kumpel mit sich. Sie warfen einen Blick auf James schwarzen Wagen, dessen Motor die ganze Zeit über lief und eilten darauf zu.

»Hey!«, rief Emma, als sie darin einstiegen und den Motor aufröhren ließen.

»Das könnt ihr nicht machen!«, schrie sie und wollte hinterher, doch James packte ihren Arm.

»Lass sie«, sagte er mit zusammengepressten Zähnen und versuchte sich aufzurichten. Noch mehr Blut trat aus dem zerfetzten Loch seiner Hose.

»Aber wir müssen dich ins Krankenhaus bringen«, hielt sie dagegen. In diesem Moment preschte das Auto davon und fuhr mit quietschenden Reifen um die Ecke.

»Ruf einen Krankenwagen«, sagte er und ließ sich vorsichtig auf den Boden sinken. Er entlastete sein Bein, indem er es ausstreckte und presste die linke Hand unentwegt auf die Wunde. Auf seiner Stirn glänzten Schweißperlen.

»Gibt mir deins, ich hab kein Handy dabei«, sagte sie aufgelöst. Er klopfte seine Hosentaschen ab, dann lachte er laut auf.

»Was ist so lustig?«, fragte sie und musterte ihn kritisch. »Ich habe mein Handy im Wagen liegen lassen.«

»Waaaas?«, rief sie entsetzt.

»Das soll wohl ein Witz sein! Warum das denn?«

»Naja, ich hatte nicht viel Zeit zum Handeln gehabt, oder? Immerhin war der Kerl drauf und dran, dich anzugreifen.« Emma atmete tief durch, dann sagte sie: »Okay, dann bleib du hier, ich hole Hilfe.« Doch er schüttelte den Kopf.

»Nichts da, ich lass dich hier nicht alleine umherziehen. Du hast ja gesehen, wie das

beinahe geendet ist.« Sie starrte ihn fassungslos an.

»Du musst in ein Krankenhaus, James, du verblutest!« Das ließ ihn schnauben.

»Du kannst hier nicht einfach an den Haustüren klopfen und um Hilfe bitten. Hier wohnen Gangster, Schwerverbrecher und Mörder. Außerdem braucht es eine Weile, bis ich an der Verletzung sterbe.« Emma konnte nicht glauben, was sie da hörte.

»Findest du das etwa witzig?«

»Ganz und gar nicht«, antwortete er unerträglich ruhig. Dann fragte er:

»Hilfst du mir mal hoch?« Sie kam zu ihm und packte ihn unter den Achseln. Dabei fragte sie: »Und was willst du jetzt machen? Zum nächsten Krankenhaus laufen?« Sie holte tief Luft und brachte ihre gesamte Kraft auf, um ihn hochzuhieven, doch er rührte sich so gut wie überhaupt nicht.

Mein Gott, sie hatte ganz vergessen, wie schwer er war! Sie erinnerte sich daran, wie er sich einmal auf sie gelegt hatte, ohne sich abzustützen und dass sie beinahe unter ihm erstickt war. Die Erinnerung brachte ihre Wangen zum Glühen.

»So wird das nichts. Du musst mich hochziehen«, sagte er geduldig und hielt ihr seinen Arm hin. Emma verstand ihn nicht. Wie konnte er nur so ruhig bleiben, während er langsam verblutete?

»Wir werden auf Eric warten müssen. Bei ihm zu Hause kann ich mich verarzten.«

»Auf ihn warten? Was, wenn er erst morgen wiederkommt? Außerdem ist seine Wohnung verschlossen. Ich bin durchs Fenster gestiegen.«

»Du bist was?«, fragte er mit großen Augen. Gleichzeitig zog sie ihn mühselig auf die Beine.

»Warum machst du so was?« Er legte einen Arm um ihre Schulter und stützte sich darauf ab. So liefen sie durch die dunkle Gasse zu Erics Wohnung und bei jedem Schritt schien sie mehr in den Erdboden gedrückt zu werden. Fast war sie gewillt, nicht darauf zu antworten.

James wurde gerade mit einem Messer attackiert und machte ihr Vorhaltungen, weil sie so unvorsichtig gewesen war? Konnte es sein, dass er sich wirklich Sorgen um sie machte? Dass ihm ihr Leben wichtiger war als

seines? Sie schüttelte den Kopf. Völlig unmöglich. Ausgeschlossen.

»Ich dachte, er will mich Liam aushändigen und als er mich eingeschlossen hat, bin ich durchs Fenster geflohen. Wusstest du, dass er für Liam gearbeitet hat?« Als er nicht sofort antwortete, sah sie zu ihm auf. Seine Kiefer waren fest zusammengepresst und mehr Schweiß hatte sich auf seiner Stirn gebildet. Unter dem Schein der einsamen Lampe, die über der Haustür hing, konnte sie sehen, wie blass er geworden war. Er würde ihr doch nicht umkippen, oder? Sie würde ihn niemals allein die Treppen hinauf bekommen.

»Ich hätte es ahnen müssen. All die Jahre, die er mir versucht hat, das Leben zur Hölle zu machen, habe ich nicht einmal den Grund hinterfragt. Vielleicht steckte von Anfang an Liam dahinter.«

»Nicht ganz. Er hat gesagt, dass er wirklich eifersüchtig auf dich war, Liam ihn aber zusätzlich dazu gedrängt hat«, sagte Emma und öffnete die demolierte Haustür. Einen Fahrstuhl gab es nicht, also musste er sich die zwei Etagen hinaufschleppen, wobei sie ihn so gut es ging stützte.

»Und was jetzt?«, fragte sie, als sie vor der Wohnungstür standen. James humpelte zur Tür heran und tastete den oberen Rahmen ab.

»Hier muss es eine Einkerbung geben, in der er seinen Schlüssel versteckt«, erklärte er. Und tatschlich, kaum hatte er zu Ende gesprochen, holte er auch schon einen Schlüssel hervor.

»Und das wusstest du woher?«, fragte Emma überrascht, als er aufschloss.

»Von Eric natürlich«, antwortete er und humpelte hinein. Er steuerte sofort das Bad an, hinterließ aber blutige Spuren auf dem Laminatboden.

»Das Verbandszeug müsste in dem Schrank sein«, sagte er und deutete auf einen Unterschrank des Waschbeckens.

»Warst du schon mal hier?«, fragte Emma verwirrt, während sie das besagte Objekt danach durchforstete.

»Nein, aber seine Wohnungen sind fast alle identisch eingerichtet und er bewahrt seine Sachen immer an derselben Stelle auf.«

»Wie kann er sich überhaupt so viele Wohnungen leisten? Was macht er beruflich?«, fragte Emma, als sie einen Sanitärkasten gefunden hatte.

»Das weiß ich selbst nicht so genau. Gärtner ist er jedenfalls nicht«, sagte er und knöpfte sich die Hose auf. Er zog scharf die Luft ein, als der Stoff über die Wunde rieb und sofort sickerte neues Blut hervor. Emma eilte herbei und drückte eine dicke Verbandrolle drauf.

Es hätte ihr unangenehm sein sollen, ihn so spärlich bekleidet zu sehen, aber angesichts seiner Verletzung war sie zu keiner sexuellen Empfindung fähig – glaubte sie zumindest.

»Fest draufdrücken«, sagte sie und wandte sich wieder dem Verbandskasten zu, um nach Desinfektionsspray oder Tüchern zu suchen. Doch leider fand sie keine.

»Kann es sein, dass Eric seinen Sanitärkasten öfter mal benötigt? Ich finde kein Desinfektionszeug«, sagte sie vorwurfsvoll und drehte sich hilfesuchend zu James um.

»Dann müssen wir Alkohol nehmen«, sagte er und deutete mit einem Nicken in die Küche. Also eilte sie aus dem Bad.

»Alkohol, wo hast du deinen Alkohol versteckt?«, murmelte sie vor sich hin, während sie seine Schränke durchsuchte. Als sie in der Küche keinen Erfolg hatte, ging sie ins Wohnzimmer zurück und durchsuchte die dortigen Schränke.

»Bingo«, sagte sie, als ihr eine angefangene Whiskeyflasche zulächelte. Sie lief ins Bad zurück und sah, dass James es gelungen war, seine Hose auszuziehen.

»Das wird wehtun«, warnte Emma und hockte sich vor ihn. Sie nahm eine Handvoll Tücher, positionierte den Flaschenhals über seine Wunde und sah noch einmal Zustimmung suchend zu ihm auf.

»Bringen wir es hinter uns«, sagte er, dann presste er die Kiefer zusammen.

»Als Emma den Whiskey auf seine offene Wunde schüttete, ließ James ein lautes Knurren hören, doch er hielt sich tapfer. Sie presste das Verbandszeug darauf und James ließ sich flach atmend auf den Badewannenrand sinken.

»Alles in Ordnung?«, fragte sie und musterte sein Gesicht. Er schien eine Spur blasser geworden zu sein, nickte aber. Er griff nach einem Tuch und wischte seine nasse Stirn damit ab, dann warf er es zum Waschbecken rüber.

»Lass mich mal sehen«, sagte er und nahm ihre Hand von seinem Bein. Die Berührung war so sanft und vorsichtig, dass sie elektrische Schläge durch ihren Körper

sandte. Und als hätte er es ebenfalls gespürt, sah er zu ihr auf. Ihre Blicke begegneten sich und plötzlich schien ihr das Bad viel zu klein und die Luft zu dick zum Atmen. Wie konnte sie in dieser Situation nur an Sex denken?

Das war doch nicht normal! Oder lag es an Erics Tabletten, die er ihr verabreicht hatte? Als James seinen Blick senkte, fiel ihr ein Stein vom Herzen und sie ermahnte sich zur Vernunft. James durfte nicht wissen, dass er immer noch solche Reaktionen in ihr auslöste. Das würde ihm Macht über sie geben. Macht, seine Spielchen weiter mit ihr zu spielen. Vorsichtig nahm er den Verband von der Wunde und inspizierte sie eingehend.

»Offenbar war der Stich doch nicht so tief. Es blutet kaum noch«, sagte er. Nun ja, das war vielleicht etwas untertrieben. Denn das Blut floss zwar nicht mehr heraus, als hätte man ein Fass Bier geöffnet, aber es hatte auch nicht vollständig aufgehört. Er verlor immer noch Blut.

»Wir sollten dich trotzdem verbinden«, sagte Emma und griff nach dem Verbandszeug hinter sich, froh, etwas gefunden zu haben, das sie von ihrem Gefühlschaos ablenkte – wenn auch nur für einen Moment. Er stand

auf, damit sie ihn besser verbinden konnte und Emma kniete sich vor ihn hin. Dabei musste sie sich sehr zusammennehmen, um den Blick auf seiner Wunde zu halten. Denn diese Pose erinnerte sie an etwas, das ganz und gar nicht hierher gehörte und das sich angesichts seiner Verletzung auch überhaupt nicht ziemte. Sie hatte ihn praktisch vor der Nase! Sie müsste nur ihren Blick heben und …

»Alles in Ordnung? Du glühst ja förmlich«, sagte James amüsiert und fasste ihr an die Stirn. Sie zuckte vor seiner Berührung zurück und versicherte ihm, dass alles in Ordnung sei. Vor lauter Nervosität zitterte ihr Stimme aber so sehr, dass er lachen musste.

»Offenbar macht dich meine Nähe nervös. Oder ist es vielleicht die Nähe meines …«

»Halt die Klappe«, sagte Emma, bevor er den Satz beenden konnte. Jetzt, wo er seine Verletzung nicht mehr für lebensbedrohlich hielt, hatte er offenbar zu seiner gewohnten Überheblichkeit zurückgefunden!

»Ich muss zugeben, dass mich das Bild wirklich reizt. Immerhin haben wir es noch nie aus dieser Perspektive getan.« Bild dir bloß nichts ein. Das liegt sicher an Erics

bescheuerten Tabletten«, sagte sie säuerlich und versuchte sich auf ihre Arbeit zu konzentrieren.

»Merkst du eigentlich, dass du ständig irgendwelche Wirkstoffe für deine Gefühle verantwortlich machen willst? Und soweit ich mitbekommen habe, hat er dir Beruhigungstabletten verabreicht, keine Viagra.« Emma lief rot an und bevor die Situation noch peinlicher werden konnte, fragte sie:

»Wohin ist er überhaupt verschwunden?«

»Weiß ich nicht. Er hat nur geschrieben, dass er bald wiederkommt.« Emma studierte sein Gesicht und suchte nach einem Anzeichen von Unaufrichtigkeit.

Dabei war es beinahe unerträglich für sie, nicht zu wissen, ob er die Wahrheit sagte oder log. Weil ihr aber nichts anderes übrig blieb, als seine Antwort hinzunehmen, machte sie weiter.

»Fertig. Bringen wir dich aufs Sofa, du musst dein Bein entlasten«, sagte sie, als sie den Verband mit einer Klammer befestigt hatte. Er musterte sie mit einem undefinierbaren Ausdruck, dann ließ er sich ins Wohnzimmer bringen. Sie brachte ihm ein Glas Wasser,

denn etwas anderes außer Wein und Whiskey gab Erics Wohnung nicht her.

Dann nahm sie eine locker sitzende Trainingshose aus seinem Kleiderschrank, reichte sie James und verschwand im Bad, um die Blutflecken aufzuwischen. Dabei führte sie einen inneren Monolog: *Glaub kein Wort von dem, was er sagt. Er hat dich von vorne bis hinten belogen! Aber Eric hat gesagt, dass Liam ihn ebenfalls bedroht hat. Was, wenn James genauso ein Opfer ist, wie ich? Was, wenn nicht James und Eric die Bösen sind, sondern Liam? Wage es ja nicht, auch nur daran zu denken, ihm zu trauen! Wir reden hier von James, dem Frauenheld Nummer eins! Guck dir doch nur mal seine Vergangenheit an. Erinnere dich an das, was Aubrey dir über ihn erzählt hat! Und wenn sie nun gelogen hat? Wen Eric oder Liam oder wer auch immer sie dazu gezwungen hat?* So ging es noch ewig weiter, doch je mehr sie nach der Auflösung des Rätsels suchte, desto mehr entglitt ihr die Antwort. Es könnte einfach jeder sein. Jeder von ihnen könnte die Wahrheit sagen. Aubrey, Liam, Eric und James. Aber genausogut könnten auch alle lügen.

Was sollte sie nur tun? Sie kam nach einer gefühlten Ewigkeit aus dem Bad und sah

James ausgestreckt auf dem Sofa liegen. Sofort war sie bei ihm und rüttelte an seiner Schulter. War er ohnmächtig geworden? Durfte man nach so einem Blutverlust überhaupt einschlafen?

»James, alles in Ordnung?«, rief sie und verpasste ihm eine Ohrfeige, damit er wach wurde. Er rührte sich nicht. Oh Gott!

»Nein nein nein, James!«, rief sie und rüttelte ihn grober. Da rührte er sich endlich.

»Ich ruh mich nur kurz aus«, nuschelte er, doch Emma blieb hartnäckig.

»Auf keinen Fall. Du wirst schön wach bleiben. Du darfst nicht einschlafen.« Als er nicht antwortete, murmelte sie:

»Wir können nicht auf Eric warten. Du brauchst ärztliche Versorgung. Ich muss Hilfe holen.«

Da packte er sie am Handgelenk.

»Du wirst nirgendwohin gehen.« Schweiß stand ihm wieder auf der Stirn, dennoch war sein Blick entschlossen und unnachgiebig.

»Lass mich los, James. Du strengst dich zu sehr an«, sagte sie und versuchte sich loszumachen. Doch sein Griff ließ genauso wenig locker, wie es eine Handschelle getan hätte.

»Dafür reicht meine Kraft noch«, sagte er. Sie seufzte resigniert.

»Okay, ich werde mich nicht vom Fleck rühren. Schlaf aber nicht ein!«

***

Jemand rüttelte unsanft an ihrer Schulter und rief:

»Hey, aufwachen!« Blinzelnd öffnete Emma die Augen und sah verständnislos in Erics Gesicht. Dieser richtete sie langsam auf und deutete dann auf seinen Bruder. Noch immer verschlafen, folgte sie seinem Blick.

»Gibt es einen bestimmten Grund, warum der Eingang voller Blutflecken ist und James halbtot auf meinem Sofa liegt?« Schlagartig wurde sie wach und da erst bemerkte sie, dass James tatsächlich regungslos neben ihr lag. Alle Farbe war aus seinem Gesicht gewichen und sein Brustkorb hob und senkte sich nur minimal. In wenigen Sätzen erklärte Emma, was geschehen war. Währenddessen versuchte sie James wachzurütteln.

»Wie konntest du trotz der Schlaftabletten abhauen?«, fragte Eric verwundert. »Ich hab sie nicht vertragen und musste mich

übergeben. Aber können wir den Smalltalk auf später verschieben?«, antwortete sie ungeduldig, denn sie hatten James immer noch nicht wachgekriegt. Eric nickte und musterte seinen Bruder besorgt.

»Glaubst du, er ist bewusstlos?«, fragte sie.

»Na, wach ist er jedenfalls nicht«, antwortete er und hievte ihn hoch. Er bedeutete Emma, mit anzupacken und gemeinsam trugen sie James aus der Wohnung.

»Wie lange ist er schon in dem Zustand?«, wollte Eric wissen, als sie das Auto erreicht hatten.

»Ich weiß nicht, ich bin selbst eingeschlafen«, sagte Emma mit einem schlechten Gewissen. Und da sie nicht auf die Uhr geschaut hatte, konnte sie ihm nicht einmal eine ungefähre Zeit nennen. Sie verfrachteten James auf dem Rücksitz und Emma stieg dazu.

Einer bewusstlosen Person musste man die Beine hochlegen, damit das Blut zum Gehirn zurückfließen und zur Stabilisierung des Blutdrucks helfen konnte. Also bettete sie seine Beine auf ihren Schoß und Eric gab Gas.

Kapitel 9

»Also sagst du mir jetzt, was hier läuft?«, fragte Emma an Eric gewandt. Sie hatten James ins nächstliegende Krankenhaus gefahren und saßen nun seit vier Stunde im Warteraum der Notstation. Sie hatte Eric schon kurz nach ihrer Ankunft fragen wollen, doch da hatte er sich für mehrere Stunden nach draußen zum Telefonieren verdrückt. Dann war ihr voller Schreck der Kioskverkäufer eingefallen, den sie in ihrer Panik um James völlig vergessen hatte.

Also hatte sie einen Krankenwagen zu ihm schicken lassen. Und während sie auf Neuigkeiten wartete, hatte sie nichts anderes zu tun, als jedes schreckliche Detail der letzten Stunden durchzugehen.

Dabei war am schlimmsten, dass James' Verletzung auf ihr Konto ging. Denn wäre sie bei Eric geblieben, wäre sie den Dieben erst

gar nicht begegnet und James hätte sich nicht für sie prügeln müssen.

Sie musste zwischenzeitlich eingeschlafen sein, denn als sie aufwachte, war sie in eine Decke gewickelt. Eric kam gerade mit zwei dampfenden Bechern Kaffee wieder, da konfrontierte Emma ihn erneut mit der dringlichen Frage.

»Was meinst du?«, fragte er unschuldig und setzte sich neben sie. Er legte einen Arm um ihre Schulterlehne und warf ihr ein verwegenes Lächeln zu, doch Emma war ganz und gar nicht nach Späßchen zumute. Der Arzt hatte zwar versichert, dass James nicht in Lebensgefahr schwebte, sondern sich nur von dem Blutverlust erholen musste, doch sie fand, dass Eric dennoch mehr Besorgnis zeigen könnte. Immerhin wurde sein Bruder beinahe erstochen.

Emma jedenfalls konnte ihre Betroffenheit nicht ganz verbergen und fummelte nervös an den Trägern ihrer Handtasche herum. Vielleicht stand sie aber auch einfach nur unter Schock.

»Lass das«, sagte sie und rückte von ihm ab. Er seufzte resigniert und reichte ihr einen Becher. Dann fragte er:

»Also, was willst du wissen?«

»Zum Beispiel, was du auf der Gala verloren hattest?« Er wollte gerade antworten, als der Arzt in den Warteraum trat. Emma sprang auf und ging zu ihm.

»Die Wunde war nicht tief. Wir haben sie genäht und verbunden. Sie können zu ihm, wenn Sie möchten. Er ist wach.« Emma nickte und ließ sich auf James‘ Zimmer führen – Eric folgte ihr.

Als sie das Einzelzimmer betraten, lag James angelehnt an einem Kissen im Bett und lächelte ihnen zu. Es war kraftlos und sein Gesicht noch etwas blass, dennoch schien es ihm wieder einigermaßen gut zu gehen.

Er war an eine Blutkonserve angeschlossen und hatte einen Gummiball in der Hand, den er zwischenzeitlich drückte, damit das Blut gut zirkulierte.

»Dornröschen ist endlich aufgewacht«, begrüßte Eric seinen Bruder. Emma war zuerst im Zimmer, wusste aber nicht, wie sie James begegnen sollte, also ließ sie Eric an sich vorbei. Dieser trat ans Krankenbett und klopfte seinem Bruder fest auf die Schulter.

»Ist dein Leben neuerdings so langweilig, dass du Schlägereien anzettelst und dich abstechen

lässt?«, fragte er und setzte sich ungebeten auf die Bettkante. James ignorierte ihn und sah zu Emma. Sie kam unschlüssig näher und fragte:

»Wie geht es dir?«

»Gut … dank dir.« Sie machte eine wegwerfende Handbewegung.

»Du hast mich vor diesen Typen gerettet, ich schätze also, wir sind quitt.« An Eric gewandt, sagte sie:

»Vielleicht kannst du mir jetzt verraten, was du auf der Party verloren hast und warum du James beinahe umgebracht hast?« Eric maß sie mit einem gespielt empörten Blick.

»Ich? *Er* hat mich gegen das Geländer gedrückt, schon vergessen?«

»Eric! Ich meine es ernst. Was ist hier los?«, fragte Emma und verschränkte ungeduldig die Arme vor der Brust. Allmählich war es Zeit für die Wahrheit – und zwar die *ganze* Wahrheit! »Eigentlich hatte ich James nur warnen wollen«, erklärte er mit einem Blick auf seinen Bruder.

»Warnen wovor?«

»Ich habe aufgeschnappt, dass Liam plant, seine Forderung einzuziehen und da wollte ich mein Bruderherz warnen«, antwortete er.

Als er keine Anstalten machte, fortzufahren, fragte Emma:

»Und darf ich vielleicht auch erfahren, um was für eine Forderung es sich handelt?«

»Nein«, antwortete Eric knapp, woraufhin sie ihm einen wütenden Blick zuwarf. Hilfesuchend sah sie zu James, doch auch der machte nicht den Eindruck, als habe er vor, sie einzuweihen. Emma musste sich sehr zusammennehmen, um ruhig zu bleiben. Sie wollte nicht herumschreien,
während sich James noch in der Erholungsphase befand.

»Da ich ja wohl irgendwie in die Sache verwickelt bin, habe ich auch das Recht, zu erfahren …«

»Alles, was du wissen musst, ist, dass du in Gefahr bist«, unterbrach Eric sie. »Und dass James und ich versuchen, die Sache ein für alle Mal zu klären.« Er sah zu seinem Bruder und stupste ihn augenzwinkernd an.

»Jetzt hast du ja einen Anreiz, nicht wahr?« James Gesichtszüge wurden hart, so dass sich Emma fragte, was er wohl damit meinte. Doch sie machte sich erst gar nicht die Mühe, danach zu fragen. Man würde ihr sowieso

nicht antworten. Schließlich fuhr Eric mit seiner Erklärung fort:

»Ich wollte dich also warnen, als ich plötzlich einem von Liams Männern über den Weg lief.«

»Moment mal. Vorhin hast du gesagt, du wüsstest nicht, ob Liams Männer unter den Gästen wären. Was stimmt nun?«, unterbrach Emma ihn.

»Eine kleine Notlüge, um dich nicht weiter zu beunruhigen. Du warst so schon ganz aus dem Häuschen«, antwortete Eric mit einem neckischen Grinsen.

»Warum beunruhigen? Was hab ich denn mit Liams Männern zu tun?«, fragte Emma verständnislos.

»Gar nichts«, antwortete Eric sofort, warf seinem Bruder aber einen eindringlichen Blick zu. Da dämmerte es Emma.

»Oh mein Gott«, sagte sie. Eric hatte gesagt, dass Liam plante, etwas von James einzufordern und als er James' Männer auf der Party gesehen hatte, hatte er sie entführt, um sie von dort fortzuschaffen. Das bedeutete, was auch immer Liam von James wollte, er wollte *sie* als Druckmittel benutzen. Das hieß aber auch … Sie warf James einen

ungläubigen Blick zu und als hätte er ihre Gedanken gelesen, wanderten seine Augen zu ihr. *Ja*, schien sein Blick zu sagen. *Ich wollte dich nur beschützen.*

»Als ich Liams Spitzel also begegnete, musste ich meinen Plan ändern«, fuhr Eric fort. Doch Emma hatte Mühe, seinen Worten zu folgen, denn die Erkenntnis, dass James sie von Anfang an hatte beschützen wollen, traf sie hart. Sie versuchte ihre Gedanken und Gefühle allerdings zu verdrängen und sich auf Erics Worte zu konzentrieren. Später konnte sie sich noch genügend Gedanken machen.

»Liam denkt, dass ich dich hasse«, sagte Eric an James gewandt.

»Also erwartet er dir gegenüber eine feindliche Haltung. Sein Spitzel wäre daher mehr als misstrauisch gewesen, wenn ich dich besucht hätte, um Smalltalk zu halten. Dann habe ich gesehen, dass Emma bei dir war und schon hatte ich den perfekten Vorwand.

Ich tat, als wäre ich gekommen, um dich zu provozieren, so wie Liam es von mir erwarten würde. Ich wollte nur eine überzeugende Show liefern.«

»Und du warst überzeugend, sehr sogar!«, warf Emma vorwurfsvoll ein, was seine Mundwinkel zucken ließ.

»Es war natürlich nicht geplant, dass wir uns prügeln und fast vom Dach werfen, aber so konnte Liam wenigstens nicht misstrauisch werden.

»Das heißt also …«, begann James, doch sein Bruder beendete den Satz für ihn.

»Dass ich dir mit unserer kleinen Prügelei einen perfekten Vorwand geliefert habe, um von der Party zu verschwinden - ohne dass dir jemand folgt. Und Emma konnte ich von dort fortschaffen, ohne dass Liam denkt, du steckst mit ihr unter einer Decke. Ich gebe zu, dass das meiste davon improvisiert war, aber es hat funktioniert, oder?«, fragte Eric sichtlich stolz.

»Und du bist sicher, dass du mich nicht irgendwie hättest einweihen können? Ich hätte dich immerhin beinahe umgebracht!«, sagte James vorwurfsvoll. Doch Eric winkte ab.

»Mir blieb wohl kaum Zeit dazu. Ich war selbst überrumpelt, als ich Liams Männer gesehen habe. Außerdem war es so viel realistischer.« Emma schüttelte den Kopf, musste aber zugeben, dass, so skurril seine

Umsetzung auch gewesen war, er ihr und James damit womöglich das Leben gerettet hatte.

Was sie zu ihrer nächsten Frage brachte:

»Was will Liam überhaupt? Will er uns umbringen, quälen? Warum hat er es auf James abgesehen und warum will er unbedingt verhindern, dass wir zusammen sind?« Eric warf James einen langen Blick zu und sagte dann:

»Er will seine Schwester rächen für das, was wir ihr angetan haben.«

»Seine Schwester?«, wiederholte sie verständnislos.

»Aubrey«, erklärte Eric.

»Oh mein Gott«, sagte Emma und ließ sich vor lauter Schreck auf den Stuhl plumpsen.

»Das glaubt man ja wohl nicht.« Sie schwiegen eine Weile, dann fragte sie: »Und was machen wir jetzt?«

»Ihm geben, was er will«, antwortete Eric mit einem Blick auf seinen Bruder. »Und was soll das sein?«, fragte Emma.

»Genugtuung.« Emma sah von Eric zu James, dann fragte sie:

»Ist euch schon mal in den Sinn gekommen, die Polizei einzuschalten?« Daraufhin lachte

Eric so laut, dass ihm Tränen in die Augen stiegen. Als er sich beruhigt hatte, sagte er:

»Liam ist kein gewöhnlicher Kleinstadtgangster. Er hat viele Kontakte und seine Hände überall im Spiel. Die Polizei kann uns gar nicht helfen.« Und als hätte er einen leichtsinnigen Gedanken in ihrem Gesicht abgelesen, fügte er hinzu:

»Und komm ja nicht auf dumme Gedanken. Die Hälfte der Bullen ist geschmiert, sie einzuschalten würde einer Kriegserklärung gleichkommen.« Emma maß Eric mit einem unfreundlichen Blick und gab ihm zu verstehen, wie beleidigend es war, dass er sie für so leichtsinnig hielt. Dann sagte sie:

»Als ich Aubrey das erste Mal begegnet bin, hat sie gesagt, dass sie über euch hinweg ist und euch verziehen hat. Warum verfolgt Liam euch nach den Jahren immer noch?« Eric zuckte die Schultern.

»Weil es hier um seine kleine Schwester geht. Da würde wohl jeder Bruder durchdrehen. Und *eigentlich* ist er nur hinter James her, ich habe ja zeitweise für ihn gearbeitet.« Emma sah zu James.

»Bereut ihr, was ihr getan habt?« James nickte, doch Eric meinte:

»Soll das ein Witz sein? Das waren die besten Jahre meines Lebens.«

»Du bist widerlich, weißt du das?«, sagte Emma abgestoßen. Daraufhin zwinkerte er ihr zu.

»Also ihr zwei Turteltäubchen. Ich lasse euch jetzt alleine. Ihr habt euch sicher viel zu erzählen«, verkündete er schließlich und stand auf. Er klopfte seinem Bruder auf die Schulter und schlenderte zur Tür. Als er auf der Schwelle stand, kam ihm Emma nach.

»Warte!« Überrascht zog Eric die Brauen hoch. »Ja?«

»Auch wenn deine Methoden etwas fragwürdig sind, wollte ich dir trotzdem danken. Wenn du mich nicht … entführt hättest, wäre ich mit Sicherheit Liams Männern in die Arme gefallen. Also … danke.« Er lächelte und ging ohne ein weiteres Wort davon. Im selben Zug kam ein Arzt herein und sah nach James' Wunde. Er ließ sich einige Formulare unterschreiben und verabschiedete sich dann mit der erfreulichen Nachricht, dass er das Krankenhaus am nächsten Morgen verlassen könne. Kaum hatte er die Tür hinter sich geschlossen, sagte James:

»Ich möchte, dass du die nächsten Tage bei mir wohnst - nur zur Sicherheit.« Emma hatte sich auf seine Bettkante gesetzt und während der Visite nach draußen geschaut, nun drehte sie sich zu ihm um.

»Und wie soll ich das mit meiner Arbeit regeln? Du wohnst am Rande der Stadt. Ich bräuchte jeden Tag mindestens zwei Stunden hin und zurück.«

»Dann kündige. Im Moment ist es nirgends sicher für dich.«

»Auf keinen Fall!«, empörte sie sich.

»Wovon soll ich denn bitte leben?« James hob die Brauen und als Emma klar wurde, worauf er hinaus wollte schüttelte sie heftig den Kopf. Er glaubte doch nicht wirklich, dass sie auf seine Kosten leben würde!

»Das kannst du vergessen. Ich habe gerade erst meine Ausbildung angefangen. Die werde ich bestimmt nicht wegen Liam abbrechen.« James sah nicht glücklich aus, als er sagte:

»Versteh doch. Hier geht es um deine Sicherheit. Und wenn du dir Sorgen um deine Ausbildung machst: Ich kann dir jederzeit eine neue besorgen. Und so lange du bei mir wohnst, werde ich für dich aufkommen.« Emma schüttelte fassungslos den Kopf.

»James, das kann nicht dein Ernst sein! Du glaubst doch nicht wirklich, dass ich mich in irgendeine Ecke verkrieche und meinen Job aufgebe. Ich habe keine Angst vor Liam.«

»Das solltest du aber«, sagte er mit einem strengen Blick.

»Mit Liam ist nicht zu spaßen und wenn er dich bedroht hat, solltest du seine Drohung auch ernst nehmen.«

»Dann werde ich ab sofort vorsichtiger sein – versprochen. Aber kündigen werde ich nicht«, stellte sie klar. James seufzte, sichtbar unzufrieden. »Kannst du dich wenigstens für eine Weile krankschreiben lassen? Mir zuliebe?« Doch Emma schüttelte den Kopf.

»Ich war die letzten Wochen schon oft genug krank gewesen.« James sah neugierig auf.

»Wirklich? Weshalb?« Die Erinnerungen und Gefühle der letzten Wochen drohten wieder hochzukommen und Emma musste den Blick senken, als sie antwortete:

»Sagen wir mal so, meine Psyche hat es nicht sonderlich gut aufgenommen, dass du mich abserviert hast.« Als er nicht antwortete, sah sie auf und bemerkte seine angespannte Haltung. Er sah so unfassbar gequält aus, dass sie ihre Worte am liebsten zurückgenommen

hätte. Es war ungerecht, ihn dafür zu beschuldigen, nun, da sie wusste, dass er sie nur beschützen wollte. Dennoch wollte sie ihn wissen lassen, wie sehr ihr die letzten Monate zugesetzt haben.

»Emma«, begann er, doch sie kam ihm zuvor.

»Nein, ist schon gut. Ich weiß ja, dass du keine andere Wahl hattest.« Dennoch schaffte sie es nicht, ihn länger anzusehen. Sie war darauf eingestellt, Wut und Verachtung zu verspüren, sobald sie auch nur an James dachte. Doch nun war ihr Bild erneut erschüttert und der dicke Panzer aus Zorn und Abscheu fiel langsam in sich zusammen. Trotzdem war ihre Wut noch nicht ganz verschwunden.

Sie hatte sich nur zurückgezogen und schlummerte in einem hinteren Teil ihrer selbst. Emmas Blick war auf die wehenden Baumblätter vor dem Fenster gerichtet. Als sie das Bett knarren hörte, drehte sie sich zu James um. Da sah sie, dass er Anstalten machte, sich neben sie zu setzen.

»Was machst du da?«, fragte sie erschrocken.

»Bleib bloß liegen. Du bist voller Schmerztabletten, nicht, dass du mir noch umkippst!« Sie wollte ihn wieder ins Bett

drücken, als er blitzartig seinen Arm ausstreckte und sie an sich zog. Vollkommen überrascht gab Emma der Berührung nach und ließ sich an seine Brust drücken.

Doch ihre Überraschung währte nur eine Sekunde. Sobald sie ihm nahe genug war und seinen berauschenden Körperduft einatmete, schloss sie die Augen und legte ihre Wange an seine warme Brust. Mit einem Mal waren alle Bedenken wie weggespült und es fühlte sich einfach nur richtig an.

»Trotzdem muss ich mich besonders für die Art und Weise entschuldigen. Ich habe es in deinen Augen gesehen. Du hast jedes Wort geglaubt, das ich dir an den Kopf geworfen habe und das macht mich fertig«, nahm er ihr Gespräch wieder auf.

»Es war natürlich beabsichtigt gewesen, dass du wütend auf mich bist, aber dass du mir so schnell glaubst?« Er schaute auf Emma herab und sie musste die Augen schließen, um ihre Tränen zurückzuhalten. Es war eigenartig. Denn obwohl sie wusste, dass seine Worte nicht ernst gemeint waren, war sie immer noch gekränkt. Ob sie sich jemals wieder normal fühlte?

»Es tut so mir leid«, flüsterte er und drückte ihr einen Kuss auf die Stirn.

»Aber ich habe keine andere Wahl gehabt. Wenn ich dir das irgendwie hätte ersparen können …« Sie blickte auf und legte ihm einen Finger auf die Lippen, damit er verstummte.

»Ich weiß, James. Ich weiß.«

Kapitel 10

Am nächsten Morgen verließen sie das Krankenhaus schon frühzeitig. Weder James noch Emma wollten dort länger als nötig verweilen, auch wenn James als Privatkunde mehr als fürstlich behandelt wurde. Offenbar konnte man wirklich alles bewirken, wenn man das nötige Kleingeld besaß. So hatte man Emma zum Beispiel erlaubt, über Nacht zu bleiben und in seinem Krankenbett zu schlafen.

»Was ist eigentlich mit deinem Auto?«, fragte sie, als sie im Taxi saßen und zu ihm nach Hause fuhren. James hatte einen Arm um sie gelegt und ließ sein Kinn auf ihrem Kopf ruhen.

»Darum kümmere ich mich morgen. Obwohl ich bezweifle, dass ich es je wieder sehen werde«, sagte er. Das war das erste Mal, dass er gesprochen hatte, seit sie ins Taxi gestiegen waren.

Er war die ganze Zeit über sonderbar still gewesen und schien unschönen Gedanken hinterherzuhängen. Ob es daran lag, dass er beinahe verblutet wäre? Doch irgendwie glaubte sie das nicht. Ihn schien noch etwas anderes zu plagen, doch sie traute sich nicht, ihn darauf anzusprechen, aus Angst, es könnte den glücklichen Moment ihrer Zweisamkeit zerstören. Ihr war, als wären sie von einer dünnen Blase der Freude umgeben. Freude darüber, dass James noch lebte und sie wieder zueinander gefunden hatten. Eine Blase, die allerdings jeden Moment wieder platzen konnte.

Sie wollte den Moment so lange wie möglich erhalten, denn bald, da war sie sich sicher, mussten sie sich mit ihrem jüngsten Problem auseinandersetzen – Liam. James verfiel wieder ins Schweigen, also schloss Emma die Augen und hing den Rest der Fahrt ihren eigenen Gedanken nach.

Nachdem sie die Villa betreten hatten, gingen sie beide duschen. James, weil er von den Spuren des Kampfes noch vollkommen verdreckt war und Emma, weil sie irgendetwas zu tun haben wollte. Sie duschten allerdings nicht gemeinsam, sondern auf

getrennten Etagen. Immer noch sonderbar still, verschwand James in die erste Etage, während Emma das Gästebad nahm.

Als sie fertig war, föhnte sie ihre Haare und schlüpfte in einen viel zu großen Bademantel, den ihr James freundlicherweise zur Verfügung gestellt hatte. Schließlich stopfte sie ihre schmutzigen Sachen in einen Beutel, verstaute ihn in ihrer Handtasche und machte es sich vor dem Fernseher bequem.

Sie schaute einen Musiksender, hörte aber nur mit halbem Ohr hin, denn ihre Gedanken galten hauptsächlich James. Warum war er so nachdenklich? Waren sie eigentlich wieder zusammen? War alles normal zwischen ihnen? Hatte sie ihm überhaupt verziehen? Sie wusste es nicht und war von seinem Benehmen mehr als verwirrt.

Am liebsten hätte sie alle schlechten Gedanken beiseitegeschoben und wäre zu ihm unter die Dusche gestiegen, doch aus Gründen, die sie selbst nicht nennen konnte, tat sie es nicht. James nahm sich sehr viel Zeit beim Duschen. Denn während sie nur eine Viertelstunde benötigt hatte, ließ er sich erst nach eineinhalb Stunden blicken.

Was hätte sie nicht alles gegeben, um seine Gedanken lesen zu können. Worüber dachte er so angestrengt nach? Fühlte er sich immer noch schuldig? Zweifelte er an ihnen? Kaum war ihr der Gedanke gekommen, blitze das Coverbild mit ihm und der Rothaarigen vor ihren Augen auf. Emmas Magen verkrampfte sich.

War das etwa des Rätsels Lösung? Liebte er eine andere? Hatte er Gewissensbisse, weil er sich in der Zeit, in der sie getrennt waren, in seine Kollegin verliebt hatte? War er deshalb so zurückhaltend? In einer knackigen schwarzen Short gekleidet, kam er die Treppe hinunter. Um seinen rechten Schenkel war ein dünner Verband gewickelt, der von weitem wie ein zu dick geratenes Gummiband aussah. Doch eine andere Frage drängte das aufkommende Verlangen nieder.

»Wer ist deine rothaarige Kollegin? Bist du mit ihr zusammen?« James blieb mitten im Raum stehen, als wäre er gegen eine unsichtbare Barriere gelaufen.

»Nein«, antwortete er und wusste offenbar sofort, wen sie meinte.

»Das war nur Show, damit Liam denkt, ich hätte kein Interesse mehr an dir. Ich hatte

gehofft, dass er das Interesse an dir verliert, wenn er sieht, dass du mir nichts mehr bedeutest, aber leider hat er sich nicht so einfach austricksen lassen.« Emma sah in seine Augen, die absolute Ehrlichkeit widerspiegelten.

»Ihr habt also nicht …?« Er schüttelte den Kopf, bevor sie weiterreden konnte, was Emma erleichtert aufatmen ließ.

»Als ich dir … als wir uns das erste Mal in der Bar wieder begegnet sind, hast du gesagt, du wärst verabredet.«

»Da habe ich gelogen«, antwortete er seufzend und kam langsam näher.

»Die Cocktailbar gehört mir und als ich gesehen habe, dass du dort bist, musste ich dich unbedingt wiedersehen.« Seine Haare waren feucht und zerzaust und sein Gang abgehackt, dennoch war er ihr nie attraktiver vorgekommen. Und je näher er ihr mit seinem wundervollen Körper kam, desto bewusster wurde ihr, wie lange es eigentlich her war, dass sie das letzte Mal miteinander geschlafen hatten.

Sie wusste, sie hätte sich über so viel wichtigere Dinge Sorgen machen müssen, aber ihr körperliches Verlangen schien die

Oberhand zu gewinnen. Mit klopfendem Herzen beobachtete sie, wie er vor ihr auf die Knie fiel und ehe sie etwas sagen konnte, vergrub er seinen Kopf an ihrer Brust.

»Kannst du mir verzeihen?«, fragte er und schlang seine Arme um ihre Taille, womit er sie näher heranzog. Sie vergrub ihre Nase in seinen feuchten duftenden Haaren und nickte.

»Natürlich.« Sein Kopf war so fest an ihr Herz gedrückt, dass sie sich sicher war, dass er es durch den flauschigen Stoff spüren konnte. Und als er den Bademantelstoff mit seiner Nase zur Seite schob, um sie auf den Hals zu küssen, beschleunigte sich ihr Herzschlag.

»Tut mir leid, aber ich kann im Moment an nichts anderes denken als ...«, murmelte er an ihre Haut gepresst. Sein Satz ging in eine Folge von sanften Küssen über, die ihr beinahe den Verstand raubten. *Ich weiß, mir geht es genauso*, wollte sie sagen. Doch als er ihr den Bademantel von den Schultern strich und mit den Lippen über ihre nackten Brüste fuhr, war sie zu keinem klaren Gedanken mehr fähig. Nichts war wichtiger als dieser Augenblick. Weder ihre Vergangenheit, noch die Zukunft.

Als er an ihrer Brustwarze knabberte, fiel ihr auf, dass dieser Augenblick schon länger in

ihrer Fantasie herumtanzte – sie ihn sich nur nie eingestehen wollte. James war grober als sonst, ungezähmter, bemerkte sie, als er sie schon fast schmerzhaft in die Brustwarze biss.

Doch das störte sie nicht, denn ihr erging es nicht anders. Sie wollte keine langsamen oder sanften Berührungen, sie wollte ihn nur in sich spüren. Als James sie auf den Boden zog und seinen Mund zwischen ihre Schenkel presste, stieß sie einen überraschten Laut aus.

Ihre Gefühle drohten zu explodieren, während er ihre empfindliche Stelle mit der Zunge liebkoste. Doch das war Emma nicht genug. »Nein, heute nicht«, keuchte sie und zog ihn zu sich heran, um ihn zu küssen. Auf seiner Zunge lag der schwache Duft des Shampoos, das sie zum Duschen verwendet hatte.

Er schien froh über ihre Entscheidung, denn als er nun mit einem einzigen Stoß in sie eindrang, machte er nicht den Anschein, als hätte er sich noch lange zurückhalten können. Emma stöhnte so laut auf, wie in ihrem Leben noch nicht. Dabei konnte sie nicht einmal sagen, ob vor Schmerz oder Lust. Vielleicht etwas von beidem. Sie krallte ihre Hände in seinen festen Hintern, damit er noch tiefer

drang und das nicht etwa, weil er nicht groß genug war, sie wollte nur vollkommen von ihm ausgefüllt werden.

Dabei biss ihr James stöhnend in den Hals, was Emma aufschreien und über seinen Rücken kratzen ließ. Es waren keine sanften Gefühle, die sie füreinander empfanden, sondern pure verzweifelte Lust. Nichts war ihnen genug und nichts mehr real. Mit jedem Stoß schien die Wirklichkeit mehr zu verschwimmen und mit jedem Kuss verschmolzen sie zu einem Ganzen.

Emma öffnete die Augen und seufzte entspannt. Als sie bemerkte, dass sie sich in James' Bett befand, fragte sie sich, wie sie hierhergekommen war?

Sie konnte sich beim besten Willen nicht entsinnen. Überhaupt war die letzte Nacht sehr verschwommen. Sie erinnerte sich an einen Wirrwarr aus nackter Haut, Körperflüssigkeiten und unbändiger Lust und allein der Gedanke daran sandte ein wohliges Kribbeln durch ihren Körper. Ein warmer Sonnenstrahl schien auf ihr Gesicht und veranlasste sie dazu, sich auf die andere Seite zu drehen. Als sie die Augen öffnete, sah sie

James aufrecht in seinem Bett sitzen und ein Handy am Ohr halten.

Er musste mehrere Handys haben, überlegte sie, denn das andere hatte er ja mitsamt seinem Auto verloren. Die Decke war ihm bis auf die Hüfte gerutscht, so dass sie seinen wundervollen Oberkörper betrachten konnte. Als er bemerkte, dass sie wach war, bemühte er sich um ein Lächeln, doch ihr entgingen die Sorgenfalten auf seiner Stirn nicht. Als er aufgelegt hatte, fragte sie:

»War das Liam?« James nickte.

»Was wollte er?«, fragte sie, als er keine Anstalten machte, näher ins Detail zu gehen.

»Er hat mir ein Angebot gemacht, das ich schwer ausschlagen kann.«

»Und das wäre?« Er seufzte.

»Geld.« »Geld?«, wiederholte sie.

»So einfach ist das? Liam will einfach nur Geld?« James sah sie an und lachte. »Wenn ich dir den Betrag nennen würde, würdest du anders denken, glaub mir.« Emma ließ sich wieder auf den Rücken sinken.

»Dann gib es ihm nicht.« Er sah sie lange dann, dann sagte er:

»Du weißt nicht, wovon du da redest. Liam sucht schon seit langem einen Weg, mich zu

erpressen, das ist seine Masche, doch er konnte mir nie wirklich etwas anhaben. Das stinkt ihm schon seit Jahren, weshalb er auch Eric benutzt hat, um an mich heranzukommen. Und hätte mein Dickkopf von einem Bruder nur etwas gesagt, hätte ich ihm da raushelfen können, aber du kennst ja Eric. Er hätte sich lieber einen Arm abgehackt, als jemanden um Hilfe zu bitten.«

»Wie ist er dann von Liam losgekommen?« James zuckte die Schultern. »Ich schätze, er braucht ihn einfach nicht mehr. Denn jetzt hat er ja ein viel besseres Druckmittel, nicht wahr?« In James Blick lag nichts als Reue und Kummer, als wäre es seine Schuld, dass Liam sie bedroht hat. Aber das konnte er doch nicht wirklich glauben, oder?

»Du kannst nichts dafür, James«, sagte sie, weil sie nachvollziehen konnte, wie er sich fühlte. Selbstzweifel waren etwas Schreckliches. Sie zerfraßen einen und wenn man niemanden hatte, der sie einem nahm, so wie Rahel es schon oft bei ihr getan hatte, konnte man daran zugrunde gehen. Sie glaubte nun zu wissen, weshalb er die ganze Zeit über so nachdenklich war - er machte sich Vorwürfe.

»Natürlich kann ich etwas dafür. Wenn ich früher nicht so ein Arschloch gewesen wäre, hätte ich Aubreys und viele andere Leben nicht zerstören können und all das hier wäre nie geschehen.«

»Und du hättest mich nie kennengelernt«, fügte sie hinzu.

»Genau. Und du würdest ein ganz normales Leben führen. Stattdessen musst du dich mit Gangstern und verkorksten Typen wie Eric und mir herumschlagen. Glaub mir, so ein Leben wünsche ich mir bestimmt nicht für dich.«

»James! Hörst du dich da eigentlich reden?«, fragte sie und berührte seinen Arm.

»Es ist nicht deine Schuld, dass Liam so ist, wie er ist. Wenn du nicht wärst, hätte er sich ein anderes Opfer gesucht, das er bedrohen kann. Dass du ausgerechnet seine Schwester erwischt hast ... ist unglücklich gelaufen, okay, aber deshalb ist er doch nicht so geworden.

Leute erpressen, das ist seine Masche, das hast du selbst gesagt. Du kannst dich doch nicht für seine Taten verantwortlich machen.« Er war nicht überzeugt, das sah sie ihm an. »

James, du hast einen Fehler gemacht … gut, du hast viele Fehler gemacht«, fügte sie hinzu, als er ihr einen fraglichen Blick zuwarf.

»Aber jetzt bist du anders. Du bereust deine Fehler und jeder Mensch verdient eine zweite Chance.« Sie ergriff seine Hand, konnte aber spüren, wie steif er unter ihrer Berührung war.

»Das wird ihn trotzdem nicht davon abhalten, sein Geld einzufordern«, sagte James und hielt ihr das Handy hin. Emma betrachtete es verständnislos.

»Was soll ich damit?«

»Hast du Rachels Nummer im Kopf?«

»Ja?«, sagte sie plötzlich beunruhigt und nahm es entgegen.

»Keine Angst, ihr fehlt nichts. Du solltest sie trotzdem anrufen.« Emma warf ihm einen fragenden Blick zu, nahm das Handy aber entgegen.

Als sie es tuten ließ und Rachel abnahm, musste Emma den Hörer von sich halten.

»Emma? Wo um alles in der Welt steckst du, verdammt nochmal?«, rief sie.

»Äh wieso, was ist denn los?«, fragte Emma ausweichend. Sie wusste nicht, ob sie Rachel schon von sich und James erzählen wollte. Sie wusste ja selbst nicht so genau, wo sie

standen. Da wollte sie ihre Freundin nicht mit falschen Informationen füttern.

»Was los ist? Ich stehe in deiner aufgebrochenen Wohnung, dein Handy liegt auf dem Bett und du bist nicht da!«

»Aufgebrochen?«, fragte Emma und schaute James mit großen Augen an. Sie schaltete den Lausprecher ein, damit er mithören konnte.

»Du wolltest mich gestern Abend anrufen, schon vergessen? Und als du dich die ganze Nacht nicht gemeldet hast, dachte ich, du wärst mit Ryan durchgebrannt.« James Blick ging ruckartig zu Emma und in diesem Moment hätte sie sich ohrfeigen können, den Lautsprecher angestellt zu haben.

»Also bin ich vorbeigekommen, um nach dir zu sehen. Und was finde ich vor? Eine aufgebrochene Tür. Weißt du, dass ich kurz vor einer Panikattacke stand? Ich dachte schon, Ryan hätte dich entführt oder so was. Bist du etwa bei ihm?« Gott! Konnte sie nicht endlich aufhören, von Ryan zu sprechen?

»Äh nein, ich ...«, sagte Emma und hätte ihrer Freundin am liebsten den Mund zugeklebt.

»Ich werde erst mal die Polizei rufen«, unterbrach Rachel sie. Da schüttelte James den Kopf.

»Äh, das ist nicht nötig«, sagte mit einem Blick auf James.

»Wie bitte? Bei dir wurde eingebrochen, Emma.«

»Ich weiß, aber ... hör zu, ich erklär dir alles später, okay? Im Moment ist es wirklich unpassend.« Es war einen Moment still, dann fragte sie.

»Wo bist du?« Und das in einem Ton, als würde sie die Antwort bereits erahnen.

»Bei James.« Wieder Schweigen.

»Oh Mann, ich hoffe, du hast einen triftigen Grund dafür. Gut, ruf mich so schnell wie möglich zurück.« Als sie aufgelegt hatte, sah Emma fassungslos zu James.

»Er hat bei mir eingebrochen. Er …« Sie konnte es nicht glauben. James sprach es nicht aus, doch sein Blick sagte ganz deutlich: *Ich habe dir ja gesagt, mit Liam ist nicht zu spaßen.* Dennoch war Emma schockiert. Klar, er hatte ihr mit einem Besuch gedroht und ja, sie hatte Angst vor ihm, aber dass er seine Drohung wirklich wahr machen würde? Allmählich begriff sie den Ernst der Lage und wie knapp sie einer Entführung seinerseits entgangen war.

»Was wäre passiert, wenn ich zu Hause gewesen wäre?«, fragte sie mit einem flauen Gefühl im Magen.

»Das will ich mir gar nicht vorstellen«, antwortete James mit einem düsteren Blick. Er streckte eine Hand aus, um sie zu berühren, ließ sie dann aber auf halbem Weg wieder sinken, als hätte er es sich anders überlegt.

»Und was machen wir jetzt?«

»Wir treffen uns mit Liam und geben ihm, was er will.« Emma starrte ihn entgeistert an.

»Das ist der einzige Weg, wie er uns in Ruhe lässt«, sagte James achselzuckend. Emma fuhr sich erschöpft durchs Haar und fragte:

»Hältst du es für klug, dich alleine mit ihm zu treffen?«

»Wir werden nicht alleine sein. Als ich dir gesagt habe, dass Liam kein gewöhnlicher Straßengangster ist, habe ich das auch so gemeint. Er will auf meiner Gala heute Abend erscheinen und sich das Geld vor allen Gästen übergeben lassen.« Emma runzelte die Stirn.

»Wie will er das anstellen?«

»Er lässt es sich als Spendengeld überweisen, in Form eines Schecks. So hat er genügend Augenzeugen und ich kann später nicht

behaupten, er hätte es mir gestohlen oder mich erpresst.«

»Das glaubt man ja wohl nicht. Dieser verdammte ...«, sagte Emma und ließ den Satz in der Luft hängen. Offenbar hatten sie es hier wirklich mit einem Profi zu tun.

»Wie gesagt. Er weiß, was er tut.«

»Und du traust ihm?«, fragte Emma zweifelnd. »Ich meine, wer sagt dir, dass er nächstes Jahr nicht wieder Geld von dir verlangt?«

»Das mag jetzt vielleicht etwas eigenartig für dich klingen, aber was das angeht, ist Liam ein Ehrenmann. Wenn er ein Versprechen gibt, hält er es auch.« Ehrenmann?, dachte sie skeptisch. Ja, das klang allerdings eigenartig!

»Ich kann nicht zulassen, dass du ihm das Geld gibst, James. Das wäre …«, sagte Emma nach einigen Minuten des Schweigens. Da lehnte sich James nach vorn und zwang ihr Kinn nach oben, so dass sie ihn ansehen musste.

»Was redest du da? Nach allem, was ich dir über Liam erzählt habe und nachdem er bei dir eingebrochen ist? Er wird nicht aufhören, mich zu erpressen und dich zu bedrohen.«

»Aber bisher konntest du dich doch auch vor ihm wehren. Es ist furchtbar zu wissen, dass du ihm das Geld nur wegen mir geben musst.«

»Wegen dir?«, wiederholte er ungläubig.

»Emma, wenn es sein müsste, würde ich ihm mein ganzes Vermögen geben, wenn dich das schützt.«

»Genau das meine ich ja. Wie könnte ich das jemals zulassen?« Er ließ sie los und lehnte sich wieder zurück.

»Ich fürchte, das ist nicht deine Entscheidung.« Da hatte er Recht. Er konnte mit seinem Geld machen, was er wollte. Da konnte sie sich noch so sehr sträuben. Dennoch machte es sie fertig, zu wissen, dass er sich nur wegen ihr breitschlagen ließ. Er hatte sich all die Jahre doch sicher nicht grundlos gegen Liams Forderungen gewehrt und nun musste er, wie viel auch immer für sie hinblättern.

Sie hatte so ein schlechtes Gewissen, dass sie sich nicht einmal traute, nach der Summe zu fragen. Dann fiel ihre etwas anderes ein.

»Eins verstehe ich nicht. Warum ist er auf einmal bereit, die ganze Sache für Geld zu vergessen? Du hast gesagt, er wollte all die Jahre seine Schwester rächen, aber jetzt würde

er seine Rache für Geld aufgeben? Warum auf einmal?«

»Fragen wir ihn doch heute Abend einfach«, schlug James vor und schwang sich vorsichtig aus dem Bett.

»Ich komme mit?«, fragte Emma überrascht.

»Auf jeden Fall. Solange die Sache nicht über den Tisch ist, lasse ich dich nicht aus den Augen.«

»Aber ich habe nichts zum Anziehen«, meinte sie und stieg ebenfalls aus den weichen Federn.

»Darum kümmere ich mich schon. Aber jetzt interessiert mich etwas ganz anderes … wer ist Ryan?«

Kapitel 11

Es war angenehm, zur Abwechslung mal als Gast auf einer Gala zu erscheinen und den Vordereingang statt des Seiteneingangs zu benutzen. Emma und James fuhren, wie sie es sich immer erträumt hatte, in einem edlen Wagen vor und kaum hatten sie das Auto verlassen und den roten Teppich betreten, wurden sie auch schon vom Blitzlichtgewitter erfasst.

In ihrem geistigen Auge konnte Emma schon die Titelblätter der morgigen Klatschzeitschriften sehen: *Mr. Carters Neue?, Wer ist seine unbekannte Begleitung?* Sie liefen als Pärchen über den Teppich, die Arme ineinander verschränkt und breit lächelnd, obwohl es eigentlich nicht viel zu lachen gab. Emma hatte geglaubt, dass alles wieder normal wäre, doch nachdem sie das Bett verlassen hatten, war James in erneutes Schweigen verfallen.

Selbst als sie ihm angeboten hatte, mit unter die Dusche zu steigen, hatte er höflich, aber bestimmt abgelehnt.

Etwas, das er früher bestimmt nicht getan hätte. Vielleicht war er wegen des Treffens mit Liam aufgeregt. Oder er hatte einfach nur schlechte Laune wegen des Geldes, das er gleich verlieren würde, überlegte sie, während sie die Location betraten. Der Saal war größtenteils in Gold gehalten, was die gesamte Umgebung funkeln ließ.

Der schwarze marmorne Fußboden und die dunklen Vasen und Statuen harmonierten wunderbar mit den goldenen Wänden und dem Mobiliar. Diese beiden Farben kombiniert erschufen ein unglaublich edles Ambiente, an dem sich Emma gar nicht genug sattsehen konnte. Grinsend warf sie James einen Blick zu, doch angesichts seines ernsten Gesichtes erlosch es gleich wieder. Richtig. Sie sollte nicht vergessen, weshalb sie hier waren.

Der Saal war bereits gut besucht und man führte das Paar an seinen Tisch, direkt vor der Bühne.

Erst dorthin zu gelangen, war allerdings eine Tortur, denn bei jedem Schritt, den sie taten, wurden sie von neuem begrüßt, in ein

Gespräch verwickelt oder um ein Autogramm gebeten – nun ja, eigentlich nur James, Emma war eher das Anhängsel.

Als sie ihren Tisch nach einer gefühlten Ewigkeit endlich erreichten, erhoben sich fünf ihr unbekannte Personen und begrüßten sie beide. Dabei handelte es sich um ein älteres Pärchen und drei Männer mittleren Jahres. Geschäftspartner, vermutete Emma. Und kaum hatten sie sich gesetzt, wurde James auch schon in ein Gespräch über neue Investmentmöglichkeiten verwickelt, aus dem sich Emma nach kurzem Zuhören ausklinkte. Sie interessierte ohnehin etwas ganz anderes – Liam!

Doch so gründlich sie den Saal auch nach ihm absuchte, sie konnte ihn nirgends entdecken. Irgendwann piepte James‘ Handy, woraufhin er es aus der Hosentasche nahm und auf das Display starrte. Emma konnte die Nachricht nicht lesen, weil sie schräg neben ihm saß, doch was auch immer dort stand, es ließ ihn zu den Büffets aufschauen.

Emma folgte seinem Blick, konnte aber niemanden sehen, der auch nur ansatzweise nach Liam aussah.

»Entschuldigt mich«, sagte James an seine Partner gewandt und erhob sich.

»Nein, lass nur, ich regle das«, sagte er, als Emma Anstalten machte, aufzustehen. Bitte? Er glaubte doch wohl nicht, dass sie hier warten würde! Sie schenkte ihm einen herausfordernden Blick und stand ebenfalls auf, was ihm ganz offensichtlich nicht gefiel. Doch er sagte nichts weiter, sondern legte ihr nur eine Hand auf den Rücken, während sie ihn begleitete.

Als sie die Büffets erreicht hatten, sah sie Liam endlich, doch sah er ganz anders aus als in ihrer Erinnerung. Kein Wunder, dass sie ihn von Weitem nicht erkannt hatte. Das letzte Mal, als sie Liam begegnete, trug er schwarze einschüchternde Gangstersachen, doch diese hatte er gegen einen totschicken weißen Anzug eingetauscht. Seine braunen Haare waren zu einer modischen Frisur gestylt und hätte sie nicht gewusst, wer er war, hätte sie sein freundliches Lächeln als sympathisch empfunden. So hatte es eher etwas Drohendes.

Emma entgingen seine Männer keinesfalls, die sich als Gäste getarnt in seiner näheren Umgebung aufhielten. Da waren zum Beispiel

zwei unauffällig gekleidete Männer links vom ihm, die sich unterhielten, James aber ganz genau taxierten. Ein anderer lehnte mit einem Glas Champagner in der Hand an der Säule und starrte sie an und wenn sie nicht alles täuschte, waren da noch mindestens drei weitere Männer, die sich auffallend unauffällig verhielten.

»Wie ich sehe, habt ihr euch wieder vertragen?«, stellte Liam feierlich fest und streckte ihr zur Begrüßung die Hand hin. Emma betrachtete den ausgestreckten Arm, als könne sie nichts damit anfangen. Und erst als James ihr drängend in die Rippen stieß, kam Emma der Geste nach.

»Also, wie viel willst du?«, fragte James ohne Umschweife. Das brachte Liam zum Lachen. »Was denn, kein bedeutungsloses Vorgeplänkel, keine Fragen an mich?«

»Mich interessiert nur diese eine Frage«, antwortete James ernst, doch da mischte sich Emma ein.

»Ich habe allerdings eine Frage: Woher wusste Aubrey, wann Sie mir die SMS schicken mussten?« Als Emma bei James geschlafen hatte, hatte er eine SMS von Aubrey bekommen, in der sie fragte, ob

Emma endlich auf ihn hereingefallen wäre. Daraufhin war Emma völlig aufgelöst von James‘ Villa geflohen und Liams Männern direkt in die Hände gelaufen.

Nun wusste sie, dass die Nachricht sie nur auseinanderbringen sollte, dennoch interessierte es sie, wie Aubrey das angestellt hatte? Aus den Augenwinkeln bemerkte Emma, wie James ihr einen zornigen Blick zuwarf, ignorierte ihn aber.

James wollte die Sache so schnell wie möglich über die Bühne bringen und die Vergangenheit hinter sich lassen und Emma wollte das auch, aber wenn sie Liam schon mal gegenüberstand, konnte er ihr auch ein paar Antworten geben. Das war er ihr schuldig.

»Wer sagt denn, dass die Nachricht von meiner Schwester kam? Als Aubrey an seinem Geburtstag bei ihm zu Hause war, hat sie Kameras in James‘ Wohnung installiert.

So musste ich nur den richtigen Moment abwarten, um ihm die Nachricht zu schicken.« Emma erinnerte sich daran, wie sie Aubrey das erste Mal in James‘ Villa begegnet war und wie diese gerade aus seinem Zimmer kam. Schon damals hatte sie sich gefragt, was sie

dort oben gemacht hatte und nun wusste sie es.

»Wusste Eric davon?«, fragte Emma. Doch Liam schüttelte den Kopf.

»Eric hatte nur den Auftrag, Aubrey zu dir zu führen. Ich habe ihm nicht genug getraut, um ihn einzuweihen … und offenbar berechtigt, denn er hat dir und James ja letztendlich geholfen, nicht?« Emma wurde schlecht bei dem Gedanken, die ganze Zeit von Liam beobachtete worden zu sein – vor allem, wenn sie an die Male dachte, die sie mit James geschlafen hatte.

»Das ist einfach nur krank … und widerlich!«, stieß sie abgestoßen hervor. »Ich würde es eher einen gerissenen Schachzug nennen«, antwortete Liam ungerührt und mit einem permanenten Lächeln im Gesicht.

»Ich habe noch eine Frage: Warum verlangen Sie das Geld ausgerechnet jetzt? Brauchen Sie es so dringend nötig?«

»Emma!«, zischte James und warf ihr einen warnenden Blick zu, doch Liam lachte über ihre dreiste Frage.

»Alles, was du wissen musst, ist, dass ich James und dich in Ruhe lasse, wenn alles erledigt ist. Allerdings haben wir uns noch auf

gar keinen Betrag geeinigt«, fügte er an James gewandt hinzu.

»Ich denke, sieben Millionen sind fair.«

»Sieben Millionen? Sind Sie betrunken?«, rief Emma empört. Da packte James sie am Arm und zog sie grob zurück.

»Würdest du mich das bitte machen lassen?«

»Auf keinen Fall! Du kannst doch nicht so eine Unsumme zahlen, nur damit er uns in Ruhe lässt!«, flüsterte Emma aufgebracht. Sie hatte vielleicht mit einer Million, höchstens zwei gerechnet, aber sieben? Als James nicht antwortete, versuchte sie es erneut:

»James! Darauf wirst du doch wohl nicht eingehen, oder?« Er antwortete nicht, sondern ließ sie los und wandte sich an Liam, der ihre Meinungsverschiedenheit mit sichtlichem Vergnügen beobachtete.

»Gibt es ein Problem?«, erkundigte er sich, als sich James wieder zu ihm gestellt hatte. Dabei schaute Liam zu Emma, die ihm einen giftigen Blick zuwarf. In diesem Moment war es ihr egal, wer er war. Sie hätte ihm sein Grinsen am liebsten aus dem Gesicht geschlagen.

»Nein, kein Problem«, versicherte James und warf Emma noch einen mahnenden Blick zu.

»Also sind wir uns einig? Sieben!«, hakte Liam nach und streckte die Hand aus. James wollte gerade einschlagen, als Liam seine plötzlich zurückzog. Er verschränkte die Arme vor der Brust und tippte sich gespielt nachdenklich ans Kinn, dann sagte er:

»Weißt du, wenn ich die Male mitzähle, die du dich geweigert hast, mich zu bezahlen … werden es wohl eher 10 Millionen.« Emma klappte die Kinnlade runter, doch James zuckte mit keiner Wimper. Sie glaubte allerdings, seinen Kiefermuskel zucken zu sehen. »Abgemacht. 10 Millionen und du belästigst uns nie wieder.« Liam schlug mit einem breiten Grinsen ein und Emma musste sich sehr zusammennehmen, um nichts Unüberlegtes zu sagen.

Im Geiste warf sie Liam die schlimmsten Beleidigungen an den Kopf und da sie so sehr in Hassgedanken versunken war, bemerkte sie Ryan erst, als er direkt vor ihr stand. Emma fuhr erschrocken zurück.

»Oh, hey, was machst du denn hier?«, fragte sie, keineswegs erfreut. Das hatte ihr gerade

noch gefehlt, dass Ryan und James sich kennenlernten!

»Dasselbe könnte ich dich fragen«, antwortete er und gab ihr einen völlig unerwarteten Kuss auf die Wange. Emma war zu perplex, um ihn aufzuhalten und ihr Blick ging automatisch zu James.

»Kennen wir uns?«, fragte dieser mit einem eiskalten Blick an ihren Arbeitskollegen gewandt und Emma konnte beinahe spüren, wie der Raum an Temperatur verlor.

»Ich bin Ryan, Emmas Arbeitskollege … und noch ein bisschen mehr«, stellte dieser sich grinsend vor.

»Noch ein bisschen mehr?«, hakte James nach und gab sich nicht einmal Mühe, das Lächeln zu erwidern. Oh Oh, das konnte doch kein gutes Ende nehmen, dachte Emma und sah mit einem mulmigen Gefühl von einem zum anderen. Ryan wollte gerade antworten, da ergriff sie die Initiative und kam ihm zuvor.

»Er reißt gerne Witze, musst du wissen«, erklärte sie an James gewandt und fühlte sich von Sekunde zu Sekunde unbehaglicher. Dann drehte sie sich mit einem wütenden Blick zu Ryan um und wisperte:

»Was soll das werden und was zum Teufel machst du hier? Sind wir heute Abend etwa als Catering-Service vertreten?«

»Nein, sind wir nicht«, antwortete er, womit sie nicht gerechnet hatte.

»Dann kennst du hier jemanden?«, fragte sie verwundert. Da verwandelte sich sein sonst so engelsgleiches Gesicht in ein überhebliches Lächeln. Sein Blick ging zu Liam und er sagte: »Ich kenne hier tatsächlich jemanden: Meinen Boss zum Beispiel.« Damit stellte er sich breit grinsend neben Liam, der wie aufs Stichwort sagte:

»Wie unhöflich von mir. Ich glaube, ich habe euch noch gar nicht offiziell bekannt gemacht. Emma, James, darf ich euch mein jüngstes Mitglied vorstellen?« Emma und James machten in etwa dasselbe verdutzte Gesicht, doch Emma fand ihre Sprache zuerst wieder.

»Du … du arbeitest für ihn?«

»Und das schon ziemlich lange«, bestätigte er beschwingt.

»Und ich muss sagen, ich bin mehr als erleichtert, nicht mehr deinen jämmerlichen Arbeitskollegen abgeben zu müssen. Ständig über deine fahlen Witze zu lachen und so tun zu müssen, als könnte ich dich leiden.«

»Wie bitte?«, fragte Emma fassungslos. Dabei wusste sie nicht, was sie mehr schockierte. Wie verändert der sonst so lustige und bodenständige Ryan auf einmal war oder seine verletzenden Worte.

»Wusstest du, dass sie ganz wild darauf war, mich zu küssen?«, fragte er mit einem schelmischen Grinsen an James gewandt. Dieser sah aus, als würde er sich jeden Moment auf ihn stürzen.

»War ich nicht!«, protestierte Emma empört.

»Aber geküsst hast du mich, oder?« Emma starrte ihn fassungslos an.

»Weil du mich überrumpelt hast, du verdammter ...« Da mischte sich Liam ein.

»Das reicht jetzt. So unterhaltsam eure kleine Liebesgeschichte auch ist, aber wir sollten uns erst einmal um wichtigeres kümmern.« Damit wandte er sich an James.

»Wollen wir?« Dieser warf Ryan noch einen tödlichen Blick zu und folgte ihm dann.

Kapitel 12

Liam bekam das Geld in Form eines Schecks ausgehändigt, den James ihm feierlich überreichte. Dafür stieg er auf die Bühne und hielt eine bewegende Rede, in der er Liam als jahrelangen Freund und Wohltäter darstellte. Als Liam den Scheck entgegen nahm, verfiel die Menge in begeisterten Applaus, Emma dagegen hätte sich am liebsten übergeben. Sie wusste nicht, wie viel Geld James besaß, konnte sich aber nicht vorstellen, dass irgendetwas von seiner gespielten Lässigkeit echt war.

Sie mochte sich nicht einmal vorstellen, wie er sich angesichts dieses Verlusts fühlen musste. Und dann war da noch die Sache mit Ryan, den Liam in ihre Firma geschleust hatte, um sie im Auge zu behalten und auszuspionieren. Die Vorstellung, dass er die ganze Zeit über sie und James Bescheid gewusst hatte und alles nur gespielt gewesen

war, machte sie krank. Das Schlimmste war aber, dass sie Ryan geküsst hatte und er es James auch noch auf die Nase binden musste.

Als ob James nicht schon Grund genug hatte, wütend auf sie zu sein! Emma versuchte die schlechten Gedanken beiseite zu schieben und sich auf ihre Zukunft zu konzentrieren. Denn so verwirrend und unglaublich das Ganze auch sein mochte, so hatte es absolut keinen Sinn mehr, sich über Liam oder Ryan zu ärgern. Sie waren Geschichte, gehörten zu einem abgeschlossenen Kapitel ihres Lebens und nur James zählte jetzt für sie.

Kaum hatte Liam bekommen, was er wollte, verschwand er genauso schnell, wie er aufgetaucht war und seine Männer mit ihm.

»Ist es vorbei?«, fragte Emma, als James von der Bühne kam und inständig hoffte, Liam und seine Männer nie wieder sehen zu müssen.

»Ja, es ist vorbei«, bestätigte er. Emma fiel ein Stein vom Herzen und sie atmete erleichtert aus. Als sie James allerdings umarmen wollte, wich er ihr in einer geschickten Bewegung aus.

»Was ist?«, fragte sie, wie vor den Kopf gestoßen.

»Ich brauch jetzt einen Scotch«, antwortete er und deutete zur Bar. »Gut, ich auch«, sagte sie und versuchte in seinem Gesicht abzulesen, doch es war wieder so schrecklich ausdruckslos. Als sie Anstalten machte, mit ihm zu gehen, winkte er ab.

»Du würdest dich nur langweilen. Mach es dir doch vor der Bühne bequem und genieße die Band. Ich habe eh noch Geschäftliches zu klären«, sagte er ausweichend und lief ohne eine Antwort abzuwarten davon.

Emma konnte ihm nur dumm hinterherstarren. Was war nur sein Problem? Sie hatte gehofft, dass er wieder normal sein würde, wenn Liam erst einmal abgezogen war, doch jetzt war er ja noch abweisender! Da Emma ihm nicht hinterherlaufen und ihm lieber seinen Freiraum lassen wollte, nahm sie also an der Bühne Platz und lauschte der Band, die nach seiner Rede ins Rampenlicht getreten war. Doch sie hörte nur mit halbem Ohr mit, denn ihre Gedanken kreisten einzig und allein um sein sonderbares Verhalten. Hatte er immer noch Selbstzweifel?

Vertraute er Liam vielleicht doch nicht und fürchtete sein Wiederkommen? War es wegen ihr, hatte sie etwas falsch gemacht? Oder war

er sauer, weil sie ihn so viel Geld gekostet hatte? Voller Unbehagen fiel ihr ein, dass sie sich noch gar nicht bei ihm bedankt hatte. Oder ging es hier vielleicht sogar um Ryan? Ihr war sein kalter Blick nicht entgangen, als Ryan von ihrem Kuss gesprochen hatte, vielleicht war er deswegen so abweisend.

Kaum war ihr der Gedanke gekommen, war Emma geradewegs dabei, eine Panikattacke zu erleiden. Was, wenn er nach alledem nichts mehr mit ihr zu tun haben wollte? Was, wenn er das Geld bezahlt hatte, damit sie in Sicherheit war, sich nun aber von ihr losseilen wollte? James kam nach einer gefühlten Ewigkeit wieder.

»Komm, ich bring dich nach Hause«, sagte er und reichte ihr den Mantel. Dabei mied er ihren Blick, was ihr natürlich nicht entging. Es war wegen Ryan. Da war sie sich nun sicher.

»Zu mir? Aber meine Wohnung ist aufgebrochen«, sagte sie, als sie in ihren Mantel schlüpfte. Jetzt war es ihm auch schon egal, dass sie in einer ungesicherten Wohnung schlief? Das wurde ja immer besser!

»Ich habe heute Morgen jemanden beauftragt, dir ein neues Schloss einzubauen«, erklärte er.

»Wie soll das gehen, wenn du meinen Schlüssel nicht hast?«, hakte sie verwundert nach.

»Ab sofort hast du ein Zahlenschloss und ein mehr als sicheres Alarmsystem.« Und wieder hatte er Kosten für sie übernommen, dachte Emma seufzend. Es war so schon schwer genug, ihm in die Augen zu sehen und sich nicht einzubilden, dass er jeden Cent bereute, den er für sie geblecht hatte.

Da machte ihr seine neue Investition nur ein noch schlechteres Gewissen. Er nannte ihr den fünfstelligen Pin und ließ sie ihn in ihr Handy einspeichern. Dann führte er sie aus dem Saal und mit jedem Schritt schnürte sich ihr Hals enger zusammen. War es das jetzt? Würde er sie nun in ein Taxi setzen und für immer aus ihrem Leben verschwinden? Während sie zum Ausgang liefen, sah sie zu ihm auf und versuchte seinen Blick einzufangen, doch er blickte stur geradeaus. Das ließ Emma wütend werden.

Konnte er ihr nicht wenigstens in die Augen sehen, wenn er schon sauer war? Als er sie zum Chauffeurwagen gebracht hatte, fuhr sie ihn an:

»Du kannst es ja offenbar kaum erwarten, mich loszuwerden, was? Ist es wegen dem Geld? Bereust du, dass du es bezahlt hast? Ich hab dir von Anfang an gesagt, dass ich das nicht wollte ...«

»Mach dich nicht lächerlich«, sagte er und blickte über ihren Kopf hinweg zum Eingang, wo sich einige Gäste an ihrer Zigarette erfreuten. Dass er sich augenscheinlich Sorgen machte, die anderen Gäste könnten von ihrer Auseinandersetzung Wind bekommen, ließ sie nur noch wütender werden.

»Ach, jetzt bin ich auch noch lächerlich? Oder liegt es daran, dass ich Ryan geküsst habe? Wenn du mich nur fragen würdest, würde ich dir ja erklären, wie es dazu gekommen ist und dass es rein gar nichts zu bedeuten hatte, aber das interessiert dich ja offensichtlich überhaupt nicht. Alles, was du willst, ist, mich in dieses blöde Taxi zu stecken und ...

»Emma«, sagte er und packte sie fest an den Schultern.

»Es ist wirklich süß, wie du dich aufregst, aber absolut unbegründet. Ich weiß nicht, wann du dir das alles zusammengereimt hast, aber die einzigen Gründe für mein Benehmen

sind Schuldgefühle. Schuldgefühle, die mich innerlich zerfressen.« Damit nahm er ihr den Wind aus den Segeln, so dass Emma nichts weiter tun konnte als zuzuhören.

»Als ich damals mit dir Schluss gemacht habe, tat ich es nicht nur, weil Liam mich gezwungen hat, sondern weil es das einzig richtige ist. Seit wir uns begegnet sind, habe ich dir nur Kummer bereitet. Und ich habe gelogen, sehr viel gelogen. Als wir dann getrennt waren, tat ich alles Mögliche, um Liam von dir wegzulocken, aber dann habe ich alles wieder kaputt gemacht, weil ich dich unbedingt sehen musste.

Verstehst du nicht? Ich war so egoistisch, dass ich dich trotz seiner Drohung in Gefahr gebracht habe. Er hätte dir alles Mögliche antun können, um mich zu erpressen und ich habe es in Kauf genommen - nur weil ich mich nicht von dir fern halten konnte. Als ich dir in der Bar nachgestellt habe, war ich so wütend auf mich und später auf der Gala: Da wärst du beinahe vom Dach gestürzt, nur weil ich mich nicht von dir fern halten konnte. Was sagt dir das?« Er redete sich so sehr in Rage, dass er nicht bemerkte, wie sich seine Hände schmerzhaft in ihre Schultern gruben.

»Dass du etwas für mich empfindest?« Er schüttelte den Kopf, sichtbar unzufrieden mit ihrer Antwort.

»Nein, es zeigt, dass ich absolut selbstsüchtig bin und mit so jemandem kannst du unmöglich zusammen sein.« Emma brauchte einen Moment, um zu begreifen, dass er dabei war, erneut mit ihr Schluss zu machen.

»Das kann nicht dein Ernst sein! Nach allem, was wir wegen Liam durchgemacht haben, willst du jetzt, wo wir endlich unsere Ruhe haben, aufgeben? Das … das glaube ich einfach nicht«, sagte sie fassungslos.

»Es ist besser so, glaube mir. Mit jemandem wir mir willst du bestimmt nicht zusammen sein. Ich bin nicht gut für dich.« Emma konnte kaum noch sprechen, der Kloß in ihrem Hals schien sie langsam zu ersticken.

»Und du bist nicht der Meinung, dass ich selbst entscheiden kann, mit wem ich zusammen sein will? Ich verzeihe dir, James, ich verzeihe dir alles, was du getan hast. Zählt das denn gar nicht?« Seine Stimme wurde lauter und veranlasste einige Gäste dazu, sich zu ihnen umzudrehen.

»Ich kann nicht, Emma! Warum verstehst du das nicht? Ich kann dich nicht ansehen, ohne

mir in Erinnerung zu rufen, was du alles wegen mir durchmachen musstest. Wie soll ich damit leben, wenn ich mir selbst nicht verzeihen kann?« Als hätte er seinen festen Griff erst jetzt bemerkt, ließ er sie ruckartig los. Doch Emma, deren Körper mit jedem weiteren Wort tauber geworden war, spürte ihre Schultern gar nicht mehr.

»Warum hast du dann das Geld für mich gezahlt?«, fragte sie. James schnaubte, als wäre die Antwort mehr als offensichtlich. Doch Emma fiel es schwer, sich zu konzentrieren. Seine Worte kamen zwar bei ihr an, doch es war, als könne ihr Gehirn sie nicht richtig verarbeiten. Alles schien plötzlich so unwirklich.

»Das war wohl das Mindeste, oder?« Sie wollte etwas erwidern, doch sein Blick war absolut endgültig. Er hatte schon längst entschieden, egal, was sie sagte. Andererseits fiel ihr auch nicht wirklich etwas ein, mit dem sie ihn umstimmen konnte.

»Also, das war's dann?«, fragte sie und konnte ihre Tränen nicht länger zurückhalten. Sein Blick flackerte und wurde für einen Moment sanft. »Emma, ich wollte dich nie verletzen.«

»Das tust du aber gerade«, sagte sie mit brüchiger Stimme.

»Du verletzt mich.« So plötzlich, wie sie gekommen war, verschwand die Zärtlichkeit und sein Blick wurde wieder kalt und abweisend.

»Ich habe meine Entscheidung getroffen. Und bald wirst du erkennen, dass sie absolut richtig gewesen ist. Je schneller du mich vergisst, desto besser. Bitte steig jetzt ein.«

Kapitel 13

Die letzten zwei Wochen hatte Emma ihr Handy nicht aus den Augen gelassen, in der Hoffnung, James würde doch noch anrufen. Aber nichts. Weder eine Mailboxnachricht noch eine SMS. Selbst in seiner Firma ließ er sich nicht blicken. Es war, als wäre er vom Erdboden verschluckt. Rachel war sich sicher, dass er sich melden würde, sobald er soweit war. Aber wann würde das sein? Wie lange brauchte man, um aus solch einer Depression herauszufinden und was, wenn er nie darüber hinwegkam?

Mit jedem weiteren Tag wurde Emma hoffnungsloser und auch die Arbeit, die ihr im Moment viel abverlangte, konnte sie nicht wirklich ablenken. Seit Ryan, sehr zu Annabells Bedauern, gekündigt hatte, war Emma wieder in ihr Visier gerückt und durfte die gesamte Papierarbeit übernehmen. Zusätzlich hatten sie in der letzten Woche drei

Veranstaltungen bewirtschaften müssen und dann war da noch die neue Hilfskraft, die angelernt werden musste - natürlich von Emma.

Manchmal fragte sie sich, ob *sie* nicht hinter Annabells Schreibtisch sitzen sollte – sie übernahm doch ohnehin schon die halbe Geschäftsführung! Es war Freitagabend und Emma hatte endlich Feierabend. Heute hatte sie den Eindruck gehabt, dass Annabell sie besonders quälen wollte, bevor sie in ihr wohlverdientes Wochenende ging. Dabei hatte sie das Gefühl, als mache ihre Chefin sie für Ryans Kündigung verantwortlich.

Vielleicht glaubte sie ja, dass Emma und Ryan eine Affäre gehabt hatten und er deshalb gekündigt hatte?, überlegte Emma, während sie ihre Arbeitskleidung in ihrem Spind wegschloss. Aber auch, wenn das zugetroffen hätte, konnte sie Emma doch nicht doppelt dafür arbeiten lassen! Wie dem auch sei, eine gute Sache hatte das Ganze jedenfalls: Sie freute sich umso mehr auf das kommende Wochenende.

Denn Rachel hatte sich die nächsten zwei Tage extra für sie freigenommen und ein straffes Programm angelegt, das sie von allen

Sorgen ablenken sollte. Morgen früh würde es zum Spa gehen, danach Mittagessen, anschließend Shoppen und ins Kino. Sonntagmorgen Frühstücken, Schwimmen, zum Friseur und abends mit den Freunden bowlen. Da es allerdings erst morgen losgehen würde, musste Emma noch einen ganzen Abend rumkriegen, was sie nicht unbedingt glücklich stimmte. Als sie aus dem Personalausgang trat und einen ihr bekannten Wagen am Straßenrand stehen sah, stockte sie.

Sie sah Eric aus dem schwarzen Auto steigen, gewohnt dunkel gekleidet und sich an die Beifahrertür lehnen. Dann betrachtete er sie aus den schattigen Gläsern seiner Sonnenbrille und schenkte ihr ein verschmitztes Lächeln. Als Emma ihre Überraschung überwunden und sich ihm genähert hatte, sagte er:

»Los, steig ein, Schätzchen.«

»Warum? Willst du mich wieder entführen?«, spottete sie und blieb vor ihm stehen. Seit der Nacht im Krankenhaus hatte sie ihn nicht mehr gesehen. Dennoch war sie sich sicher, dass er auf dem Laufenden war, was Liam und die Geldübergabe betraf. James hatte ihn

sicher darüber informiert, dass Liam ein für alle Mal aus ihrem Leben war.

»So gern ich das auch genossen habe, aber nein. Ich will dich zu James fahren. Denn offensichtlich braucht ihr beide einen kleinen Anstoß.«

»Wir? Er hat *mich* verlassen. Schon vergessen?«, entgegnete Emma und bewegte sich nicht vom Fleck, als er ihr auffordernd die Beifahrertür aufhielt.

»Und als ich das gestern erfahren habe, war ich drauf und dran, ihm eine reinzuhauen, glaub mir.«

»Das ist ja alles schön und gut, aber wenn er nicht von selbst auf mich zukommt …«

»Das wird er nicht«, unterbrach Eric sie und schob sie kurzerhand ins Wageninnere.

»Weißt du, was er gestern zu mir gesagt hat? Er hofft, dass du glücklich wirst, dass du jemanden findest, den du verdienst. Er liebt dich, sehr sogar, aber er würde niemals von sich aus auf dich zukommen. Dafür verabscheut er sich zu sehr.« Das zu hören machte Emma traurig und sie wünschte sich nichts sehnlicher, als zu ihm zu fahren, doch wie sollte sie ihn umstimmen?

»Aber wenn er immer noch nicht darüber hinweg ist, was bringt es dann, zu ihm zu fahren? Er wird mich sowieso wieder in ein Taxi setzen und zurückschicken.«

»Wird er nicht, dafür sorge ich schon«, versprach Eric und gab Gas. Sein entschlossener Ton ließ Emma verwundert aufblicken. »Darf ich dich was fragen?«

»Nur zu.«

»Wann hast du dich entschlossen, ihm zu verzeihen? Wenn ich mich recht erinnere, hast du beim letzten Mal gesagt, dass du nicht nur für Liam gearbeitet hast, weil er dich gezwungen hat, sondern weil du James leiden sehen wolltest. Wann hat sich das geändert? Wann bist du gut geworden?« Das brachte ihn zum Lachen.

»Wer sagt denn, dass ich gut bin?«, fragte er augenzwinkernd, doch Emma ging nicht darauf ein. Im Moment war ihr ganz und gar nicht nach Spielchen zumute und als er ebenfalls zu dem Entschluss kam, seufzte er resigniert.

»Ich weiß nicht. Früher hat es mir Genugtuung verschafft, ihm hinterher zu reisen und seine Touren zu vermasseln. Aber als er dich kennengelernt hat, hat sich etwas in

ihm verändert. Ich meine, er hat schon vorher aufgehört … naja das zu machen, was wir eben getan haben, aber da hatte er sich trotzdem noch mit genügend Frauen vergnügt. Mit dir hat sich alles geändert.

Dann hat Liam *dich* mit einbezogen und das hat mir überhaupt nicht gefallen. Du erinnerst dich vielleicht noch, wie ich reagiert habe, als ich dich in der Bar gesehen habe. Da wollte ich auf keinen Fall, dass er dir über den Weg läuft.« Sie erinnerte sich nur allzu gut daran. Damals hatte sie nicht verstanden, warum Eric sie unbedingt da raus haben wollte, nun, jetzt wusste sie es.

»Und als Liam euch dann bedroht hat und James wie ein Häufchen Elend vor mir saß da, und ich kann nicht glauben, dass ich das jetzt sage, hatte ich Mitleid mit ihm und das erste Mal an mir gezweifelt.

Wenn ich jetzt daran denke, wie viel Energie und Jahre ich meines Lebens verschwendet habe, um ihm das Leben zur Hölle zu machen, kommt es mir mehr als armselig vor.«

»Wow, du kannst ja richtig tiefgründig sein«, stellte Emma erstaunt fest und meinte es

absolut ernst. Sie musste allerdings grinsen, als er ihr einen bösen Blick zuwarf.

»Keine Sorge, ich behalte es für mich«, schwor sie.

Eric parkte seinen Wagen direkt vor dem Tor, dann stellte er den Motor ab und wandte sich an Emma:

»Dann heißt es jetzt wohl Lebewohl.« Emma war gerade dabei, ihren Gurt aufzuschnüren und blickte nun verwundert auf.

»Wieso? Ziehst du etwa weg?«

»Wenn man genau sein will, war ich hier sowieso nur zu Besuch. Ich bin mal hier und mal dort. Außerdem bleibe ich gern in Bewegung.

»Ja«, sagte sie und lachte.

»Das passt zu dir. Also dann«, sagte sie und war sich unschlüssig, wie sie ihn verabschieden sollte, geschweige denn, was sie dabei empfand. Sie hatte ihn überwiegend als eingebildeten Rüpel kennengelernt, doch er hatte ihr nicht nur einmal das Leben gerettet. Außerdem war es allein ihm zu verdanken, dass sie nicht entführt wurde und wieder mit James zusammenkam - wenn auch nur für kurze Zeit. Und auch jetzt bemühte er sich darum, dass die beiden sich aussprachen. Sie

konnte ihn also unmöglich als denjenigen behandeln, den sie vor wenigen Monaten kennengelernt hatte. Eric besaß ein gutes Herz, egal, wie sehr er sich um ein Bad Boy Image bemühte. Zu seiner Verblüffung beugte sich Emma zu ihm herüber und schloss ihn fest in die Arme.

»Ich hoffe, dass du jemanden findest, der dich glücklich macht«, sagte sie. Damit gab sie ihm einen Kuss auf die Wange und stieg aus dem Wagen. Als sie das Tor passiert hatte, welches zu ihrer Verwunderung offen stand (sie vermutete ganz stark Eric dahinter), drehte sie sich noch einmal zu ihm um. Er saß mit heruntergekurbeltem Fenster in seinem Wagen und blickte ihr nach, wahrscheinlich, um sicher zu gehen, dass James ihr auch die Tür öffnete.

Dann holte sie tief Luft und drückte die Klingel. Während sie mit klopfendem Herzen seinen Schritten lauschte, rief sie sich etwas in Erinnerung:

James hatte eine dunkle Vergangenheit, eine, die ihm womöglich ewig nachhängen würde und das bedeutete, dass sie daran arbeiten mussten.

Und da sie unter keinen Umständen ein weiteres Mal verletzt werden wollte, hatte sie die Vorstellung anfangs abgeschreckt. Doch so war Emma nicht mehr. Sie hatte in den letzten Monaten so viel mitgemacht, dass sie eines begriffen hatte: Die perfekte Liebe, von der sie immer geträumt hatte, bleibt eben nur das, ein Traum. Hochs und Tiefs gehörten genauso dazu, wie Liebe und Hass dicht beieinanderlagen. Noch nie hatte sie jemanden so sehr gewollt wie James und noch nie hatte sie erlebt, was es bedeutet, für eine Beziehung zu kämpfen - bis jetzt. James öffnete die Tür und starrte auf sie herab. Seine sonst so gepflegten Haare standen chaotisch ab und seine Bartstoppeln waren seit Tagen nicht gestutzt worden.

Die Scheinwerfer des Autos erregten seine Aufmerksamkeit und er schaute über ihren Kopf hinweg zu Eric.

Da zuckten seine Mundwinkel und er sah wieder auf sie herab. Emma konnte sich nur schwer konzentrieren, denn die Intensität seines Blickes ließ ihre Gedanken wie warme Butter zerlaufen. Auf der Hinfahrt hatte sie sich ihre Worte noch so sorgfältig zurechtgelegt, doch nun konnte sie sich beim

besten Willen nicht mehr an ihre Rede erinnern. Also sprach sie das Einzige aus, dass in diesem Moment zutraf:

»Du hast mir gefehlt.« So schnell, dass sie es zuerst gar nicht realisierte, nahm er sie in die Arme und drückte sie fest an sich. Und erst als seine Lippen fest auf ihren lagen und er ein ‚Ich liebe dich' murmelte, erwachte sie allmählich aus ihrer Starre.

Irgendwo hörte sie Reifen quietschen, konnte sich aber später nicht mehr daran erinnern. Denn als er sie ins Haus zog, liebte auch sie ihn und zwar die ganze Nacht.

*****Ende*****

Liebe Leserin, Lieber Leser,

wenn Ihnen mein Roman gefallen hat, würden Sie mir mit einer kurzen Rezension einen großen Gefallen tun. Ihre Empfehlung unterstützt nicht nur mich als unabhängigen Autor, sondern ist auch eine wichtige Hilfe für mögliche weitere Leser.

Wenn Sie Fragen oder Anregungen zu meinen Romanen haben, können Sie mich gerne über meine Website oder Facebook kontaktieren.

Ich freue mich immer, von meinen Lesern zu hören.

Hier finden Sie mich

http://www.mirandajfox.com/

https://www.facebook.com/pages/Miranda-J-Fox/685559378142580

Love and Fire Teil 1 und 2

Als Emma von ihrem Freund betrogen und kurz darauf verlassen wird, beschließt sie mit ihrer Freundin ins Haus der Versuchung zu gehen, einer Mischung aus Diskothek und Swingerclub, um ihr Selbstwertgefühl aufzubauen. Emma hat nur grobe Vorstellungen von dem, was sie erwartet, doch sicher rechnet sie nicht damit, dem begehrtesten Junggesellen der Stadt über den Weg zu laufen. Mit seiner anziehenden geheimnisvollen Art gelingt es ihm, Emma zu

verführen, und alles könnte perfekt sein. Würde nicht plötzlich sein ebenso attraktiver Bruder auftauchen und James dunkle Vergangenheit aufdecken.

***

Lesen Sie auch meinen neusten Roman

Leseprobe

Kapitel 1

»Und? Wie war dein erster Tag?«, fragte Vicky und setzte sich mir gegenüber. Ihr seidenblondes Haar fiel in welligen Strähnen von den Schultern und ihr knallroter Lippenstift lächelte mich an. Vicky war der Traum aller Männer.

Dunkelgrüne unergründliche Augen, volle weiche Lippen, ein zierlicher Körper und süße Pausbäckchen. Seit ich sie kannte, liefen ihr die Männer scharenweise hinterher und Vicky? Nun ja, Vicky empfing sie stets mit offenen … äh Armen. Ich biss von meinem selbst belegten Brot ab und grinste.

»So wie du das sagst, klingt es, als hätte ich gerade meinen ersten Grundschultag hinter mir.«

»Grundschule, Uni, ist doch kein Unterschied«, sagte sie mit einer wegwerfenden Handbewegung. Victoria war meine Cousine väterlicherseits und Eigentümerin meines neuen Wohnsitzes. Als ich mich für das Studium entschieden hatte,

war ich zu ihr in die Nachbarstadt gezogen und konnte ab sofort einen kleinen Teil ihres Palastes mein Eigen nennen. Mein Onkel und meine Tante waren sehr vermögend und hatten ihrer Tochter zur *Einschulung* einfach mal so ein Haus mitsamt Grundstück geschenkt – wobei Haus beinahe untertrieben war. Für mich hatte das weiße Gebäude mit seinen unzähligen Verwinkelungen und märchenhaften Fenstern eher etwas Villenhaftes.

Meine Cousine hatte mir angeboten, unentgeltlich bei ihr zu wohnen, aber ich hatte darauf bestanden, ihr einen angemessenen monatlichen Betrag zu zahlen - womit sie anfangs überhaupt nicht einverstanden war. Als ich jedoch damit drohte, das Geld notfalls in den Blumenkübeln zu verstecken, hatte sie schließlich eingelenkt.

Ich wusste, dass es ihr unangenehm war, von mir Geld zu nehmen, schließlich kannte sie so etwas wie Geldnot nicht, doch ich konnte es einfach nicht mit meinem Gewissen vereinbaren, auf ihre Kosten zu leben. Denn Strom, Lebensmittel und Reparaturkosten mussten ja schließlich auch übernommen werden.

Vicky und ich hatten uns schon von klein auf super verstanden und da wir nur einen Bundesstaat voneinander entfernt wohnten, waren wir auch immer in Kontakt geblieben und trafen uns etwa alle zwei Monate, um auszugehen oder einen Mädelsabend zu machen. Der Entschluss, Geschichte zu studieren, war eher spontan gewesen, weshalb ich mehr als froh war, überhaupt noch einen Platz an der Uni bekommen zu haben.

Ich wurde allerdings den Eindruck nicht los, dass Onkel John heimlich hinter der Kulisse Fäden gezogen hatte, denn er förderte eine Menge schulische Einrichtungen und pflegte deshalb viele Kontakte. Vor zwei Wochen war ich mit meinem Hab und Gut umgezogen und hatte mir von Vicky die zentralen Plätze der Stadt zeigen lassen – wobei diese mehr Landschaft als Stadt war. Die Einkaufszentren und Bars kannte ich natürlich schon, aber das ganze Grün hatte ich an den Partywochenenden nie richtig genießen können.

Jetzt, da ich hier wohnte, würde ich den Grünanlagen und Wäldern definitiv mehr Aufmerksamkeit schenken. Ich war noch einmal nach Hause zurückgefahren, hatte den

ganzen Papierkram erledigt und mich von meinen Freunden und Eltern verabschiedet und seit drei Tagen wohnte ich offiziell hier. Jetzt, da Vicky es ansprach, fühlte ich mich tatsächlich an den ersten Schultag erinnert. Man kannte niemanden, wusste nicht, wo welcher Saal lag, verlor auf dem großen Gelände die Orientierung und fühlte sich bei jedem Schritt beobachtet – zumindest ging es mir so. Ich wartete nur darauf, dass jemand mit dem Finger auf mich zeigte und *Frischfleisch* rief. Doch eh ich mich weiter in meine Gedanken verfangen konnte, fragte Vicky:

»Pünktlich zum Semesteranfang steigt heute Abend eine Party. Bist du dabei?« Sie griff nach dem Buch, das ich mir aus der Bibliothek ausgeliehen hatte und blätterte lustlos darin herum. Ich schüttelte den Kopf.

»Das Semester hat gerade erst angefangen und du willst schon feiern?« Sie schlug das Buch zu und sah mich an, als hätte ich etwas Abartiges gesagt.

»Hallohoo! Semesteranfang? Einführungsparty? Von welchem Planeten kommst du denn bitte?« Ich nahm ihr das

Buch aus der Hand und verstaute es in meiner Tasche.

»Ja, aber finden die Einführungsparties nicht auf dem Unigelände statt?«

»Na klar und dann stoßen wir mit unseren Professoren auf einen Sekt an und machen Ringeltanzen«, antwortete sie augenverdrehend.

»Ich meinte eine Party für Erwachsene, Claire! Außerdem ist das die Gelegenheit für dich, neue Leute kennenzulernen. Und wir alle wissen, dass unterrichtsmäßig in den ersten Wochen eh nicht viel los sein wird.« Sie erhob sich.

»Also, kann ich heute Abend mit dir rechnen?«

»Ich überleg's mir«, sagte ich und biss von meinem Brot ab.

»Gut, ich hol dich nachher ab«, sagte sie und schlenderte davon. Stirnrunzelnd sah ich ihr nach. Ich hatte nicht *Ja* gesagt! Kopfschüttelnd widmete ich mich meinem Mittagessen und dachte an die Male zurück, die Vicky und ich zusammen ausgegangen waren. Vicky war wirklich eine Partyqueen mit Leib und Seel. Ich kannte niemanden, der so leidenschaftlich an die Kleider– und MakeUp-

Auswahl heranging wie sie. Sie brachte es sogar fertig, extra zum Friseur und Kosmetiker zu gehen – nur für eine Party! Und ja, diese Frau konnte feiern. Ich ging sogar soweit, zu behaupten, dass Vicky partysüchtig war.

Wer sonst konnte drei Tage lang durchzechen und sich gleich darauf für das nächste Wochenende verabreden? Ich war keineswegs eine Spaßbremse und hatte auch nichts dagegen, mich unter Leute zu mischen, aber wenn ich feiern ging, genügte es mir dann auch erst einmal für die nächsten Wochen. Während ich mein Brot verdrückte, sah ich mich in der Mensa um. Die Wände waren cremefarben und der Boden aus wunderschönem dunklen Parkett. Große Tische füllten den Raum aus, geschmückt von dunklen gemütlichen Stühlen und Sitzbänken. Das war definitiv keine herkömmliche Mensa, hier steckte eine Menge Geld drin – genau wie im Rest der Uni. Kam es mir übrigens nur so vor oder war ich die einzige, die sich ihre Brote noch selbst schmierte? Wo ich auch hinsah, stachen mir Fastfood-Tüten, Kantinenessen und Fertiggerichte ins Auge. Wo blieb denn die Begeisterung für die gute

alte Stulle? Es lag nicht einmal daran, dass ich mir kein anderes Essen leisten konnte. Meine Eltern hatten mir sogar angeboten, mich zu sponsern, doch ich hatte dankend abgelehnt. Da ich nun nicht mehr bei ihnen wohnte, wollte ich auf eigenen Beinen stehen und mir meine - Achtung Wortspiel - Brötchen selbst verdienen.

Ich lebte zwar noch von meinen Ersparnissen, die ich in den letzten vier Jahren angesammelt hatte, doch schon übermorgen würde ich meinen ersten Arbeitstag antreten und dann würde ich endgültig unabhängig sein - naja fast. Ich besaß dann zwar noch keine eigene Wohnung, aber ich war zumindest unabhängig von meinen Eltern.

Nach dem Mittagessen ließ ich mich im gemütlichen Aufenthaltsraum auf ein Sofa nieder und las in meiner Geschichtslektüre. Eigentlich hatte ich das schon vor Semesterbeginn machen wollen, um mich vorab in die Materie einzuarbeiten, aber der Umzug war dann doch so stressig gewesen, dass ich erst gestern dazu gekommen war.

Zweieinhalb Stunden später klappte ich das Buch zu und machte mich auf den Heimweg.

Kapitel 2

Das Unigelände war in mehrere Gebäude aufgeteilt, welche unterschiedliche Studiengänge lehrten. Eine großflächige Wiese trennte die Gebäude voneinander und war von alten Steinwegen bepflastert, welche die Grünanlage wie dicke Adern durchzogen. Ich ließ mir Zeit, um zum Bus zu laufen und genoss die angenehme Brise auf der Haut.

In einem Monat würde es wärmer werden und sobald die ersten Sonnenstrahlen aus den Wolken brachen, würde ich mich auf die Wiese setzen, Sonne tanken und in meinen Büchern lesen. Leise vor mich hin summend, schlenderte ich am Uni-Sportplatz vorbei, auf dem eine Truppe Footballspieler trainierte. Ich blieb eine Weile am Zaun stehen und sah dabei zu, wie sie sich gegenseitig über das Feld jagten und umwarfen. Ich mochte Sport und hatte in Grundschulzeiten noch sehr intensiv trainiert, doch mit dem Alter hatte ich immer weniger Zeit dafür gefunden und schließlich ganz aufgehört.

Ich bewunderte die Menschen, die zur Schule gingen, zwei Nebenjobs hatten und immer

noch Zeit für regelmäßigen Sport fanden. Ich wünschte, ich wäre auch so diszipliniert, doch meine Leidenschaft gehörte schon seit Jahren den Büchern. Während andere stundenlang auf dem Laufband verbrachten, konnte ich den lieben langen Tag zwischen den Buchseiten kleben, nur um morgens früher aufzustehen und direkt weiterzulesen. Und weil es immer wieder neue Bücher geben würde, drohte mein Hobby auch nie langweilig zu werden. Hach, wenn mein Körper doch nur so schnell Kalorien verbrennen würde, wie ich lesen konnte, dann wäre ich wahrscheinlich gertenschlank oder magersüchtig.

Meinen Weg fortsetzend, wich ich zwei jungen Männern aus, die mit eiligen Schritten auf mich zukamen. Ich lächelte noch in mich hinein, weil sie ihren Gesichtern nach wohl gerade dabei waren, eine Lesung zu verpassen, als jemand *Achtung*rief und die Welt kippte.

***

Das erste, was ich sah, als ich die Augen öffnete, waren zwei himmelblaue Augen. Ich blinzelte, versuchte mich zu erinnern, wie ich

auf den Boden gekommen war und machte Anstalten, mich aufrichten, doch jemand legte mir eine Hand auf den Bauch und drückte mich auf den Boden zurück.

»Am besten, du bleibst noch einen Moment liegen«, schlug derjenige vor. Ich blinzelte erneut, dann sah ich den dazugehörigen Rest dieser faszinierenden Augen. Mein Gegenüber hatte blondes Haar, welches wirr in alle Himmelsrichtungen abstand. Seine Gesichtszüge waren weich, aber dennoch männlich.

Er hatte einen schönen geschwungenen Mund und kleine Grübchen, aber das Faszinierendste an ihm waren seine strahlendblauen Augen.

»Geht's wieder?«, fragte er und betastete meine linke Schläfe, woraufhin ein stechender Schmerz durch meinen Kopf jagte. Ich zuckte zusammen und sog die Luft zwischen den Zähnen ein, nickte aber.

»Okay«, sagte er und half mir langsam auf, wobei ich mich an seinen Armen festklammern musste. Als ich wieder festen Boden unter den Füßen hatte und sicher war, eigenständig stehen zu können, ließ ich ihn los und betastete vorsichtig meine Schläfe. Eine

kleine Menschenmenge aus Studenten und Footballspielern hatte sich um uns versammelt und starrten mich an, als wäre ich eine neue Zooattraktion. Offenbar war ich gerade K.O. gegangen, was mich zu der Frage brachte:

»Was ist passiert?«

»Hey, tut mir leid. Ich hab nicht aufgepasst und direkt in deine Richtung geworfen«, antwortete ein hochgewachsener Schwarzer und nahm seinen Footballhelm ab. Ich wollte ihm gerade versichern, dass nichts weiter passiert war, doch der Blonde kam mir zuvor.

»Erzähl keinen Quatsch, Michael, wenn, dann ist es meine Schuld.« An mich gewandt, sagte er:

»Ich wollte den Ball auffangen, der über den Zaun geflogen ist, hab dabei nach hinten ausgeholt und dich direkt an der Schläfe getroffen.« Ah, er war einer der Kerle, die an mir vorbeigelaufen sind und denen ich ausgewichen bin, begriff ich. Ich machte eine wegwerfende Handbewegung.

»Alles halb so wild. Mir geht's gut.« Er nickte, dann sagte er an die Menge gewandt.

»Ihr habt's gehört, Leute. Nichts passiert. Ihr könnt abziehen.« Und das taten sie auch laut

murmelnd, wobei ich mir einbildete, in einigen Gesichtern so etwas wie Enttäuschung zu sehen. Offenbar hatte manch einer etwas Spektakuläreres erwartet, wie etwa ein blutüberströmtes Gesicht oder abgetrennte Gliedmaßen. Tut mir leid, Leute, aber damit kann ich heute leider nicht dienen! Michael entschuldigte sich noch einmal bei mir, wobei er mir so fest auf die Schulter klopfte, dass ich beinahe im Erdboden versank und lief dann wieder auf den Platz. Ich wandte mich an den Blonden.

»Und ich dachte schon, mein erster Tag würde langweilig werden«, sagte ich. Er fasste sich verlegen an den Hinterkopf und lachte, wobei er eine Reihe strahlend weißer Zähne entblößte.

»Oh Mann, tut mir wirklich leid. Ich hoffe, du hast jetzt kein Trauma oder so was.« Ich bückte mich vorsichtig nach meiner Tasche, die ich fallen gelassen hatte und sah aus den Augenwinkeln, wie er mich eingehend musterte. Als ich mich aufrichtete und zu ihm aufschaute, sah er mir wieder ins Gesicht. »Ich hab schon Schlimmeres erlebt, glaub mir.«

»Ich bin übrigens Taylor«, sagte er und reichte mir die Hand.

»Claire«, antwortete ich und erwiderte die Geste. Dann warf ich mir die Tasche über die Schultern und sah unschlüssig zu ihm auf. Ich wollte nicht unhöflich erscheinen, aber ich musste noch einkaufen und bevor ich zur Party ging, wollte ich meine Schulsachen und Bücher in die Regale sortieren – ich hatte es bis aufs Letzte aufgeschoben.
»Also dann, ich muss jetzt leider los, sonst verpasse ich noch meinen Bus. Danke für ... fürs Aufheben«, sagte ich und brachte ihn erneut zum Lachen.
»Hey Taylor, wir kommen zu spät zur Vorlesung«, rief sein Kumpel vom Zaun her. Er hatte sich in der Zwischenzeit mit einem der Spieler unterhalten und kam nun auf uns zu. Jetzt war ich es, die die Gelegenheit nutzte und Taylor einer eingehenden Musterung unterzog. Er war groß, locker gekleidet und athletisch gebaut. Er war dieser Typ Mann, den man gerne seinen Eltern vorstellte: Charmant, eine verträgliche Prise selbstbewusst und anständig - zumindest machte er den Eindruck. Er war der Typ Mann, dem die Frauen im Teenager- sowie Erwachsenenalter scharenweise hinterherrannten … und verdammt, er war

genau mein Typ! Zu schade nur, dass ich weder mit langen blonden Haaren noch einem zierlichen Körper dienen konnte, denn genau so stellte ich mir seine bevorzugte Beute vor.

Nicht, dass ich mich hässlich oder dick fand, doch ich konnte auch nichts an mir finden, was mich sonderlich begehrenswert machte. Ich war auch kein Riese, aber ein paar Zentimeter kleiner hätte ich mich schon gewünscht. In solchen Momenten beneidete ich Vicky, die genau das alles verkörperte.

»Schaffst du es alleine zum Bus oder soll ich dich begleiten?«, fragte Taylor völlig unerwartet und riss mich aus meinen Gedanken.

»Ähm.« Ich wusste nicht, ob er die Frage ernst meinte oder sich über mich lustig machen wollte, deshalb antwortete ich so neutral wie möglich.

»Ich glaube, zum Bus schaffe ich es allein.«

»Alles klar, vielleicht sieht man sich ja mal.« Damit drehte er sich um und lief mit seinem Kumpel davon. Ich starrte ihm nach. Vielleicht sieht man sich ja mal? Junge, sobald du den Hörsaal betreten hast, hast du mich doch eh wieder vergessen!

3427550R00132

Printed in Germany
by Amazon Distribution
GmbH, Leipzig